녹원(綠園)

회색지대
그 새벽빛 언덕 2

김항래 장편소설

쿰란출판사

회색지대 2 -녹원-

1판 1쇄 인쇄 _ 2018년 3월 20일
1판 1쇄 발행 _ 2018년 3월 25일

지은이 _ 김항래
펴낸이 _ 이형규
펴낸곳 _ 쿰란출판사

주소 _ 서울특별시 종로구 이화장길 6
편집부 _ 745-1007, 745-1301~2, 747-1212, 743-1300
영업부 _ 747-1004, FAX 745-8490
본사평생전화번호 _ 0502-756-1004
홈페이지 _ http://www.qumran.co.kr
E-mail _ qrbooks@gmail.com / qrbooks@daum.net
한글인터넷주소 _ 쿰란, 쿰란출판사
등록 _ 제1-670호(1988.2.27)
책임교열 _ 이화정 · 박은아

ⓒ 김항래 2018   ISBN 979-11-6143-126-0 04230
　　　　　　　　ISBN 979-11-6143-127-7 (세트)

책값은 뒤표지에 있습니다.
이 출판물은 저작권법에 의해 보호를 받는 저작물이므로 무단 복제할 수 없습니다.
파본(破本)은 구입처에서 교환해 드립니다.

녹원(綠園)

회색지대
그 새벽빛 언덕 2

차 례

녹원(綠園)

1. 사라지는 마을 • 8

2. 또 다른 출발 • 47

3. 석답골 • 75

4. 새 가나안 • 97

5. 영혼의 전쟁 • 129

6. 삶의 방식 • 180

7. 뿌린 대로 거두기 • 202

8. 회귀 • 229

9. 재생 • 265

10. 기적을 이룬 사람들 • 301

회색지대
녹원綠園 2

부록

《회색지대》의 탄생과 성장 •356

작품해설 – 안개 골짜기에서 초록빛 동산으로 _ **호영송** •358

고향이 그려진 캔버스 _ **홍성암** •362

통찰로 거둔 것 _ **전상국** •363

회색지대 – 그 새벽빛 언덕의 무게 _ **최지영** •364

논평과 해설 – 새벽은 어떻게 오는가 _ **박종구** •366

회색지대

녹원 綠園

2

제2권

녹원(綠園)

언덕에서 마을을 내려다보던 지훈의 생각 속으로 낯선 낱말 하나가 떠오른다.

'녹원'(綠園)

천국의 빛깔이 있다면 그것은 초록이 아닐까.

계곡 아래 음습한 잿빛 우상, 탐욕과 갈등으로 비틀대던 혼돈의 전설이 수장된 곳에 새로 태어난 신곡리가 화해와 관용의 빛으로 반짝이고 있었다.

1. 사라지는 마을

"김 작가, 이 기사를 좀 검토해 봐. 뭔가 만들어질 것 같지 않은가?"

호출을 받아 국장실 문을 열고 들어서자 강석원 국장이 신문 한 부를 건넸다.

아직 잉크 냄새가 가시지 않은 경쟁지 〈내일신문〉의 석간 1면 기사였다. 색연필로 밑줄이 그어진 중간 톱 크기의 기사 제목에 지훈의 시선이 머문다.

'다목적 댐 건설 공사 급진전.'

"여러 번 보도된 대천강 댐 공사 이야기가 아닙니까?"

"특종은 꼭 새로운 소스에서만 나오는 게 아니야. 〈내일신문〉은 벌써 대통령의 의지를 간파하고 기획취재를 시작한 거라고. 김 작가, 뭐 떠오르는 영감이 없나?"

오랜 취재 경험에서 오는 카리스마가 강 국장의 목소리에 배어 있다. 노련한 그 감각은 늘 권위로 지훈에게 다가왔다.

국장이 건넨 〈내일신문〉의 기사는 정부가 대표적 국책사업의 하나로 다목적 댐의 건설에 박차를 가하고 있다는 내용이었다. 우리 자본과 기술로 추진되는 조국 근대화 사업을 대내외로 과시하는 홍보를 시작한 것이라고 볼 수 있었다.

"조국 근대화의 상징으로 내세우는 얼굴 같은 것으로 정부는 선전을 하고 싶겠군요. 그렇지만 화려한 그림에 숨겨진 이면의 얼굴도 드러내 보이는 것이 언론의 사명 아니겠습니까?"

"역시 김 작가는 말이 통하는 사람이야. 자네 고향이 그쪽이라 했던가?"

"그렇습니다. 그곳에 있는 학교에서 근무한 적이 있습니다."

"잘 됐네. 우리나라의 조국 근대화의 상징으로 건설되는 동양 최대의 다목적 댐 건설과, 이 거창한 국책사업의 진행 과정에서 파생되는 문제들을 종합적으로 다루는 다큐멘터리를 부탁하네. 읽을거리가 될 것 같은데 어떤가?"

"최선을 다해 보겠습니다."

"필요하다면 일정 기간 현지에 상주해도 좋고…. 자유롭게 취재해 보도록 하게. 늘 타이트하게 편집일 시켜 미안했네. 준비되는 대로 떠나게. 그동안 수고한 대가로 주는 보너스로 생각하고."

입사 후 수습 기간을 거쳐 편집부에서 일을 시작한 지 3년이 지나가고 있다. 시분을 다투는 긴장된 일상. 거대한 기계와 같은 신문사의 조직과 생리에 어느 정도 적응되기 시작한 것 같은 요즈음이다.

〈새한일보〉는 창간 10여 년의 일천한 역사를 가진 후발 일간지로, 관록은 부족하지만 구성원들이 젊고 공격적 경영으로 떠오르는 언론이라는 세간의 평가를 받고 있다. 회사 내 각 부서들은 치열한 경쟁 체제로 늘 긴장 상태를 유지하고 있었기 때문에, 신참에 속하는 지훈도 그 분위기에서 자유로울 수 없었다.

애초에 강 국장과의 약속은 문화부 쪽의 일이었다. 그러나 편집국 내부의 형편이 그를 가만두지 않았다. 그는 그를 필요로 하는 곳이면 닥치는 대로 일을 찾아 뛰어다녔다. 지금까지 앞뒤를 돌아볼 겨를 도 없이 일에 묻혀 지내온 것이 사실이다.

오랜만에 휴가를 얻은 것 같은 홀가분함을 느끼며 지훈은 데스크로 돌아왔다.

"축하하네, 김 기자. 휴가 받은 기분이 어때?"

사전에 알고 있었던 듯 부장이 손을 내민다.

"휴가라뇨? 취재 명령입니다. 출장이라고요."

"데스크에서 출장은 휴가죠."

"부럽습니다."

문선부에서 넘어온 게라(활자 조판 교정지)를 들여다보던 동료들이 한마디씩 거든다. 기분이 괜찮았다.

당분간 숨막히는 긴장에서 벗어날 수 있다는 사실 하나로도 그는 자유를 느꼈다.

따분해지려던 일상에 산소처럼 신선한 바람을 불어넣어 준 강 국장에게 감사했다.

이 파격적인 결정에는 아마 수경의 입김이 작용했을 것이다.

강 국장의 고명딸 수경, 입사를 지원해 준 상사에게 인사를 드리러 갔다 만난 수경은 그때 대입 준비를 하던 고 2의 앳된 소녀였다.

지훈이 신문사로 자리를 옮기기로 결정하고 난 뒤 임시로 거처를 삼았던 강 국장 댁에서 그는 수경의 대학 입시 준비를 도왔다. 가정교사와 비슷한 역할을 했다. 지훈은 최선을 다해 수경을 지도했다. 다행히 원하던 대학에 합격했다. 운이 좋았다고 볼 수 있다.

당선 작가라는 아버지 소개에 눈을 동그랗게 뜨며

"어머나, 《회색지대》는 저도 애독자였어요. 작가가 이렇게 핸섬하신 분인 줄 몰랐어요"

감탄하던 첫 만남 이후, 두 사람은 오누이같이 지냈다.

지훈이 집을 장만해서 나온 이후로도 그들은 꾸준히 만났다. 가끔 회사로 와 아버지 방에서 지훈을 찾기도 했고, 학교에서 가져온 과제물 리포트 부탁을 하는 등 가까운 사이로 발전해 온 터였다.

처음엔 친근한 동생처럼 대하던 사이였는데, 어느새 수경은 졸업반에 올라가 있었고, 지훈을 향해 아주 노골적인 애정을 표현하고 있는 요즈음이다. 지훈 역시 그녀의 애정 공세가 싫지 않았다. 며칠 전 수경을 만났을 때 편집국에서의 따분함을 잠깐 비친 적이 있었는데, 오늘의 이 갑작스런 취재 명령이 그녀의 입김은 아닐까 하는 생각을 해본다.

절차를 끝내고 지훈은 수경에게 전화를 했다.

"축하해요, 오빠. 결국 성공했네."

수경의 목소리가 한 옥타브 뜬다.

"무슨 뜻이야? 내 얘기 아버지한테 한 거지?"

"그건 비밀."

"역시 그랬었군."

"나도 따라가면 안 돼?"

"학교는 어떻게 하고?"

"괜히 아빠한테 말했나 봐. 어떻게 해? 보고 싶으면."

"한 주일 정도밖에 안 걸릴 거야."

"그래도."

"돌아오면 만나."

"알았어요. 그럼… 잘 다녀오세요."

좀 미안했다. 그녀를 위해 무엇을 해줄 수 있는가. 맡겨진 일에 충실하는 것이야말로 그녀에게 줄 수 있는 선물일 것이다. 그는 그렇게 생각한다.

　이날 오후, 회사에서 내준 지프를 몰아 도시의 외곽으로 나온 지훈은 국도로 들어서며 비로소 자신을 돌아보기 시작했다. 참으로 오랜만에 맛보는 홀가분함이다. 복잡한 편집국 내부의 소음과 윤전기의 덜컹거림, 숨 막히는 취재 경쟁…. 갖가지 생각들이 차창 밖으로 지나가는 산과 들을 만나면서 머릿속에서 사라져갔다.
　문득 그는 한내를 생각했다.
　학교에 부임하러 가던 고갯길, 그때는 봄빛이 어리고 있었지.
　대천강 상류에 있는 그 마을이 왜 지금 갑자기 생각나는 것일까? 수경에게 전화하면서도 생각나지 않았던 한 기억. 그동안 한내를 잊고 있었음에 틀림없다. 한내의 그 느릿하고 한가했던 풍경들은 숨가쁘게 돌아가는 새로운 생활 속에 비집고 들어올 수 없었을 것이다. 아니, 전혀 생각나지 않았다는 말은 거짓말일 수도 있다. 매스컴의 거대한 조직으로 섞여들어 가면서 크게 달라진 그의 생활이 그곳의 기억들을 희미하게 했고, 새로운 곳에 적응하느라 잊고 있었을 뿐이다.
　이번에 그 흔적들을 찾아볼 것이다.
　고향에 돌아가는 기분으로 그는 차를 몰았다.
　강천시는 지금 건설되고 있는 대천강 댐 근처의 아늑하고 깨끗한 도청소재지다. 댐 건설 현장과는 거리가 제법 되지만, 도청을 비롯해 도 단위의 지방 행정기관들이 모두 있어서 그가 필요한 여러 정보들을 수집할 수 있는 곳이다. 부모님 생활의 터전이고 그가 자라고 공부했던 곳이다.
　강천 지사에 도착한 것은 짧아진 가을 해가 산을 넘어간 후였다.
　"목이 빠지는 줄 알았습니다."
　지사장인 박인수 씨가 썰렁한 사무실에 남아서 지훈을 기다리고 있었다. 40대 중반인 그는 머리가 약간 벗어진 후덕한 인상이었다.
"김지훈입니다. 좀 늦었습니다."
"생각보다 멀어요. 도로 사정이 별로지요?"
"약속 시간을 어긴 벌로 저녁은 제가 사겠습니다."
"어디요, 큰집에서 오신 손님인데 말이나 됩니까? 다 준비해 놨습니다. 바로 가시죠."
박 지사장은 사람 좋게 웃으며 사무실을 정리하고 밖으로 나왔다. 가까운 곳에 닭갈비와 막국수를 파는 음식점이 있었다.
"가게는 허름하지만 강천에서는 손꼽히는 막국수 원조 할머니 집입니다."
음식이 준비되는 동안 지훈은 대천강 댐의 건설 현황을 물어 봤다. 지난해부터 피치를 올리기 시작한 기초공사들은 올해 들어 더욱 속도가 붙었고, 예정된 계획을 1년여 앞당겨 연말쯤엔 물막이 공사에 들어갈 예정이라 했다.
"자세한 현황이야 댐 건설 사무소에서 확인할 수 있을 겁니다."
"읽을거리를 써야 합니다. 이 지역 사정에 밝으신 지사장님의 각별한 안내와 지도를 부탁드립니다. 아직 부족한 점이 많습니다."
"어련하시겠어요? 김 기자님이야말로 우리 지방에서 배출한 작가가 아닙니까? 모두들 고향을 빛낼 인물로 큰 기대를 하고 있습니다."
"부끄럽습니다. 아직 회사에서 제 앞가림도 겨우 하고 있는 형편입니다."
그들은 주인 할머니가 내온 고향의 맛이 느껴지는 음식들을 맛있게 먹었다.
몇 가지 취재 계획들을 상의하고 지훈은 지사장과 헤어졌다.
약사동 학교 앞에 있는 우리문방구 가겟집에 아버지와 어머니가 기다리고 있었다.
 입사 이후 일 년에 두 번 설과 추석 명절에만 다녀간 불효가 새삼 가슴에 와 닿는다.
 "아무리 바빠도 그렇지 서울이 몇 천 리라도 되는 게냐?"
 아들의 돌연한 귀가에 눈물마저 글썽이는 어머니에게 지훈은 서울에서 준비해 간 선물 상자를 안겼다.
 "시상에 이렇게 비싼 걸…."
 상자를 풀어 보던 어머니의 눈이 둥그레진다.
 "겨울에 입으시라고 두 분 외투를 준비했어요."
 아버지 역시 깃에 털이 달린 외투가 마음에 드신 모양이다.
 "웬 걸 이렇게 장만했니? 올 겨울은 추위 걱정 없겠다."
 거울 앞에 외투를 걸치고 선 두 분의 표정에 만족함이 피어난다. 품도 잘 맞았다.
 강천시는 주변에 있는 호수와 강 때문에 겨울에 추위와 안개가 유별난 곳이다.
 "앞집 송 영감이 부러워하겠다."
 아버지는 평소와 다르게 조금 들뜬 것처럼 보였다.
 저녁에 돌아온 동생 지숙은 오빠가 내민 빨간 핸드백 선물에 입이 함지박만하게 벌어졌다.
 "너 시집 갈 때 줄 선물 미리 하는 거야."
 "그런 법이 어디 있어? 그땐 그때지."
 지방 대학을 나온 지숙인 시청 공무원이 되었다. 활짝 피어난 얼굴이 제법 세련되고 예쁘다.
 "직장 생활은 어떠니?"
 "공무원 생활 빤하지 뭐. 오빠도 해봤으면서."

"보수는 좀 그래도 평생 걱정 없잖아?"
"그런데 갑자기 어쩐 일이야? 집엘 다 들르고?"
"그럴 일이 좀 생겼어."
"오빤 결혼 안 해?"
"안 하긴? 못 하는 거야."
"강천에선 친구들이 오빠 얘기 아직도 하는데, 서울에선 애인도 없단 말이야?"
"없긴!"
"정말 넌 장가 안 들 작정이냐?"
기회가 왔다는 듯 어머니가 끼어들었다.
"때가 되면 가야지요."
"그때가 언젠데?"
아버지도 거든다.
"좀 빨리 해. 앞차가 나가야 뒤차도 움직이지."
지숙이 노골적으로 대든다.
"앞차 걱정 말고 네 맘대로 움직이세요. 상관없으니."
지훈은 동생을 놀려 주곤 건넌방으로 갔다. 오랜 그의 체취가 밴 곳이다.
어머니가 펴 준 자리에 누운 지훈은 오랜만에 평화를 느꼈다. 잠시 주어진 자유가 가져온 선물이다. 자유롭다는 것의 의미와 가치를 새삼스레 생각해 본다.
수년간 그에게 펼쳐진 새로운 세계에 적응하느라 그는 자신의 자유를 일부 유보하고 있었던 것이 사실이다. 그는 무한경쟁 속에 내던져져 있었다. 시, 분, 초 단위로 진행되는 불꽃 튀는 마감과의 전쟁에서부터 사건 현장의 취재 경쟁, 쏟아져 들어오는 정보들….

1. 사라지는 마을 15

매스컴은 그에게 끝없는 순발력을 요구하고 잠시의 여유도 허락하지 않는 전쟁터였다.

한내에서 강천 집 근처의 학교로 전보 발령을 받고 돌아와 머물던 그의 방. 밤을 새우며 원고지와 씨름하던 《회색지대》의 산실. 그는 지난 세월이 꿈같이 느껴진다. 이 방을 떠난 지 벌써 수년의 세월이 지났다. 그리고 그 수년간 그의 생애에서 일찍이 볼 수 없던 혁명적인 사건들이 연이어 일어났다.

한내에서 겪었던 체험을 바탕으로 쓰기 시작한 소설 《회색지대》는 수많은 밤을 밝히는 고뇌와 땀의 결실이었다. 그는 그의 삶의 한 분신으로 모든 경험과 지식, 상상력과 인생관, 철학을 이야기 속에 용해시키며 정성스레 원고지를 메워 갔다. 처음에 일기처럼 시작된 한내 이야기들이 차츰 줄거리를 갖추기 시작할 무렵, 유력 일간지 〈새한일보〉가 장편소설을 공모하고 있었다.

그는 줄거리가 만들어진 원고를 다듬기 시작했다. 여름방학이 다 가오자 방문을 닫아걸고 침식을 잊은 채 혼신의 마지막 필력을 모았다. 구도하듯 혼을 투입한 소설 《회색지대》는 초고를 합쳐 만여 장의 원고지를 소비하면서 어렵게 완성했고, 그해 〈새한일보〉의 공모에 응모작으로 보냈다.

난생처음 써본 작품이고, 현상공모에 응모하는 것도 처음이어서 처음에는 당선을 기대하지 않았다. 다행히 심사평에 후보작으로나 언급되면 영광으로 생각하고, 그나마도 안 되면 귀중한 경험으로 치부하고 이를 계기로 본격적인 문학 공부에 입문하리라 생각했다.

제법 부피가 있는 원고 묶음을 우송하기 뭐해서 지훈은 주말을 이용해 원고를 직접 들고 신문사를 찾았다. 태평로에 있는 〈새한일보〉 사옥은 웅장한 신축 건물로 지훈을 압도했다. 어렵게 찾은 5층 편집국은 운동장만큼이나 넓었고, 접수를 하던 문화부 여직원이 너무나 세련되어 보이던 곳이었다.

이런 곳에서 일하는 사람들은 얼마나 축복받은 사람일까 부러워지던 기억.

마감이 십여 일이나 남았음에도 이미 50여 편의 작품이 응모되었다는 사실을 알고 나서 느껴지던 좌절감.

그해 연말이 다가오면서 아무도 모르게 당선작 발표를 기다리며 숨죽이던 초조감.

12월 5일 학교로 걸려온 운명적인 한 통의 시외전화.

"김지훈 씨죠?"

"네, 그렇습니다."

"여기 〈새한일보〉 편집국입니다. 《회색지대》의 당선을 축하합니다."

"네? 그게 사실입니까?"

지훈은 자신의 귀를 의심했다.

"빠른 시간 내로 편집국에 들러 주시면 감사하겠습니다."

"네, 감사합니다. 곧 찾아뵙겠습니다."

"자세한 얘기는 만나서 합시다. 거듭 축하드립니다."

수화기를 놓는 손이 감격으로 떨리던 그 당시를 지훈은 회상했다.

오후여서 수업을 끝내고 교무실 난롯가에 모여 있던 동료 교사들이 소식을 듣고 지훈에게 달려들어 헹가래로 축하해 주었다.

그의 생애 최고의 순간이었다.

그 후 신문사를 방문하고 강 국장과 임원, 기자들, 심사위원들과의 떨리던 상견례, 수많은 일간지, 문예지 관계자들과의 인터뷰, 떨며 쓴 당선소감, 그리고 시상식….

그해 신년호 〈새한일보〉 1면에는 지훈의 《회색지대》 당선 소식과

1. 사라지는 마을

시상식 내용, 그리고 연재 1회가 게재되었다. 심사위원장이었던 유주현 작가는 "전환기 우리 시대를 정신적으로 분석한, 향토에 설정된 주제를 높이 평가"하는 심사평을 실었다.

그는 온통 자신의 기사로 뒤덮이다시피 한 〈새한일보〉 신년호를 받아들고 감격의 눈물을 쏟아냈다.

"소중하게 이번 경험을 간직하세요. 겸손하시고…. 생애 중 이런 기회는 몇 번 찾아오지 않는 겁니다."

시상식장에서 심사위원 박영준 교수가 그에게 당부한 말이다.

'오랜 나의 기도를 하나님이 들어주셨다.'

지훈은 당선소감에 그렇게 밝혔다. 도저히 자신이 이룬 성과라고 생각이 들지 않았던 것이다.

그가 겪은 한내에서의 경험이 너무나 소중해서 형상화시켜 보고 싶었던 소박한 욕심에서 출발한 것이었다. 그러나 《회색지대》는 처녀작이자 출세작이 되어 그의 인생에 엄청난 변화의 계기로 작용했다.

《회색지대》는 그해 꼭 일 년 동안 사회면 중간에 이주영 화백의 개성 있는 삽화를 곁들여 인기리에 연재되었다.

신문사를 통해 애독자들의 편지들이 쌓였다. 문예지 몇 곳과 월간지에서도 원고 청탁이 이어져 지훈은 글 쓰는 재미에 흠뻑 빠져 보기도 했다.

신문 연재가 끝났을 때, 자칭 애독자 중의 한 사람인 〈새한일보〉 강석원 국장이 전화를 걸어 그에게 입사를 종용했다.

"고향에 머무는 것도 좋지만 사나이는 좀 더 넓은 데서 높은 안목을 기르는 것이 필요해. 안 그런가?"

옳은 말이다. 기회는 자주 오는 것이 아님을 그는 알고 있다.

그 인생에 새로운 전환점이 운명처럼 다가온 것을 그는 알았다. 어쩌면 기다려 온 운명이기도 했다.

그는 짧았던 교직 생활을 접었다. 그리고 전혀 겪어 보지 않았던 새로운 세계로 자신을 던져 넣었다.

신문사는 24시간을 살아서 움직이는 거대한 생물이었다. 취재 현장은 긴장과 새로움으로 가득 찬 지뢰밭과도 같았다. 발전하는 국가와 사회의 온갖 밝고 희망찬 모습과, 산업화 과정에 어쩔 수 없이 드러나는 부조리며 어두운 그늘조차 용해된 용광로 같은 곳, 아니 이 모든 것들을 숨김없이 비치는 진실의 거울로서 신문이 기능하고 있음을 그는 보았다.

모든 제작 과정은 종합예술의 연출이다. 특히 마감을 앞둔 편집국의 긴장은 하루의 클라이맥스로 불꽃 튀는 전쟁터였다.

지훈은 힘겨운 훈련을 거치며 계획된 과정의 수습을 끝내고 취재팀에 배치되었다.

그의 하루는 전쟁터의 야전군과 같이 변했다.

모든 삶이 사건 현장에 맞춰져 있었다. 그의 방에는 실제로 언제든지 신고 나갈 수 있는 튼튼한 군화가 비치되어 있었다. 한밤중이건 새벽이건 정보가 들어오면 기동타격의 준비로 현장으로 달려가곤 했다.

뉴스 소스에 접근하는 속도나 방법에서 경쟁사에 밀릴 수 없는 것이 그 세계의 생리였다.

그 치열했던 몇 년 간 지훈은 새로운 많은 것을 경험했다. 사내에서 기자들을 격려하기 위해 시행하는 연말 특종상을 받을 만큼 그는 자신의 임무에 충실했다. 이것이 그를 특별히 채용해 준 상사의 은혜를 갚는 일이라 생각했기 때문이다.

취재 경력 3년 만에 그는 편집부 내근기자로 돌아왔다. 편집차장으로 승진되어 있었다. 지난해 말의 일이다.

운이 좋으면 연말쯤, 아니면 늦어도 봄이 되기 전에 미국행 비행기를 탈 수 있을지도 모른다.

강석원 국장은 미국의 한 주립대학에 딸 수경을 위해 스칼라십을 신청하고 있었는데, 요로를 통해 언론재단 연수 케이스를 한 건 더 확보했다고 수경이 귀띔해 주었기 때문이다. 지사에 특파원 자격으로 나가 공부를 할 수 있게 된다면 금상첨화일 것이다.

오랜만에 지훈은 깊고 달콤한 잠을 잤다.

다음날 아침 늦잠에서 일어난 지훈은 대천강 댐 취재 계획을 점검하고 집을 나섰다.

수년 전에 이미 북한강 수계의 강천댐이 건설되었고, 또 다른 두 개의 댐이 근처에 있어서 강천은 물의 도시로 각광을 받기 시작했다. 그런데 다시 시작된 동양 최대의 대천강 댐의 건설로 한국의 베니스라는 별명을 얻고 있었다.

지훈은 오전에 도청과 수자원공사 대천강 댐 건설 사무소를 각각 방문했다.

그곳에서 얻은 자료들은 댐 건설에 상당한 가속도가 붙고 있으며, 사업의 진전이 계획보다 훨씬 앞서 있음을 알리고 있었다.

"담수 계획 2차년도인 올해 말까지 28부(m)선 이내의 모든 시설은 철수를 완료해야 합니다. 대상 지역은 유인물과 같습니다."

댐 건설 사무소 공보 담당자의 브리핑 자료에는 해당 지역 3개 군 8개 면 38개 리의 이름이 나타나 있었다. 지훈은 그 자료에서 대천면을 발견했다. 대천면은 한내리가 속한 면의 이름이다.

한내!

지훈의 뇌리에 여러 해 전에 떠난 마을의 모습이 떠오른다.

"수몰 지역의 이주민 대책은 어떻습니까? 보상이라든가 이주지역 등에 대한 설명을 듣고 싶은데요."

"대체로 순조롭게 해결되고 있습니다."

"문제점들이 많군요."

지훈이 한 발 앞서자

"다양한 조건과 요구, 특성들을 기준에 맞추는 일이라서 백 프로 완벽할 수는 없습니다. 다만 저희들은 최선을 다하고 있다는 말씀을 드립니다"

하며 형식적인 답변이 돌아왔다.

지훈은 현장을 찾아가 보기로 하였다.

도시의 북동쪽 외곽을 벗어나면 강줄기를 따라 넓은 들이 펼쳐져 있다. 들 가운데 소머리 모양의 야트막한 산이 솟아 있었는데 우두산이다. 산 아래로 펼쳐진 벌판을 지나고 시작되는 계곡 입구에 '샘밭마을'이라는 돌에 새긴 이름이 보인다.

갈림길의 왼편에 댐으로 가는 길이 나타나고, 산모퉁이 하나를 돌아 나갔을 때는 갑자기 엄청난 먼지와 굉음을 날리며 진입하는 15톤 트럭의 거대한 행렬과 만났다. 산에 가려 있어서 보이지 않던 이 행렬은 계곡 쪽으로 끝없이 이어졌다.

간신히 그 행렬에 진입하면서 지훈은 엄청난 댐 건설 현장의 실체에 다가서는 듯한 강렬한 인상을 받았다.

계곡에 들어서자 좌우로 막아선 산 중턱으로 임시로 만든 신설도로가 보이고 안내 표지판이 입구에 서 있었다. 트럭의 행렬을 떠나 갈림길에 들어선 후, 수많은 모퉁이를 돌아 올라선 곳에 광장이 나타났다. 그곳에 현장 지휘 본부가 있었다.

차를 세우고 내려다본 계곡, 그곳에 참으로 놀라운 광경이 펼쳐지고 있었다. 까마득히 내려다보이는 계곡은 양편으로 깎아지른 바위산 사이로 거대한 흙 쌓기 공사가 진행되고 있었는데, 비행장 두어 개는 합쳐 놓은 듯한 넓은 벌판을 장난감 같은 트럭들이 쉴 새 없이 드나들고 있었다. 상상을 초월하는 공사 규모였다.

신분을 밝히고 공보실에 들어서자, 안전모 차림의 직원이 브리핑을 시작했다. 브리핑실의 분위기나 직원의 복장 태도가 전선에서 전투 중인 야전사령부의 긴박한 느낌을 주었다.

〈공사 개요〉
댐 규모 : 높이 123m 길이 2,290m
저수량: 5,900,000,000t
공사 기간: 7년 6개월
댐의 특징 : 중앙차수벽식 사력댐(Zone Fill Dam)
만수위 수면 : 70㎢
유역 면적 : 2,703㎢
발전량 : 350,000,000Kw(연간)
홍수 조절 능력 : 50,000,0000t
농공 용수 공급 : 1,213,000,000t
공사 진척률 : 38%
공사비: 560,000,000,000원

가늠할 수 없는 수많은 항목의 수치들이 지훈을 질리게 했다.
"다목적 사력댐의 특징을 좀 설명해 주실 수 있습니까?"
"지금까지 대부분의 댐들은 콘크리트 공법으로 건설됐습니다. 우리 대천강 댐은 그 크기에 있어서 국내의 어떤 댐과도 비교할 수 없는 매머드 규모로 안전성과 건설 비용 절감을 동시에 만족시키는 기술 개발이 절실했습니다. 우리는 이 딜레마를 사력댐 공법의 개발로 해결했습니다. 사력댐을 쉽게 설명 드리면, 댐의 중심부를 점토로 쌓아 다져 올리고, 외곽으로 모래, 자갈, 암석의 순서로 쌓아가는 공법입이다. 이 공법의 개발로 안전성과 비용면에서 획기적인 향상을 가져오게 되었습니다."

"기술의 국산화율은 어느 정돕니까?"

"발전 설비의 핵심 부분을 제외한 대부분의 설계와 시공이 모두 우리 기술이라고 보시면 됩니다. 오토메이션의 대담한 적용으로 공기가 30퍼센트 이상 단축되고 있습니다."

공보 담당자의 설명에선 자신감과 열정이 뿜어져 나왔다.

촬영이 금지되어 있었지만 주요시설을 제외한 개략적인 윤곽은 엠바고를 전제로 카메라에 담았다. 관리사무소에서 바라다 보이는 시원스레 펼쳐진 공사장의 조감과 수많은 장비들의 모습을 현장감 있게 수집할 수 있었다.

몇 군데를 돌아보는 사이에 하루가 금세 지나갔다.

대단한 경험이었다.

거대한 산 하나가 계곡으로 옮겨지고 있는 셈이다.

'새로운 역사를 창조하는 기적의 댐.'

집으로 돌아와 작성하기 시작한 지훈의 르포 기사는 이런 제목이 붙어 있었다.

다음날 아침, 이른 시간에 전화벨이 울었다.

"여보세요?"

"박인숩니다."

"아 네, 지사장님."
"어제 취재는 잘 됐습니까?"
"네, 아주 성공적으로…."
"안내를 못 해드려 미안합니다. 지사에 손이 부족해서."
"별말씀을."
"대신 소스를 하나 드리죠."
"뭡니까?"
"오늘 아침 10시에 도지사가 참석하는 마을 운동회가 대천 한내학교에서 열립니다. 도청 기자실에서 나온 소스니까 확실한 정봅니다."
"대천이라고 하셨습니까?"
"그렇습니다. 아는 곳입니까?"
"잘 알지요. 그런데 그 작은 면소재지에 지사님이 웬일로?"
"그 내용은 잘 모르겠습니다."
"감사합니다. 좋은 정보를 제공해 줘서."
"우리 주재 기자가 다른 일로 자리를 비웠군요. 그래서…."
"알겠습니다. 염려하지 마십시오. 제가 대신 취재하겠습니다."

수화기를 놓고 지훈은 시계를 봤다. 이런! 벌써 8시가 지나 있었다. 아침을 먹을 시간도 없었다.

지훈은 급히 차를 몰아 대천강 계곡으로 향했다.

'이 무슨 돌발 상황인가.'

어제 달렸던 길에 다시 들어서자 수많은 트럭의 행렬이 어제와 똑같은 모습으로 도로를 질주하고 있었다. 공사장을 지나는 이설도로였다. 아침 안개가 자욱한 산 중턱을 굽이굽이 돌아나간 길을 따라가면서 지훈은 갑자기 다가온 현실이 잘 믿기지 않았다. 시간이 나면 천천히 방문해 볼 계획이었는데, 그 시기가 빨리 찾아온 것이다.

액셀러레이터를 밟는 지훈의 발에 힘이 가해진다.

지난 기억들이 파노라마처럼 머릿속을 맴돌았다. 한내를 떠난 때가 어제 같은데, 어느새 수년이 지나가고 있다. 그곳 사람들의 모습이 떠오른다.

'학교는? 정 선생, 한영미 선생은 전보되었을 테고, 희영은?'

소식이 끊긴 첫사랑. 그렇다. 그의 기억 속으로 희영의 하얀 얼굴이 되살아나고 있었다. 왜 그녀가 마을과 교회와 그로부터 떠났는지 지금껏 이해할 수 없다. 가정을 꾸몄을 것이다.

'가나안교회는 아직 그곳에 있을까? 후임 목사는? 인숙이네 가족들은? 내촌 사람들은?'

모두가 궁금하다.

수많은 굽이를 돌아나가자 덕적산과 그 맞은편의 수리재가 보였다. 이어 계곡 아래로 넓은 들이 펼쳐지고 가느다란 실개천이 햇빛에 반짝이는 분지가 나타났다.

한내였다. 지훈은 심호흡을 했다. 감회가 새롭다.

한내로 가는 비탈길을 내려서자 낯익은 풍경이 그를 맞았다. 마을은 옛 모습을 그대로 간직하고 있었다.

과속으로 달려온 때문인지 만국기가 펄럭이는 학교 운동장에 도착했을 때 다행히도 운동회는 아직 시작되지 않고 있었다. 교문에 세워진 아치를 지나자 낯익은 편백나무 울타리 사이로 코스모스가 흐드러지게 피어 그를 반갑게 맞이했다.

하얀 운동복을 입고 운동장에서 뛰어다니는 아이들 사이로 먹을 음식을 장만해 머리에 이고 교문을 들어서는 학부모들이 섞이고 있었다.

지훈은 무척 낯익은 교정을 지나 교무실 쪽으로 갔다. 아이들이 뛰어다녔지만 그를 알아보지 못했다. 세월이 흐른 것을 실감한다.

그사이 학교는 본교로 승격되어 규모가 커진 것을 알 수 있었다.

교무실에서는 세 명의 여직원들이 준비물을 챙기고 있었다.

"어떻게 오셨어요?"

맞은편에 있던 여직원이 지훈을 쳐다봤다. 낯선 얼굴이다.

"운동회를 취재하러 왔습니다."

"신문사에서 오셨나요?"

"그렇습니다. 교장선생님을 잠깐 뵐 수 있을까요?"

"지사님이 오시기로 돼 있어서 마중을 나가셨습니다. 아, 저기 오셨네요."

운동장에서 호루라기 소리가 들렸다.

교문으로 들어서는 10여 대의 자동차 행렬을 구경하러 몰려드는 아이들을 남자 직원이 제지하고 있었다.

차에서 내린 사람들은 교장실로 들어갔다.

여직원들이 손님을 맞이하느라 분주해진다.

지훈은 복도로 나와 교무실과 붙어 있는 교장실 문을 밀고 들어가 보았다.

좁은 교장실 소파에 지사의 수행원들이 앉아 있었다. 의자가 부족해 일부는 서 있기도 했다.

메인테이블에 근엄한 표정으로 앉아 있는 머리가 많이 벗겨진 남자가 아마 지사일 것이다.

교장은 자리에 앉지도 못하고 송구스런 표정으로 손님들을 안내하고 있었다.

여직원들이 가져온 커피를 마시고 나서 그들은 일제히 일어섰다.

운동장에서는 아이들을 집합시키는 남자 교사의 구령 소리가 확성기를 울리고 있었다.

 운동회 개회식 순서에 따라 국민의례와 개식사가 이어지고, 교장은 도열한 학부모와 어린이들에게 '개교 이래 처음으로 영광스럽게 학교를 방문해 주신 도지사님'을 소개했다.

 도열한 아이들의 수는 얼른 보아도 50명을 넘을 것 같지 않았다. 눈에 띄게 줄었다. 이주가 이미 시작된 탓일 게다.

 그런데 운동장은 왁자지껄 붐빈다. 자세히 보니 아이들보다 훨씬 많은 수의 어른들이 모여 있었다. 온 동네 모든 사람이 총동원된 듯, 교문 쪽에서는 아직도 꾸역꾸역 마을 사람들이 모이고 있다.

 "친애하는 어린이 여러분, 그리고 이 자리에 참석하신 내빈, 학부모, 주민 여러분…."

 볼륨을 올린 확성기에서 지사의 묵직한 목소리가 들린다. 사람들이 모두 단상을 쳐다본다.

 여기저기서 박수 소리도 들린다.

 "본인은 오늘 이 뜻깊은 운동회에 참석하여 치하의 말씀을 드리게 된 것을 무한한 영광으로 생각하는 바입니다. 오늘 이처럼 청명한 가을 하늘 아래 다정한 이웃과 친지들이 함께 모여 즐거운 운동회를 열게 된 학교 당국과 주민 여러분께 우선 심심한 감사를 드리는 바입니다. 오늘날 발전하는 조국은 근대화의 깃발을 높이 들고 잘살기 위한 운동의 하나로 대천강 댐 건설 사업을 진행하고 있습니다. 잘 아시다시피 이 거대한 사업은 조국에 큰 영광을 선물할 것입니다. 여러분은 조국의 새 역사 창조에 동참하는 주인공입니다. 언제나 그렇듯이 영광 뒤에는 고통이 있었습니다. 여러분 가운데는 조상 대대로 살아오던 내 고장을 본의 아니게 떠나야 하는 아픔을 겪는 분도 있을 것입니다. 그분들께 본인은 이 자리를 빌려 심심한 위로의 말씀을 드리고자 합니다. 좀 힘드시더라도 이 시대적 요청에 순응하고 조국의 원대한 계획에 동참해 주실 것을 부탁드립니다. 아무쪼록 오늘 즐거운 운동회가 되길 바랍니다. 여러분들의 앞날에 행운이 있으시길 기원합니다."

사람들 사이에 숙연한 바람이 일었다.

지사의 축사는 역설적으로 마을의 종말을 애도하는 조사였다.

지훈은 주민들 사이에서 어쩔 수 없이 새어나오는 한숨 소리를 들었다.

개회식이 끝난 뒤 운동장에서는 달리기며 풍선 터뜨리기, 줄다리기, 기마전 등등 순서가 진행되고 있었으나 아이들만 즐거워할 뿐, 어른들은 이곳저곳에서 모여 다가올 변화에 대한 걱정들을 얘기하느라 분위기가 예전의 신명 나던 운동회와는 달랐다.

지사 일행은 잠시 본부석에 앉아 있다가 자리를 떠났기 때문에 지훈은 모처럼 찾아온 인터뷰의 기회를 놓쳤다. 댐 건설로 수몰되는 지역의 행정적 지원 현황, 대책 등을 알아보고 싶었다. 비서에게 면담을 요청했으나 스케줄 때문이라며 난색을 표명했다.

지훈은 학교 뒷마당으로 갔다.

차일이 쳐진 곳에 가마솥이 걸리고 고깃국이 끓고 있었다.

마을 노인들 서넛이 모여 있었다.

아는 얼굴이 안 보인다.

머뭇거리는데 "김 선상님이 아니서요?" 하고 등 뒤에서 낯익은 목소리가 들린다.

뒤를 돌아보니 냄비를 들고 차일 안으로 들어서던 여자가 지훈을 향해 웃었다.

"인숙 어머니!"

한내에 머물 때 하숙을 했던 집 인숙이 어머니다.
"긴가민가했구먼. 시상에!"
냄비를 책상에 얹고 인숙 어머니가 달려와 손을 잡는다.
"안녕하셨어요? 오랜만에 뵙습니다."
"어디에 가 기셨는데 그리 소식을 알 수 없어요? 많이 출세했다고 그러드만, 풍문에."
"출세는 무슨, 인숙이 아버지도 안녕하신지요?"
"별로 안녕하지 못해요."
"어디 편찮으신가요?"
"맴이 아프지요. 땜인지 뭔지 온통 집안을 쑥대밭으로 만들어 놨어요. 오후엔 여기 오기로 했는데 모르겠네, 올라는지."
무슨 일이 있는 것 같은데 인숙 어머니는 말꼬리를 흐린다.
"인숙이는?"
"갸는 대천에서 여학교를 마치고 올 봄에 취직을 했네요."
"정말 잘됐군요."
애기를 하는 사이에 마을 여인들이 수돗가에서 씻은 채소며 과일들을 들고 모여들었다. 낯익은 얼굴들도 있어 지훈을 반가워했다.
앞 운동장에서 진행되던 운동회는 정오 무렵 청백 계주를 끝으로 막을 내렸다. 아이들과 가족들은 곳곳에 쳐진 천막에 모여 점심을 먹기 시작했다.
교직원들이 마을 유지들과 함께 지훈이 앉아 있던 뒷마당 차일 안으로 들어왔다.
지훈은 학교장을 찾아가 인사를 했다.
"아침에 손님들이 많이 오신 것 같아서 찾아뵙지를 못했습니다."
"누구시던가요?"

"오래전 여기서 근무했던 김지훈이라 합니다."
"아니, 댁이 그 유명한 소설가 김지훈 선생이세요?"
"말씀 놓으시죠. 선배님."
"어디요. 고향 선후배들이 요즘도 김 선생님 얘기로 떠들썩한데. 어떻게 이런 귀한 걸음을 하셨습니까?"
"강천댐 관련 취재를 왔다가 들렀습니다."
"그럼?"
"〈새한일보〉에서 일하고 있습니다."
"축하합니다. 훌륭한 저널리스트가 되실 줄 믿습니다."
"올해 마지막 운동회라고 하던데."
"그렇지요, 이번 학기로 학교는 폐쇄됩니다. 내년부터 담수가 시작되면 여기는 흔적도 없이 사라지게 되는 거죠."
"감회가 남다르시겠습니다."
"저야 다음 학교로 옮기면 그만이지만 이 고장 사람들은 착잡한 심정일 겝니다. 안 그렇습니까? 회장님."

학교장은 곁에 앉아 있는 남자를 돌아보았다.

"조국의 근대화 사업인데 사사로운 감정에 사로잡혀서야 되겠습니까?"

색안경을 쓴 좀 뚱뚱한 남자가 엄숙한 표정을 지으며 대답했다. 그는 콧수염을 기르고 있어서 제법 나이가 들어 보였다.

"참 소개가 늦었네요. 이쪽은 작년부터 한내학교 총동창회장을 맡고 계신 최태식 회장님이십니다. 마을과 학교를 위해 많은 도움을 주셨지요."

최태식, 최 장로의 아들이다.

그가 이런 모습으로 앉아 있을 줄은 미처 몰랐다.

"잘 부탁합니다."

그가 아주 사교적인 말투로 손을 내밀었다.

태식의 왼손이 바지 주머니에 꽂힌 것을 지훈은 놓치지 않았다. 고의였는지 아닌지 모르지만 태식은 지훈을 알아보지 못하는 듯했다. 그런 태식에게 지훈도 아는 체할 수 없었다.

지훈은 그가 건넨 명함을 보았다. 신흥건설주식회사 회장과 여러 사회단체장 이름이 금색 활자로 가득 찍혀 있는 명함이었다.

"최 회장님은 한내 출신이지만 일찍이 강천시로 진출해서 건축 분야에 크게 성공하신 분이죠. 내후년에 있을 총선에도 뜻을 품으시고…. 오늘 이 뒤풀이는 모두 최 회장님이 쏘신 것입니다."

학교장이 부언했다.

얘기를 하는 사이 음식들이 나왔으므로 지훈도 그들 틈에서 쇠고기 국밥 한 그릇을 비웠다.

운동장 쪽에서 마을 사람들이 차일 쪽으로 모여들면서 그곳은 잔칫집처럼 변하기 시작했다. 잘 익은 막걸리가 나오고, 통째로 구운 멧돼지 바비큐에 둘러앉아 사람들은 다가올 장래에 대한 걱정들을 토해내기 시작했다. 면에서 나온 공무원은 올해 들어 수몰지구 보상이 시작되면서 한내 1, 2리 전체의 30퍼센트 이상이 이미 떠났고, 연말까지 대부분 이주하게 될 것이라고 했다. 사람들은 턱없이 부족한 보상금 수준에 불평하기 시작했다. 평생 농사만 짓고 살아온 사람들은 앞으로 무슨 일을 해먹고 살아야 하는가 고민을 털어놓았다.

"야, 놔둬! 말리지 말라고!"

갑자기 차일 입구 쪽에서 큰 소리가 났다.

한 남자가 취기가 오른 모습으로 학교장이 앉아 있는 테이블로 걸어 나온다.

1. 사라지는 마을 31

놀랍게도 그는 인숙이 아버지 최달수 씨였다.

"인숙이 아버지."

지훈이 손을 들어 아는 체하려 했으나 그는 다짜고짜 태식 앞으로 갔고 그의 멱살을 잡아 일으켰다.

"야, 이 사기꾼 같은 놈아!"

어디서 힘이 솟구치는지 달수 씨는 덩치가 제법 큰 태식을 밀쳤다. 그 바람에 술상이 넘어지고 둘은 그 위로 쓰러졌다. 순식간에 일어난 일이어서 잠시 멍했던 사람들이 모여들어 두 사람을 떼어 말린다. 어디를 부딪쳤는지 태식의 입가에 피가 흐르고 안경이 벗겨져 나갔다.

"이 양반이 또 취했네, 어떻게 날마다 술이야."

주방 쪽에서 인숙이 어머니가 뛰어나왔다.

사람들이 달수 씨를 껴안아 밖으로 끌어낸다.

"정말, 봐줄 수 없군!"

쏟아진 막걸리 잔에 젖은 옷을 털며 태식은 얼굴을 일그러뜨린다.

비서인 듯, 젊은이가 부서진 안경과 모자를 찾아들고서 곁에 가 선다.

"야 인마, 빨리 시동 걸어!"

그는 화풀이라도 하듯 소리친다. 젊은이는 재빨리 뛰어나간다.

"저 양반이 속이 상해서 그래. 태식아, 네가 좀 참아라."

인숙이 어머니가 태식의 소매를 잡았지만 "필요 없어요!" 하며 그가 뿌리친다. 갑자기 차일 안에 찬바람이 인다.

"나중에 봅시다."

어쩔 줄 몰라 굽실하는 교장을 향해 한마디 하고 태식은 밖으로 나갔다.

그리고 돌아오지 않았다.

지훈은 차일 밖으로 나가 보았다.

마을 사람들에 둘러싸여 인숙이 아버지가 아직 소리를 지르고 있었다.

"이놈아, 내 산을 찾아 줘. 찾아 달란 말이야!"

많이 취한 모습의 달수 씨는 마을 사람들에 의해 경운기에 태워졌다. 인숙 어머니도 함께 탄 경운기는 교문을 나가 마을 쪽으로 사라졌다.

알 수 없는 일이다. 남에게 결코 싫은 소리를 못하는 순박한 농부였던 최달수 씨의 변모에 지훈은 충격을 받았다. 더구나 그 상대는 조카뻘인 태식이 아닌가.

무슨 일이 생긴 것일까?

모두 격앙된 모습이어서 지훈은 잠시 기다렸다.

"그럴 수밖에요. 오죽 억울했으면 저러겠어요?"

사람들이 다시 차일 안으로 들어왔다.

"최 회장이 너무했어."

그들은 수군거리기 시작했다.

지훈이 그곳에서 들은 사건의 개요는 이러했다.

몇 년 전에 고향 마을에 와서 새마을 사업의 공장 부지를 물색하던 태식은 달수 씨의 선산이 포함된 마을 앞 야산 10정보를 시가보다 싼값으로 매입하고, 당초의 약속과는 다르게 그곳을 개간해 과수를 심기 시작했다. 모두 의아해하는 동안 대천강 댐 건설 계획이 발표되고, 이어 진행된 수몰지구 보상 심의와 보상에 최 회장은 투자액의 수십 배의 이익을 거둔 것으로 알려졌다. 눈 뜨고 코 베어 바친 꼴이 된 최달수 씨가 조카인 태식을 만났으나 '아저씨, 저도 정말 뜻밖입니다. 아저씨 운이 그런 걸 어쩌겠습니까'라고 말했다는 것이다.

최달수 씨는 모든 정황으로 미루어 태식이 계획적으로 그를 이용한 것이라고 생각하고 지금껏 속앓이를 해온 것이라고 했다.

좀 더 구체적인 내용은 쌍방의 의견을 들어야 했다. 그러나 태식의 교활한 속임수가 개입된 증거를 확보하면 충분한 얘깃감이다. 지훈은 메모를 했다.

"가끔 필요할 때 들르겠습니다."

마을사람들에게 인사하고 지훈은 어수선해진 학교를 나와 차에 올랐다. 가 보고 싶은 곳이 있었다. 덕적산 밑의 가나안교회, 한내로 오면서 가장 먼저 생각했던 곳이다. 궁금한 일이 한두 가지가 아니다.

차가 덕적산 기슭으로 오르자 낯익은 길이 나타났다.

사랑의 길 오솔길에 심어졌던 편백나무들이 키를 넘는 숲을 이루고 있었다. 손길이 못 미쳤는지 잡초들과 섞인 나무들이 어설프다.

교회 마당에 차를 세웠다. 조용하다.

교회는 많이 낡고 음습한 냄새를 풍기고 있었다. 화재를 입었던 지붕은 수리가 돼 있어 외관은 그런대로 교회당 모습이지만 폐가처럼 스산해 보인다. 그나마 얼마 후면 물속으로 잠길 처지가 아닌가.

계단을 올라 닫힌 출입문을 밀고 본당 안으로 들어선다. 지훈은 착잡함을 느끼며 뒤편의 낡은 의자에 앉았다. 눈을 감는다.

"하나님 아버지…."

오랜만에 와 보는 교회, 자신도 모르게 기도가 입에서 새어나온다.

"기도는 호흡과도 같은 것입니다. 호흡이 멈추면 생명이 끊어지듯 기도가 중단되면 믿음도 떠나는 것입니다."

지난날 이승규 목사는 바로 이곳 강단에서 이렇게 말하곤 했었다.

"너무 오래 주님을 떠나 살아온 죄인을 용서하여 주옵소서."

묵상을 하면서 지훈은 그 자신이 신앙인인지 자문해 본다. 한내를 떠난 후로 예배를 드려 본 적이 별로 없는 그를 신앙인이라고 대답할 수 없을 것 같다.

그는 이곳 강단에서 세례를 받았음을 기억해 냈다. 크리스마스 시즌에 청년들과 캐럴을 연습하던 생각도 떠올랐다. 밤늦도록 불을 밝히고 부활절 칸타타를 연습하던 성가대석이 강단 앞에 예전과 같은 모습으로 놓여 있었다. 희영이 반주를 하던 피아노도 그 자리에 그대로다. 모두 낯익은 풍경이다.

희영, 불현듯 그녀가 보고 싶다.

그는 밖으로 나왔다.

목사관은 본당 뒤편에 있다.

본당과 사이에 있는 작은 마당에도 낙엽이 수북이 쌓여 을씨년스러웠다.

"계십니까?"

현관에서 노크를 했다.

"누구세요?"

잠시 후 문이 열리고 50대 후반으로 보이는 낯선 여자가 나온다.

"목사님을 뵙고 싶은데."

"대천에 나가셨어요. 어디서 오셨는데요?"

"서울에서 왔습니다. 전에 한내에서 좀 살았고 이 교회에 다녔지요. 첨 뵙는 분 같은데. 집사님이신가요?"

"전 송 목사 사모예요."

"아, 이거 몰라뵙고 실례를 했군요."

"별말씀을요, 좀 올라오세요."

"그럼 잠깐 실례하겠습니다."

지훈은 궁금한 일이 많았다.

"시골이라 아무것도 없어요."

사모님이 내온 쟁반엔 흰 밥알이 뜬 식혜가 그릇에 담겨 있었다.

"감사합니다. 한내학교 운동회에 왔다가 궁금해서 잠시 들렀습니다. 제가 근무하던 곳이라서."

"아, 그럼 김 선생님?"

"그렇습니다."

"청년들에게 얘기 많이 들었어요. 지금도 학교에 계신가요?"

"아닙니다. 신문사에서 일하고 있습니다."

"정말 귀한 분을 뵙게 돼 반가워요. 송 목사님은 그해 봄에 한내로 왔습니다. 총회에서 파견한 위임목사로 잠시 있기로 하고 내려왔는데 벌써 5년이 지나갔어요."

"교회 형편은 어떻습니까?"

"보시다시피 폐업 직전이에요. 지금까지 몇 명 안 되는 교인들이 그저 명맥만 유지하고 있었는데, 아시다시피 수몰지구로 들어가는 바람에 이젠 완전히 문을 닫을 수밖에 없지요."

"수몰 지구에 대한 보상이 꽤 될 텐데 새로 시작하면 안 될까요?"

"수몰 보상? 오늘도 목사님이 그 문제로 대책 사무소에 나가셨는데 교회 앞으로는 아무것도 기대할 것이 없나 봐요."

"그런 문제라면 최 장로님이 잘 해결해 주실 텐데요?"

"아직 모르셨어요? 지난해에 돌아가신 걸."

"아, 그랬습니까? 건강하셨는데…."

"아들 일로 속을 끓이다 그렇게 됐어요."

"무슨 일이 있었군요."

"강천에서 건설회사를 하는 아들이 사업자금으로 장로님 부동산을 모두 등기 이전해서 저당 잡히는 바람에 재산을 모두 날리고 고민하다 지병이 악화됐어요. 교회 부지도 이미 최 사장 이름으로 보상 신청이 되어 있고, 동네 사람들 중에도 최 사장에게 토지를 넘겨준 사람들이 있어 지금 난리가 났어요."

알 만한 얘기다.

"혹시 전임 이승규 목사님과는 연락이 됩니까?"

지훈은 마음 한구석에 이 목사에 대한 미안함이 생긴다.

이 목사의 소식은 지금껏 잘 모르고 있다. 그동안 지훈의 삶에 닥친 엄청난 변화는 지난날들에 대한 회상에 잠기는 한가한 시간들을 용납하지 않았다. 눈코 뜰 새 없이 바쁜 일상이 그렇게 만들기도 했지만, 말없이 그의 곁을 떠난 희영에 대한 배신감이 이 목사와 그 가족들의 거취를 알아보는 일에 무관심하게 했던 것도 사실이다.

"서울에 가면 더러 만나기도 하지요. 지금 강동구 고덕 지역에서 작은 교회를 하고 있다고 들었습니다."

"이 목사님에게 따님이 한 분 있었을 텐데요?"

"글쎄요, 잘 모르겠습니다."

"연락처를 좀 알고 싶군요."

"잠깐 기다리세요."

사모가 책상에서 수첩을 가지고 왔다.

이승규 목사의 전화번호가 적혀 있어 지훈은 수첩에 메모했다.

교회를 나와 보니 아직 해는 크게 기울지 않았다.

내친김에 내촌 사람들의 동태도 알아보고 싶었다.

한내를 지배했던 또 다른 한 개의 축인 청암과 선불도 교인들의 거취는 그에게 가나안교회 못지않게 흥미를 끄는 것이기도 했다.

한내를 건너 내촌으로 들어가는 길은 학교가 있는 마을길보다 더욱 황량했다. 서낭당이 있던 고갯길에서 그는 잠시 차를 세웠다. 언제나 그랬듯이 내촌은 회색의 안개로 덮여 있었다. 지훈은 그 안개를 뚫고 마을 입구로 들어선다. 입구에 세워졌던 장승은 잡초 사이에 목이 부러진 채 넘어져 있다.

수백 년을 묵어 어깨가 휘어진 당나무, 그 그늘에 세워졌던 당집은 허물어지고 가지에 걸린 색 바랜 천조각들이 바람에 흔들리고 있었다. 마을을 지배하던 샤머니즘의 흔적들이다.

마을의 길흉을 좌지우지했던 서낭당, 절대적 권위로 신성시되던 지역, 숱한 금기와 신비한 주술적 마법을 드러내던 전설의 장소가 폐허로 변해 버린 것을 그는 보았다.

마을 안으로 들어가자 모두 이사를 갔는지 텅 빈 마을에 부서진 집들로 을씨년스런 모습이다. 서씨네 고가는 부서져 내리는 지붕이 위태로워 보이긴 했으나, 주토를 먹인 당집의 기둥과 서까래의 단청을 닮은 채색무늬들이 아직 남아 있어 귀기(鬼氣)마저 느껴졌다.

이곳에서 선불도라고 불리던 교를 마을에 퍼뜨리며 사람들을 모아 주문 같은 경문을 외우게 하고 피난처를 얘기하던 청암의 행적이 궁금해졌다. 그가 머물렀을 듯한 사랑채는 찢어진 벽지와 일그러진 문짝으로 어수선했고, 염주 몇 개가 먼지 쌓인 방 한쪽에 흩어져 있었다.

사진을 찍고 돌아서려는데 방 한구석에 수첩 같은 얇은 책자가 눈에 띄었다.

흙먼지를 털고 보니 '문사주경'이라 쓰인 표지 안에 서투른 한글 글씨로 '인건산하 하하통치 무암고조 음불성공…'이라는 암호 같은 글자들이 적혀 있었다.
 신도들이 읽던 경문인 것 같아 가방에 챙겨 넣었다.
 마을은 폐허 그 자체였다.
 마을 사람들은 한 사람도 만나 볼 수가 없었다. 머지않아 이곳도 물속으로 사라질 것이다. 낡아서 더는 쓸 수 없는 근섭의 고가처럼, 서낭당에 서 있던 당집처럼 오랜 전통들은 부서져 내리고 다목적댐의 언제(堰堤)가 높아지면서 모두 수장될 것이다.
 상상을 넘어서는 변모다. 마을의 실상을 알아보려면 보다 광범위한 취재 계획을 세워야 할 것 같다.
 차를 몰아 마을을 빠져나오며 지훈은 생각했다.
 아무 일 없었던 것처럼 황혼이 한내 분지를 붉게 물들이고 있었다.

 강촌 집으로 돌아온 지훈은 밤늦게까지 현지 보고 기사를 만들었다. 오전까지 지사에서 발송해 주면 모레 조간에 실리게 될 것이다.
 시리즈를 시작하게 되므로 첫 회분 원고는 제법 색칠을 하느라 신경을 썼다.
 다음날 아침, 늦잠에서 깨어나 보니 벌써 10시가 넘었다.
 지사에 나갔다.
 "좀 건지셨습니까?"
 박 지사장이 나와 있었다.
 "네, 제법 무게가 나가는 놈들이 걸렸어요. 송고를 좀 부탁합니다."
 "이건 월척인데요?"
 지훈이 내미는 원고 봉투를 받으며 지사장이 너스레를 떤다.
 "다 박 지사장님 덕분입니다."
 여직원이 커피를 가져왔다. 커피를 한 모금 마시고 지훈이 물었다.

"신흥건설회사라고 아십니까?"

"신흥건설이라…. 중앙로타리 신흥빌딩에 있는 회사 말인가요?"

"최 회장이라고 어제 한내에서 만났습니다."

지훈이 지갑에서 명함을 꺼내 지사장에게 보였다.

"최태식, 알 만한 사람입니다. 돈푼이나 모았다고 소문이 자자합니다만 무슨 일이 있었습니까?"

"어제 한내 학교에서 만났습니다. 회사까지 얼마나 걸립니까?"

"중앙로타리면 걸어서 5분 안에 갈 수 있어요."

지훈은 명함에 있는 번호로 전화를 걸었다.

"안녕하십니까? 〈새한일보〉 김지훈 기잡니다. 어제 한내 학교에서 잠시 인사를…."

"아. 네, 기억합니다. 그런데 어쩐 일로?"

"잠깐 뵙고 싶은데 시간이 어떠실지."

"뭐 좋습니다."

"감사합니다. 곧 찾아뵙겠습니다."

지훈은 수화기를 놓았다.

"좀 다녀오겠습니다."

의아한 표정의 지사장에게 말하고 지훈은 밖으로 나왔다.

신흥건설 빌딩은 가까운 곳에 있었다.

중심가에 위치한 10층 규모의 신축 건물이었다.

엘리베이터 앞에 안내된 표지판에 1~2층은 상가였고, 회사 사무실은 8~9층, 10층은 유흥시설로 되어 있어서 그는 9층에서 내렸다.

회장실에서 최 회장은 직원에게 서류를 결재하고 있었는데, 지훈이 들어서자 웃으며 일어섰다.

"어서 오십시오."

"바쁘신데 실례를 하는 것은 아닌지 모르겠습니다."

"천만에요. 자, 앉으시죠."

그는 지훈에게 응접용 의자를 권했다. 그리고 밖으로 나가려는 직원을 불러 세웠다.

"김 과장, 사무실 미스 최에게 마실 것 좀 준비하라고 해."

그는 매우 사교적인 태도를 보여주었다. 오래 사업을 해온 탓인지 약간 어색했으나 에티켓을 잘 지키려는 모습이었다. 콧수염은 그를 제법 나이 들어 보이게 했다.

"최달수 씨와는 어떤 사이신가요?"

지훈은 단도직입적으로 물었다.

"아 네, 먼 친척이죠. 아저씨뻘 되는."

"뭔가 좀 불편한 일이 있으신 것 같던데."

잠시 움찔하던 그는 갑자기 표정을 바꾸곤 "하하, 어제 그 불상사를 보셨군요. 아무것도 아닙니다. 그 가끔 술버릇이 고약해서. 뭐, 다 잊어버렸습니다. 허허" 하며 과장된 웃음을 웃었다.

"마을 사람들이 과수원 얘기를 하던데, 회장님은 어떻게 생각하십니까?"

마침 출입구가 열리고 사무복 차림의 여직원이 차반을 들고 들어섰다.

출입구의 맞은편에 앉았던 지훈은 그가 인숙임을 금방 알아봤다. 키가 훨씬 커졌지만 얼굴 윤곽이 옛 모습 그대로였다. 고개를 숙인 채 지훈 앞에 커피잔을 내려놓고 돌아서 나갔다. 지훈은 태식이 자신을 이미 알아보았으리라 판단했다. 그런데도 너스레를 떠는 이유가 궁금했다.

"저 아이는 달수 씨 딸입니다. 보시다시피 달수 씨는 나한테 그러면 안 됩니다. 먼 촌수로 아저씨뻘이 되지만 고향 까마귀라고 내가 챙겨 주지 않으면 요즘같이 어려운 시기에 쟤들이 어떻게 취직을 합니까?"

"고마운 일을 하셨군요."

"말이 나왔으니 말이지, 요즘엔 대졸짜리들도 갈 데가 없어 줄을 섰어요. 겨우 상고를 나와 오갈 데 없는 딸을 건져 줬으면 감사하는 게 사람의 도리가 아닌가요?"

"그렇게 은혜를 베푼 사람인데 최달수 씨는 왜 그랬을까요?"

"다 자기들 자격지심이지요. 남 잘되는 거 좋아하는 사람 보셨나요?"

"사람들은 회장님께서 정보를 이용해 고향 사람들을 속이고 폭리를 취했다고 믿고 있더군요."

"낭설입니다. 법적으로 전혀 하자가 없어요. 과수원 문제만 해도 우연히 그렇게 된 것이고, 제가 고향 사람들을 이용해 돈벌이를 했다면 벼락을 맞을 일이지요."

"정계 진출을 계획하신 줄 알고 있는데 이런 좋지 않은 소문들은 도움이 안 될 것 같군요."

"그래서 저도 고민입니다. 고향을 어떻게 하면 도울 수 있을까 생각을 많이 했죠. 보시다시피 엊그제도 그래서 한내로 갔던 거고…. 할 일은 챙기는 편입니다."

"태식 씨, 이제 가면을 좀 벗으시죠."

지훈이 갑자기 목소리의 톤을 바꾸며 말했다.

"어제부터 계속 나를 전혀 모르는 표정으로 대하시는데 삼거리 집에서 만났던 기억 안 나십니까?"

"삼거리라. 갑자기 무슨 말씀을?"

"학교로 부하들 두 명을 보낸 일도 생각나실 테지요. 이희영 씨 문제로 신경 많이 쓰시던데 잘돼 갑니까?"

순간 태식의 표정에 긴장이 지나갔다.

"아, 그런 일이 있었군요. 하도 오래된 일이라서…. 이거 고명하신 김지훈 선생님을 알아보지 못해서 죄송합니다. 허허허…."

태식은 다시 과장된 너털웃음을 웃었다.

"제법 사업을 키우신 것 같은데…. 앞으로 종종 만날 기회가 생길 것 같군요. 최 사장님과는 좀 따져 봐야 할 일도 있고…. 거창한 계획들이 제법 알려져 있더군요."

희영을 사이에 두고 제법 줄다리기를 했던 옛 기억을 떠올리며 지훈의 말투에 빈정거림이 섞인다. 자신도 알 수 없는 취재기자의 습관이다.

"김 기자님이 좀 도와주십시오. 내 한턱 톡톡히 내리다. 바쁘시지 않으면 점심이라도."

태식이 과장된 제스처로 지훈에게 말했다.

"고맙습니다만, 가 볼 데가 많아서…. 대신 아까 올라왔던 인숙일 좀 데리고 나가면 안 되겠습니까?"

"그렇게 하시지요."

지훈은 사무실로 내려와 인숙을 찾았다.

"어머나 선생님?"

뜻밖의 해후에 어쩔 줄 모르는 인숙을 데리고 그는 근처 음식점으로 갔다.

"세상에! 선생님을 만나리라곤…. 전 정말 꿈만 같아요."

"숙녀가 다 됐네."

인숙은 화장기도 없는 풋풋한 얼굴에 알맞은 탄력이 붙은 젊음을 맘껏 뿜어내고 있었다.

"결혼하셨어요? 사모님은 어떤 분이세요?"

그새 한내식 말투가 도시풍으로 바뀐 인숙이 생글거리며 물었다.

"아직 장가를 못 갔어. 인숙이가 색싯감을 좀 소개해 줄 테야?"

"어머! 선생님 농담도, 누가 들으면 진짠 줄 알겠어요."

"사실이라니까. 그건 그렇고 어제 한내에 갔었거든."

음식이 들어오고 얼큰한 매운탕으로 점심을 먹는 동안 한내에서 있었던 일들을 이야기했다.

인숙이도 내용을 잘 알고 있었다.

"아버지는 회장님에게 불만이 많다고 하시지만 저는 누가 옳은지 아직 잘 모르겠어요."

두 사람 사이에 어쩌지 못하는 고민을 인숙이 표정으로 보여줬다.

"상식이 오빠는?"

한내에서 그를 만날 수 없어 궁금했다.

"수몰지구 대토로 받은 신곡리에 들어가 있어요."

"신곡리라면?"

"이설도로를 따라 수리재를 넘으면 신곡리라고 개간지가 나와요. 이주민들이 정착하도록 당국에서 만들어 준 지역인데, 상록청년회원들과 공동으로 농장을 준비하느라 정신이 없어요."

"예상대로군, 오빠를 만나면 안부 전해 줘."

"알겠어요."

"혹시 희영 씨 소식을 들은 적 있어?"

지훈은 좀 망설이다 인숙에게 물었다.

"어마, 선생님, 그럼 희영 언니와 헤어졌어요?"

"한내에서 떠나간 후로 소식을 알 수 없어."

"저는 선생님과 같이 있는 줄 알고 있었는데."

"그렇지 않아."

"저도 희영 언니 소식을 몰라요. 어떻게 된 걸까요? 이 목사님과 같이 있겠죠. 가족이잖아요?"

"그렇다면 다행이겠지만…."

"너무했어요. 신문에 선생님 사진이 나고, 소설이 연재되고 그랬는데도 연락하지 않았어요?"

"너도 그랬잖아?"

"아이, 전 그때 철모르는 학생이었잖아요? 그러나 선생님 연재소설을 한 회도 빠짐없이 스크랩해 놓았다는 사실 모르시죠? 이래 봬도 저 선생님 애독자예요."

"정말? 고맙군. 내 올라가면 책 한 권 보내 줄게."

"진짜? 고맙습니다."

인숙이 어린애처럼 활짝 웃었다.

"교회는 잘 나가니?"

"글쎄요. 가나안교회가 그렇게 되고 나서 저두 교회엘 별로 못 나갔어요. 우리 사장님을 교회 나가는 것 별로 좋아하지 않거든요."

"아버지 일이 잘 해결됐으면 좋겠다."

연락처를 알려 주고 지훈은 인숙과 헤어졌다.

내친김에 석답골도 다시 한 번 찾아야 할 것 같다.

한내를 이야기하자면 빼놓을 수 없는 곳이다.

지사 사무실로 돌아오자 본사에서 전화가 와 있었다.

편집국에 전화를 걸었더니 부장이 받았다.

"김 기자, 그만 휴가를 끝내야겠소."

"르포가 겨우 시작인데요?"

"지방부 최 차장이 입원을 했어. 데스크를 지켜 줄 사람이 없어요.

당장 불러올리라는 국장님 명령입니다."

"알겠습니다."

그는 다소 심란한 기분으로 수화기를 놓았다.

"무슨 일입니까?"

건너편 책상에서 지사장이 물었다.

"본사 복귀 명령입니다."

"아니, 벌써요?"

"돌발 상황입니다."

하긴 남은 시간이라 해봤자 2~3일, 무슨 기적이라도 생길 것인가. 지훈은 지사장의 책상에서 아직도 발송되지 않은 원고 뭉치를 찾아 가방에 넣었다.

"기회가 되면 다시 한 번 오게 될 것입니다."

시분 단위의 계획이 실제로 적용되는 신문사의 생리를 지훈은 실감하고 있었다.

2. 또 다른 출발

　서울의 남동쪽 외곽 하일동 지역, 한강이 저만치 바라보이는 곳이지만 가난한 동네다.
　군사정부가 들어선 다음해부터 시작된 도시다. 새마을운동의 일환으로 서울 시내의 판자촌 곳곳이 재개발로 파헤쳐지면서 그곳에서 쫓겨나온 주민들을 수용하기 위해서 당국이 지정한 철거민 정착촌이다.
　당국은 예산상의 이유로 아주 기본적인 시설만을 허용했기 때문에 새로 형성되기 시작한 마을은 가구당 10여 평도 되지 않는 연립주택들로 닭장 촌을 이루고 있다. 도심지에서 근근이 생계를 유지하던 판자촌 소시민들이 자의 반 타의 반으로 이주하기 시작하여 3년이 되어 가는 이즈음, 마을은 그런대로 모습을 갖춰 가기 시작했다.
　주말 오후여서 다소 한가한 시간이다. 마을이 내려다보이는 작은 언덕에 세워진 가나안의 집, 박수남 전도사는 마당에 떨어진 낙엽을 쓸다가 잠시 마을을 내려다본다.
　'하나님의 뜻이다.'
　그는 속으로 말했다.

하일동에 둥지를 틀게 된 게 작년 이맘때다. 그가 다니고 있는 신학교가 그리 멀지않은 강 건너편에 있었기 때문에 가끔 봉사활동을 나왔던 것이 인연이 되었다. 그 무렵 새로 형성되기 시작한 하일동 마을은 전형적인 도시 빈민층의 집합소 같은 곳이었다. 그는 자신의 처지와 비슷한 이들에게 친밀감을 느꼈다. 왠지 남 같아 보이지 않았다. 무엇보다 생활비가 절약되는 동네였다.

마을에서 조금 떨어진 언덕에 있는 농가의 빈 축사를 빌려 수리한 뒤 한내를 생각하며 '가나안의 집'이라는 간판을 달고 그는 전도를 시작했다. 처음에는 사역이 아니라 동네에서 할 일 없이 놀고 있는 어린아이들을 모아 공부를 가르치는 일을 시작했다.

하일마을의 부모들은 생계가 워낙 바빠 아이들을 돌볼 겨를이 없었다. 주민들 대부분은 인근에 세워진 봉제공장에 나가거나, 가내 부업으로 구슬을 꿰는 일, 종이봉투를 만드는 일, 고철을 줍는 일, 폐지 수집 등으로 바쁘고 고단하기만 했지 소득은 아주 미미한 일들에 종사하고 있었다.

이미 세워진 가구 수가 100여 호를 넘고 지금도 하룻밤만 지나면 무허가 새 움막들이 생겨나고는 있지만 아이들이 다닐 학교는 정작 10여 리를 걸어야 가는 이웃마을에 있어서 집에 그냥 팽개쳐져 있는 아이들이 많았다.

그는 시간이 날 때마다 아이들을 불러모아 공부를 시켰다. 밤늦게 귀가하는 부모들이 고마워한 것은 두말할 필요도 없다. 그 아이들이 다리가 되어 부모님들이 예배를 드리러 나오기 시작했다. 신자라고 해야 할지 학부모라고 해야 할지 애매한 10여 가족이 주일과 삼일예배에 나오고 있었다.

돌이켜보면 무엇 하나 하나님의 섭리 아닌 것이 없었다. 수남은 자신을 여기까지 인도해 주신 하나님의 은혜가 얼마나 큰지, 자신을 향한 하나님의 계획이 얼마나 치밀하신지 감격할 때가 너무 많은 이즈음이다.

한내학교를 졸업한 것이 학력의 전부인 그가 재수 끝에 신학대학에 합격한 일도 그렇거니와, 혈혈단신으로 부딪친 삶의 현장에서 용케 살아남은 것도 하나님의 인도하심이 아니면 이루어질 수 없는 기적이다. 인생의 고비마다 다가와 도우신 하나님의 손길은 얼마나 위대하신가.

새벽마다 울며 종탑에 올랐던 그 헌신이 자양이 되어 그 앞에 드리운 장막들을 조금씩 걷어내기 시작한 것을 그는 보고 있다.

"어두운 밤에 캄캄한 밤에 새벽을 향해 떠난다.
종이 울리고 닭이 울어도 내 눈에는 오직 밤이었소."

그의 입에서 막 유행되기 시작한 복음성가 가락이 흘러나온다.
모든 것이 주님의 계획이다.

돌아보면 아무런 연고도 없는 서울에 단신으로 올라와 첫해 입시에 실패하고 조금 준비했던 자금은 금시 바닥이 나 버렸다. 하일마을 쪽방에 둥지를 마련한 그는 생계를 위해 닥치는 대로 일해야 했다. 새벽에 신문 배달을 시작으로 공사장 막노동, 야채 행상, 폐품 수집에 이르기까지 안 해본 일이 없을 정도로 밤낮으로 뛰어다녔다. 그러면서도 감기는 눈을 억지로 뜨며 면학을 거듭해 다음해에 원하던 학교에 합격의 감격을 맛보았다.

그 기쁨도 잠시, 그는 생계와 학비를 위해 더 많은 일을 해야 했다. 항상 모자라고 불확실했지만 하나님은 어찌어찌 살아가는 데 필요한 최소한의 물질을 기적처럼 베풀어 주셨다. 학비가 바닥이 나면 뜻밖의 장학금으로, 교육전도사로 일하던 작은 교회에서 생활비를…이런 식으로 고비 고비를 넘기고 어느새 졸업을 맞게 됐다.

"우리가 처음 만난 그때는 차가운 새벽이었소
당신 눈 속에 여명 있음을 나는 느낄 수 있었소."

그는 그가 자리잡은 하일마을에 작은 교회를 개척하려는 꿈을 가지고 있다. 서울에서 가장 집세가 싼 동네를 찾다 정착하게 된 이 마을은 그의 가난한 삶을 닮아 있었다.
버려진 사람들이 사는 버려진 동네.
언덕의 창고에서 시작한 가나안의 집 공부방은 아직 창고의 모습 그대로다. 축사를 약간 고쳐서 방을 만들고 한쪽에 공부방 겸 예배실, 그 곁에 숙소와 간이 부엌을 만들어 그는 거처를 옮겼다. 지난해의 일이다.
이것이 교회가 되어 자리를 잡으려면 얼마나 시간이 걸릴지 모른다. 조금만 더 참자. 이 겨울을 지내면 졸업이다.

"오 주여 주님께 감사하리라 실로암 내게 주심을
나 이제 영원한 이 꿈 속에서 깨이지 않게 하소서."

그는 목이 멘다.
월요일, 수업이 없는 날이다.
수남은 그의 숙소에서 밀린 독서와 리포트를 정리하느라 늦도록 책상에 앉아 있었던 탓에 늦잠을 잤다. 일어나 보니 한낮이었다. 수도에 나가 세수를 하고 낙엽을 쓸어 버린 뒤 마당에 놓인 평상에 앉아 아래 동네를 내려다보고 있는 중이었다.

그런데 언덕 아래서 수남이 서 있는 가나안의 집 쪽으로 누군가 올라오고 있었다.

연한 녹색 코트를 입은 여자였다.

무심코 그녀를 바라보던 박수남 전도사는 자기 눈을 의심했다. 그의 집을 향해 부지런히 걸음을 옮겨 입구에 도착한 사람은 낯익은 여자였다.

여전히 약간 부자연스러운 걸음새, 가무잡잡한 얼굴에 빛나는 눈빛, 약간 살이 빠지긴 했어도 탄력을 잃지 않은 얼굴.

이희영 전도사였다.

실로 수년간의 세월이 그들 사이에 놓여 있었다.

뜻밖의 해후에 수남은 처음엔 꿈인가 했다.

"나 들어가도 돼?"

벌어진 입을 다물지 못하고 출입구에 선 수남에게 그녀가 한 말이다.

"도대체 어떻게 된 일입니까, 누나?"

"오랜만이지?"

"오랜만이고말고요."

"동네가 구질구질해서 집 찾느라 혼났다."

"고생하셨네요."

"어디 노총각 살림방 구경 좀 할까?"

희영이 신을 벗고 안으로 들어선다. 말투에 옛 모습이 아직 남아 있다.

"누나, 그쪽은 아이들 공부방이고 이쪽에."

"아이들을 가르치는 모양이지?"

"네, 학교가 멀어 미취학생들이 제법 있어요."

"예나 지금이나, 시골이나 도시나 똑같네."
방으로 들어와서 그녀는 수남의 책상 앞에 놓여 있는 의자에 걸터앉는다.
"어떻게 된 일입니까? 소식도 없이?"
수남이 물었지만 "아, 손님이 왔으면 마실 것이라도 내와야지" 하며 희영이 딴청을 부렸다.
"아, 이런!"
수남이 생각 난 듯 석유곤로에 불을 붙이고 물을 데워 커피를 탄다. 그동안 희영이 방 안을 둘러보았다.
"아유, 이 홀아비 냄새! 남자는 혼자 살 수 없는 동물이 맞아."
희영의 말소리는 거침이 없었다.
바로 어제 헤어진 친구를 만나기라도 한 듯했다.
수남이 타온 커피를 함께 마셨다.
"어디 계시는 겁니까, 지금?"
"집에."
"이 목사님 댁 말입니까?"
"그럼."
"얼마 전까지 돌아오지 않으셨는데."
"얼마 전에 돌아왔지."
"어디 계셨는지 물어 봐도 됩니까?"
"천천히…. 알게 되겠지."
"어떻게 여긴?"
"세상이 넓은 것 같아도 숨을 곳이 없어."
수남에게 건넨 말이지만 희영 자신에게 하는 말로도 들렸다.
"목사님 건강은 어떠세요?"

서울에 올라온 뒤로도 이승규 목사는 계속 건강이 안 좋았다. 고덕지구에서 친구가 하는 교회를 돕고 있지만 규모가 작은 교회여서 생활도 넉넉하지 못했다.

"늘 그렇지 뭐. 이젠 나이도 있으시고 쉬셔야 하는데…나까지 속을 썩여 드렸으니."

"참, 김지훈 선생님 소식은 알고 계시겠죠? 유명 작가가 되셨는데."

"알고 있어."

"지금도 자주 만나시겠죠?"

"전혀."

"무슨 뜻이에요?"

"헤어진 뒤로 한 번도 만난 일 없어."

"왜 그러셨어요?"

"떠났으니까."

그녀는 담담하게 말했다. 뜻밖이었다.

"두 분은 사랑하는 사이 아니었나요?"

"지나간 일."

"김 선생님이 섭섭하시겠어요."

"이제 그딴 얘기 그만 하고…. 사실은 나 박 전도사를 돕고 싶어 여길 왔어. 박 전도사도 알다시피 난 그 끔찍한 사건 후에 내 정체성을 찾기 위해 오랫동안 방황했어. 이제 방황을 끝내고 돌아온 거야. 목사님은 나이로나 건강으로나 더 이상 목회를 기대하기 어렵고."

"그러지 마시고 빨리 결혼이나 하세요."

"그래? 누구 좋은 사람 있으면 소개해 줘. 나 아직 올드, 아니야."

"첫사랑 있잖아요?"

"누구?"

"시침 떼셔도 다 알지요."

희영의 표정에 잠깐 홍조가 나타났다.

수남은 한내학교를 떠올렸다. 김지훈 선생…참 잘 어울리던 한 쌍이었던 것 같다.

"사실을 말할 테니 잘 듣고 날 좀 도와줘. 김 선생님은 이제 이륙한 비행기와 같은 존재야. 이미 잡을 수도 잡히지도 않는 사람이야. 그는 앞으로 할 일이 너무 많아. 내가 그 항로에 방해물이 돼서는 안 될 분이야. 나는 그날 한내를 떠날 때 이미 이렇게 될 운명을 알았어. 부탁이야. 김 선생님과는 이미 마음의 정리를 끝낸 지 오래니까, 앞으로 어떤 경우에도 연락이 닿는 일 없도록 박 전도사가 도와줘. 첨이자 마지막인 내 한 가지 소원이야."

그녀의 말 속에는 힘든 결정을 내린 처연함 같은 것이 보였다.

"알겠습니다. 사실은 저도 아직 김 선생님을 만나 보지 못했어요."

"박 전도사, 나 벌써 늙어 보여?"

"아닙니다. 아직 청순한 아가씨로 보입니다."

"박 전도사랑 같이 살면 안 될까?"

"네? 아니, 그게 무슨 말씀?"

화들짝 놀라는 그에게

"왜 겁나니? 할머니하고 살게 될까 봐?"

"아니 그저…."

"놀라긴, 농담이야!"

수남은 왠지 그녀의 목소리에 진심이 담긴 것처럼 느껴졌다. 그녀는 이미 결혼 적령기를 넘긴 나이다. 수남과는 다섯 살쯤 차이가 날 것이다.

장난처럼 짓는 표정 속에 어딘가 감출 수 없는 비밀 같은 것, 그날 그녀의 농담 같은 한마디가 그토록 가슴에 오래 남아 있을 줄 그때 수남은 알지 못했다.

그들은 마당으로 내려왔다. 언덕 아래로 닭장 같은 작은 집들이 비좁게 들어선 철거민 촌락이 널려 있었다.

"박 전도사, 이곳에 자리잡은 지 얼마나 됐어?"

"이제 2년이 다돼 갑니다."

"나 이제부터 박 전도사와 같이 교회를 일으키는 일에 전력하고 싶어, 괜찮겠어?"

이쯤에서 이희영 전도사의 표정은 진지해지고 있었다.

"누나, 설마 농담은 아니겠지요?"

수남의 얼굴도 진지해졌다.

"진심이야. 하나님이 내가 할 일을 지시해 주셨어. 우리는 이곳에 전무후무한 하나님의 성전을 짓게 될 거야. 새가나안의 집이라, 이름도 괜찮네."

희영은 건물 입구에 붙은 현판을 가리켰다.

"한내 생각을 하며 붙인 이름입니다."

"자칫하면 가난한 집이라 오해를 받을 수도 있겠네."

"사실인 걸요. 아무것도 없어요."

"기도하고 싶어."

희영이 손을 모으고 현판 앞에 선다.

수남도 손을 모으고 고개를 숙였다.

"사랑이 많으신 아버지 하나님, 오랜 방황에서 돌아와 주님 앞에 섭니다. 만세 전부터 계획하신 하나님의 뜻을 좇아 이곳에 부르셨사오니, 우리를 주의 도구로 사용하여 주시옵소서. 영광을 주께 돌리며 예수님 이름으로 기도드리옵나이다."

"아멘!"

수남의 입에서 감격스런 목소리가 튀어나온다.

"지붕에 십자가가 안 보이네."

희영이 마당 끝에 서서 건물을 올려다봤다.

"창고 주인의 허락을 아직 못 얻어냈어요."

"내일, 십자가를 세우는 일부터 우선 시작하자고."

희영의 목소리가 살아나고 있었다.

"정말 감사합니다. 도무지 실감이 안 납니다."

"내일부터 출근하겠어요. 이젠 가나안의 집 이 전도삽니다. 예쁘게 봐주세요."

그녀는 장난스런 인사를 남기고 언덕 아래로 내려갔다.

기적의 하나님께서 엄청난 선물을 안긴 것을 수남은 그제야 깨달았다.

약속한 대로 다음날 희영이 가나안의 집으로 나왔다.

그녀는 접시, 냄비, 그릇과 프라이팬과 도마, 식칼 등 살림살이에 필요한 살림도구들을 가져다 부엌 선반 위에 씻어 얹었다.

그리고 실내에 쳐진 커튼을 벗겨내고 수남의 방에 들어가 구석에 여기저기 널린 옷가지들과 양말 따위를 한아름 안고 수돗가로 나와 빨래를 시작했다.

"누나, 그건 내가 해도 되는데."

수업이 있어서 학교에 나가야 하는 수남이 미안한 표정을 지었다.

"걱정 말고 갔다 와. 남자는 이런 일 하는 게 아니야."

수남이 말릴 겨를도 없었다. 말려서 될 일도 아니었다.

그녀는 마치 자기 집처럼 소매를 걷어붙이고 물을 튀겨 가며 빨래를 해 마당에 널었다. 그리고 집 안팎을 청소하고 정리했다.

마치 한이 맺힌 사람처럼 묵은 때와 쌓인 먼지를 닦고 털어내는 일에 열중했다.

수남이 집으로 돌아왔을 때 희영은 수남의 방에서 잠들어 있었다. 집 안팎이 놀랄 만큼 깨끗해져 있었다.

"왔어?"

수남의 인기척에 희영이 일어났다.

"집이 완전히 달라졌어요. 얼마나 고생하셨어요?"

"세상에, 이게 돼지우리지 사람이 살 집이야?"

여전한 농담을 웃음으로 덮으며 희영이 밖으로 나왔다.

"오는 길에 집 주인에게 허락을 받았어요. 십자가를 달기로 해요."

"할렐루야!"

희영이 활짝 웃었다.

수남이 창고에서 톱과 망치, 각목 몇 개를 들고 나와 마당에 놓인 평상에서 십자가를 만드는 작업을 시작했다. 별로 힘들이지 않고 창고 지붕에 각목으로 만든 십자가를 세웠다.

"세상에! 얼마나 멋져? 이제 여기는 교회가 됐어. 새가나안교회야. 한내에서 옮겨온."

희영이 감격스러운 얼굴로 십자가를 바라보았다.

"맞아요. 이름을 그대로 사용하는 게 좋겠어요. 제가 그동안 좀 무심했죠?"

수남도 자신이 한 일이 대견스러운 표정을 지었다.

그들은 잠시 십자가를 바라보며 손을 모았다.

수남이 기도했다.

"하나님, 이 보잘것없는 창고에 주님이 달리신 십자가를 세웁니다. 가장 낮은 곳에 오셔서 우리 죄를 대속하시고 달리신 그 험한 십자가 앞에 저희들의 작은 믿음을 드립니다. 이제 시작이오니 주님께 영광이 되게 하시옵소서…. 심히 미약하오니 주님의 손으로 창대케 도와주시옵소서."

눈물 한 방울이 수남의 눈에서 맺혔다 떨어졌다.

"7시면 아이들이 올 시간입니다. 식사를 해야 할 텐데 자장면을 시킬까요?"

짧은 가을 해가 서쪽 산을 넘고 있었다.

"저녁을 지어 놨어."

희영이 부엌으로 들어갔다.

그리고 깨끗한 보자기에 덮인 밥상을 들고 방으로 들어왔다.

"아니, 언제?"

"쌀통에 쌀이 떨어져 가더군."

"정말 말릴 수 없어요."

아직 온기가 가시지 않은 밥상에 앉아 잠시 식기도를 끝내고 숟가락을 든 수남의 눈에 다시 물기가 서린다.

"남자가 이딴 일로 눈물을 보이다니."

희영이 목소리를 높여 수남은 흠칫한다.

"눈에 뭐가 들어갔어."

수남이 눈을 비빈다.

"핑계는!"

"정말 맛있어요."

참 오랜만에 정성이 들어간 음식을 맛본다.

"공부하러 오는 아이들을 만나 보고 싶어. 몇 명이야?"

"열 명쯤 되는데 혼자서도 할 수 있어요. 오늘 고생하셨는데."

"오늘 수업은 내가 하면 안 될까?"

"황송한 일이지요."

"노래도 가르쳐 주고 재미있게 수업을 해서 인기를 끌면 더 많은 아이들이 모일 거고, 그러면 어른들이 관심을 가지게 되고, 우리 젊음을 올인해 보면 하나님이 그냥 두실까?"

희영의 자신에 넘치는 격려가 수남의 내면 깊은 곳에 큰 울림을 만든다.

"누나가 도와주시면 무슨 걱정이 있겠어요?"

"힘내라고, 이렇게 도와주러 왔잖아."

"고마워요."

이날 저녁에 희영은 공부방으로 찾아온 아이들에게 공부 외에도 노래와 이야기, 게임을 재치 있게 진행해 아이들의 혼을 쏙 빼놓았다. 아이들은 처음 보는 여자 선생님에게 마술에 걸린 것처럼 웃고 손뼉을 치며 노래를 따라 불렀다.

아이들 앞에 선 희영은 천사와도 같았다.

다음날은 수요일 예배가 있는 날이었다.

수남이 학교에서 돌아와 보니 아이들 공부방이자 예배실인 큰 방에 창문마다 깨끗한 커튼이 쳐지고 강단으로 쓰이던 책상 곁에 풍금 한 대가 놓여 있었다.

"어서 오세요, 전도사님."

마루를 닦고 있던 희영이 수남을 맞았다.

너무도 달라진 방을 보고 수남은 벌린 입을 다물 수 없었다.

"고생하셨어요, 누나. 아주 훌륭한 예배실이 만들어졌어요."

"이까짓 것 아무것도 아니야. 이제부터 시작인데 뭘."

"이렇게 좋은 풍금을?"

강단 옆에 놓인 풍금을 수남이 열어 보았다.

"나 돈 많아, 부자라고."
희영이 의자에 앉아 찬송가를 쳤다.

"내 주를 가까이하려 함은
십자가 짐 같은 고생이나
내 일생 소원은 늘 찬송하면서
주께 더 나가기 원합니다."

희영의 맑은 목소리가 방 안을 따뜻하게 울렸다.
찬송을 따라 부르는 수남의 목이 또 메어온다.
그는 생각한다.
하나님이 천사를 보내 주신 것이라고.

그날 저녁에는 다섯 명의 동네 아주머니들이 가나안의 집으로 예배를 드리러 나왔다.
그들은 갑자기 달라진 예배실의 분위기를 보고 눈이 동그래졌다.
"시상에, 웬일이여…"
수군대던 그들은 희영이 풍금 앞에 나와 앉자 조용해졌다.
희영이 찬송가를 치며 노래하기 시작했다. 그들은 처음에는 머뭇거리더니 어색한 대로 따라 불렀다.
그러다 희영이 고운 목소리로 인도하는 찬양이 점점 재미있어졌는지 나중에는 손뼉까지 치며 희영을 따라했다.
수남은 이날 강단에 밝은 표정으로 섰다.
그는 여호수아 1장 7절을 읽었다.
"오직 너는 마음을 강하게 하고 극히 담대히 하여 나의 종 모세가 네게 명한 율법을 다 지켜 행하고 좌로나 우로나 치우치지 말라 그리하면 어디로 가든지 형통하리니."

그는 차분하게 여호수아가 이스라엘 민족을 이끌고 가나안을 정복하던 이야기를 했다.

그의 설교는 별로 세련되지는 못했으나 소박하고 솔직한 설득력이 있었다. 그는 성경 이야기를 자신의 삶에 조명하며 차분하게 이끌어 갔다. 마치 자신에게 닥친 시련을 극복하는 방법으로 여호수아를 선택하고, 그 의지를 본받아야 한다고 강조하는 느낌을 주었다.

희영은 수남의 설교를 들으며 한내에서 그의 어린 시절을 떠올렸다. 많은 세월이 흐른 것을 절감한다. 수줍음이 많아 사람들 얼굴도 바로 쳐다보지 못하던 수남이었다. 어린 나이로 매일 이십 리 먼 길을 걸어 새벽종을 치러 나오던 열심이 오늘의 그를 만들었다고 생각되었다. 하나님의 놀라운 선택이며, 약한 자를 들어 강한 자를 부끄럽게 하시는 놀라운 은혜다.

수남은 설교를 마치고 '가나안의 집 교회를 도우러 오신 이희영 전도사'를 소개했다.

"오늘 여러분을 만나게 돼서 정말 기쁩니다. 앞으로 우리 가나안의 집 교회를 위해 무엇이든 힘자라는 데까지 돕겠습니다."

희영이 인사를 하자 아주머니들이 박수를 쳤다.

예배가 끝난 후 그들은 "아이고, 곱기도 해라" 하며 희영을 둘러싸며 손을 잡고 반가워했다.

"우리 박수남 전도사 색신가 보네."

뚱뚱한 정씨 아주머니가 농담 반 진담 반으로 목소리를 높이는 바람에

2. 또 다른 출발 61

모두 웃었다.

"정 집사님, 오해하지 말아 주세요. 이 전도사님은 우리 고향 선뱁니다. 하늘 같은 분이시라구요."

수남이 황급히 정 집사의 말을 막았다.

"저 얼굴 빨개지는 것 좀 봐."

모두들 다시 웃음을 터뜨렸다.

"이 모두가 하나님의 뜻입니다. 이제 우리 가나안의 집 교회도 제대로 걸음마를 시작한 것 같습니다."

수남은 둘러선 사람들에게 감격스런 목소리로 감사를 표했다.

"박 전도사님, 설교 말씀에 큰 은혜를 받았습니다."

사람들이 돌아간 뒤 가방을 메고 집을 나서며 희영이 깍듯이 인사했다.

"누나, 계속 놀리시깁니까?"

"아니, 진심이야."

사실 희영의 마음이 그랬다.

'세월이 이렇게 사람을 변화시키는구나.'

그녀는 자신의 선택이 점점 확신으로 변하는 것을 느낀다.

희영을 언덕 아래까지 바래다주고 언덕을 올라가는 수남의 뒷모습이 믿음직스러워 보였다.

희영은 잠시 언덕을 쳐다보았다. 컴컴한 건물에서 불빛들이 새어나오고 있었다.

철거민촌 옆 언덕에 세워진 작은 창고, 그곳에서 작은 생명의 소리가 들리기 시작하는 것 같다.

'네 시작은 미약하였으나 그 끝은 창대하리라.'

누군가 그녀의 귀에 이야기하고 있었다.

버스를 타고 고덕동 집으로 돌아왔을 때는 10시가 지나 있었다.

"예배는 잘 끝났니?"

안방에서 어머니 목소리가 건너왔다.

옷을 갈아입고 희영이 안으로 들어간다.

"아버지는 좀 어떠세요?"

침대에 이 목사가 아침에 본 모습 그대로 누워 있다.

"그저 그렇다."

"박수남 전도사가 많이 자랐어요. 저녁 설교가 그렇게 의젓할 수 없어요."

"세상에, 기특하게도."

어머니가 감탄하는 표정이다.

"사람들은 많이 모였던?"

기침을 한 번 하고 이 목사가 물었다.

"오늘은 다섯 사람, 삼일예배라서 그렇다 하네요."

"처음 개척할 때는 한 가정으로 시작하는데 그만하면 제법 모인 거야."

이 목사의 목소리에 힘이 없어 보인다.

걱정이다.

위를 3분의 1이나 절제하는 수술 후 집으로 돌아온 지 한 달이 되었다. 항암치료가 계속되고는 있지만 재발의 위험이 도사리고 있다. 항암제의 투여가 계속되면서 머리가 빠지고 피부가 거칠어져 옛날의 그 기품이 다 사라진 모습이 측은해 보인다.

아버지 이 목사에게 내려진 시련을 희영은 성경의 욥과 비교해 본다. 언젠가는 하나님이 이 시험을 거두실 것이다.

의인이었던 아버지.

그동안 그녀가 저지른 불효를 다시 생각해 본다.

모두 내 탓이다.

실로 그녀의 방황은 긴 세월을 필요로 했던 것이며, 그 사이 이 목사에게 이런 어려운 일이 계속되었던 것이다.

희영은 그녀의 방으로 돌아와 성경을 읽고 잠자리에 들었으나 오늘따라 잠이 쉽게 오지 않았다. 지나간 일들이 어제 일어난 일처럼 선명하게 떠오른다.

희영은 그녀의 생애를 몽땅 흔들어 놓은 그 참담한 화재와 고만수의 죽음, 그리고 자신의 정체성 확인을 위해 시작된 방황을 생각해 보았다.

당시에 그녀는 죽음을 생각했다. 그것만이 혼란에서 벗어날 길인 것 같았다.

그녀는 둘러싸고 있던 모든 환경이 달라진 것을 느꼈다. 지금껏 아무런 의심도 없이 살아온 부모님(이젠 이 목사님과 사모님으로 불러야 되겠지만)의 사랑이 육친으로서가 아니라 동정과 연민이라는 사실, 자신만 그것을 알지 못하고 이 나이가 되도록 철없이 살아온 것을 생각하며 희영은 한없는 부끄러움을 느꼈다.

그녀는 처음에는 고만수 영감이 교회로 온 것이 교회와 이 목사 가족에게 일어난 불행한 일의 단초가 되었다고 생각했다. 사람 같지도 않은 사람이 죄짓고 감옥 살다 나와서, 또 사람들을 괴롭히는 존재로 살다 그 죗값으로 영원히 돌아오지 못할 길을 떠난 것이다. 고만수 영감에 대한 불같은 분노가 그녀를 견딜 수 없게 했다.

그러나 희영은 이 모든 불행한 일들이 일어나게 된 근원이 자신에게 있음을 곧 깨달았다. 태어나지 말았어야 할 생명, 저주받은 생명으로 그녀는 자신을 자학하기 시작했다. 잘못 선택된 생명이었다. 결론이 났다. 불행을 옮기는 바이러스 같은 존재의 소멸, 방법은 죽음뿐이다.

절망과 부끄러움이 그녀를 집에서 이끌어 냈다. 그녀는 길을 떠났다. 처음 며칠간 그녀는 무작정 시외버스를 타고 이름도 모르는 도시, 낯선 마을 종점에서 내리곤 했다. 그곳이 바닷가일 때도 있었다. 한적한 시골마을이기도 했다. 그녀의 얼굴을 아는 사람이 하나도 없는 곳으로 숨어 버리고 싶었다. 낯선 거리, 낯선 풍경 속으로 끼어들며 자신의 영혼이 얼마나 고독한가를 뼈저리게 느꼈다. 아무것도 생각나는 것이 없었다. 아무것도 생각하기 싫었다.

그녀는 아주 낯선 곳에 팽개쳐진 천애고아처럼 자신을 비하했다.

'나는 누구인가?'

그녀는 수없이 자신을 향하여 질문을 던졌다. 살인자와 창녀의 딸이다. 돌아오는 똑같은 대답이었다. 이 목사님과 사모님은 정확한 정보를 주지 않았지만 그간의 정황과 두 분의 설명을 종합하면 이런 결론을 유추할 수 있었다.

며칠간의 방황 끝에 그녀는 자신이 해야 할 일이 있음을 깨달았다. 잃어버린 자신의 생명, 그 근원을 알아내는 일이다. 내가 누구인지 아는 것, 당시에는 그것만큼 절박한 문제가 더 없었다. 본능과도 같이 그녀는 자신의 피의 본류를 거슬러 올라갔다.

그녀는 이 목사로부터 들은 정보를 토대로 양화군청을 방문했다. 이 목사가 근무했다는 15사단 군부대가 주둔하고 있는 지역이다. 지역 내에는 고아원이 세 곳뿐이었다. 이 목사가 지적해 준 천사원은 읍내에서 조금 떨어진 외곽 지역의 숲속에 있었다. 어딘가 낯익어 보이는 산자락을 돌아서자 아담한 건물이 나타났다. 교문에는 사단법인 성광학원 성광학교 표지판이 기둥에 걸려 있었다. 잘못 찾아온 듯싶어 멈칫하는데 수위실이 보였다.
 "천사원을 찾는데요."
 "여기가 천사원입니다."
 "성광학원이라고 돼 있군요."
 "천사원은 옛날 이름이죠."
 나이 지긋한 수위는 무엇이든지 물어 보라는 듯했다.
 "여기서 오래 계셨나 봐요."
 "그런 셈이지, 학원장님이 오시고 나서부터니까. 10년이 채 안 됐어요."
 "오래전 천사원 사정을 잘 아시는 분을 좀 뵐까 하는데요."
 "글쎄, 사람들이 모두 바뀌었어. 혹시 식당 김씨 할멈이 좀 알고 있을까? 근데 색시는 어디서 왔소?"
 "먼 곳에서요."
 "뭘 알고 싶은데?"
 "옛날 이곳에 들어왔던 어떤 여자아이 얘기를 듣고 싶어서요."
 "우선 사무실에 들러 보세요."
 수위는 빗자루를 들고 교문 밖으로 나갔다.
 사무실에서 희영은 직원이 찾아 준 천사원 원적부에서 고희영의 이름을 보았다. 빛바랜 낡은 서류에 적힌 그 이름은 이상하게 낯설었다. 늘 써오던 이희영, 이승규의 장녀가 아닌 고만수의 장녀 고희영. 전혀 다른 사람의 이름. 희영은 그것이 사실이 아니기를 바랐다.
 '이건 내가 아닐 거야.'
 희영은 애써 부정하며 식당으로 갔고, 수위가 일러준 김씨 할머니를 만났다.
 "글쎄, 하도 오래된 일이라서…."
 기억을 더듬더니

"오라, 그 양공주 색시 이야긴가 보네. 경찰서에서 데려왔었던가? 기억이 가물가물하네. 다리를 다쳤던가…. 어린 것이 영악스럽게도 울었지."

"고맙습니다, 할머니."

희영은 밖으로 나온다.

왼다리를 약간 저는 희영의 뒷모습을 할머니가 유심히 살핀다. 고개를 갸우뚱한다.

희영은 부대 앞에 있었다는 별다방을 찾아간다. 사단 본부가 있는 사창리 가는 길은 아직 포장이 되지 않아 시내버스 뒤로 먼지가 풀풀 일었다.

"별다방이라, 아마 저쪽에 보이는 건물 자리에 있었지?"

부대 앞 동네 복덕방 영감은 새로 지은 상가 건물을 가리켰다.

새로 지은 상가는 3층이었고 지하에 코스모스다방이 있었다.

"혹시 30년 전 별다방을 하시던 분을 아세요?"

"주인이 수십 번도 더 바뀌었어."

기대했던 것은 아니지만 희영은 온몸에 힘이 빠져나가는 것을 느꼈다.

어둑한 조명이 어설픈 코스모스다방은 시골에서 흔히 볼 수 있는 촌스런 조화들로 장식되어 있었다.

"별다방? 그런 이름이 있었나요?"

껌 씹는 소리를 내며 커피를 내온 레지 아가씨는 별다방 이름도 알지 못했다.

"언니, 여기가 예전에 별다방이었어요?"

"예전에 그런 이름이 있었다고 들어 본 적이 있긴 해."

카운터에 앉았던 나이 든 여자가 대답했다.

"아이, 촌스러워, 별다방이 뭐야."

껌 소리를 다시 내던 아가씨가 입구 쪽을 바라보더니
"어서 오세요오."
콧소리를 내며 달려간다.
군인 두 사람이 웃으며 들어온다. 아가씨가 두 사람 사이에 들어가 팔짱을 끼고 테이블로 이끌어 간다.
"미스 현, 잘 있었어?"
그중의 하나가 아가씨의 엉덩이를 툭 치고 자리에 앉는다.
낡은 군모를 쓴 고만수 하사가 별다방 미스 아무개에게 수작을 걸던 모습이 저랬을 것이다.
희영은 커피를 한 모금 마셨다.
이들에게 유용한 정보를 얻기는 힘들 것 같다. 군 관계자를 만나고 군청, 경찰서 등에서 자료를 더 찾아보는 것이 현명한 일이 될 것 같다고 희영은 생각한다.
그로부터 여러 날 동안 희영은 양화군청과 경찰서 OO사단 법무관실 등에서 고만수 하사와 관련된 자료들을 찾아 헤맸다.
어려움이 많았지만 끈질긴 노력 끝에 그녀는 고만수와 그의 처 김미영의 인적사항을 찾아내는 데 성공한다. 그들은 양화군 서상면 사창리 105번지에 거처를 얻어 살았음이 밝혀졌다.
사창리는 OO부대의 인근에 있는 작은 마을이다. 105번지를 찾았으나 집을 찾을 수 없었다.
마을 이장은 길가에 우거진 잡초들을 가리켰다. 옛날 밭이었던 이곳에 무허가로 지은 초가집이 있었다. 당시엔 군부대에서 가까워서 떠돌이 영감 부부가 무허가 집을 지어 조그만 가게를 열고 살았었는데, 아랫방에 세들어 살던 군인이 사고를 저지르고 잡혀간 뒤, 주인이 마을을 떠서 폐가가 되었다고 전했다.

세월은 모든 흔적을 지우고 있었다.

희영은 그녀의 생가라고 부를 만한 집터에 우거져 있는 잡초를 보았다. 이곳에서 그 엄청난 일이 발생했을 것이다. 상상할 수 없는 일…. 무어라 말로 표현할 수 없는 답답함이 그녀의 모든 생각을 덮어 버렸다.

나는 지워진 존재이다. 왜 이 목사님은 좀 더 빠른 시기에 그 사실을 알려 주지 않았는가. 본능처럼 그녀의 사라진 흔적들을 찾는 동안, 알 수 없는 원망이 이 목사와 사모에게로 향하고 있었다. 고만수 영감이 한내로 왔을 때 그 사실을 알려 주기만 했어도 그 참담한 사고를 미연에 막을 수 있었을지 모른다. 그들은 희영에게서 육친에 대한 마지막 봉사의 기회마저 빼앗아갔다.

희영은 길섶에 주저앉아 하늘을 쳐다본다. 맑은 허공에 한 조각 구름이 흘러가고 있었다. 구름 같은 생이다.

희영은 이 폐허 같은 골짜기에 전설처럼 남아 흩어져 버린 자신의 소문을 한 줌 건졌을 뿐, 아무것도 해결된 것이 없었다. 그녀는 지쳤고 더 이상 그들의 행적을 추적하는 일이 무의미함을 알았다.

"헛되고 헛되며 헛되고 헛되니 모든 것이 헛되도다."

희영은 전도서 첫머리를 중얼거리며 그 낯선 계곡을 벗어났다.

이제 그녀가 할 수 있는 모든 노력은 끝났다. 자신의 생명의 근원을 찾아 집요한 추적을 벌이던 수많은 노력들이 도로에 지나지 않는 것처럼 느껴짐은 웬일인가?

모든 상황을 종합해 보면, 희영은 자신의 축복받지 못한 출생이, 저주받은 영혼으로 부딪치는 곳마다 파열음을 내고, 목숨을 잃게 만들고, 감옥에 가게 하고, 교회를 불타게 만드는 엄청난 일들을 일으킨 것 같았다. 돌아보면 끔찍한 일들이 그녀와 직간접으로 연결돼 있었다. 저주의 모습이다.

그녀는 자신을 향한 공포를 경험했다.

사람을 만나는 일이 두려웠다.

한내 가나안교회로 돌아가 그녀의 생명을 거두어 준 이 목사 부부의 그 따뜻한 사랑에 보답해야 한다고 그녀는 생각한다.

김지훈, 그녀에게 사랑을 알게 해준 아름다운 남자, 그에게 돌아가야 한다고 생각한다.

그러나 희영의 발걸음은 그녀를 알고 있는 모든 사람들에게서 떠나 점점 멀어져 가고 있었다.

축복받지 못한 영혼에 대한 자학이 그녀를 그렇게 이끌어 갔다.

그녀는 깊은 혼돈 속을 헤맸다. 집과 교회와 모든 알고 있는 사람들과 일체의 소식을 끊었다.

갑자기 다가온, 수습할 수 없는 사건들이 안긴 충격으로 그녀는 영혼에 깊은 상처를 입고 있었다. 그 영혼의 외상(外傷)이 치유되기까지는 오랜 방황이 요구되었다.

방황이 계속되었다. 그녀는 줄곧 죽음을 생각했지만 이를 실행하는 단계에까지는 이르지 못했다. 하나님을 향한 믿음이 그 유혹에서 건져 주곤 했다.

많은 시간이 지난 뒤에야 그녀는 자신에게 씌워진 저주의 그물에서 벗어나려는 노력을 시작했다. 기도가 그 응답을 주었다. 다른 생명을 향해 이웃에게 봉사하라는 명령이었다. 하나님은 그렇게 그녀를 인도했다.

긴 방황 끝에 그녀가 도착한 곳은 남해안 섬마을이었다. 그를 아는 사람들로부터 자꾸 멀어져 가다 멈춘 곳, 더는 갈 곳이 없는 곳까지 왔다.

땅끝 마을이라 불리는 섬.

그곳에 독지가가 운영하는 무의탁 노인 요양원이 있었다. 예수요양원, 대학에서 방학 때 봉사활동을 해온 곳. 그 인연으로 희영은 원장인 윤 장로님과 통화를 했고, 그곳으로 내려왔다. 마침 부족한 일손을 구하고 있던 중이었다.

당분간 그녀를 둘러싼 모든 익숙한 것에서 벗어나 낯선 삶을 시작할 수 있음이 그녀에겐 축복처럼 여겨졌다.

이렇게 시작된 그녀의 삶은 새로운 개안을 가져왔다.

요양원은 늘 아무런 희망도 보이지 않는 병약한 노인들로 넘쳐나고 있었다. 그들은 다만 죽음밖에 기다릴 것이 없는 사람들이다. 치매로 전혀 다른 세상을 살아가는 영혼들이 있었다. 죽음 앞에 처연한 아름다움조차 보이는 이들의 손발이 되어 준다는 것은 차원이 다른 보람이며 기쁨이란 것을 그녀는 깨닫게 되었다.

일손은 늘 바쁘고 해야 할 일들은 끊임없이 쌓였다. 희영은 다만 일을 하기 위해 태어난 사람처럼 헌신적으로 일에 매달렸다. 그렇게 불편한 환자들을 도왔다. 이 일이 자신에게 씌워진 운명의 그물을 벗기는 일이라 믿었다. 그녀는 사람들에게 천사로 불렸다.

그러나 그녀의 내면에는 늘 파도가 일었다.

언덕에 있는 요양원에서는 바다가 늘 발아래 보였다. 아득한 수평선은 늘 같은 모양으로 놓여 있지만 가까운 곳에서는 멈추지 않는 파도가 세월을 밀어내고 있었다.

그녀는 더러 먼 바다를 바라보며 한내와 가나안교회를 떠올렸다.

김지훈의 《회색지대》가 발표된 소식을 지면에서 접했다. 화려한 시상식 사진을 보았다. 그리움이 그녀의 전신을 훑어 내렸다. 〈새한일보〉가 배달될 때면 《회색지대》를 읽는 재미에 푹 빠졌다. 그녀는 매회 정성스럽게 스크랩했다. 지훈이 옆에 있으면 해주고 싶은 말들이 많이 있었다. 그녀는 편지를 썼다. 그러나 그것은 부칠 수 없었고 가방 속에 쌓여 갔다.

슬픔이라는 것을 그녀는 처음 맛본 것 같다.

그럴수록 그녀는 자신의 마음을 인내의 동아줄로 단단히 묶었다. 흐트러지려는 마음에 단단히 자물쇠를 잠갔다. 하나님이 자신에게 준 사명 같은 것이라 생각했다.

그러는 사이에 그녀의 마음속에 자리 잡고 있던 증오나 원망, 죄의식 같은 부정적인 생각들이 많이 엷어지고 있었다.

희영이 한내를 찾은 것은 지난해였다. 정부가 발표한 댐 건설 계획으로 한내가 수몰 지역이 된 기사를 보고 난 뒤다.

이 목사가 떠난 가나안교회는 황폐해져 있었다. 마을 사람들은 수몰 보상 문제와 앞으로 살아갈 문제들 때문에 정신을 잃은 듯했다. 전쟁을 치른 듯 죽어 가는 마을의 모습이 눈에 들어왔다.

"교회요? 새로 목사님이 오셨지만 이 목사님이 떠난 뒤로 문을 닫은 것이나 다름없지요."

인숙 어머니가 그간의 사정을 귀띔했다.

가나안교회는 쓰러질 것 같은 모습으로 서 있었다. 수남이 새벽을 깨우던 종각은 쓰러져 있었다. 총회에서 파견되어 부임했다는 송 목사를 통해 수남이 그동안 몇 차례 한내에 왔다는 소식도 들었다.

희영은 자신이 옮긴 불행의 바이러스가 아직도 활동하는 모습을 보았다. 그녀는 자신이 아직도 그 숙주라고 생각하였다.

희영은 사람을 사서 수몰되는 지역에 있는 무덤을 찾아 고만수의 유해를 수습해 화장을 하고 한 줌 남은 재를 덕적산 기슭에 뿌렸다.

아무런 유익도 남기지 못한 한 생명이다.

모든 사람들을 분류해 보면 세 부류로 나눌 수 있다고 이 목사는 설교에서 가끔 인용했었다. 첫째는 꼭 있어야 할 사람, 둘째는 있으나 마나 한 사람, 셋째는 있어선 안 될 사람이다.

고만수라는 한 인생은 세 번째 부류로 분류할 수 있을 것 같다.

태어나지 말았어야 할 생명은 그만이 아니다. 그녀 자신도 마찬가지다.

낮은 곳에서의 봉사로 그녀는 자신에게 덮인 죄의 그물이 벗어지기는커녕 한 겹 더 씌워진 것을 보았다. 이 목사와 사모님에게 또 다른 부담을 준 것을 그녀는 회개했다. 하나님의 뜻인 줄 알았던 그 소명이 자신의 자의적인 판단으로 만들어진 도피처였음을 그녀는 비로소 깨닫는다.

그녀는 수년 동안 봉사해 온 예수요양원을 나와 서울 아버지 이 목사의 집으로 돌아왔다.

"고생이 많았지?"

돌아온 딸을 이 목사는 담담히 맞아 주었다.

"모든 게 다 제 탓이었어요."

"그렇지 않다. 하나님의 뜻이다."

그랬다.

지난날들을 돌아보면 모든 것이 하나님의 뜻이었다.

희영이 나오기 시작하면서 가나안의 집은 갑자기 활기를 띠기 시작했다.

지금까지 볼 수 없었던 전혀 새로운 방법으로 희영은 아이들의 마음을 사로잡고, 재미를 붙인 아이들이 또래들을 데리고 왔다. 몇 달 사이 가나안의 집 공부방은 마당 쪽으로 건물을 늘려야 할 만큼 아이들로 차고 넘쳤다. 그 결과 주일예배에 나오는 사람들의 수가 늘어나기 시작했다. 매우 고무적인 일들이 생겨나고 있었다.

해가 바뀌고 수남은 드디어 신학교를 졸업했다.

졸업식장에서 희영에게 꽃을 받아 든 수남은 부끄럼도 잊고 기어이 눈물을 보였다.

"누나, 이건 정말 기적이야."

"그렇지 않아. 그동안 수남의 간절한 기도를 주님께서 들어주신 거야."

수남의 아버지 박 서방은 저만큼 떨어져 있다가 사진사가 부르는 통에 마지못해 곁에 와 선다. 새벽차를 타고 한내에서 올라오느라 졸업식이 거의 끝날 때 겨우 도착했다.

"대단한 아드님을 두셨습니다. 자랑스럽지요?"

점심을 먹으러 들른 학교 근처의 식당에서 희영이 수남 아버지에게 수남을 칭찬했다.

"고맙지."

말수가 적은 아버지는 지나가는 말처럼 대답했지만 얼굴에 기쁨을 감추지 못했다.

서울에 모시겠다고 수남이 말했지만 아버지는 신곡리 개간지로 들어가겠다고 고집하고 있는 중이다.

"송충이는 솔잎을 먹는 기 젤 낫다."

아버지는 기어이 오후 차로 한내로 내려갔다.

석답골 어머니는 결국 나타나지 않았다. 얼굴을 본 지가 언젠지 까마득하다. 한번 내려가 끝장을 보리라 수남은 다짐한다.

대학원에 진학하는 문제가 남아 있지만 수남은 잠시 미루기로 결정한다. 조금씩 사람들이 관심을 갖기 시작한 새가나안 교회가 자리 잡기 위해서는 본격적인 목회 사역을 준비해야 했기 때문이다.

3. 석답골

 갑작스런 귀사 명령으로 대천강 댐 취재를 중단하고 올라온 지훈은 석답골을 돌아보지 못하고 온 것이 늘 마음에 남아 있었다.
 대천강 댐 축조공사로 수몰되는 한내의 형편을 소상하게 기록한 그의 르포가 〈새한일보〉에 게재되자, 독특한 관점이 독자들의 주의를 끌었다. 지훈이 작성한 기사는 대천강 댐 유역의 생태계 변화와 함께 이주민들의 심리적 공황에 초점이 맞춰져 있었다.
 생태 문제에 대해 그는 이렇게 적었다.
 '댐 건설로 대천군을 비롯한 인접 4개 군 지역의 기후는 이미 가시적인 변화를 보이고 있었다. 공사의 빠른 진척을 위해 예정을 앞 당겨 담수가 시작된 탓으로 이미 30m의 수위를 보이는 댐 주변은 서서히 안개의 양이 증가하기 시작한 것이다. 앞으로 담수가 완료되고 난 뒤, 동양 최대라는 30억 톤의 담수량이 주변 생태계에 미치는 영향은 아직 확실한 결론이 나지 않았다. 수자원공사와 연구소 등에서 발표한 내용들은 가설에 지나지 않는 것이며, 이 미증유의 사태에 적절한 대비책을 서둘러 마련하지 않으면 안 된다.'
 대충 이렇게 요약할 수 있는데, 정부기관과 유관기관 관계자들, 학계의 의견을 두루 섭렵한 내용을 담고 있어 신빙성을 높여 주었다. 지훈의 기획기사는 신년호에 특집으로 연재가 시작되어 10여 회가 실리고 있다.

그러나 현지 취재를 하지 못해 후속 기사를 작성할 수 없었다.

"짧은 시간에 수고했어. 좋은 기사라고 반응이 괜찮아."

강 국장이 기사를 칭찬했다. 여간해서 기사로 칭찬하는 일이 없는 상사의 격려가 지훈을 기쁘게 했다.

"이주민들의 이야기가 남았습니다. 취재가 부실해서 반쪽 기사가 가방 속에 잠자고 있습니다."

"며칠이면 되겠나?"

지훈의 속마음까지 꿰뚫는 국장의 시선에 지훈은 힘이 빠진다.

"제한을 풀어 주시면 빠른 시일 내로 끝내겠습니다."

"제법 배짱이 커졌어. 간접 취재를 해보도록."

"설마 소설 쓰라는 말씀은 아니시죠?"

"취재 계획을 올려. 마지막이 될지 모르니까."

"마지막이라 말씀하셨습니까?"

"그러네."

"그러면?"

"신청해 놓은 수경이 스칼라십이 나왔어."

"기다리시던 일인데, 축하드립니다."

"자네가 좀 도와줘야 할 일이 있어."

"무슨?"

"뉴욕 지사로 보내 줄 테니까 수경일 좀 보살펴 주게. 잘 알잖아? 워낙 자유분방한 애가 돼놔서 영 마음이 놓이질 않아."

지난해부터 강 국장은 수경이 졸업하면 주립대학으로 유학을 보낼 계획을 하고 있었다. 눈치를 채긴 했지만 이렇게 갑작스레 일이 추진될 줄은 몰랐다.

"감사합니다만 좀 얼떨떨합니다."

"필요하다면 간단히 약혼식이라도 치르고 보내면 좋겠는데, 자네 생각은 어떤가?"

"저야 뭐."

"사전 준비가 필요할 게야. 당분간 출근 자유롭게 하고 소신껏 하도록 해. 뉴욕 지사에 연락해 놓을 거니까 거기 문제는 신경 쓰지 않아도 돼. 필요하면 자네도 계획하던 공부를 더할 수도 있고…."

"국장님, 이 은혜 평생 잊지 않겠습니다."

"알았으면 나가 봐."

국장실을 나오며 지훈은 코허리가 시큰해 왔다.

살아간다는 것은 끊임없는 만남의 연속이며, 만남이 미치는 영향이 얼마나 큰가를 뼈저리게 체험한다. 다행스럽게도 지훈은 그 좋은 만남의 행운을 얻었다. 강 국장과의 만남이 그렇다. 강 국장은 지금까지 그의 인생에서 가장 큰 영향을 미치는 사람이 되었다.

강 국장의 선물은 너무 크고 감당하기 어렵다.

그러나 잘 해낼 것이다. 새로운 미지의 넓은 세계가 그를 기다리고 있다. 몸도 마음도 생각도 성숙한 지성인이 되어 돌아오리라. 도전하리라. 승리하리라. 지훈의 생각 속으로 새로운 결의가 차올랐다.

그날 저녁 레스토랑에서 지훈을 만난 수경은 그의 소매를 잡고 팔짝팔짝 뛰며 좋아했다.

"국장님과는 수경에게 비밀로 하기로 약속했어. 내가 이 얘기 했다는 사실을 아시면 정말 살아남지 못하는데."

"아이 재미있어. 오빠가 살아남지 못하면 난 과부가 될 텐데 설마 아빠가 그러기야 하겠어요?"

"그러니까 나 살려 주는 셈치고 모른 척해 줘. 사나이들끼리 약속이니까."

"알았어요. 그 대신 오빠는 당분간 내 포로야. 내 곁에만 있어 줘야 해."

"오케이! 그런데 한 가지만 양해를 구할게. 며칠간 취재 여행을 끝내고 나서."

"또 취재? 앞으론 출퇴근도 자유롭게 하게 됐다면서?"

"그렇지만 지난번 시작한 시리즈를 완성해야 해."

"지긋지긋하지 않아요?"

"이건 아주 중요한 일이야. 우리 시대를 사는 사람들이 산업화되는 과정에서 어떤 갈등을 겪게 되는지, 그들의 고민이 무엇인지, 해결 방안은 없는지 알아보는 거야. 누군가 내야 할 목소리야."

"그런 걸 왜 꼭 오빠가 해야 돼? 이 중요한 시기에."

"국장님 따님께서 매스컴에 대한 이해가 이래서야? 자, 잠시 고정하시고 일주일, 아니 사흘 내로 끝내겠어. 우리 공주님의 하해와 같은 아량을 기대하나이다."

"정말 아무도 말릴 수 없어요."

수경이 눈을 흘겼지만 곧 표정을 고친다.

지훈이 가볍게 수경의 볼에 입 맞추었다.

지훈은 갑자기 자신에게 다가온 엄청난 행운에 마음의 안정을 유지하기가 어려웠다. 지난날들을 돌아보면 모두가 기적의 연속이다. 지금까지 편집국 내에 철저한 비밀에 붙여진 이 사실이 알려지면 가히 핵폭발의 위력을 나타낼 것이다.

지훈은 예정대로 석답골 취재에 나섰다. 음력으로 그믐이 다가와 있었다. 사실 석답골의 취재는 지훈이 의무적으로 해야 할 사항은 아니었다. 그러나 대천강 댐 건설이 몰아온 태풍에 휩쓸린 한내 사람들, 그들의 위기 대처 방식 한 부분을 마저 살펴보는 것이 책임이자 의무로 생각되었다.

현장으로 가면서 지훈은 자신의 내면에 아직 지워지지 않은 희영의 흔적이 남아 있음을 알게 됐다. 지난날의 아름다웠던 기억들이 상처로 남아 있는 것, 한가한 시간이 되면 어김없이 되살아나는 그 기억에서 지훈은 자유롭지 못했다.

오랜만에 와 보는 석답골은 엄청난 변화를 맞고 있었다.

지방 도로에서 석답골로 들어가는 진입로가 제법 넓게 개설되고 상당한 거리로 지금도 포장 공사가 진행 중이었다. 공사장에 신흥건설의 표지판이 걸려 있어 지훈은 태식의 얼굴을 떠올렸다.

몇 해 전에 들렀을 때 어설프던 모습은 간곳없고 골짜기 조금 높은 언덕 위로 거대한 사찰 하나가 축조되고 있었다. 뼈대가 선 건물 주위로 수많은 나무 기둥들이 세워지고, 그 얽힌 곳에 놓인 비계 위를 수많은 인부들이 오르내리고 있었다.

"무슨 공사입니까?"

지훈이 현장에서 지나는 인부들에게 물었다.

"보면 모르오? 선불도 본산 선원 공사지요."

"절인가요?"

"절은 절인데 보통 절은 아닌 모양입니다."

지훈은 건물 주위로 다가갔다.

뼈대를 드러낸 건물은 철근 콘크리트로 만들어지는 3층 규모의 것으로 일반 사찰과는 다른 모양이다.

지난번에 왔을 때 청암이 설법을 하던 건물이 있던 자리는 식당으로 개조돼 있고 사람들이 들락거렸다. 지훈은 식당 안으로 들어갔다. 머리에 수건을 두른 여인들이 음식을 만들고 있었다.

그런데 그곳에서 놀랍게도 인숙 어머니를 만났다.

"아니, 이게 누구여?"

"인숙 어머니 아니세요?"

"시상에! 무슨 일로 선상님이? 어서 앉으서요. 시장하시죠?"

아닌 게 아니라 시장했다.

인숙 어머니가 주방 쪽으로 가더니 금방 삶은 국수 한 그릇을 가져왔다.

"고맙습니다. 잘 먹겠습니다."

"어쩐 일로 우리 선상님이 여기꺼정 오셨을까?"

"뭣 좀 알아볼 일도 있고 해서."

"생각해 보니 저번 한내학교 운동회 때 만났구먼요."

"여기는 어떻게 오시게 됐는지 궁금하네요."

시장하던 참이라 지훈은 국수 한 그릇을 금방 비웠다.

"동네 여편네들이 졸라서 엊그제 왔구먼요. 세상이 하두 어수선해서 마음이 잡히지 않아서…."

수몰되는 마을 이야기인 것 같다. 그들에겐 천지가 개벽되는 엄청난 사건이 아니겠는가.

그사이 인숙 어머니 얼굴에는 주름이 많이 늘었다.

안면이 있는 아주머니들이 주방에서 들락거렸다.

"한내 아주머니들이 더러 눈에 띄네요?"

"여럿 왔어요."

"교회는 어떻게 하구요?"

"교회 문 닫은 기 언젠데요? 선상님은 아직도 교회 열심히 댕기서요?"
갑작스런 질문에 지훈은 움찔했다. 교회에 나간 지가 언제였던가.
"서울 올라간 뒤론 못 나갔습니다."
"교회 나가나 절에 다니나 다 마찬가지요. 복을 받는 건 정성이 문젠 게지."
"낯익은 사람들이 꽤 많네요?"
"내촌 사람들은 거지반 올라왔고, 외촌에서두 여러 집 이쪽으루 옮겨 왔어요. 보상이 나오면 더 많이 올 거구만요. 정순이네, 동춘이네가 먼저 들어왔구, 영옥이네, 선구네는 보상이 나온 뒤에 오기루 했지요."
"가나안교회에 나가던 집사님들이 아닙니까?"
"맞아, 다들 선불도 사람들 얘기를 듣고 작정했지요. 물난리가 난다고 언제 쩍부터 그랬는데 선사님 말씀이 한마디도 틀린 기 없으니. 더구나 교회가 불나서 사람들 마음이 모두 돌아섰어요. 전부터 청암이 교회가 불에 탈 것이라 말했다는 기요. 그 사람 예언이 모두 맞아 떨어진 게죠."
"상식 씨는 신곡리로 가기로 했다던데요?"
"어디서 그 소식은 들었서요?"
"강천에서 인숙이에게 들었습니다."
"인숙일 만났구먼. 농사에 미친 애들이니까. 나라에서 만들어 준 토지를 써야지. 꼭 성공하고 말 기라 작심하고 들어갔는데 두구 봐야지. 참, 상식이 지난 여름에 약혼을 했어. 내가 김 선상님한테 꼭 전해야지 생각했는데 잊어버릴 뻔했구만요."
"축하합니다. 며느리는 어디서 온 색신가요?"
"선상님 학교에 계실 때 같이 있던 한 선생이야."

3. 석답골 81

"아, 한영미 선생?"

"맞아요."

"정말, 거듭 축하드립니다."

"이번 약혼은 사실 말이지 김 선상님이 중매한 거나 다름없지요."

"그렇게 됐군요. 그럼 한턱 단단히 내셔야 하겠는데요?"

"날 잡으면 청첩 보낼 테니 꼭 오시우."

"언제쯤?"

"내년 봄은 넘기지 말아야지요."

"글쎄, 그때까지 서울에 있게 될지 모르겠네요."

"어디 가세요?"

"미국."

"아이구머니, 우리 선생님 출세했네. 그래 무슨 일로?"

"공부하러 갑니다."

"아 무신 공부를 또 해? 아주 유명하게 됐다든서…. 장개는 언제 갈 긴데?"

"허허."

지훈은 그냥 웃었.

인숙 어머니는 지훈의 상에 놓인 그릇들을 챙겼다.

"요즘 선사님은 이곳에 계신가요?"

"아침에도 식당에 오셨더랬는데. 아마 선방에 계실 기래요."

"아, 그럼 이곳에 늘 계시는가 보군요?"

"요즘 공사가 계속되구 있어서 늘 기세요. 사무실에 가서 알아 보서요."

뜻밖이었다. 청암을 취재할 절호의 찬스다.

"지무시구 갈 기면 얘기하서요, 방을 알아보게."

"좀 알아봐 주세요."

"그러지요."

인숙 어머니는 그릇들을 챙겨 주방으로 들어갔다.

지훈은 새로 만들어지는 법당 건물 아래쪽에 있는 사무실로 내려갔다.

수년 전에 왔을 때는 없던 건물들이 여기저기 들어서서 석답골은 새로 만들어지는 마을의 모습을 하고 있었다. 위쪽 언덕에 세워지는 건물을 사찰에 비유한다면 사하촌인 셈이다. 이 심산계곡에 들어선 여러 채의 건물들은 모두 건축 허가나 제대로 받고 짓는 것일까 지훈은 의구심을 가져 본다.

사무실 안에는 직원으로 보이는 젊은 여자가 책상에 앉아 있었다. 황토색 개량 한복 차림이었다. 내촌 서씨 종가에서 이런 옷을 입은 사람들을 만났던 생각이 났다.

"청암선사님을 만나보려면 어떻게 해야 합니까?"

"어디서 오셨는데요?"

"〈새한일보〉 기잡니다."

"실장님이 오시면 말씀드려 보세요. 공사장에 가셨으니까 좀 있으면 들어오실 겁니다."

"잠깐 앉아 기다려도 되겠죠?"

"그렇게 하세요."

지훈은 메었던 가방을 내려놓고 응접용 소파에 앉았다.

사무실 벽에는 가운데 황토색 한복을 입은 청암의 사진을 중심으로, 뜻을 알 수 없는 상형문자 모양의 네 글자가 적힌 액자 두 개가 밑에 걸려 있어 이색적인 느낌이 들었다.

잠시 후, 사무실로 남자가 들어왔다.

"실장님, 손님 오셨어요."

여사무원이 지훈을 가리켰다.

"무슨 일이십니까?"

지훈에게 다가온 그가 물었다.

낯익은 얼굴이다. 근섭의 조카 서정두다.

"〈새한일보〉 김지훈 기잡니다. 몇 번 뵌 기억이 있습니다."

"아, 생각납니다."

"선사님을 뵙고 싶습니다. 어떤 절차를 거쳐야 됩니까?"

"선사님은 지금 여기 계시지 않습니다."

정두가 시침을 뗀다.

"이곳에 계시다는 정보를 갖고 있습니다."

"무슨 일로 선사님을 보려고 하시는지?"

서정두는 지훈의 아래 위를 한번 훑어봤다. 전에 내촌 종가댁에서 지훈을 만났던 기억이 떠오르는 모양이다. 표정에 노골적인 적대감이 서린다.

"얼마 전 대천강 댐 건설 현장을 취재하다가 수몰민들의 동향을 살펴봤습니다. 한내에서 상당수의 주민들이 이곳으로 이주하고 있다는 사실을 파악했습니다."

"인터뷰할 내용이 뭡니까? 사무적인 질문은 저한테 해주세요. 선사님은 지금껏 인터뷰를 하신 적이 없습니다."

"선불도 교리와 내용에 관한 설명을 듣고 싶습니다. 사무적인 질문은 실장님께 하도록 하겠습니다. 됐습니까?"

"우리 선불도에 대해 어느 정도 아시는 분이니 일단 말씀은 드려 보겠습니다만 잠시 기다려 주십시오."

그가 밖으로 나갔다.

한참 만에 돌아온 그가 "선사님은 선방에 계십니다. 한 시간 정도만 허락을 받았습니다. 시간을 엄수해 주십시오" 하며 지훈을 안내했다.

공사를 하고 있는 선원 건물은 뒤편으로 돌아가자 암벽과 맞붙어 있었다. 그 한가운데쯤 석굴이 있고 자연적으로 형성된 그 석굴 한 구석에 지형을 이용한 작은 방이 꾸며져 있었다. 안으로 들어서자 그 굴이 꽤 큰 규모임을 알 수 있었다.

"앞으로 여기가 우리 피난처가 될 것입니다."

굴 입구에서 서정두가 묻지도 않은 설명을 했다.

방은 서까래를 얹고 기와를 입힌 외양을 하고 있었다. 서까래에 단청이 칠해져 있었지만 그것도 일반 사찰에서 보던 것과는 색과 모양이 아주 달랐다.

정두가 문을 노크하고 지훈을 안으로 안내했다.

청암은 방 안 작은 서상 앞에 앉아 있었다.

낮인데 방에는 형광등이 켜져 있었다.

"손님 모시고 왔습니다."

"어서 오십시오."

그가 일어나 손을 내민다.

"김지훈입니다. 〈새한일보〉에서 일하고 있습니다."

"반갑습니다. 무슨 일로 이 산중까지 걸음을 하셨습니까?"

그가 내민 손은 백랍같이 하얗고 투명했다. 지훈의 손아귀에 잡힌 그의 손은 작고 나긋나긋했다.

"선사님이 한내에 계실 동안 한내학교에서 아이들을 가르친 적이 있습니다."

"아, 그래요?"

"큰 공사를 시작했군요."

"다 천신님의 뜻이지요."

"어떻게 이곳에 자리를 잡게 되셨는지 늘 궁금했습니다."

"이 석답골은 아주 내력이 깊은 곳입니다. 석답골은 돌밭이라는 뜻과 돌을 밟는다는 뜻이 있습니다. 보시다시피 돌이 많은 곳입니다. 고려 초기까지 이곳에 석답사라는 사찰이 있었다는 기록이 있고, 그 절 이름이 지금까지 전해져 온 것입니다. 오랜 답사 끝에 우리는 당시 절에서 사용했던 것으로 추정되는 석등 받침과 주춧돌 몇 개를 발굴했습니다."

"지금 짓는 건물은 사찰입니까?"

"선불도 선원 본산 건물입니다. 불교에서는 절이라고 말하는데 우리는 마음을 닦는 도량이라는 뜻으로 선원이라 부릅니다."

"선사님께서 이곳이 피난처라 선포하셨다는데 무슨 근거가 있으신지 궁금합니다."

"아시다시피 이 지대는 해발 일천 미터 이상 되는 백두대간 중심축에 있습니다. 토질과 암석을 분석해 보면 대부분 캄브리아기 변성암류나 고생대 퇴적암류의 거대 암반, 암괴들이 자리잡고 있습니다. 그런가 하면 이 석굴처럼 석회암 지대가 있어 동굴로 발달한 곳도 있습니다. 따라서 이 지구대는 매우 견고한 천연의 요새와 같은 곳입니다. 우리는 이곳을 개발하면서 옛 선현들의 놀라운 지혜도 함께 찾아냈습니다. 그들은 이미 천 년 전에 이곳의 효용성을 알고 전란에 피난처로, 평상시에 수도처로 이곳을 이용했었습니다. 지금 제가 있는 이곳도 저 안쪽으로 끝을 알 수 없는 동굴로 연결되어 있습니다. 재난의 날에 가장 안전한 피난처가 될 것입니다."

"선사님께서는 지구의 종말에 대해 언급하신 것으로 알고 있습니다만."

"물론입니다. 이것은 천신님의 가르침이기도 하지만, 웬만한 지식만 있더라도 누구나 알 수 있는 사실입니다. 이미 종말은 진행되고 있습니다. 종말의 첫 징조는 바다가 죽는 것입니다. 성경에도 노아 시대의 물의 심판이 있었습니다. 얼마 전 섬나라 일본에서 일어난 대규모 지진을 아실 것입니다. 지진은 순식간에 수많은 생명과 건물을 파괴했습니다. 지구는 점점 더워지기 시작해서 북극 남극의 빙산들이 녹고 해면 수위가 점차 높아지며, 이로 인해 해일이 도처에서 일어나고 낮은 지대는 침수가 될 것입니다. 이것은 하나의 전주곡입니다.

마지막 심판은 불의 심판입니다. 소돔 고모라가 불에 타 멸망하듯이 지구도 언젠가는 불로 멸망할 것입니다. 땅이 죽는 것입니다. 아시다시피 미소 양국이 경쟁적으로 만들어 낸 핵무기가 얼마나 되는지 밝혀지지 않고 있습니다. 지금과 같은 냉전 시기에 이것들이 어떻게 저장되고 관리되는지 밝혀진 것이 없습니다. 히로시마 나가사키에 떨어져 그 위력이 알려진 것 외에, 그보다 훨씬 고성능의 살인무기들이 계속 만들어지고 있다는 것을 추정할 수밖에 우리는 아무것도 알 수 없는 것입니다."

"말씀하시는 것으로 보면 성경적이고, 기독교에서도 이미 이야기된 것들이 아닙니까?"

"이미 수차례 사람들에게 말씀드린 것처럼 불교와 기독교는 비슷한 내용이 아주 많습니다. 나는 오랫동안 여러 종교들을 살펴봤습니다. 우리나라에서 만들어진 종교들은 대부분 후천 개벽사상이 중심이 되어 있습니다. 동학이 그랬고, 남학이나 정역, 증산도, 대종교, 천도교 모두 그렇습니다."

"선불도라는 이름에는 어떤 뜻이 담겨 있습니까?"

"선(禪)은 여래의 경지에 들어가는 문입니다. 바로 진리의 문인 셈이지요. 우리들의 삶은 고통에 차 있고 부조리합니다. 이를 극복하는 길은 잃어버린 자신을 찾는 데 있으며, 진정한 자신의 모습을 찾게 되면 모든 것에서 자유로울 수 있고, 자신은 물론 주변 세상도 밝힐 수 있는 것입니다. 부처의 가르침이지만 나는 기존 불교의 세속화를 비판합니다. 오실 세존님을 기다리는 동안 중생들이 해야 할 일들을 준비하는 일을 나는 도(道)로 부르고자 합니다."

청암은 생각했던 것보다 현실적인 생각을 가진 사람처럼 보였다.

지훈은 그가 말하는 내세관이나 혼탁한 세상을 바로잡는 윤리 도덕적 일대 각성운동 같은 주장을 들었다.

"삼인일이란 무엇입니까?"

궁금했던 말이다.

"세존께서 오실 날입니다. 더 이상의 설명은 안 하겠습니다. 말하면 천기누설이 되는 것입니다."

"큰 공사를 하고 있는 것을 보았습니다. 공사비가 엄청나게 들어갈 텐데 자금은 어떻게 마련하는지 궁금합니다."

"저는 다만 설법을 할 뿐입니다."

선문답 같은 대답이다.

문 밖에서 인기척이 들린다.

시계를 들여다보니 정확히 한 시간이 지나 있었다.

"자세한 것은 서 실장을 통해 알아보세요."

청암은 방석 위에 가부좌 자세로 고쳐 앉으며 말했다.

지훈은 문을 열고 밖으로 나왔다.

문 밖에 서 실장이 기다리고 있었다.

"교세가 많이 확장된 것 같습니다."

사무실 쪽으로 내려오면서 지훈이 실장에게 말을 건넸다.

"교세라 부를 것까진 없습니다. 지금 시작한 것에 지나지 않으니까요."

자신감 같은 것이 실장의 말투에 느껴진다.

"사무적인 문제들은 모두 실장님에게 물어 보라 하셨습니다."

"물어 보시죠."

"공사비나 종단 운영비, 인건비들 모두 만만치 않을 텐데 자금 출처가 궁금하군요."

"솔직히 말씀드리자면 선사님 개인적인 보시가 가장 크고, 신심이 깊은 신도들의 지원과 개간지에서 생산되는 농축산물…. 뭐 이런저런 수입으로 간신히 살림을 꾸리고 있습니다."

"이 지역의 개간 허가는 받은 것입니까?"

"허허, 요즘이 어떤 세상입니까?"

서 실장은 어이가 없다는 듯 반문했다. 그리고는 '선사님을 찾아오시는 도인들 가운데는 이 지역 판검사님도 계시고 건설사 사장님, 기업체 대표, 정계 고위층들이 많습니다' 하고 묻지도 않은 설명을 덧붙였다.

"올라오다 보니 신흥건설 표지판이 보이던데 최태식 사장님은 아직도 공사를 맡고 있군요?"

"신심이 깊으신 분입니다."

강천에서 만났던 태식의 얼굴이 생각났다. 무언가 계속 이들과 커넥션이 이루어지고 있는 모양이다. 이곳에 와 있는 한내 사람들에게 영향을 미치는 사람들이다.

"대천강 댐 공사가 도움이 된 것 같은데요?"

"대천강 댐은 우리 선사님이 이미 수년 전에 예언하신 바가 있습니다. 한내가 물병자리란 것을 누차 강조하셨죠. 과거에 한내가 물에 잠기리라 생각한 사람이 몇이나 있었겠습니까? 지금까지 말씀하신 것이 하나도 틀리지 않았죠."

"가나안교회가 불타는 것도 예언하셨나요?"

"예?"

서 실장이 걸음을 멈춰 선다. 놀라는 표정이 역력했다.

"왜 그렇게 놀라십니까? 그 화재 사건과 선불도 사람들이 무슨 관련이라도 있습니까?"

"모르는 일입니다."

"당시 화재로 목숨을 잃은 사람이 있었지요. 고씨라고, 실장님도 잘 아실 텐데요? 여기 공사장에서 일했다는데."

"뭐 얘기는 들었습니다."

"그 일로 목사님이 사임하시고 교회는 폐허가 됐더군요. 선불도에서 바라던 일이 이루어진 셈이죠."

"무슨 말씀을 그렇게 하십니까? 마치 우리가 가나안교회를 그렇게 만들었다는 소리로 들립니다."

"그 무렵 가나안교회 신자들 가운데는 선불도에 솔깃한 사람들이 생겨나고 있었는데, 목사님이 그들에게 선불도를 우상숭배라 설교했었죠. 여기 사람들이 들으면 기분 좋은 일은 아니었을 것입니다."

"김 기자님, 소설 쓰십니까? 김 기자님도 그 교회 출신인 줄 아는데, 무슨 증거로 우리를 그 사건에 끌어들이는 것입니까?"

갑자기 서 실장의 언성이 높아진다.

"여러 정황들이 그런 추측을 가능하게 합니다."

"정 이런 식으로 우릴 모함하면 당국에 고발하겠습니다."

"자, 흥분하지 마시고…. 누군가 이 사건에 피해를 입은 사람들의 억울함도 해결해 줘야 한다고 생각합니다. 생각해 보세요. 평화롭던 교회가 갑자기 닥친 재앙으로 쑥대밭이 됐습니다. 객관적으로 보면 그 화재 사건은 의문이 많습니다. 뭐 선불도 사람들이 관련됐다는 증거도 없는데 단정적으로 말하는 것은 아니고, 조금 시선을 달리하면 그렇게 생각할 수도 있다 그런 얘깁니다."

"오래된 일이라 전 잘 모릅니다. 바빠서 이만 실례하겠습니다."

서 실장은 불쾌한 표정으로 사무실로 들어갔다.

지훈은 까맣게 잊었던 지난 일들이 또렷이 기억되었다. 바쁜 일상을 사는 동안 기억 뒤로 사라졌던 것들이다. 당시 지훈은 가나안교회의 화재 사건에 의문을 가지고 있었다. 갑자기 나타난 고만수 영감의 존재가 그 의문의 핵심이다.

왜 그가 그곳에서 죽었어야 했는지 아직 의문이 풀리지 않는다. 그리고 고 영감은 이곳에 와서 상당한 기간 일했다. 공사 중이었는데 그는 왜 한내로 갔으며, 한내에서 그의 행적은 어땠는가? 삼거리 집에 나타났었다는 수상한 젊은이 두 사람은 누구인가? 당시 지훈이 가졌던 의문점들이다. 이 목사가 서둘러 사건을 종결한 것도 의심이 가는 부분의 하나이다. 아직 그는 이 목사를 만나 보지 못했다. 서울 어딘가에 있을 것이다.

지훈은 식당으로 돌아왔다.

짧은 가을 해가 산을 넘고 있었다.

"안 보이셔서 올라가신 줄 알았어요."

식당에서 저녁 준비를 하던 인숙 어머니가 지훈 앞에 저녁을 가져왔다. 십여 명의 낯선 사람들이 저녁을 먹고 있었다. 공사장 인부들 차림도 있고 그렇지 않은 사람들도 있었다.

"수길이네는 아직 여기 살고 있나요? 전에 살던 집이 안 보이던데."

"거기는 공사하느라 헐렸어요. 산신각이 있는 아래 도량으로 옮겼지요."

"좀 만날 수 있을라나 모르겠네요."

"요즘 집에 없을 긴데."

"어디 갔습니까?"

"몸이 아파서 태백병원에 갔다고 들었구먼요."

"그런 일이 있었군요."

"지무시구 가실 기래요? 방은 있던데."

"아닙니다. 수남 어머니를 만날 수 없다면 곧 떠나야 할 것 같습니다."

"어서 저녁이나 드서요."

인숙 어머니가 숟가락을 집어 준다. 아직 정이 남아 있는 것 같다.

"여기에 와 있는 것을 인숙이가 알면 뭐라 할 것 같은데요?"

"갸들한데는 비밀로 하구 여기 댕기지. 내가 여기 온 것 알문 야단법석이 날 끼야. 다 지들 잘되라구 하는 것두 몰르구."

헤어질 때 인숙 어머니는 나중에 혹시 인숙이나 상식을 만나게 되더라도 그녀를 여기서 봤다는 말을 하지 말아 달라고 당부했다.

지훈은 차를 몰아 어두워진 계곡을 빠져나왔다.

인적이 끊긴 계곡은 아주 적막했다. 진입로 비포장도로를 나오면서 지훈은 석답골 선불도 마을에 모여온 사람들을 생각했다. 무엇이 사람들을 이 캄캄하고 험준한 계곡으로 이끌어 냈는지 알 수 없었다. 불가사의한 일이었다.

산업화로 치닫고 있는 현대사회, 실용과 질서, 합리와 과학의 가치가 날로 증대되어 가는 이 시대에 종말사상을 좇아 피난처로 모여드는 어리석은 사람들을 그는 보았다. 한내의 수몰은 대천강 댐의 건설이라는 국가의 개발 계획에 따른 결과일 뿐 종말의 징조로 판단할 일이 전혀 아닌 것이다.

누대를 살아온 한내 사람들에게 고향 산천이 수장되고 영원히 돌아갈 수 없게 된 것이 안타깝긴 하지만, 그것이 천신의 의도된 계획이라는 어처구니없는 주장을 하는 사람의 말을 믿고 이 먼 계곡으로 들어온 사람들의 어리석음은 어디서 보상을 받을 수 있는가. 비단 이 선불도만이 아니다. 지훈은 산업화 과정에서 전례 없이 신흥 종교가 발흥하고 있다는 연구기관의 조사 자료를 본 적이 있다.

우리나라의 신흥 종교는 크게 기독교와 관련된 이단들과 불교와 관련된 무속신앙, 사이비 종교, 동학, 정학, 증산도의 변형 등 일제강점기 시대와 6·25 전란 등 사회의 혼란기에 불안한 민심을 등에 업고 번창하기 시작했다고 볼 수 있다.

자생적인 민간신앙으로부터 분별력이 떨어지는 농어촌과 도시 빈민층 속에 침투해 들어간 수많은 예언들, 불교와 무속 도참사상 등이 뒤섞인 정체를 알 수 없는 민속신앙들, 무속에 관련된 수많은 미신들, 당국에 의해 장려되는 전승민속들을 보면 다신사회로 발전해 나가는 것 아닌가 싶도록 그 기세들이 만만치 않다.

지훈은 마지막으로 신곡리를 답사해 보기로 했다. 한내 주민들의 이주지로 당국에서 마련해 주었다는 곳, 그곳에 상식과 영농회 친구들이 자리를 잡고 있다.

"신곡리 지구는 새로 경지 정리를 한 곳으로 대토를 받는 사람들에게 많은 혜택이 돌아가도록 행정적인 지원을 하고 있습니다. 대천강 댐 유역의 수몰지역은 3개 군, 12개 면에 걸쳐 있습니다. 우리 군에서는 다른 두 개의 군보다 훨씬 적극적으로 대토를 조성해 왔고 주민들의 선호도가 매우 높습니다. 아직 이설도로 문제가 좀 남아 있습니다만 조만간 다 해결될 것입니다."

실태를 취재하러 들른 군청 담당 부서의 과장이 좀 과장된 언어로 수몰민을 배려하고 있음을 내비쳤다.

"생각보다는 주민들의 관심도가 낮아 보이는데요? 예를 들면 한내 1, 2리의 경우 이주민 중 절반 정도만이 희망하고 있군요?"

지훈이 자료를 살펴보며 물었다.

"아, 한내리의 경우는 좀 특별한 케이스라 할 수 있습니다. 그곳에는 선불도 신도들이 많아 그렇습니다."

"알겠습니다."

지훈은 자료를 챙겨 가방에 넣고 군청을 나왔다.

새로 농경지가 조성되고 있다는 신곡리는 이설도로를 따라 60킬로미터의 거리에 있었다. 이설도로는 어느 정도 포장이 되어 있었지만 신곡지구 진입로는 아직 비포장도로여서 먼지가 날리고 노면이 울퉁불퉁해 매우 불편했다. 세 시간 가까이 걸려 도착한 신곡리는 아직 개간지의 어설픈 모습을 하고 있었다.

여기저기 파헤쳐진 산자락에 집들이 세워지고 붉은 색 몸체의 포클레인들이 들판에 경지정리 작업을 하고 있었다.

사람들에게 물어 상식의 거처를 찾아냈다.

상식의 집은 마을 위쪽 경사진 언덕 아래에 자리를 잡고 골조만 올린 채 서 있었다.

"아니, 우리 고문님이 웬일이십니까?"

지훈의 지프가 멈춘 길로 나온 상식이 반갑게 손을 내민다.

"대천에 들렀다가 최 형이 생각나 찾아왔습니다."

"아, 이 차 〈새한일보〉 차네, 김 선생님 겁니까?"

"아닙니다. 회사 찹니다. 잠시 빌려 타고 왔습니다. 참! 축하합니다.

약혼을 하셨더군요."

"어디서 소문 들으셨습니까?"

"제가 이래 봬도 직업이 취재기잡니다."

"참 신기한 일이네. 어떻게 알았을까?"

상식이 고개를 갸웃거린다.

"최 형, 중신아비한테 이러시면 안 되는데."

"아, 알겠습니다. 자, 저리 내려가십시다. 밥집이 있어요. 술 석 잔 사면 되지요?"

"하하, 이제 이실직고하시는군요. 결혼 날짜는 잡았습니까?"

"이 건물이 완성돼야 결혼이고 뭐고 할 텐데 지금 형편이 이렇습니다."

상식이 지어지고 있는 집을 가리켰다.

"무슨 문제가 있습니까?"

"보시다시피 지금 집을 짓다 잠시 중단이 됐습니다. 한내에서 받은 보상금으론 집을 지을 수 없어요. 자잿값이 뛰고 인건비도 만만치 않거든요."

"군청 사람들은 최선을 다하고 있다고 하던데?"

"그 사람들 책상에만 앉아 있어 아무것도 모릅니다."

그들은 언덕 아래 집들이 지어지는 곳에 있는 작은 식당으로 들어갔다. 점심시간이어서 인부들 몇 사람이 점심을 먹고 있었.

점심을 먹으며 지훈은 상식에게 지나간 얘기들을 들었.

대부분의 주민들은 이번 수몰지역 보상가가 낮아 이주하는 데 어려움을 겪고 있었다. 당국에서는 충분히 보상했다고는 하지만 일부 대지주들 몇을 제외하곤 대부분 주민들의 손에 쥐어진 보상금이 기대에 못 미쳤다. 상식의 경우도 한내의 주택과 토지분 보상가로 이곳

3. 석답골 95

에 같은 넓이의 토지를 마련하기 쉽지 않았다. 이런 이유로 영농회원 몇은 대천이나 강천 쪽으로 떠났다. 그도 농사를 접고 도시로 나갈 생각을 해보기도 했지만 한내에서 시작한 새 영농의 계획을 바꿀 수 없었다.

"신흥건설 최 사장하고는 문제가 잘 해결됐습니까?"

궁금한 일이었다.

"그 자식하고는 이제 의절했습니다. 아주 더러운 놈이에요. 신곡리 건설 현장에도 기웃거렸는데 우리가 쫓아 버렸어요. 언젠가 천벌 받을 놈입니다."

갑자기 열이 오르는지 상식의 목소리가 커졌다.

"지역에서 정치적 기반을 닦고 있는 눈치던데요?"

"정치? 그거 아무나 하는 거 아니고 불법으로 떼돈 번 놈들이나 하는 거지요. 안 그래요? 그런 사기꾼 놈들이 정치하니까 나라가 이 꼴 아닙니까?"

들이켠 막걸리 탓인지 상식이 그답지 않게 언성을 높인다.

"아무튼 행복한 가정 잘 꾸리시고 유토피아를 건설해 보세요."

헤어지면서 지훈이 그를 격려하자 "두고 보십시오. 대한민국에서 가장 이상적인 새마을을 건설할 것입니다" 하며 상식이 주먹을 쥐어 보였다.

4. 새 가나안

지훈은 서울로 돌아왔다.

이제 한내의 또 다른 한 축인 이승규 목사와 가나안교회 사람들에 대한 이야기가 남아 있다. 이승규 목사의 연락처는 지난번 한내를 방문했을 때 받아 둔 것이 있었다. 지훈의 르포는 이번에 한내 사람들의 삶의 모습에 포커스가 맞춰져 있다. 지난번 기사가 자연생태학적 관점에서 다루어진 것이라면 이번 기사의 내용은 주민들의 삶이 주제다.

지훈은 이승규 목사에게 전화를 걸었다.

"고덕동입니다."

여자의 음성이 들려왔다.

사모님 목소리였다.

"김지훈입니다."

"어머나 김 선생님, 이게 얼마 만이에요?"

반가움이 목소리에 묻어난다.

"진작 전화 드렸어야 하는데 이렇게 늦었습니다."

"천만에요."

"목사님은 안녕하시죠?"

"예, 늘 그래요."
"여전히 목회를 하고 계신가요?"
"건강이 안 좋아 쉬고 계십니다."
"저런, 어디가 불편하세요?"
"늘 좋지 않던 위가 다시 고장이 나서 큰 수술을 두 번 받았어요."
"처음 듣는 소식입니다. 지금 댁에 계신가요?"
"방금 산책을 나가셨는데 한 시간 정도는 걸리겠어요."
"한번 뵙고 싶은데 거기가 어디쯤입니까?"
"고덕동인데요. 시내버스 500번 종점 근처예요."
"잘 알겠습니다. 오후에 한번 들르겠습니다."

수화기를 놓고 지훈은 잠시 이 목사의 얼굴을 떠올렸다. 가나안교회에 있을 때도 늘 안색이 창백하던 그였다. 고생을 많이 했을 것 같다.

문득 희영이 생각났다. 왜 그 소식을 물어 보지 않았는지 잠시 후회했다. 그 사이 많은 세월이 흘러가 있었다.

차를 몰아 한강을 건너며 지훈은 자신의 이기심에 대해 생각했다. 이 목사와 그 가족들은 생애 최초로 그에게 신앙을 알려 준 사람들이다. 조금만 관심을 가졌으면 이들의 소식을 알 수 있었으리라. 그러나 지훈은 그러지 못했다. 소식을 끊고 그를 떠나가 버린 희영에 대한 섭섭함이 이들과 소원하게 된 원인일 수 있다. 그는 늘 자신의 입장에서 그들을 바라보고 있었던 것 같다. 오만해진 탓일 것이다. 사과를 해야지. 그는 미안한 마음이 된다.

이 목사는 야트막한 동산 자락에 자리잡은 작은 주택 사랑방에 누워 있었다.

"정말 이게 얼마 만이오, 김 선생."

눈에 띄게 수척한 모습이다. 침대에서 내려서는 동작이 위태로워 보였다.

"그냥 누워 계십시오."

지훈이 부축하려 하자,

"괜찮습니다. 오전에 좀 무리하게 걸었더니."

기어이 바닥으로 내려와 앉는다.

"이렇게 늦게 뵙게 돼 정말 죄송합니다."

"원 천만의 말씀을. 김 선생님, 그간의 왕성한 활동들 잘 보고 있습니다."

"부끄럽습니다. 건강은 어떠십니까? 큰 수술을 받으셨다고 들었습니다만."

"원체 오래된 지병입니다. 이제 막판에 온 것 같습니다. 하나님이 내리실 처분만 바라고 있습니다."

사모님이 지훈이 사온 과일 상자에 든 과일들을 깎아 내왔다.

"세상에 이 귀한 파인애플 좀 보세요, 김 선생님이 여러 가지 희귀한 과일을 한 상자나 메고 오셨어요."

"고맙소."

과일을 집으며 이 목사가 말했다. 눈에 물기가 어렸다.

"얼마 전에 대천강 댐 공사 현장을 취재 갔다가 한내에 들렀습니다. 마을이 텅 비었더군요. 거기 교회에서 목사님 연락처를 알았습니다."

"송 목사가 아직 거기 있어요?"

"조만간 떠날 것이라 했습니다."

"보상은?"

"최태식이 꼼수를 부려 별로 건질 게 없다는 얘길 들었습니다."

"최태식 선생이?"

"강천에 제법 규모 있는 건설회사를 가지고 있더군요."

"짐작은 했지요."

"목사님이 계셨더라면 교회가 그 정도로 주저앉지는 않았으리라는 생각이 들었습니다."

"제 책임이 큽니다."

"그동안 어떻게 지내셨습니까?"

"힘든 세월이었지요."

접시에 놓인 과일을 집으며 이 목사가 창밖을 내다보았다.

이승규 목사는 교회 화재 사건 이후의 심경을 말했다.

"주님은 시련을 주시되 감당할 만한 시련을 주시는 분입니다. 그러나 그때 나는 정말 내 능력으로는 감당할 수 없는 고통을 겪었습니다. 고만수를 교회로 불러들인 것은 내가 사전에 교회의 양해를 구하지 못한 실수가 있었지만 당시엔 형편이 그랬었습니다. 교회의 화재는 저도 의심을 할 만한 심증들이 있었습니다만, 사건의 확대가 가져올 후유증을 생각했습니다."

"힘드시더라도 그때 화재의 원인을 규명했어야 한다는 생각이 듭니다. 저는 당시 그 화재는 누군가 계획적으로 일으킨 것이 틀림없다고 생각했습니다. 왠지 그런 냄새가 풍겼어요. 고 영감님은 단지 그 화재의 희생자일 뿐이라는 생각을 했습니다."

"다 지나간 얘깁니다."

이 목사는 숨이 찬지 물을 마셨다.

"침대에 누우시죠."

지훈이 그를 부축해 침상에 눕혔다. 힘든 표정으로 이 목사는 눈을 감았다.

"막상 서울에 올라왔지만 참 막연했어요."

사모님이 이 목사를 대신해 지난 얘기를 들려주었다.

거처할 곳이 없었다.

이 목사 소유로 있던 집은 가나안교회 신축 공사 때 처분을 했기 때문이다.

신당동에 있는 형님 댁에 방을 빌려 임시 살림을 꾸렸다. 희영이 대학을 다닐 때 머물던 방이었다.

그 후, 간신히 연락된 신학교 동기 한 사람이 그가 목회하는 교회로 불렀다. 고덕지구에 개척 교회를 하고 있었다.

지금 살고 있는 이 집은 그 교회에서 마련해 주어 지난해에 이사를 했다.

"다행인 것은 소식이 끊어졌던 희영이가 돌아온 일입니다."

그동안의 형편을 설명하던 끝에 사모님이 지나가는 말처럼 희영의 소식을 전했다.

"희영 씨가 돌아왔다고 말씀하셨습니까?"

"그래요, 하나님은 아직 우리를 버리지 않으셨나 봐요."

"지금 어디 있습니까?"

갑자기 지훈의 목소리에 힘이 들어갔다.

"어머나, 선생님 흥분하셨나 봐."

사모님의 표정에 장난기가 잠깐 스쳤다.

"도대체 어디에 숨어 있었던 겁니까?"

지훈은 지금껏 잠자던 모든 기억의 세포들이 고함을 지르며 깨어나는 충격을 느낀다.

"차차 알게 될 것입니다."

사모님의 대답은 애매모호했다.

"거 무슨 비밀이라고 뜸을 들여. 김 선생, 차로 20분만 가면 하일동 이주민 정착촌이 있어요. 박수남 전도사가 가나안의 집이라고 교회를 개척했는데 거길 돕고 있어요."

잠이 든 줄 알았던 이 목사가 침대 위에서 말했다.

"이 양반은? 김 선생한테는 한턱 얻어먹고 알려 주려고 했는데."

사모님이 아쉽다는 표정을 짓는다.

"지금 거기 가면 희영 씨를 만날 수 있을까요?"

"급하시긴, 조금 있다가 집으로 올 거예요. 좀 전에 통화했어요."

"아닙니다. 잠깐 다녀오겠습니다."

지훈이 자리에서 일어났다. 기다릴 여유가 없었다. 사모님이 말렸지만 그는 마당으로 나가 차에 시동을 걸었다.

하일동 정착민 촌은 가까운 곳에 있었다.

마을 입구에 있는 복덕방에서 가나안의 집을 물었다.

"그 야학하는 교회 말인가?"

머리가 흰 영감이 밖으로 나오더니 건너편 언덕 위를 가리켰다. 야트막한 언덕 위 나무 사이에 창고 비슷한 건물이 눈에 띄었다.

"거기는 차가 들어갈 수 없어. 여기다 두고 가시게."

차로 향하려는 지훈에게 영감이 말했다.

지훈은 차 문을 잠그고 골목길로 들어섰다. 양편으로 다닥다닥 붙은 작은 주택들이 늘어선 사이로 좁은 골목길이 구불구불 뻗어 있었다. 크기와 모양이 제각각인 집들은 매우 작아 양계장을 연상케 했다.

아무리 도시 외곽에 만들어진 것이라곤 하지만 사람들이 살아가기에 너무 좁고 불편해 보였다. 골목에 주민들이 내다버린 쓰레기들이 넘쳐났다. 이런 정착촌 마을을 만들어 놓은 당국에 좀 따져야겠다는 생각이 들었다. 틀림없이 계획대로 만들어지지 않았을 것이다. 누군가 장난을 쳤음에 틀림없다. 지시 감독을 한 공무원은 현장에 한 번도 와 보지 않았을 것이다. 지훈은 골목에서 부패의 냄새를 맡았다.

언덕 위 작은 마당을 가진 창고 건물은 지붕에 십자가를 달고 있었다.
'새가나안교회.'
출입구에 달린 판자에 균형이 덜 잡힌 간판.
박수남의 솜씨가 완연했다.
갑자기 안에서 아이들의 웃음소리가 새어 나왔다.
가만히 문을 밀었다.
정면 벽면 앞에서 선생님이 탈춤 동작을 시범하느라 팔을 위로 올린 자세로 벽면을 향해 돌아서고, 20여 명 아이들이 같은 동작으로 따라 하고 있었다. 녹음기에서 굿거리장단의 민요가 크게 들리고 있었기 때문에 인기척을 듣지 못한 것 같다.
지훈이 문을 열고 들어서자 숙였던 머리를 들고 선생님이 돌아섰다. 그리고 동작이 멈췄다. 늙은 여인네의 얼굴을 한 하회탈의 모습이다. 아이들이 무슨 영문인지 몰라 뒤를 돌아보았다. 그리고 지훈을 발견하고 웅성댔다. 지훈이 손을 들어 계속하라는 사인을 보냈다. 인형처럼 서 있던 선생님이 녹음기 스위치를 껐다. 아이들이 동작을 멈춘다. 선생님이 아이들을 마루에 앉게 하고 출입구 쪽으로 다가왔다. 걸음새가 대번 그녀가 희영임을 알게 했다.
"누굴 찾으세요?"
늙은 여자의 탈 속에서 여자의 음성이 지훈에게 물었다.
"교회 이희영 전도사님을 좀 만나 볼 수 있겠습니까?"
왠지 장난기가 느껴져 지훈이 웃으며 말했다.
"왜 만나시려는데요?"
"꼭 만나야 할 사람이라서요."
여자가 탈을 벗었다.
땀에 젖은 얼굴이 드러났다.

"어서 오세요. 놀라셨죠?"

희영이었다. 좀 여위긴 했으나 분명한 희영의 얼굴이 거짓말처럼 탈 안에서 솟아났다.

"오랜만입니다."

지훈이 손을 내밀었다. 그 손을 잡은 희영의 작은 손이 조그맣게 흔들렸다.

"좀 올라오세요."

"수업을 방해해서 미안합니다."

"아니에요. 끝날 시간이에요."

지훈이 신을 벗고 마루에 올라서자 앉았던 아이들이 일제히 "안녕하세요?" 하며 합창하듯 인사를 했다. 아이들의 투명한 목소리에 생기가 느껴진다.

"안녕!"

지훈이 손을 흔들어 답례를 한다.

희영이 아이들을 일으켜 세우고 밖으로 내보내는 동안에 지훈은 실내를 둘러보았다. 허술한 창고 바닥에 베니어를 깔아 만든 예배실, 정면에 소박한 강단이 있고 십자가가 벽면 가운데에 걸려 있었다. 십자가가 아니었으면 교회라고는 전혀 여겨지지 않는 장소였다. 옆면에는 아이들을 가르칠 때 쓰는 작은 칠판과 오르간, 학습 자료들, 장구와 소고 등 각종 악기들, 찬송가를 붓으로 쓴 괘도들, 그리고 예배 시간에 교인들이 사용하는 것으로 보이는 방석들이 구석에 쌓여 있었다.

"피난민 교회 같죠?"

밖에 나갔던 희영이 안으로 들어왔다.

목소리가 과장되게 커진 것으로 보아 그녀의 심리 상태가 불안하다는 것을 느끼게 했다.

"박수남 선생은?"

"전도사님이 됐어요."

"아, 그랬군요."

"시내에 볼 일이 있어 들어갔어요."

"…"

"…"

뭔가 대화가 연결이 안 되고 어색했다.

"이 동네 아이들인가요?"

"학교가 멀어서 집에 있는 아이들이에요. 학령이 지난 애들도 있어요."

"고덕동 집에 들렀습니다. 목사님과 사모님을 뵈었습니다."

"전화하셨다는 얘기 들었어요. 참 내 정신 좀 봐. 커피 하시겠어요?"

"그러죠."

키 큰 느티나무 아래 작은 탁자와 의자가 놓여 있었다.

"설탕은 몇 스푼 넣을까요?"

희영이 안에서 쟁반에 찻잔을 담아 내왔다.

"그냥 주세요."

찻잔을 사이로 희영이 의자에 앉았다. 바람이 불어와 희영의 머리를 날렸다.

"참 오랜만이네요."

흐트러진 머리를 쓸어 올리며 희영이 지나가는 말처럼 했다.

"그렇군요."

커피를 한 모금 마시고 지훈이 동감을 표했다.

"《회색지대》 당선 축하드려요. 너무 늦었지만."

그녀의 시선은 마을을 향해 있었다. 좀 검어진, 탄력이 줄어든 푸석한 얼굴이었다. 세월이 그녀의 얼굴에서 묻어 나왔다.
"어떻게 된 일입니까, 그동안?"
"그냥, 어딜 좀 다녀왔나 봐요."
그녀는 마치 다른 사람을 소개하듯 3인칭으로 말했다.
"전화 한 통화, 편지 한 장쯤 보낼 만한 가치도 없었습니까, 제가?"
"선생님도 바쁘셨잖아요?"
"희영 씨, 전 바쁘지 않았습니다."
"전 부모님에게도 3년간이나 소식을 전하지 않았어요."
"당시의 심경을 이해할 수 있을 것 같아요. 그러나 떠나시기 전 한 마디쯤 저와 상의할 수 있었으리라 기대했습니다. 그렇게 잠적해 버린 것은 정말 잘못한 것입니다."
"알아요, 그러나…."
희영이 앉았던 자리에서 일어났다. 그녀의 눈에 눈물이 맺히는 것을 지훈은 보았다. 그녀는 그 눈물을 감추려 일어선 것처럼 보였다.
"아무도 이해할 수 없을 거예요. 왜 그렇게 할 수밖에 없었는지."
그녀는 손으로 눈물을 닦았다.
지훈은 그의 말이 희영의 상처를 자극하고 있음을 알았다.
"미안합니다. 본의는 아니었습니다."
지훈이 등 뒤에서 손수건을 건넸다.
"오랫동안 전 혼돈 속에 있었어요. 혼돈에서 벗어나면서 제게 다가온 것은 부끄러움이었어요. 저는 당시 그 견딜 수 없는 부끄러움을 해결할 방법을 알 수 없었어요."
지훈이 내민 손수건으로 눈물을 닦던 희영이 말하기 시작했다.
"처음엔 내가 이 세상에서 사라져 주는 것만이 그 방법인 줄 알았지요. 그러나 그보다 더 강한 욕구가 생겼어요. 내가 누군지 알아야겠다는, 정체성을 확인하기 전에는 죽을 수도 없다는 생각이 자살을 포기하도록 만들었어요. 잃어버린 나를 찾아 여러 곳을 헤맸어요."

"그런 일이 있었군요."

지훈은 처음 듣는 희영의 지난날 이야기에 귀를 기울였다.

"여러 곳에서 여러 사람들을 만나며, 제가 얼마나 보잘것없는 존재인지 확인하고 나서야 그동안 아무것도 모르고 천둥벌거숭이같이 살아온 자신을 돌아보았어요. 또 다른 부끄러움으로 저는 집으로 돌아올 수 없었어요."

희영의 목소리는 이쯤에서 차분해졌다. 그녀는 담담히 그동안에 있었던 일들, 출생지를 답사하고 사람들을 만난 일, 땅끝 마을 예수요양원에 머물며 자신을 속죄의 제물로 바쳤던 지난날을 설명했다.

지훈은 그녀의 목소리에서 경건함을 느꼈다.

"김 선생님, 지면에서 선생님 이름을 발견하고 저는 얼마나 하나님께 감사했는지 몰라요. 지면에서 만나는 동안 늘 선생님이 제 곁에 계신 것 같아 행복했어요. 새삼스레 말씀드리는 것이지만 《회색지대》에 등장하는 희영은 너무 아름답게 그려져 있어 미안한 마음이 들 정도였어요. 전 긴 방황을 끝내고 이제 돌아왔어요. 비로소 제가 해야 할 일을 찾은 것 같아요."

희영은 긴 이야기를 이렇게 마무리 지었다.

"거듭 말하는데, 그때 왜 전화하지 않았어요?"

지훈은 다시 물었다.

"그건…. 김 선생님을 자유롭게 해드리고 싶었기 때문에요."

희영이 언덕 아래로 시선을 둔 채 담담하게 말했다.

석양이 그녀의 뺨에 붉은 물을 들이고 있었다.

그녀의 시선이 머문 언덕 아래에서 한 남자가 언덕길로 올라오고 있었다.

"박 전도사님이에요."

"박수남 씨 말인가요?"

"그래요. 참, 오늘 저희 교회에서 수요예배 어때요? 어느 교회 나가시나요?"

"부끄럽습니다. 그동안 쉬고 있었습니다."

"예배실이 누추하지만, 옛날을 생각하시고 같이 예배드려요. 부탁해요, 응?"

희영이 지훈을 쳐다보며 말했다. 비음이 섞인 그녀의 목소리가 대번 지훈의 마음을 흔들어 놓는다. 어느 틈에 수년 전 한내에서 들었던 그것으로 회복되어 있었다.

"선생님!"

그러는 사이 언덕을 올라온 수남이 환하게 웃으며 지훈에게 달려왔다.

"오랜만입니다."

들었던 가방을 의자에 놓으며 그는 지훈이 내민 손을 두 손으로 잡았다.

"이기 어떻게 된 일입니까? 골목 앞에 차가 있어 궁금했어요. 설마 선생님이 오실 줄은 몰랐던 기래요."

한내의 억양이 수남의 말소리에 섞인다.

"같이 서울 하늘 아래 살면서 이렇게 됐군요. 왜 그동안 연락 좀 안 했어요?"

"바쁘실 텐데 누를 끼칠까 봐 그랬어요."

"희영 씨에게 그동안 얘기 자세히 들었어요."

"보시다시피 형편이 이렇습니다. 아직 갈 길이 멀어요."

"김 선생님이 오늘 저녁 예배에 참석하시기로 했어요. 전도사님은 어서 옷 갈아입고 나오세요. 곧 저녁을 준비하겠어요."

희영이 부엌으로 들어갔다.

수남은 그동안 자신이 겪은 일들과 지금 개척을 시작한 가나안의 집 교회의 형편을 자세히 들려주었다. 그의 삶은 시련의 연속이었고 지금도 계속되고 있었다.

그는 고학의 어려움과 고독에 대해, 끊임없이 베푸시는 하나님의 은혜와 사랑에 대해, 흩어져 살고 있는 가족에 대해, 그와 처지가 비슷한 하일마을 서민들의 고단한 삶에 대해 설명하고, 지난날 베풀어 준 지훈의 정신적, 물질적 도움에 대해 감사한다고 했다.

그들은 느티나무 아래서 희영이 만들어 온 저녁 식사를 했다.

"급하게 하느라고 간이 맞는지 모르겠네요."

희영이 겸손하게 말했지만, 멸치 국물에 말아 내온 국수가 그렇게 맛있을 수 없었다.

지훈은 그 국수를 먹으며 애틋한 희영의 손맛을 느낀다. 무어라 말로 표현이 안 되는 향수 같은 체취가 배어 있었다. 그리고 그것은 아주 익숙한 냄새였다.

"누나는 벌써 형수님이 되셨어야 했는데, 지금 여기서 이 고생을 하고 있는 기 안타깝네요."

수남이 젓가락을 놓으며 불쑥 말했다. 그리고 그것이 재담이라고 생각했는지 허허 웃었다. 예전부터 두 사람 사이를 너무나 잘 아는 수남이다.

"박 전도사, 무슨 농담을 그렇게 해?"

희영이 눈을 흘겼다.

"하하, 왜 제가 잘못 말했습니까? 이렇게 나란히 앉아 있으니 두 분 너무 잘 어울려서 하는 말씀입니다."

4. 새 가나안 109

이어지는 수남의 말에 얼굴이 달아오르는지 희영이 그릇들을 챙겨 안으로 들어갔다. 수남이 밖으로 나갔다.

'뎅그랑, 뎅그랑!'

갑자기 건물 지붕에서 종소리가 들렸다.

건물 뒤로 세워진 뾰족탑 밑에 숨겨져 있어서 마당에서는 보이지 않던 종을 수남이 치고 마당으로 나왔다.

"어디서 듣던 종소린데?"

지훈이 물었다.

"한내에서 옮겨 왔어요."

"아니 그럼, 박 전도사가 치던 그 종이란 말입니까?"

지훈은 건물 뒤로 돌아가 봤다.

어설프게 만든 종탑에 가나안교회에서 보던 낯익은 종이 걸려 있었다.

"지난달에 한내에 가서 가져왔어요. 창고에서 낮잠이 들어 있더군요. 얼마나 반갑던지. 화물차로 운반하는 데 거금이 들었어요. 요즘엔 예배 타종은 녹음 테이프의 음악 종소리로 내보내는 것이 유행인데 저는 종을 계속 칠 것입니다. 이곳이 높아서 온 동네 골고루 잘 들리거든요."

수남은 자랑스럽게 종을 가리켰다. 이해가 되었다. 그 종은 수남의 분신과도 같은 것이었다.

예배 시간이 가까워지자 교회로 사람들이 모여왔다. 대부분 중년을 넘긴 여자들이었고 몇 명의 남자들이 섞여 있었다. 그들의 차림은 가난해 보였으나 눈빛이 살아 있고 찬송 소리도 힘찼다.

수남은 매끄럽지는 못했지만 힘있는 음성으로 예배를 인도했다.

오르간에 앉은 희영이 힘차게 찬송가를 반주했다.

지훈은 한내 가나안교회를 연상했다. 지금 허물어진 그 교회의 모

습이 이곳에서 재현되고 있는 것
을 보았다.

"허락하신 새 땅에 들어가려면
맘에 준비 다하여 힘써 일하세
여호수아 본받아 앞으로 가세
우리 거할 처소는 주님 품일세."

박 전도사는 손뼉을 치며 찬송을 인도했다.
모두 열심히 따라 불렀다.
제법 분위기가 익어갔다.
박 전도사는 여호수아 1장 6절을 읽었다.
"마음을 강하게 하라 담대히 하라 너는 이 백성으로 내가 그 조상에게 맹세하여 주리라 한 땅을 얻게 하리라."
그의 설교는 소박했으나 힘이 있었다. 자신이 농촌에서 어려운 삶을 통해 얻은 체험들을 간증하는 방법으로 소개하고, 소망을 가진 사람들이 새 땅으로 들어가기 위해서는 여호수아와 갈렙처럼 긍정적 생각을 가지고 삶을 살아가자고 강조했다.
"…이렇게 '할 수 있다'로 백성들에게 큰 희망과 용기를 심어 준 여호수아는 그 시대의 이스라엘 민족에겐 진정한 영웅이었습니다."
"아멘!"
회중들이 그의 설교에 화답했다.
설교를 마무리하려던 박 전도사가 갑자기 어조를 바꾸어 말했다.
"저는 지금 그 여호수아 같으셨던 한 분을 소개하려고 합니다."
사람들이 궁금한 시선으로 장내를 살폈다.

"그분은 여러 해 전 제가 고향의 조그만 학교에서 용인으로 근무할 때 만났습니다. 그분은 아무런 희망도 없던 제게 검정고시의 길을 알려 주시고 공부하도록 권고하셨습니다. 그분이 아니었으면 오늘날의 저는 이 자리에 있을 수 없습니다. 그분은 마을에 오셔서 잠자던 사람들을 깨우는 야학을 세워 글을 가르쳐 주셨고, 교회에서는 성가대 지휘를 맡아 예배를 도우셨습니다. 뿐만 아니라 본인도 치열하게 정진하셔서 《회색지대》라는 장편소설로 〈새한일보〉에 당선하셨습니다. 이미 눈치 채셨겠지만 유명한 작가이시고 〈새한일보〉에 근무하시는 김지훈 선생님이 오늘 우리와 함께 예배를 드리셨습니다. 잠깐 자리에서 앞으로 나와 한 말씀 주시면 감사하겠습니다."

회중에서 박수가 쏟아져 나왔다.

지훈은 좀 민망한 마음으로 강단 앞에 나가 섰다.

30여 명의 시선이 그에게 향했다.

"갑자기 이렇게 불려나와 당황스럽습니다. 저는 지금 박 전도사님이 소개해 주신 김지훈이라고 합니다. 한내에 있는 학교에서 박 전도사님을 만났습니다. 조금 전 박 전도사님이 소개하신 내용은 과찬입니다. 예배 시간에 저는 여러분들의 믿음에 대한 뜨거운 열정을 보았습니다. 동시에 저 자신의 보잘것없는 신앙생활이 부끄러웠습니다. 사실 저는 최근에 바쁘다는 핑계로 주일예배조차 드리지 못하고 지냈습니다. 오늘 여러분을 만나 보게 된 것을 좋은 인연으로 삼고 싶습니다. 감사합니다."

다시 박수가 쏟아졌다.

박 전도사가 광고를 하고 주기도문으로 예배가 끝났다.

예배 후에도 사람들이 모두 찾아와 악수를 청했다. 순박한 사람들이었다.

"갑자기 소개를 하게 돼서 죄송합니다."

박수남이 강단에서 내려와 지훈에게 꾸벅 인사를 했다.

"김 선생님 인기는 시간과 장소 불문이에요."

희영이 곁에 와 선다. 따뜻함이 느껴졌다.

그들은 언덕을 내려와서 지훈이 차를 세워 둔 마을 입구까지 따라왔다.

"시간 나시면 가끔 오세요. 선생님을 만나면 힘이 솟는 것 같아요."

지훈이 내미는 손을 받아 두 손으로 쥐고 수남이 말했다.

"힘내세요. 멀지 않아 가나안의 집 교회가 크게 성장할 것 같은 느낌이 듭니다. 비전이 보여요."

빈말이 아니었다. 지훈은 교인들의 예배 모습에서 박수남 전도사의 교회를 향한 목회 열정을 보았기 때문이다.

"타시죠. 집까지 모셔 드리겠습니다."

곁에 다가와 선 희영을 차에 태우고 지훈은 마을을 벗어났다.

"괜찮으시다면 잠시 차 한 잔 하고 싶은데."

액셀러레이터를 밟으며 지훈이 동의를 구했다.

"…"

희영은 아무 반응을 나타내지 않았다.

강변 쪽으로 나오자 한적한 곳에 작은 찻집이 보였다.

지훈이 입구에 차를 세웠다.

밤공기가 제법 싸늘하게 느껴졌다.

"어서 오세요."

문을 열자 카운터에서 여자가 그들을 맞았다.

밤늦은 시간이어서 찻집 안은 한적했다.

그들은 구석 자리에 앉았다. 좌석 곁에는 조금 커 보이는 어항이 놓여 있고 구피, 엔젤, 키싱 같은 작은 열대어들이 수초 사이로 움직이는 모습이 시야에 들어왔다.

시킨 차를 레지가 가져오는 동안 희영은 곁의 좌석과 분리대의 역할을 하는 유리 상자 모양의 어항에 시선을 고정시키고 잠시 그렇게 있었다.

"사모님은 어떤 분이세요?"

홍차를 한 모금 마시고 난 뒤 희영이 물었다.

"아직."

"미혼이라는 뜻인가요?"

희영의 시선이 지훈을 향했다.

"그냥 약속한 상태입니다."

지훈의 대답이 애매했는지 그녀의 시선이 다시 어항 쪽으로 돌아갔다.

"행복하시겠어요."

"희영 씨는?"

"전 이미 결혼했어요."

"아!"

"놀라셨어요? 전 하나님과 결혼한 몸이에요."

희영의 어조에는 약간의 장난기가 묻어났다.

"하하, 좀 엉뚱한 대답에 실망했습니다. 참, 얼마 전에 만났습니다만, 최태식 신흥건설 사장님이 강천시에서 맹활약을 하고 있더군요."

"그 사람 소식은 알지 못해요. 관심도 없고요. 그는 교회를 떠났고, 한내 사람들에게 여러모로 많은 정신적 고통을 안겨 준 인물이란 것 외에는 남아 있는 기억이 없어요."

대답엔 가시가 섞인다.

"우리들의 삶이란 게 때론 자신의 의지와는 상관없이 전개되는 경우가 많은 것을 느낍니다. 지금 저 자신이 그렇습니다. 한내에 있을 때만 해도 지금의 나를 상상하지 못했습니다. 희영 씨도 아마 그런 것을 느꼈으리라 봅니다. 이 목사님과 사모님도 그렇고, 박 전도사나 한내 사람들 모두 본의 아니게 고향을 잃어버리게 된 이런 현실은, 사람들이 자신의 삶을 설계하고 노력하는 것 외에도 수많은 사회적인 변수가 작용하게 되는 것을 실감하게 됩니다."

"김 선생님이야 모두가 부러워하는 성공적인 인생을 드라이브하고 계신데, 당장 머물 곳을 걱정해야 하는 우리 같은 변두리 인생들에게도 관심을 가져 주시니 감사할 뿐이죠."

희영의 말에 온기가 사라지고 있었다.

지훈은 상대편의 입장을 배려하지 않은 듯 느껴지게 한 자신의 발언을 잠시 후회했다. 기대했던 것은 아니지만 마주 앉아 있는 두 사람 사이의 대화는 의외로 삭막했다.

그녀는 의식적으로 감정을 드러내지 않으려고 노력하는 사람처럼 보였다. 그 태도에서 지훈은 두 사람 사이에 흘러가 버린 시간을 확연히 느꼈다. 한내에서 그 티없이 맑던 모습과 목소리가 희영에게서 떠나고 없었다. 그녀는 아까 교회 마당 느티나무 아래 앉았을 때의 모습과도 사뭇 달랐다.

"걱정되는 일들이 많은 것 같아 보여요. 예전엔 안 그랬는데…. 잘 웃고 재미있는 이야기들 많이 했잖아요?"

지훈이 화제를 돌렸다.

"너무 늙어서 그렇게 됐나 봐요."

마지못해 희영이 웃었다.

"희영 씨에게 드리려고 준비해 온 게 있어요."

지훈이 가방에서 노트 한 권을 꺼냈다. 희영의 눈이 갑자기 반짝 빛을 냈다.

"뭔데요?"

"아마, 짐작하실 거예요. 희영 씨가 떠난 후 그리움을 모은 노트입니다."

"정말!"

노트를 받아 든 희영이 그것을 가슴에 안으며 감탄을 했다.

이 목사를 만나러 오는 길에 혹시 희영을 만날 수도 있겠다 싶어 가방에 넣고 온 노트, 역시 준비하기를 잘했다 싶었다.

"세 번째이자 마지막 노트가 될 것 같군요. 희영 씨가 떠난 이후 저는 허공에 시를 썼습니다. 이제 그 주인에게 돌려드려야죠."

"어떻게 해? 저는…."

희영의 눈에 눈물이 맺힌다.

"희영 씨가 떠난 후 언젠가 전화나 엽서가 올 것 같은 예감으로 저는 늘 긴장했습니다. 그럴 때마다 전 이 노트를 쓰면서 자신을 달래곤 했습니다. 3년…. 아마 그쯤 시간이 흐른 것 같습니다. 희영 씨를 잊기로 하고 노트에 마침표를 찍은 것은."

"그 바쁜 시간에 어쩌면 이렇게…."

희영이 고개를 숙였다. 작은 흐느낌이 그녀의 어깨를 통해 전해진다. 그들은 그런 모습으로 한동안 있었다.

"고마워요. 김 선생님, 영원히 가슴에 잘 간직할게요."

아주 조그만 목소리가 지훈의 귀에 들렸다.

"원망이 많이 배어 있는 시편들이라 실망할 거요."

"괜찮아요. 지훈 씨는 제게 너무도 감당할 수 없는 사랑을 주셨어요. 영원히 잊을 수 없을 거예요."

희영이 꿈에서 깨어나듯, 고개를 들었다.

시간이 많이 지난 듯 다방 안은 조용했다.

레지가 카운터에서 졸고 있었다.

그들은 찻집을 나왔다.

집으로 가는 길에 지훈이 말했다.

"전 아까 예배를 드리면서 박 전도사나 희영 씨의 열정을 보았습니다. 머지않아 보람을 찾을 시간이 다가올 것이라 확신합니다."

"아직 멀었어요. 다만 기도할 뿐예요."

희영의 말씨가 정상으로 돌아와 있었다.

집 앞에 차를 세우고 지훈은 희영에게 악수를 청했다.

"안녕히."

시동을 거는 지훈을 향해 희영이 손을 흔들었다.

곧 약혼을 하고 해외로 떠난다는 말을 지훈은 차마 할 수 없었다.

그날 이후, 지훈은 약혼식 준비로 바빴다.

모든 것을 수경이네에서 마련하는 것이어서 별로 할 일이 없었지만, 지훈 역시 최소한의 준비는 해야 했으므로 그동안 마련했던 주택을 처분했다. 도심에 위치해 있던 그의 집은 그동안 가격이 제법 올라 있었다. 상당액이 마련되었으므로 그는 이를 삼등분했다. 자신의 몫으로, 고향 부모님에게, 그리고 나머지를 수남과 희영의 새가나안 교회에 보냈다.

그동안 교회에 나가지 못했던 것에 대한 미안함과 이 목사 부부에 대한 감사가 그 속에 담겨 있었다. 그보다 희영에 대한 미안함이 가장 큰 이유였을 것이다. 그녀는 그에게 생의 한 부분을 점령했던 사람이었다.

마음이 좀 가벼워졌다.

돌연한 그들의 약혼과 유학 계획 발표는 사내를 발칵 뒤집어 놓았다. 동료들 사이에서 부러움과 질투도 섞인 떠들썩한 축하가 온 사내를 흔들었다.

그를 기르다시피 보살펴 준 강 국장에게 그는 감사를 전했다.

"아버님, 실망시키지 않고 열심히 잘 살겠습니다."

둘의 약혼을 탐탁잖게 여겨온 사모님(장모님이 되었지만)도 어쩔 수 없었던지 지훈의 큰절을 받아 주었다.

예정대로 수경의 졸업과 동시에 지훈은 미국으로 건너갔다. 뉴욕 지사가 있는 퀸즈 지역에 그들은 보금자리를 틀었다.

세계의 심장부, 큰 호흡으로 시작되는 새로운 삶에 대한 기대로 지훈은 사랑의 꿀맛을 느낄 겨를이 없었다.

그는 새로운 학문에 대한 기대 또한 컸다. 문화인류학(cultural anthropology)이라고 부르는, 국내에선 다소 생소한 학문에 도전하기로 한 것이다. 당분간은 모든 것을 접고 현지에서의 적응과 어학연수와 늦깎이 공부와 사랑 또한 소홀히 할 수 없는 과제들이었다.

하일동.

서울 외곽의 대표적인 빈민촌.

밑바닥 인생들이 움막들을 짓고 모여 사는 곳.

영원히 '장미는 피어날 것 같지 않은 꼴찌 쓰레기 마을'이라고 주민들이 자조 섞인 농담을 하던 마을이다(바로 윗동네가 상일동이므로 그럴 만했고, 동네 이름을 바꾸자는 여론이 일었지만 누구도 해결해 주지 않았다).

그런 그곳에 변화가 일기 시작했다. 인근지역에서 개발의 바람이 흙먼지를 날리며 그곳까지 불어온 것이다. 가까운 곳에 아파트 단지들이 들어서면서 마을에는 낯선 얼굴들이 드나들기 시작했다. 마을 여기저기에 부동산 중개소들이 생겨나며 땅값이 들썩였다.

그 변화의 중심에 새가나안교회가 있었다.

지훈이 보낸 자금은 교회의 도약에 쓰였다. 개발 바람이 다가오기 직전이어서 수남은 창고가 들어선 언덕을 비교적 낮은 가격에 매입할 수 있었다. 그는 창고를 개조해 아담한 교회를 지었다. 눈물의 기도가 이룬 열매였다.

수남은 새벽을 깨우는 열정적인 목회자로 변모해 갔다. 그는 오직 기도와 말씀과 전도 외엔 모든 것을 포기한 사람처럼 보였다. 그는 교회 마당에 '오직 하나님!'이란 구호를 돌에 새겨 세웠다. 하나님 외에 그를 움직일 수 있는 것은 아무도 없었다. 그는 깊은 사색과 기도 생활에 몰입했다. 주일예배 준비와 전도와 심방 등 교회 생활과 관련된 일 외엔 모든 시간을 성경 읽기와 기도로 보냈다. 정기적으로 매달 첫 주일은 기도원에 올라가 금식하고 기도하는 생활이 계속되었다. 그는 평균 한 달에 한 번 정도 신구약 66권 성경을 통독했다.

스물여덟에 그는 교단 총회로부터 안수를 받고 목사가 되었다.

그의 설교는 점차 내용의 깊이를 더해 가며 힘이 넘쳤다. 질박한 사투리로 풀어내는 간증들은 사람들에게 깊은 감동을 주었다. 그의 삶이 바로 기적의 연속이어서 그 감동이 더했다. 그의 길지 않은 생애의 증언들은 도시 생활에 짓눌린 많은 사람들에게 청량감과 깊은 공감을 이끌어 내는 힘을 가지고 있었다.

개척하고 5년이 되었을 때, 새가나안교회는 출석 교인 수가 오백 명을 넘어섰다. 어디서부터 오는지 알 수도 없는 사람들이 주일마다 수십 명씩 찾아와 등록을 했다.

그는 동역자들을 선별하여 뽑고 기관들을 조직해 나가기 시작했다. 초기에 그를 도와 교회 개척에 헌신하던 신실한 사람들을 뽑아 장로로 세우고, 권사와 안수집사, 서리집사를 뽑아 임명하고, 성가대와 주일학교와 남녀선교회며, 재정부와 각종 위원회를 만들어 교회 운영을 원활하게 해나갈 관리 시스템을 하나씩 구축했다. 교회는 그 사이 다시 1천 석 규모의 예배실을 가진 교회로 증축하고 각종 시설들을 확장했다. 예배를 3부로 드리기 시작했다.

이희영 전도사의 헌신적인 노력 역시 교회 성장의 큰 밑거름이 되었다. 박수남 목사 못지않은, 아니 그 이상의 열정을 가지고 교회 각 부서에서 그녀의 활동이 계속되었다. 그녀가 조직한 성가대는 대원수가 백여 명이 넘는 대형 성가대로 성장하고 예배와 같은 수로 늘어났다. 그녀는 교회학교와 여선교회를 맡아 다양한 프로그램을 개발하며, 폭발적으로 성장시키는 역할도 담당했다.

눈물로 점철된 고난의 시간들은 그들의 영혼을 강하게 했고 겸손하게 만들어 주었다.

교회의 규모가 커지면서 재정적 여유가 생기기 시작했다. 박수남 목사는 창고 교회 시절부터 실천해 오던 원칙 하나가 있었다. 삭개오의 원칙이라 불리는 이 원칙은 교회 수입의 절반을 무조건 남을 돕는 일에 쓰는 것이다(삭개오는 누가복음 19장에 등장하는 인물로 예수를 만난 뒤로 재산의 절반을 가난한 사람들을 위해 쓰기로 약속했다).

도시빈민들에게 생활자금을 지원하는 일부터 농촌 미자립 교회 돕기, 선교사 파견, 복지시설 지원, 장학사업 등 그 종류와 범위가 확대되어 갔다. 신기한 일은 구제비의 규모가 늘어갈수록 재정은 그만큼 풍족해진다는 사실이다. 소리 소문 없이 진행되는 은밀한 사업들이다. 왼손이 하는 일을 오른손이 알 수 없도록 하라는 성경 말씀을 조금이라도 실천하려는 의지였다.

원근 각지에서 기적을 이루고 있는 새가나안교회의 목회와 선교방법을 배우러 목회자들이 찾아왔다. 해외에서도 많은 목회자들이 찾아들기 시작했다. 그들은 새가나안교회의 새벽예배에 참석해 운집한 성도들의 그 순수한 열정을 보고, 초대교회의 모습을 떠올리며 감격해 돌아갔다. 해외 교포사회에도 명성이 퍼져나가 집회 초청이 잇달았다. 그는 차츰 국제적으로도 명성을 높여 가고 있었다.

박 목사는 그 사이 고향에서 아버지를 모셔왔다.

그해 교회가 겨우 자리를 잡기 시작할 무렵, 대천강 댐이 담수를 시작하던 해였다.

한내는 완전히 폐허였다. 지대가 좀 낮은 내촌 쪽은 이미 물속으로 잠기고, 학교가 있던 곳도 한내에 물이 엄청나게 불어 있었다. 수남은 머지않아 영원히 물속에 잠겨 버릴 고향 마을을 마지막으로 둘러보았다. 만감이 교차하는 것 같았다. 가나안교회는 이미 주저앉아 형체를 알아볼 수 없었다. 그곳에 있던 교회 종을 그가 옮긴 것은 정말 잘한 일이었던 것 같다.

석답골에 갔던 아버지는 농사철에 한내에 돌아와 있었는데, 몇 안 남은 동네 사람들과 신곡리로 옮겨 갈 계획을 하고 있었다.

수남이 한내로 갔을 때

"난 서울 안 갈란다"

하고 고집하였다.

"아버지, 농사는 서울에서도 얼마든지 할 수 있어요."

"서울 농새?"

"교회 근처에 교회 땅이 조금 있어요. 맘대로 농사지을 수 있어요."

간신히 설득해서 모셔온 것이다.

이희영 전도사가 극진히 보살펴 주어 아버지는 이제 서울 생활에 제법 익숙해지고 있었다. 아버지의 유일한 취미는 교회 근처에 있는 밭에서 농사짓는 일이다. 밤낮없이 밭에 가 엎드려 계신다. 인근에서 사귄 영감들과 가끔 막걸리도 마시고 생활에 여유가 생겼다. 장가는 언제 갈 거냐고 그에게 자주 묻는다. 거의 매일 집에 들르는 이 전도사를 보며 희영이 같은 며느리만 얻게 되면 소원이 없겠다고 입버릇처럼 말한다.

아버지는 아직 교회에 나오지 않는다. 그러나 언젠가 성령이 아버지를 인도하실 것을 수남은 믿는다.

다행인 것은 이승규 목사의 병세가 조금씩 호전되고 있다는 사실이다. 이희영 전도사가 집으로 돌아오던 때만 해도 이 목사의 병세는 내일을 예측할 수 없을 만큼 어려웠었다. 수남은 혼신의 힘을 모아 이 목사를 위해 기도했다. 그는 수남에게 정신적인 아버지나 다름없었다. 요즘은 가끔 주일 저녁 강단에 서기도 한다. 박수남 목사는 그를 새가나안교회 원로목사로 추대할 계획을 갖고 있다.

이 모든 계획들은 모두 이희영 전도사와 의논해 결정된 것들이다.

수남에게 있어서 이 전도사는 믿음의 선배이자 조력자이며 누님이고 어머니 역할까지 하는 엄청난 존재다.

수남은 그 따뜻하던 봄날 창고 교회를 찾아 언덕을 올라오던 이 전도사의 모습을 영원히 잊을 수 없다. 그날 창고에 십자가를 달아주던 그녀의 손길에서 새가나안교회가 시작된 것이나 다름없다.

이희영 전도사와의 관계에서 수남은 요즘 심각한 고민이 생겼다.

얼마 전 미국으로 떠난 김지훈 선생의 사건이 그를 혼란 속으로 몰아넣은 것이다. 김 선생이 결혼을 약속한 사람과 미국으로 떠난 것은 이미 알려진 사실이다. 그렇다면 사랑하는 사람으로부터 버려진 것과 같은 이 전도사를 어떻게 해야 하는가. 그녀가 입었을 사랑의 상처와 외로움 같은 것들이 안쓰럽게 느껴진 것이다.

한내에서부터 두 사람의 관계를 잘 알고 있던 수남이다. 도중에 누나가 잠적한 시간이 너무 길어 그들의 관계가 회복되지 못했던 것 또한 잘 알고 있다.

김 선생님이 떠나기 전에 두 사람은 만났다. 무슨 이야기가 오갔는지 알 수 없지만 누나는 며칠간 말이 없었다.

수남은 이 전도사에게 김 선생님에 대한 생각이나 관심을 물어 볼 수도 없었다. 조심스러운 일이기 때문이다.

그러는 사이, 교회의 성도들은 이 목사의 결혼을 적극 권유하기 시작했다. 이만한 교회의 당회장으로 아직 사모가 없다는 것은 큰 문제라고 했다. 당회의 압력이 커지기 시작했다. 자천 타천의 소개와 중매 형태의 후보들이 줄을 서기 시작했다. 노골적으로 줄을 대고 적극 소개하는 사람들이 생겨났다. 더 시끄러워지기 전에 단안을 내려야 할 국면이다.

수남은 그동안 자신의 삶을 돌아보았다. 앞만 바라보고 달려온 그 수많은 시간 속에 정작 자신의 문제를 해결하지 못하고 있었음을 알았다. 생각이 깊어지면서 그는 자신의 주변을 새삼스레 돌아보았다. 마음을 열어 놓고 얘기할 만한 사람은 이 전도사밖에 없었다.

바쁜 주일이 지난 월요일 오후 박수남은 희영을 차에 태우고 드라이브를 나섰다. 강변 조용한 카페에서 그들은 저녁을 먹었다.

처음에 수남은 자신의 문제를 자연스럽게 의논하려고 생각했다. 그러나 오랜만에 마주 앉은 누나 앞에서 왠지 그것이 말로 표현되어 나오지 않았다.

"사람을 불렀으면 말을 해야 할 것 아니야? 목사님."

평소에 겪어 보지 못했던 돌연한 드라이브와 식사, 그리고 차를 마시며 희영은 영 맞지 않은 옷을 입었을 때처럼 불편했다. 그러나 무대에서 라이브 콘서트가 시작되면서 마음이 가라앉았다. 감미로운 목소리로 남자 가수가 컨트리송을 불렀다.

"사실은 그게…. 누나도 이렇게 혼자 지낼 수는 없잖아?"
"사돈 남 말하고 있네. 목사님이나 걱정하세요."
"누나가 처음 하일동 창고 집에 왔을 때 했던 말 생각나?"
"무슨 말?"
"할머니하고 살게 될까 봐 겁나? 그렇게 말했잖아."
"원, 목사님도 별걸 다 기억하고…. 그래서?"
"지금도 그 얘기 유효한 것인가 묻고 싶어."
"싱겁긴. 그래 지금 이렇게 할머니하고 같이 있잖아."
"농담이 아니야. 난 지금 심각하게 말하고 있어."
"웬일이야?"

수남의 목소리에 무게가 느껴졌는지 희영이 표정을 고쳤다.

"김지훈 선생님이 떠나시고 나서, 누나 맘이 어땠는지 알고 싶어."
"별걸 다 물어."
"그가 약혼을 하고 미국으로 건너간 것은 배신이잖아? 누나에겐."
"상관없어."
"아무렇지도 않아?"
"그와는 한내를 떠나면서 이미 끝난 거야. 진심이야."

수남은 잠시 말을 멈추고 눈을 감았다.
자신이 무엇을 말하고자 했는지 생각들이 모두 헝클어진 것 같다.

"누나, 내 고민을 좀 말해도 괜찮겠어?"
"무슨?"
"당회에서 노골적으로 결혼을 강요하고 있는 것 말이야."

"당연한 요구라고도 할 수 있어. 당회장이 가정적으로 안정되는 건 교회로서도 중요한 일이야."

"그래서 부탁하는 건데, 누나가 좀 도와줘."

"무엇을?"

"누나가 내게 와 주면 안 돼?"

수남의 목소리가 떨려 나왔다.

"무슨 뜻이야? 내게 청혼이라도 하는 거야?"

희영도 미처 그것이 무슨 뜻인지 알 수 없다는 듯 반문했다.

"맞아, 지금 누나에게 청혼하는 거야."

적당한 말이 생각나지 않던 참에 청혼이란 말이 나오자 수남이 말을 받았다.

"무슨, 그런…말을."

입으로 가져가려던 찻잔을 탁자에 놓으며 희영의 얼굴이 수남으로 향한다.

"누나, 사실은 오늘 제 인생을 상담하러 누나를 만나고 싶었어요. 아까도 말한 것처럼 결혼 문제가 시급한 현안이라서. 그런데 지금 이곳까지 오면서 많은 것을 생각했어요. 누가 진정한 반려자로 내게 와 줄 것인가, 누구를 대상으로 상담해 볼까, 그러다가 누나를 생각했어요. 등잔 밑이 어두웠어요. 가장 가까운 곳에 있는 보물을 두고 쓸데없는 곳에서 괜한 수고를 하고 있다는 결론에 도달했어요."

"목사님, 저는 전에 말했던 대로 할머니가 다 됐어요."

"누나, 돌아보면 내가 누나를 얼마나 사랑했는지 이제 깨달아져요. 갑자기 결정한 일이 아니라 오래전부터, 한내에서부터 전 늘 마음이 누나 곁에 있었어요. 누나가 김 선생님과 가까이 지내시는 것을 안 뒤에도 저는 이상하게도 괴롭지 않았어요. 서울에 올라온 것은 누나에게 더 이상 저의 초라한 모습을 보이기 싫었기 때문이었어요. 하일동 창고로 누나가 오시던 날 우리들의 운명이 결정된 것이라고 생각했어요. 도와주세요. 전 누나가 필요합니다. 교회도 그렇지만 제 인생도 도와주세요."

수남의 목소리에 진정한 마음이 묻어난다.

꾸미는 말은 못하는 그의 성품을 누구보다 잘 알고 있었기에 희영은 가슴 한가운데서 조금씩 쌉쌀한 슬픔이 퍼져 나와 눈물샘을 자극하는 것을 느낀다. 웬 눈물? 희영은 자신에게 타이른다. 그리고 생각한다. 지금이 다시는 찾아오지 않을 생애의 엄숙한 시간임을….

"너무 갑자기 이러면 내가 어떻게 해?"

"갑자기 이러는 게 아니고 오랫동안…. 다시 말하지만 누나는 한내에서부터 내 인생의 전부였어요. 그동안 김지훈 선생님과 어떤 사이였는지 잘 알고 있습니다. 두 분이 맺어지길 바랐어요. 그러나 김 선생님이 떠나신 지금 누나를 보살펴 드리고 싶어요."

"…"

"불편한 얘기였습니까?"

"…"

"마음에 쓰이면 취소할 게요."

수남이 조심스레 희영의 눈치를 살폈다.

"아니, 괜찮아."

"지금 당장 대답하시지 않아도 돼요. 마음을 비워 두겠어요."

수남의 목소리가 좀 차분해졌다.

"걱정하지 말아요. 기대하지도 말구."

희영이 손을 내밀어 수남의 내민 손을 잡았다.

알 수 없는 눈물 한 줄기가 희영의 뺨을 타고 흘러내렸다.

"그만 일어설까요?"

분위기가 어색해지고 있는 것을 느꼈는지 수남이 희영의 손을 잡아 일으켰다.

갑작스런 수남의 청혼은 희영에게 큰 혼란을 가져왔다. 전혀 예상하지 않았던 일이어서 그 혼란은 가닥이 잡히지 않았다.

집으로 돌아온 희영은 이 목사 부부에게 이 사실을 알리지 않고 마음에 묻어 두었다.

희영은 깊은 생각에 빠져 들었다.

수남의 청혼은 정말 예상치 않았던 일이다. 다섯 살 나이 차이는 고사하고라도 두 사람은 전혀 어울릴 수 없는 요소가 너무도 많다. 언제 수남을 남자로 한 번이나 생각해 본 일이 있었던가. 한내에서 김지훈 선생님과의 사연을 너무나 잘 알고 있는 수남의 이 돌연한 태도를 어떻게 받아들여야 하는가? 가당치 않은 일이다.

정체성의 혼란으로 방황하던 지난날, 그녀는 부끄러움을 벗어나고자 얼마나 몸부림쳤던가. 지훈에게로 향하는 사랑을 참으며 달래며 자학으로 비통해지던 지난날, 그녀는 역설적인 사랑의 포기로 간신히 자신을 지탱할 수 있었다.

사랑은 한 번으로 족한 것, 수남의 청혼은 너무 부담스러운 것이다. 고맙지만 그것을 받아들이는 것은 너무 염치없는 일이다. 희영은 마음속으로 결론을 내린다. 이 청혼은 가당치 않은 것이다. 김지훈 선생을 떠나보낸 것처럼 박수남 목사도 내게서 자유로워야 한다.

밤을 뜬눈으로 지새우다 잠깐 잠이 들었었나 보다.

꽃잎이 흩날리고 있었다.

교회 마당의 벚꽃이 꽃망울을 터뜨려 활짝 웃고 있다.

흩날리는 꽃잎 사이를 지나 수많은 사람들이 교회 본당 안으로 들어간다.

축복 속에 치러지는 결혼식.

꽃잎은 식장 안에서도 너울너울 날아 다녔다. 주례를 맡은 이승규 목사는 결혼이야말로 생애에서 가장 행복한 일임을 강조하고 새롭게 출발하는 한 쌍을 최상의 언어로 축복해 주었다.

"너무 웃으면 첫딸 낳는 법이여."

다섯 살 연상인 신부는 하객들의 농담에도 아랑곳없이 잇몸이 드러나는 함박웃음으로 기념사진을 찍는다. 순백의 드레스를 입은 신부는 창밖에 흐드러진 벚꽃보다 몇만 배 화사하고 아름다웠다. 신부는 웃으며 카메라를 쳐다본다.

눈앞에서 카메라 섬광이 번쩍 하는 바람에 눈을 감는다.

감은 눈 속으로 하얀 벽지로 꾸민 작은 방 화장대에 놓인 결혼사진 액자가 보인다. 그 속에는 신랑이 김지훈 선생으로 바뀌어 웃고 있어 그녀는 깜짝 놀란다.

꿈이었다.

어느새 창문이 밝아 있었다.

무언가 아쉬운 마음이 코허리를 찡 울리며 눈물이 고인다.

깨고 싶지 않은 꿈이다.

희영은 조심스런 마음으로 여행 가방을 챙긴다.

이제 다시 떠날 때가 된 것을 안다.

당분간 이들의 시야에서 사라져 줄 것이다.

당분간만이다.

5. 영혼의 전쟁

아버지를 모셔온 뒤로 수남에게는 해결해야 할 아주 큰 문제가 있었다.

해체된 가족을 복원하는 일이다.

그의 생애에서 가장 큰 기도의 제목이기도 했다.

하루도 빠지지 않고 기도하는 석답골의 어머니의 일이다.

그의 생애 전체를 짓누르는 거대한 짐인 어머니의 문제, 그것은 영혼에 관한 문제다. 수남은 그 문제를 해결하지 못하고는 자신이 목회를 성공하지 못할 것을 잘 알고 있다. 그는 복잡해져만 가는 교회의 일들로 석답골 어머니와 동생의 소식을 모르고 지냈다. 아니, 잊은 척 하며 지냈다는 말이 맞다.

내색은 않지만 아버지는 어머니와 수길의 안부를 가끔 걱정한다. 이제 수남이 어머니를 데려왔으면 하는 눈치다.

이곳의 신자들이야 이런 그의 내면의 사정을 알 수 없을 것이다. 명성이 점차 높아져 가는 박 목사, 그의 어머니가 암자에 머물며 점을 치는 무당이다. 과연 용납될 수 있는 일인가. 이것은 그의 뇌리에 한시도 자유로울 수 없는, 언젠가는 해결되어야 할 숙제다. 조만간 어머니를 찾아보리라.

생각보다 그날은 빨리 다가왔다.

그 무렵, 어느 날 수남은 교회로 걸려온 시외전화 한 통을 받았다.

"병원 응급실입니다. 박수길 씨의 형님 되시죠?"

"그렇습니다만?"

"수길 씨가 입원하셨는데 보호자를 찾고 있습니다."

"무슨 병인가요?"

"농약 중독입니다."

"어떻게 된 일입니까? 상태는요?"

"자세한 것은 직접 와 보시면 알 수 있습니다."

"알겠습니다. 곧 내려가겠습니다."

수남은 급히 차를 몰아 석답골로 달려갔다.

어머니를 따라 산으로 들어간 뒤 어떻게 살아왔는지 알 수 없는 동생이다.

'불쌍한 수길아.'

수남은 통곡하는 심정이 된다. 무슨 일이 생겼는지 알 수 없다.

그는 왜 자신이 동생 문제에 그렇게 냉담했는지 스스로도 이해되지 않는다. 그것은 어머니에 대한 깊은 반감과 불신이 원인일 것 같다. 석답골에 몰려간 청암과 그 일당들, 영혼을 팔아 버린 것 같은 마을 사람들에 대한 증오의 감정이 그의 머리에서 석답골에 관한 정보들을 하얗게 지워 버리고 무관심하도록 자신을 몰아간 것이다.

그들은 마귀의 세력들에 틀림없고 가나안교회를 넘어뜨린 죄악을 저질렀다. 그는 잠재적으로 그렇게 그들을 정죄했다. 그리고 아이러니하게도 그 세력의 중심에 그의 어머니가 앉아 있는 것이다. 얼마나 많은 시간 이 문제로 고통스러웠는가. 그는 수많은 그의 기도가 어머니에 대한 것이었음을 회상했다.

이제 결전의 시간이 다가오고 있다.

수남은 그의 기도에 대한 응답이 이루어지고 있는 것이라고 생각한다.

수길이 입원한 병원은 산업재해를 입은 환자들을 수용하는 종합병원이었다. 인근에 탄광이 많아서 병원은 재해를 당한 광부들로 늘 넘쳐나고 있는 듯했다.

수남은 담당 의사를 찾았다.

"가검물에서 아피로맥스 농약 성분이 검출됐습니다. 농촌에서 많이 쓰는 제초제죠."

"생명에는 지장이 없겠습니까?"

"위기는 넘겼어요. 위 세척을 했는데 경과는 2~3일 두고 봐야 할 것 같습니다. 환자는 303호실에 있습니다."

수길은 응급환자실에 누워 잠들어 있었다.

침대 곁에서 졸고 있던 어머니가 인기척에 눈을 비비고 일어났다.

"수남이 왔나?"

"어찌된 일입니까?"

"글쎄, 나두 잘 모른다."

"농약을 마셨다면서?"

"죽을라구 환장한 기지."

어머니는 남의 얘기 하듯 차갑게 말했다.

오랜만에 만나는 어머니의 얼굴은 수척해 보였다.

얼굴을 본 지 몇 해가 흐른 것 같다. 그사이 어머니는 나이보다 더 많이 늙었다.

"자세히 얘기 좀 해봐요. 의사 선생님은 고비는 넘겼다구 하시던데."

"며칠 전에 면에서 수길이 앞으로 군대 영장이 나왔어."

한숨을 섞으며 어머니가 시작한 얘기는 대강 다음과 같다.

영장을 받고 나서 수길은 걱정을 하기 시작했다는 것이다.

석답골로 들어온 수길은 세상 물정에 아주 어두웠다. 수길은 어머니가 거처하는 아래 도량에서 기거했다. 안방은 어머니가 꾸며 놓은 굿방이다. 벽면에 제신들의 초상이 붙어 있고, 방 한쪽에 붙은 다락방에는 징, 꽹과리, 장구, 방울, 양초 등 온갖 무구(巫具)들과 색색의 무복(巫服)들이 가득 들어 있었다. 어머니는 시간이 있으면 한지로 연꽃, 연등 등속을 만드는 일을 했기 때문에 방 한구석에는 늘 조화용으로 쓰이는 빨갛고 파란 종이들이 쌓여 있었다.

어머니는 말세에 몸가짐을 바르게 하고 기도와 경 읽기에 힘써 세존님이 새 세상을 만들 때 귀한 재목이 되도록 끊임없이 아들을 훈련시켰다. 순진하고 별로 말이 없던 수길은 어머니가 시키는 대로 위 도량(본부 선원)의 새벽 예불에 꼬박 참석하고 낮에는 마을 사람들을 도와 개간지 논밭을 일구는 일을 거들었다. 밤에는 선원에서 만들어 낸 문사주경 해설본과 신앙 지침이라 할 수 있는 오명집(吾銘集) 등을 읽고 외웠다.

수길은 또 그림에 남다른 재주를 보였다. 말수가 적은 대신 수길은 혼자 있을 때 그림을 그리곤 했다. 어머니 방에 걸려 있는 산신도나 달마도, 불상 그림을 보고 똑같이 그리기도 하고 특히 인물화를 잘 그렸다. 언젠가 청암선사의 사진을 보고 그린 초상화가 너무 실물과 똑같아 화제가 됐던 일도 있었다. 모든 일을 착실하게 해내곤 해서 모든 사람들이 칭찬했다.

청암도 수길이 참다운 선불도인의 신앙생활 모습을 보여주고 있다고 가끔 칭찬했다. 신도들 앞에서 선불도인들이 다가올 선후천 교대기의 대환란을 넘어가기 위해서 자신의 마음을 유리처럼 투명하게 닦아야 세존님의 선택을 받게 된다고 강조하며, 그 본보기로 수길의 수도 모습을 예로 들기도 했다.

그렇게 수년이 흐르는 동안 수길은 말수가 줄어든 수도승의 모습을 하고 있었다.

지난해 수길은 만 스무 살이 되어 입영 신체검사를 받았고, 1을종 판정을 받았다. 운이 좋으면 보충역으로 편입될 수도 있는 등급이어서 수길은 은근히 기대하는 눈치였다. 그런데 뜻밖에도 엊그제 입영통지서가 배달되었다. 한 달 앞으로 입영 날짜가 다가와 있었다. 수길에게 충격이 컸던 모양이다.

어제는 날씨가 아주 좋았다. 입영통지서를 받고 심란해 있던 수길이 마루에 나가 앉았다. 점심때쯤이었다. 안방의 어머니는 본부 선원으로 올라가고 없었다.

괴괴한 정적이 집안 가득 퍼지고 있었다. 집 둘레로 둘러선 사철나무 울타리에 햇빛이 부서져 빛나고 있었다. 눈을 들어 하늘을 보니 지붕 뒤 바위절벽이 보이고, 그 앞으로 우거진 갈참나무 숲 위로 한 덩어리의 솜구름이 흘러 넘어오는 것이 보였다.

처음에는 그것이 구름인 줄 알았다. 갈참나무 숲 위로 넘어오던 구름은 다시 두 개의 봉우리로 엉기면서 점점 짙어졌다. 그리고는 부글부글 끓어오르는가 싶게 수길의 시야 앞으로 다가들었다. 꿈을 꾸고 있는 것 같았다. 잠시 혼미해지는 정신을 수습하며 수길이 눈을 뜨자 두 사람이 사철나무 울타리 사이로 난 길을 따라 마당에 들어서고 있었다. 그들은 검은 도포에 검은 갓을 쓰고 있었다.

그새 하얗게 빛나던 햇빛은 검은 구름에 덮이고 음산한 바람이 마루 위를 휘감아 나갔다.

백랍같이 흰 얼굴을 가진 남자 둘이 수길 앞에 섰다. 한 사람은 지팡이를, 다른 한 사람은 접은 부채를 들고 있었다.

"준비됐지?"

지팡이를 든 남자가 옆에 선 사람을 돌아본다. 입을 열 때마다 붉은 혀가 입속에서 움직였다. 접은 부채를 든 남자가 고개를 끄덕인다.

앞의 남자가 수길을 향해 선다. 그리고 지팡이를 들어 마루 아래를 가리킨다.

"마셔라, 어서."

수길이 마루 아래를 본다. 박스 안에 하얀 플라스틱 병이 보인다.

"마셔라, 어서."

수길은 마루에서 일어서 아래로 내려선다.

거역할 수 없는 명령이었다.

수길은 하얀 플라스틱 병을 집어 들었다. 병마개를 따고 눈을 감는다.

"마셔라, 어서."

주춤하던 수길이 병을 입에 가져간다. 거품이 이는 푸른 빛깔의 액체가 수길의 입에서 넘쳐 나와 목줄기를 타고 흘러내렸다.

"하하 하하하…."

앞에 선 두 사람이 붉은 입을 벌리고 소리 내어 웃기 시작했다.

"이놈들!"

문득 안방 문이 열리며 흰 옷을 입은 노인이 고함을 지르며 나온다. 어머니 방에 붙어 있는 옥황상제 그림에서 방금 빠져나온 모습을 하고 있었다. 수길은 힘을 모아 뜰로 기어간다. 그리고 혼신의 힘으로 노인의 옷자락을 잡아당긴다. 검은 옷을 입은 두 사람이 재빠르게 사철나무 울타리를 넘어 달아나는 모습이 잠깐 보였다.

오후에 위 도량(본부 선원)에서 집으로 내려온 운당은 마당에 들어서다 '에구머니!' 하고 기겁을 한다.

수길이 마루 아래 마당으로 굴러떨어져 입에 거품을 물고 널브러져 있었다.

"수길아!"

그녀는 황급히 수길을 안아 일으켰다. 그의 손에서 마시다 만 농약병이 마당 바닥에 떨어져 내렸다.

그녀는 간신히 아들을 안아 그녀가 거처하는 방으로 들어가다 방 안을 보고 거듭 놀란다. 제상 위에 신주처럼 모셔온 옥황상제 화상이 찢어진 채 마루 위에 널려 있고, 방 안의 물건들이 모두 넘어지고 부서져 뒤죽박죽이 되었다.

"사람 살려요."

아들을 제상 앞에 누인 뒤, 운당이 문밖으로 뛰어나가며 비명을 질렀다.

사람들이 모여들었다.

"군대 가는 게 부담이 돼서 그런 것 같네요."

이야기를 듣고 난 수남이 말했다. 짐작이 가는 것이 있었다. 어려서부터 심약하고 내성적인 성격이어서 입대를 앞둔 스트레스가 대단했을 것이다.

"아니다. 저승사자가 왔다 갔어. 틀림없다. 마구니들이 시방 우리 선불도를 넘어뜨릴라고 시끌벅적하다. 상제님이 다 나선 것을 보문 알 만하다. 니는 잘 모르겠지만 수길이두 그동안 도수가 엔간히 차서 곧 말문이 열릴라 하던 참이었다. 그글(그걸) 시기하는 기다."

어머니의 설명은 항상 신비한 것들과 관련이 있다. 수길에게 지금껏 무엇을 기대하고 있었는지 알 만했다.

무엇이 어머니의 영혼을 이렇듯 붙잡고 있는 것일까. 수남은 다시

5. 영혼의 전쟁 135

가슴이 답답해 온다. 예수님 시대에도 이렇게 사탄에게 영혼을 팔아 버린 무당과 박수가 많았다고 하지 않았는가. 다만 기도할 수밖에 없는 일이다.

수남은 마음의 끈을 조금 풀어 놓는다. 오랜만에 만난 어머니와는 전혀 소통이 되지 않는 대화가 이렇게 오갔다.

수길은 두어 시간 후에 눈을 떴다.

"수길아, 정신이 좀 드나?"

수남이 동생의 손을 잡았다.

"왜 내가 여기 있지? 형은 언제 왔어?"

가느다란 목소리로 수길이 말했다. 의아한 표정이다.

"속은 좀 편해졌나?"

"그 사람들은 갔어요?"

수길이 어머니를 향해 물었다.

"상제님이 다 쫓아냈다."

"둘이나 왔어."

"마구니들이다."

알아들을 수 없는 대화가 두 사람 사이에 오간다.

담당 의사가 회진을 나왔다.

수길의 상태를 살펴보곤

"다행입니다. 빨리 발견됐고, 구토를 시킨 것이 큰 효과를 봤습니다. 한 고비는 넘겼으니, 오늘 밤을 지나면 많이 좋아질 것 같습니다"

라고 했다.

수길은 생각보다 빨리 회복되었다. 저녁으로 나온 미음을 한 그릇 다 비우고 목소리가 되살아났다. 그리고는 일어나 화장실에 갔다 오고 활발히 움직였다. 젊음이 그렇게 만드는 것 같았다.

"내일 같이 서울로 가자. 입대하기 전까지 서울 구경도 좀 하고 놀다 가."

"형, 교회 일 바쁘잖아?"

"걱정 마라. 이젠 자리 잡혀서 옛날과는 달라."

몇 해 전 하일 마을에 둥지를 틀기 시작한 무렵 불쑥 수길이 형을 찾아온 적이 있었다. 하꼬방보다 작은 단칸방에서 생활할 때였다. 아르바이트와 부업과 공부와 숙식 등 모든 것을 혼자서 해결해야 했던 수남은 동생을 돌볼 만한 여유가 없었다. 며칠 형의 방에서 뒹굴던 수길이 형의 모습이 보기 딱했는지 가방을 챙겼다.

"형이 졸업하면 다시 올게."

수남은 동생을 더 붙잡지 못했다.

오랫동안 수남의 가슴속에 남아 있는 응어리다.

병원에서 밤을 보내고 다음날 수남은 동생의 퇴원 수속을 밟았다.

"큰 병원에서 정밀 진단을 받아 보시기 바랍니다."

의사는 조건부 퇴원을 허락했다.

"수길이 데리고 서울 갈 텐데 같이 갑시다."

수남이 어머니에게 부탁한다.

"내 걱정은 말거라. 머지않아 곧 결판이 날 테니 그때까지만 참고 있으면 되는 기다. 나를 석답골로 데려다 다오."

어머니의 목소리엔 아직도 자신감이 넘치고 있었다.

수남은 어머니와 동생을 차에 태워 석답골로 들어갔다. 여기저기 집들이 보이고 계곡 안쪽의 가장 높은 위치에 제법 웅장한 건물이 들어서 있었다. 거의 완공 단계인 본부 선원이라 했다. 한식 기와집으로 3층 건물인데 목재는 거의 쓰지 않고 시멘트로 서까래 모양을 낸 위에 단청을 입히고 있었다. 그것은 절이라고 부르기도 그렇고 산신각이라고 부르기도 어정쩡한 형태를 하고 있었다.

어쨌거나 귀신을 모시는 집인 것만은 틀림없어 보이는 그 건물을 향하여 수남은 기도했다. 머지않아 이 산당이 허물어져 내리는 기적이 생기기를, 그리고 어머니의 영혼에 박힌 저 마귀의 붉은 손갈퀴를 뽑아내는 기적을 주옵시기를….

"어머이요, 아들이 교회 목사가 됐는데 이제 그만 이 생활을 접고 같이 올라갑시다."

"니 마음을 나두 안다. 글치만 평생을 나는 세존님 모시고 살았는데 그기 말이나 되나. 니 입장을 바꿔 놓고 생각해 봐라."

"어머이요, 어머이가 섬기는 신은 참 신이 아닙니다. 이제 그만큼 고생했으면 돌아오실 때가 됐습니다."

"씰데없는 말 그만하고 올라가거라."

"곧 모시러 오겠습니다."

'귀신 가득한 아래 도량'을 나오면서 수남은 다짐하듯 말했다.

"내 걱정은 말고 아버지나 잘 보살피거라. 니두 하눌님을 믿는데 어련하겠냐만 서루(서로) 잘 믿도록 하자."

어머니는 아직 완강했다.

수길을 데리고 서울에 돌아온 수남은 가까운 병원에 수길을 입원시켜 치료를 받게 했다. 생각보다 후유증이 심하지는 않았다. 걱정이 된 아버지가 병원에서 아들을 지켜 간호를 했다. 그리고 퇴원을 해 집으로 돌아왔다. 수길은 입대할 때까지 집에서 머물렀다.

"자신이 없어서…."

오랜 세월 폐쇄된 지역에서 특이한 생활을 해온 수길은 처음으로 군대라는 공개된 사회에 들어가는 것을 두려워하는 자폐적인 모습을 드러냈다.

수남은 그사이에 있었던 일들에 대해 차근히 물어봤다.

속내를 잘 드러내지 않던 수길이 참담했던 지난날들을 띄엄띄엄 말하기 시작했다. 석답골에 들어간 이후 수길은 아무런 희망이 없이 어머니가 거처하는 작은 집에서 지냈다. 어머니는 본부 선원에 청암선사를 만나러 오는 신도들 가운데 환자를 데리고 오거나, 집안의 길흉사를 물어 보러 오는 여인네들이 놓고 가는 복채들로 생활을 꾸려 가고 있었다.

초기에는 그래도 운당 보살이 용하다는 소문이 있어 손님들이 제법 들었으나, 위 도량(본부 선원)이 자리를 잡아가면서 사정이 달라졌다. 모든 살림을 서가의 조카인 서정두 실장이 관리를 시작하면서 운당에 대한 대접이 확 달라졌다.

전에는 살림살이에 지장 없을 만큼 쌀이며 부식들을 보내 줬는데, 점점 그 양이 줄어들더니 최근에는 아예 지원을 없애 버렸다. 본산에 식구들이 늘어나고 본산 선원을 신축하는 데 자금이 많이 들어간다는 이유에서였다. 본부에서 양식이 내려오지 않자 운당은 몇 번이나 항의했다. 청암선사는 묵묵히 운당의 항의를 듣다가 한마디했다.

"절이 싫으면 중이 떠나는 법입니다."

이 한마디는 운당에게 큰 충격을 주었다. 몇 날을 식음을 전폐하다시피 침묵의 항의를 했지만 본산 선원의 핵심 세력에서 비주류로 전락하는 신세가 되었다.

선원을 건립하면서 청암은 외부의 유력한 인사들을 끌어들이는 사업적인 수완을 보였다.

청암이 새로운 설법을 한다는 소문에 사람들이 찾아오기 시작했다. 그는 지금껏 어느 누구도 감히 알아내지 못했던 나라의 변란과 그 시기를 정확히 예측하고, 그 예측들은 지금까지 한 번도 틀린 일이 없었다. 그는 어려서부터 예언의 능력을 타고나 말을 배우기 시작하면서 이미 예언을 했다고 소문이 났다.

그가 사랑방에서 할아버지에게 한자를 배우고 있을 때였다고 한다. 십간 십이지에서 호랑이를 나타내는 뜻을 가진 인(寅) 자를 배우면서 "호랑이 해에 나라에 큰 변고가 나니 모두 준비하시오"라고 했다. 그의 나이 다섯 살 때의 일이라 한다.

아무도 그 말을 귀담아듣는 사람이 없었다. 그러나 그의 말대로 경인년(1950년)에 6·25전쟁이 터졌다.

또 다른 호랑이 해였던 임인년에는 '임금이 바뀔 것'이라는 예언을 했다.

윤보선 대통령이 박정희 장군에게 대통령 권한을 위임함으로 예언은 적중했다. 또 한 번의 예언은 '호랑이 해의 천지개벽설'로 갑인년에 대천강 댐이 완공되었다. 그가 한내에서 피난처를 마련해야 한다고 주장하던 시기였다. 그의 예언대로 대천강 주변의 3개 군 12개 면이 영원히 물속으로 잠겨 버리고, 4만 가구 10여만 명의 수몰 이재민이 발생한 천지개벽이 이루어진 것이다.

청암은 종말설에 대한 이야기는 천기라고 비밀 속에 묻어 두었다. 삼인일이라 불리는 종말의 날에 다가가는 징조들만 계속 소개하고 있었다. 그는 다가오는 재앙들을 가끔 소개했는데, 그중에는 핵무기 외에도 일본 열도의 침몰설, 화산 폭발과 지진, 역병과 대규모 전쟁 등 많은 재앙들에 대한 예언들도 있었다.

이 같은 청암의 전설적인 얘기는 확인이 필요한 것이지만, 소문에 꼬리를 달아 그를 신비롭게 꾸미는 데 일조를 하고 있는 게 사실이었다. 이외에도 청암에 대한 전설은 많았다. 사회가 격변하면서 사회적, 국가적으로 돌발적인 큰 사건들이 터질 때마다 사람들은 예언자들을 찾아 몰려드는 경향을 보였다.

이상한 일은 소문에 미혹된 사람들이 점점 늘어가고 있다는 사실이다. 특히 선거철이 되면 선원은 대목을 맞았다. 선량이 되겠다고 자처하는 사람들과 그 가족, 후원자들이 문전성시를 이루었다. 강천시에서 신흥건설 회사를 운영하는 최태식 사장도 최근에 자주 들른다. 그는 강천시를 대표하는 국회의원 출마를 노리고 있다. 그가 석답골 마을과 선원 공사에 관여하면서 자연히 청암과 밀착되어 그의 영향력을 의지하는 입장에 서게 되었다. 청암이 젊은 지도자라고 추켜세우는 인물 중 하나다.

그곳에 드나드는 사람들 중에는 사회적으로 영향력을 가진 인사들도 있었다. 신도들에게 이름깨나 알리고 싶어 하는 정치 지망생이나 부동산 등으로 한몫 잡은 졸부들이었다. 그들은 보시란 이름으로 상당액을 기증하기도 했다.

재정이 넉넉해지면서 청암은 그를 따르는 사람들을 지역적으로 묶으며 전국적인 조직을 만들어 나가기 시작했다. 몇 년 사이에 영남지역, 호남지역, 영동지역에 지부(선방)가 세워지고, 신도들의 수가 늘어나고 있었다.

자연히 재정의 수요가 증가하고 더 많은 현금이 필요해졌다.

청암은 신도들에게 앞으로 다가올 천년왕국에 들어가기 위해서는 미리 선과 덕행을 쌓고 물질적으로도 충분히 저축해야 한다고 강조하기 시작했다. 자연히 그를 따라 석답골로 들어왔던 못 가진 자들은 찬밥이 되어 뒤로 밀려났다. 도태가 시작된 것이다.

"어머이는 이제 석답골에서 별로 힘을 못 써요."

수길이의 결론이었다.

사필귀정이다.

"그놈들이 하는 짓들이 곧 천하에 밝혀질 기다."

수길의 사건에 가장 흥분한 것은 아버지였다. 40대에 이미 따로 살아온 아버지의 어머니에 대한 원한은 매우 깊었다. 가정을 이 지경으로 만든 것에 대한 분노가 그 안에 있었다.

수길은 거의 한 달간 집에 머물면서 가족들의 따뜻한 보살핌을 받았다.

수길의 얼굴에 오랜만에 웃음이 되살아났다.

수남은 이번 사건으로 아버지가 큰 충격을 받은 것을 보았다.

"나두 이젠 술 담배 끊고 수남이 교회로 나가기로 했다. 니두 군대 가문 교회에 댕겨라."

수길의 하직 인사를 받는 자리에서 아버지가 뜻밖의 결심을 밝힌 것이다.

오랫동안 수남이 드린 기도가 결실을 맺는 순간이다.

"군대? 다 너와 같은 친구들이 모여 훈련 받는 곳이야."

제대를 하면 서울에서 자리잡도록 도와줄 테니 걱정 말라는 형의 말에 만족해하며 수길은 씩씩한 모습으로 입대했다.

이희영 전도사가 교회를 떠난 지 여러 날이 지났다.

동생과 가족의 문제로 정신없이 지내던 박수남 목사는 자신의 준비되지 못한 청혼이 그녀의 마음에 상처를 준 것을 뒤늦게 깨달았다.

오랜 수소문 끝에 그녀가 남해의 땅끝 마을 요양원에 내려가 있는 사실을 확인했다. 서울로 올라오기 전까지 그녀가 머물던 곳이다.

박수남 목사는 그곳으로 달려갔다.

예수요양원은 바다가 보이는 언덕에 세워져 있었다.

"어떻게 알았어? 여기 있는 줄."

원장실에서 만난 희영은 다소 초췌한 얼굴이었다.
"제법 거리가 멀구먼, 뛰어 봤자 벼룩이지."
영문을 모르는 원장이 두 사람의 대화를 미소로 듣고 있었다.
"교회는?"
"누나가 없는데 뭐가 제대로 되겠어? 엉망진창이지."
"설마."
"형편을 누구보다 잘 알면서 정말 이러기냐고?"
"좀 쉬었다 가려고 했어."
희영은 다시 예수요양원으로 내려온 지난 몇 달을 돌아본다. 지훈에게 그랬던 것처럼 수남에게도 배신감만 안겨 주었을 자신의 모호한 태도, 사랑의 요구를 피해 도망으로 숨어야 하는 그 처지를 그녀는 자신도 이해할 수 없었다. 다만 그녀가 선택할 수밖에 없었던 절박함이 이런 모습이 된 것만은 사실이다.
"부탁이야 누나. 지난번 했던 말들은 모두 취소할게. 돌아만 와주면."
수남의 말에는 진정이 배어났다.
"약속한 거야?"
"그럼, 모두 누나 뜻에 따를게."
"알겠어."
생각보다 그들의 화해는 쉽게 이루어졌다. 따지고 보면 화해라 할 것도 없다.
"허허, 두 분 화해하신 겁니까? 이 전도사님은 가끔 동생분과 싸우시면 내려오세요. 문은 언제든 열어 놓을 테니."
곁에서 지켜보던 원장이 두 사람 사이에 끼어들었다.
"이젠 싸울 일이 별로 없을 것 같습니다."
수남이 웃으며 농담을 받았다.

밤길을 달려 돌아오는 차 속에서 희영이 말했다.

"박 목사가 데리러 오지 않았으면 나 남해 바닷물에 빠져 죽으려고 했어."

"올드미스 처녀귀신 하나 구했네."

수남이 웃었지만 그들의 마음속으로 싸한 것이 지나갔다.

수남은 그녀에게 향하던 감정을 정리해야 한다고 스스로의 마음을 다잡았다.

수남이 결심하자 당회에서 이 목사의 결혼을 강력히 추진했다.

몇 번의 선을 본 끝에 그는 교단의 전통 깊은 대형 교회에 출석하는 이종훈 장로의 외동딸 혜민을 아내로 맞게 되었다. 이 장로는 재계의 중진이었고, 그녀는 국내 유수한 여자대학에서 가정학을 전공한 재원이었다. 믿음 또한 모태신앙으로 독실해 나무랄 데 없었다.

그해 가을, 수남의 결혼식은 축복 속에 치러졌다.

장소는 신축된 새가나안교회 본당이었다. 교인들과 하객들로 사람들이 넘쳐났다.

신랑 입장을 하면서 수남은 혼주 자리에 아버지 혼자 덩그마니 앉은 모습을 보았다. 어머니의 자리는 비어 있었다.

수남의 전화를 받고도 확답을 주지 않던 어머니, 서로 다른 믿음의 결과에 대해 그는 참담한 심정이 된다. 내 기어이 어머니를 마귀의 굴레에서 구해내리라 다짐한다.

다행히 병세가 호전된 이승규 목사가 주례를 맡았다. 그는 신랑 박수남 목사의 지난날들을 회고했다.

대천강 댐의 수몰지구 한내에서 교회 종지기로 시작된 그의 신앙생활과 자수성가한 그간의 고난, 급성장하는 교회의 젊은 지도자로 자리매김한 박수남 목사에 대한 하나님의 축복을 이야기했다. 고비마다 어려움을 극복하게 하신 하나님이 이제 젊은 종을 들어 쓰실 기대 또한 큼을 강조했다. 한내에서 뿌려진 작은 믿음의 씨앗이 자라나서, 지금은 수몰로 흔적 없이 사라진 시골마을의 작은 가나안교회가 오늘 이처럼 장엄하게 이곳에 재현된 것을 그는 목이 메며 감사했다.

결혼을 축하하러 온 사람들은 한결같이 수남의 교회 성장에 관심을 표했다. 새로운 인생의 출발로 박수남의 생애는 다시 시작되는 듯했다.

식이 진행되는 동안 식장의 하객들 틈에서 희영은 눈물을 삼키고 있었다. 이렇게 좋은 날, 축복의 날에 흘러내리는 눈물의 의미를 그녀는 알 수 없었다.

고아한 신부의 웨딩드레스가 그렇게 가슴속으로 사무치며 다가설 줄 그녀는 짐작조차 못했다. 아무도 그녀의 마음을 헤아리지 못할 것 같았다. 감은 눈 사이로 여러 사람 얼굴이 스친다.

방학이 되어 한내에 갈 때마다 마주치던 최태식, 사랑을 구걸하며 좋지 않은 기억만 남겨 준 남자.

김지훈 선생, 나무랄 곳 없는 매너와 치열한 삶의 도전과 쟁취, 그녀에게 처음으로 사랑이 무엇인지 가르쳐 준, 그러나 손이 닿지 않는 거리로 멀어져 간 그.

아버지라고 불러 보지도 못하고 저 세상으로 떠나보낸 고만수 영감과 얼굴을 알 수 없는 익명의 여인, 이제는 사라져 버린 두 생명에 대한 알 수 없는 이끌림, 그리고 단 위의 이 목사 아버지와 옆자리의 박영선 사모 어머니, 두 분의 사랑으로 그녀는 지금 이 자리에 있는 것이다.

'이제 다 지나갔습니다. 주님, 이제 저의 길을 인도해 주소서.'

수남을 보내면서 그녀는 눈물을 흘린다. 의미를 알 수 없는 눈물이었다.

5. 영혼의 전쟁

수길이 농약을 마시고 혼절했다 깨어난 일을 겪은 후로 석답골의 운당은 한숨을 쉬는 날이 많아졌다.
　"세존님이 왜 이렇게 고(苦)를 많이 내리시는지 모르겠네."
　그녀는 찾아온 사람들에게 불편한 심기를 내비치곤 했다.
　청암의 영향력이 커지면서 사람들이 위 도량으로 몰리자 자연히 운당은 찬밥 신세가 되었다. 그도 그럴 것이, 운당이 아래 도량에서 하는 일이란 운세나 점 보러 오는 도인들을 상대로 점괘를 알려 주는 것이 고작인데, 그도 나이가 들면서 말들이 조잡해지고 기억도 흐려져 사람들의 기호를 충족시키지 못했다. 결정적인 흠은 영험한 신통력이 줄어들었다는 데 있었다.
　반면에 청암은 형편이 나아지면서 본산 선원의 건축에 온 힘을 기울였다. 자신의 권위를 위해서도 건물은 웅장할수록 좋았다. 태식의 건설회사가 성에 차지 않아 전국에서 사찰을 지은 사람들을 수소문하여 불러들였다. 처음 시작할 때보다 선원 본부 건물은 세 배 이상 규모가 늘어났다. 자연히 경비가 늘어났다.
　부족한 경비를 충당하기 위해서였는지 청암은 무리수를 두기 시작했다. 만만한 부녀자들을 상대로 액운을 막아야 한다며 보시액을 할당하여 걷어 들이기 시작했다. 워낙 은밀히 이루어지는 일들이라 아무도 선원 내부에서 무슨 일들이 벌어지는지 알 수 없었다. 어떤 국회의원의 부인에게는 다음 선거에 공천을 받을 수 없는 운세라며 억대의 보시를 받기도 했다. 어떤 수출업체 사장의 부인은 거래처의 바이어들이 일본으로 건너가지 못하게 하는 부적을 수억에 사기도 했다. 아들의 사법고시 합격을 위해 땅문서를 들고 온 시골 부자의 부인도 있다는 소문이 있었다.
　청암의 종말설은 이 같은 일에 적절히 활용되었다. 처음 그는 호랑이 해의 삼인일에 지구의 종말이 온다는 확신을 사람들에게 심어 주었다. 세계적으로 예언가들의 일치된 의견임을 내세우며 앞으로 세계는 대지각 변동의 시기가 도래할 것인데, 그때가 되면 행성이 태양을 중심으로 십자 모양으로 정렬할 것이며, 중력자장이 수십 배로 커지고, 지구 심장부의 마그마가 돌출하는 종말의 대재난이 닥칠 것이라 말했다.

그 시기는 늦어도 세기 말 이전에 닥칠 것이며 이미 그 징조들이 수없이 나타나고 있다고 했다. 지구상에 21세기는 영원히 없을 것이라 말하기도 했다.

청암은 위 도량에서 그를 찾아오는 사람들에게 매달 삭망(朔望)에 열리는 법회를 통해 꾸준히 이 같은 종말설을 주장해 나갔다. 그의 주장은 불경과 예언서, 고고학, 지질학, 생물학의 역사와 민간신앙에 이르기까지 다양한 내용들이 망라되어 있어 얼핏 들으면 대단한 학문적인 깊이를 느끼게 했다.

그러나 좀 더 들어 보면 그의 주장이 이미 발표된 예언들에 자신의 상상력을 가미한 내용들을 나열한 것을 알 수 있다. 그러나 이것들은 청암 고유의 언어와 분위기에 교묘히 포장되어서 그를 찾아온 사람들에게 권위로 느껴지게 했다.

이즈음 청암은 법회가 열리는 날을 제외하고는 석답골에 머무는 날이 드물었다. 사무처 사람들은 청암이 더 높은 공부를 위해 별처에서 수행을 한다고 설명했지만, 그의 행방을 아는 사람은 극히 드물었다. 그는 이미 득도의 경지를 넘어서 삼라만상의 조화를 터득하고, 마음만 먹으면 축지법으로 수백 리 길은 순식간에 왕래한다고 소문이 났다. 차츰 그는 신비의 옷을 입기 시작한 것이다.

수길의 농약 음독 사건으로 도량 전체가 떠들썩한 이후, 윗 도량의 사람들 사이에 운당이 귀신에 씌었다는 말이 돌더니, 도량의 위신 문제라며 절을 떠나라는 통첩이 왔다.

운당은 억울함을 느꼈다. 따지고 보면 이곳에 선불도가 정착하게 된 것은 그녀의 공로라고 할 수 있다. 득도를 위해 전국 방방곡곡 명산 대처를 두루 찾아다니며 고행의 길을 걷던 지난날, 각고 끝에 천신님의 지시로 찾아든 석답골이다. 운당은 이곳에 자리잡은 뒤 숱한 고를 겪으며 터전을 만들었다.

청암은 그녀가 닦아 놓은 터전에 뒤늦게 들어온 사람이다. 물론 이곳이 오늘날 이처럼 번창하게 된 것은 청암 때문이지만, 처음 발을 들여놓은 터주의 공로는 다 어디 가고 그녀는 지금 쫓겨날 위기에 내몰린 것이다. 수길의 사건으로 한층 움츠러든 운당은 밤낮없이 신당에 모신 천신님 앞에 꿇어앉아 억울함을 하소연하기 시작했다. 며칠씩 끼니를 거르며 그렇게 앉아 있는 날들이 많아졌다.

이 문제를 해결하기 위해 서정두 실장이 은밀히 청암을 찾았다.

서울의 강남 압구정동, 새로 개발된 아파트 지구에 들어선 고층의 고급 아파트에 청암의 거처가 있었다. 아무도 알지 못하는 청암의 거처는 화려했다. 70평이 넘는 아파트는 거실과 침실 외에도 회의실까지 갖춘 다양한 구조로 만들어져 있었다. 거실에 놓인 응접 세트며 놓인 가구들이 얼른 보아도 대단한 명품들임을 알 수 있었다. 청암의 거처는 이곳 말고도 한두 군데 더 있는 것 같지만 정두도 아직 그 내용을 잘 모른다. 그의 거처는 그렇게 베일에 싸여 있었다.

청암은 이곳에서 나이가 열두 살이나 차이가 나는 부인과 살림을 차리고 있었다. 부모들은 다 세상을 떠나서 그는 홀가분한 상태였다.

은밀히 마주 앉은 두 사람, 정두가 말을 꺼낸다.

"아무래도 아래 도량 운당이 문젭니다. 찾는 사람들도 이젠 별로 없으니 이 기회에 처리하는 것이…."

"아무리 그렇다 해도 석답골 터주가 아닌가?"

"이제 운당은 그 효험이 다했다고 봐야 합니다. 선사님 명성이 하늘에 닿았는데, 여기 드나드는 사람들에게 경내에 점집이나 무당이 있다는 소리를 들어서야 되겠습니까? 대외적으로 선불도 이미지도 그렇고."

"무슨 좋은 방도가 있겠나?"

"저에게 맡겨 주십시오."

"알아서 처리하게."

그들은 청암의 아내인 이소정 여사가 내온 이탈리아산 고급 와인을 마셨다.

"오늘은 더 아름다우십니다, 당숙모님."

하늘하늘한 가운을 입은 청암의 아내를 향해 정두가 찬사를 늘어놓는다.

"어마 실장님, 농담도 제법 하셔."

여자의 목소리에 섹시함이 묻어난다.

"농담이 아닙니다."

"거 갑자기 왜 그러나, 촌스럽게."

청암의 목소리가 커진다. 자신감에 넘친 표정이었다.

아래 도량에 있던 운당의 모습이 사라진 것은 그로부터 일주일쯤 지난 후였다.

아무도 그녀의 행방을 알 수 없었다.

치매와 정신분열 증세로 병원에 입원했다는 소문이 돌았다.

어쩌다 아래 도량을 찾은 도인들이 그 소식을 듣고 안타깝게 여겼으나 시간이 지나자 그도 잊히고 있었다.

　박수남 목사가 그 소식을 들은 것은 그로부터 몇 달이 지난 뒤였다. 제대를 앞둔 수길이 휴가를 나오는 길에 석답골에 들렀다가 그 소식을 알려왔다.

　"형, 어머니가 행방불명이야. 여기 있는 사람들도 잘 모른대."
　시외전화 안에서 수길의 음성이 울먹이고 있었다.
　"사무실 사람들은?"
　"아무도 없어."
　"기다려. 내가 곧 내려갈게."
　그날 급히 석답골에 도착한 수남은 마침 사무실에 나온 서정두를 만났다.
　"오랜만일세, 박 목사."
　정두는 고향 후배인 수남을 대하는 태도가 여전했다.
　"내가 왜 여기로 달려왔는지 잘 아실 것입니다."
　"무슨 일이 있었는데?"
　"어머니 행방을 빨리 말해요."
　"이 사람, 흥분할 일이 아닌 것 같은데."
　"지금 어디에 있어요? 당장 안내하지 않으면 당신들을 고발하겠소."
　"아니 이거야 원, 다 망가져 가는 노친네를 구해 줬더니 감사는 고사하고 뭐 고발? 어이 박 목사, 이건 경우가 아닌데?"
　뭔가 수세에 몰리던 정두가 갑자기 언성을 높였다.
　"대체 어머니를 어디 숨긴 거야?"
　"음, 운당한테도 자식이 있었던 모양이네? 숨기다니? 치료가 필요해서 입원을 시킨 거네. 자, 이게 그 요양원 주소니까 찾아가 보던가."
　정두가 서랍에서 팸플릿 한 장을 꺼내 줬다.

'한사랑 정신요양원.'

"고마워요 형, 잠시 흥분했어."

고향 후배 수남이 목소리에 힘을 뺐다.

"이상하게 생각하지 말게. 우리는 자네 어머니가 이상 증세를 보인 것을 안타깝게 생각하네. 그래서 방법이 없었어."

"왜 저희들에게 연락하지 않았어요?"

"수길이도 없고, 자네 연락처는 어머니도 잘 모르더군."

"어머니는 어떤 상태였어요?"

"만나 보면 알 수 있을 거네."

"알겠습니다."

수남은 수길을 데리고 석답골을 빠져나왔다.

나오면서 둘러본 석답골은 예전의 모습이 아니었다. 마을 위쪽으로 거대한 건물이 들어서고 있었다. 거의 완공 단계에 있는 규모가 큰 건물은 얼른 보아서 사찰의 형태를 하고 있었다. 그러나 흔히 보아 오던 사찰의 모습과는 매우 달랐다. 대부분 콘크리트 구조물로 되어 있는 그것은 무슨 요새 같기도 하고, 군대식으로 말하면 일종의 벙커에 가까웠다.

"안에 들어가 봤나?"

수남이 차에 오르면서 수길을 돌아보았다.

"통제가 심해 들어갈 수 없어요."

"무엇에 쓰려고 요새를 만드는 거야?"

"삼인날에 신도들이 들어갈 피난처라고 하던데요. 저 건물은 지하가 훨씬 커요. 거기는 석굴과 연결돼 있거든요."

"요상한 사람들이네. 도대체 저 엄청난 건축비는 누가 대는 거야?"

수남은 교회를 지어 봐서 공사비에 대해 어느 정도 가늠이 되었다.

"누군지 모르지만 유력한 사람들이 뒤를 봐주는 거라고 하던데요."
"뭔지 모르지만 냄새가 나는 것 같아. 넌 제대 날짜가 얼마 남았지?"
"휴가 끝내고 들어가면 바로 나오게 될 거요."
수길은 무사히 군대 생활을 끝내가고 있었다. 다행한 일이다.
"제대하면 바로 학원부터 끊어."
"그래야지. 근데 형, 놀라지 마. 나 검정고시에 붙었어."
"아니 네가?"
"그럼, 제대 말년이라 부대장이 특별히 봐줬어. 공부하도록."
"정말 잘됐구나. 과연 내 동생이야."
"우리 집은 검정고시 집안이야."

수길의 말에 수남이 웃었다. 그동안 동생을 잘 보살피지 못한 것에 대한 미안함이 느껴진다. 그러나 어쩌랴. 이렇게 스스로 일어서게 된 것도 하나님의 보이지 않는 손길임을 다시 한 번 감사드린다.

어머니가 입원해 있다는 요양원은 새재 기슭에 자리 잡고 있었다. 거리가 워낙 멀어 그들이 도착했을 때는 저녁때가 가까워진 시간이었다.

수위실에서 까다로운 확인 절차를 거쳐 건물 안으로 들어서자 창문마다 철망을 두른 병실이 그들을 맞았다. 병원이라기보다 교도소의 분위기가 느껴졌다. 면회실에서 한참 기다린 끝에 만난 어머니는 수의(囚衣) 같은 환자복을 걸치고 있었다.

"어머니!"
흐린 조명 아래 마주앉은 어머니는 옛 모습이 아니었다.
"누가 왔나?"
귀가 잘 들리지 않는 모양으로 수남 쪽으로 고개를 돌린다.
"수남이 왔어, 서울에서. 수남이라고요."

수남이 어머니의 손을 잡아 준다.

"뭐라고? 면사무소에서 왔다고?"

그러나 어머니는 아들을 알아보지 못했다.

"어떻게 된 일입니까?"

수남은 곁에 선 직원에게 물었다.

"이 환자는 치매 초기라 지금 정신이 나갔다 들어왔다 합니다. 지금은 또 정신을 놓고 있군요."

"언제부터 이렇습니까?"

"이곳에 올 때부터입니다. 조금씩 악화되고 있습니다."

"어머니, 이제 집으로 갑시다. 제가 모시러 왔어요."

수남이 어머니 손을 잡고 흔든다.

"아니다. 나는 석답골로 갈 기다."

"치료를 받아야 해요."

더 이상 승강이를 벌일 입장이 아니었다.

수남은 사무실로 가서 퇴원 수속을 밟았다.

"친아들이 맞습니까?"

사무실 직원은 의아한 표정이다.

"그렇습니다. 집을 떠난 지 오래됐습니다."

"선불도 선원에서는 가족관계를 자세히 알려 주지 않았습니다."

"그럴 사정이 좀 있었습니다."

"이제부터 환자 관리를 잘하셔야 하겠습니다. 좋아지기는 힘들 겝니다."

"명심하겠습니다."

수남은 직원에게 부끄러웠다.

불쌍한 영혼.

요양원을 나올 때 웬일인지 어머니는 고분고분했다. 그렇다고 수남을 알아본 것도 아니다.

"환자분이 무척 소중하게 여기는 것입니다."

어머니의 소지품이 들어 있는 보퉁이와 가방 하나를 직원이 차에 실어 줬다.

어머니는 그 가방을 단단히 품에 안았다.

"집당이한테서 연락이 왔더나?"

차 안에서 어머니가 말했다.

"누군데요?"

"마중 나온다구 했는데."

앞뒤가 전혀 맞지 않는 몇 마디를 하고 어머니는 차가 달리기 시작한 얼마 후에 잠시 잠이 든 듯 조용해졌다.

"집당이 누구지?"

옆자리에 앉은 수길에게 수남이 묻는다.

"전에 도량에 있을 때 살림을 살아 준 시골 아주머니 같은데. 왜 찾는지 모르겠네."

"어머니가 전부터 이런 증세가 있었니? 너 군대 가기 전까지만 해도 이렇지 않았잖아?"

"이 정도는 아니지만 전에도 가끔 정신없는 소리를 하긴 했어."

"어떤 이야기들인데?"

"부처, 세존, 옥황상제, 조물세계니 영상세계니 뭐 그런 것들이지. 들어도 무슨 말인지 알 수 없는 얘기들이 많았어."

"그런데 왜 갑자기 이렇게 됐냐고?"

코허리가 시큰하며 수남은 눈물이 났다.

수남이 목사관에 도착한 것은 자정이 가까웠을 때였는데, 그때까지 아버지는 잠을 자지 않고 있었다.

"여기가 어디냐?"

"우리 집입니다."

수남이 어머니를 부축해 거실로 들어와 소파에 앉힌다.

컥컥 하는 아버지의 헛기침 소리가 아버지의 방에서 들렸다.

"아버지, 어머이를 모셔 왔어요."

수남이 말하기가 무섭게 문이 열리고 아버지가 거실로 나왔다.

"고상(고생)했다."

아버지는 어머니를 바라보았다. 아주 오랜만에 만나는 자리였다.

"…"

어머니는 말이 없었다. 그녀의 눈빛은 아버지 시선을 외면했다.

"먼 길을 와서 피곤한가 봐요."

수남이 어머니 입장을 설명했다.

"어머니, 안녕하셨어요?"

수남의 아내가 운당에게 인사를 했다.

"누구시라고?"

목소리가 잘 들리지 않는지 그녀를 맞는 며느리를 운당은 멀뚱멀뚱 바라봤다.

"메느리야. 수남이 색시라고."

아버지가 보다 못해 목소리를 높였다.

"집당이 온다 그러드냐?"

엉뚱한 어머니의 대답에 모두 주춤한다.

"병이 깊구나."

아버지가 한숨처럼 토해낸 말이다.

모처럼의 해후가 이런 모습으로 된 것을 보며 수남은 안타까운 심정이 된다.

아내가 준비해 내온 늦은 저녁을 그들은 먹었다. 어머니도 거뜬히 밥 한 그릇을 비운다.

"늦었으니 오늘은 쉬고 당분간 좀 지켜봅시다."

수남은 아버지 방으로 어머니를 데리고 갔다.

"여기 우리 집이야. 아버지 만났으니 마음 놓고 푹 쉬세요. 자, 이젠 아버지가 좀 어떻게 해보세요."

수남은 자리를 보아 주고 밖으로 나왔다.

수길이는 작은 방으로 들어가 벌써 잠이 들었는지 조용하다.

"생각보다 괜찮으시네요."

아내가 처음 만나는 낯선 시어머니에 대한 소감을 말했다.

"좀 더 두고 봅시다."

"낯선 곳에 와서 어머님이 불편해하시지 않을까요?"

아내 혜민은 착한 마음씨를 타고난 여자인 듯했다.

"워낙 산속에서만 생활을 해와서 아파트에 적응하기 힘들 거요. 수남이가 다음주에 제대하게 되면, 얼마 전에 최 집사가 소개해 준 농가 주택이 하나 있으니 그곳에 아버지와 함께 모시도록 합시다."

오랜만에 식구가 모두 모인 셈이다.

수남은 다시 한 번 하나님의 은혜를 감사한다. 그리고 어머니에게 씌어진 저 사악한 세력을 물리쳐 달라고 깊이 기도드렸다.

운당은 다음 날 아침에 일어났지만 식사를 하고는 다시 잠을 잤다. 그동안 잠을 자지 못했는지 마치 잠에 한이 맺힌 사람처럼 계속 잠을 잤다.

이틀간 이렇게 잠에 빠져 있던 그녀는 사흘째 되는 날부터 잠을 이루지 못했다. 하얗게 밤을 새우며 누워 있던 어머니는, 아침에 일어났을 때 충혈된 눈으로 벽면을 향해 앉아 무언가를 입 속으로 중얼거리고 있었다.

"귀신이 들었다."

같이 밤을 샌 아버지의 설명이었다.

그다음 날 새벽기도를 인도하러 나가던 박 목사는 어머니가 잠옷 바람으로 엘리베이터 앞에 서 있는 것을 발견하고 기겁을 했다.

"어머니, 왜 여기 나와 있어요?"

"집으로 갈라고 그런다."

"여기가 우리 집이잖소?"

"나를 집으루 보내 다오."

어머니는 한사코 안으로 들어가려 하지 않았다.

"밤새 안 자더니 결국 일을 저지르네. 내가 잠깐 잠이 든 새에 빠져나갔어."

아버지가 나와서 간신히 어머니를 끌어 들였다.

교회에 나가 예배를 인도하면서도 박 목사는 자꾸 집안 일이 걱정이 되었다.

집에 돌아와 보니 어머니는 다시 잠이 들어 있었다.

어머니가 집으로 돌아왔다는 소식을 듣고 이희영 전도사가 집으로 찾아왔다. 박 목사 결혼 후로 집에 찾아온 것은 처음이다.

"어머니, 저를 알아보시겠어요?"

"누구신지?"

운당은 누구에게나 똑같은 질문을 했다.

"한내에서 가끔 뵈었잖아요? 저 가나안교회에 살던 희영이에요."

"집당이 온다고 그러던?"

"집당이 누군데요?"

5. 영혼의 전쟁 **157**

"집당이 돈을 가지고 온다구 했는데…."

의미가 통하지 않는 말을 주고받는다.

"상황이 심각하네요."

희영이 박 목사를 쳐다봤다.

"걱정입니다. 지금은 잘 모르겠는데, 돌발적으로 무슨 일이 벌어질지 알 수 없어요."

"사람을 전혀 알아보지 못하는 모양인데 전문의에게 진료를 더 받아 보는 것이 좋겠네요."

"알아보고 있는 중입니다."

"누가 좀 맡아서 돌봐 줘야 하는데…. 이렇게 신혼살림 사이에 끼어있어서야."

희영은 집안 식구처럼 걱정을 했다.

"교회 최 집사가 풍산리에 농가주택 하나를 이야기해 놨어요. 수길이 제대하면 아버지랑 거처를 옮겨 드릴 계획을 하고 있어요."

"내가 돌봐 드리면 안 될까?"

희영이 거침없는 소리로 제의했다.

"고맙지만 너무 미안해서 어떻게 해?"

"이래 봬도 내가 간병인 경력이 10년이야."

"전도사님도 바쁘시지 않아요?"

곁에서 아내가 끼어들었다.

"사모님은 당분간 그냥 계세요. 아직 허니문 기간이니까 제가 특별히 봐드리는 겁니다."

"그래도."

"궂은일은 철이 좀 든 사람이 하는 법입니다."

수남에게 희영은 구세주 같았다.

오래전 한내에 있을 때 가끔 얼굴을 본 적이 있어 희영에게 운당은 낯선 사람이 아니다.

이렇게 며칠간 어머니의 증세는 오락가락했다.

치매라는 증세를 겪어 보지 못한 수남에게 어머니는 참 특이한 모습을 보여주었다.

사흘째 되던 날 숙면에서 깨어난 어머니는 신기하게도 의식이 돌아와 있었다.

아침에 일어난 어머니는 화장실에 가서 얼굴을 깨끗이 씻고 거울 앞에 앉아 있었다.

"정신이 멀쩡하다."

아버지의 설명이다.

"웬일이시오, 어머니?"

"내가 꼴이 말이 아니재?"

"괜찮은데요."

"며칠간 고(苦)를 당하느라고 이렇게 됐다."

"여기가 어딘지 아세요?"

"어디긴, 우리 아들 집이지."

"어떻게 여기 온 줄 알아요?"

"세존님이 데려다 줬다."

대화가 다시 옆길로 새려고 했다.

"그 세존님은 어디 가셨어?"

"석답골로 어젯밤에 내려갔다."

"우리 집에 온 적이 없는데?"

"세존님은 축지법을 쓰기 때문에 눈에 보이지 않는다."

"먼 정신 나간 소리를 또 지껄이는가. 구신이 씨어 가지구. 쯧쯧!"

아버지가 곁에서 한마디 한다.

어머니는 아버지를 힐끗 쳐다보곤 입을 다문다. 상대를 하고 싶지 않다는 표정이다.

정신이 오락가락하는 듯했지만 사람을 알아보는 기적이 일어난 것이다.

어머니는 며느리가 인사를 하자 아주 반갑게 웃었다.

"니들 결혼식에 와 보지 못해 정말 미안허네. 그때 마침 내가 중한 공부가 있어 가지구. 시상에 우리 메느리가 이리 고운 줄 몰랐네."

어머니는 평소와 같은 목소리로 말했다.

"집이 좀 불편하실 거예요. 조금만 참으세요. 편하게 모실 좋은 곳을 만들어 놨어요."

아내 혜민이 속내를 드러내 보였다.

"걱정 마라. 사람들이 나를 데리러 올 기다."

어머니는 자신감에 차 있었다.

이렇게 이틀을 더 지났다. 가끔 알아들을 수 없는 말들을 하긴 했지만 잠도 잘 자고 식구들과 대화도 곧잘 했다. 옛날 한내에서 살던 이웃 사람들 얘기며 친척들 얘기를 할 때엔 기억력이 아주 훌륭했다.

그러나 사흘째 날 어머니는 다시 잠을 자지 못했다. 주기적으로 규칙적인 현상이 계속되는 듯했다.

자정이 훨씬 지난 시간, 수요예배를 인도하고 돌아와 잠이 든 수남의 침실 문을 어머니가 두드리고 있었다.

"수남아, 수남아."

수남이 놀라 문을 열었더니 어머니가 속옷 차림으로 문 밖에 서 있었다.

"웬일이세요?"

"집당이가 왔더냐?"

"집당이 누군데?"

"집당이를 몰러?"

"안 왔어요."

"온다고 했는데. 저 소리가 안 들리나?"

"무슨 소리?"

"금강평에 수미산이 내려왔다고 사람들이 야단이다."

"어머이, 내가 누군지 알아요?"

수남은 어머니를 소파에 앉혔다.

"니가 수남이지 누구야."

"무슨 소리가 자꾸만 들려요?"

"그래, 사람들이 모두 나와서 지금 산을 구경할라고 야단들이 났다."

어머니의 귀와 눈에 지금 환청이 울리고 환각이 보이는 것 같다.

"어머이, 지금 뭘 잘못 듣고 있어요. 여긴 우리 집이고, 금강평에는 수미산이 내려오지 않았어요."

수남이 어머니의 귀에 대고 큰 소리로 말했다. 어머니는 청력이 많이 떨어져 작은 소리는 잘 듣지 못하는 것 같았다.

"그래? 그럼 내가 뭘 잘못 들었나?"

그제야 어머니의 목소리에 힘이 빠진다.

"어머이, 기도합시다."

수남은 어머니를 안고 머리에 손을 얹었다. 원래부터 작은 체격에 나이를 먹은 어머니는 가슴에 묻힐 정도로 왜소했다.

"거룩하신 아버지 하나님, 부족한 종의 하나밖에 없는 육신의 어머닙니다. 긍휼을 베풀어 주시옵소서. 지금 사악한 세력의 손아귀에 잡힌 바 된 어머니의 영혼을 불쌍히 여기시고 능력의 손으로 안수해 주시옵소서. 사악한 세력은 물러갈지어다. 머릿속을 어지럽히는 악한 세력은 당장 그 속에서 나올지어다. 나사렛 예수의 이름으로 명하노니 사악한 세력은 당장 이곳에서 떠날지어다."

수남은 강한 어조로 기도했다.

아들의 품을 벗어나려 몸부림치던 어머니는 안수가 끝나자 몸에서 힘이 빠져나가며 축 늘어진다. 수남은 가슴에 안긴 어머니의 경직됐던 몸이 풀리는 것을 느낀다.

방에서 나온 아내 혜민과 아버지가 그 모습을 보고 있었다.

수남은 어머니를 안아 아버지 방으로 들어가 침대에 누인다.

한참 뒤채던 어머니는 얼마 후에 잠이 들었다.

수길이 제대를 하고 돌아왔다.

박수남 목사는 풍산리에 미리 마련해 둔 농가 주택으로 식구들을 옮겼다.

겨울이 물러갈 셈인지 바람도 없고 제법 포근한 날씨였다.

"생각했던 것보다 밭이 제법 너르네."

아버지는 집 앞에 붙어 있는 밭이 마음에 드는 모양이다. 조금 경사가 지긴 했지만 백여 평이 넘는 텃밭이다.

야트막한 산자락에 붙어 있는 남향 기와집은 한내 안골에 있던 그들의 집과 비슷한 모양을 하고 있었다.

곧 겨울이 끝날 것이다. 봄이 되면 아버지는 밭을 일구고 씨앗을 뿌릴 것이다.

"교회에서는 30분밖에 걸리지 않네. 이건 꼭 한내에 돌아온 느낌이야. 서울 근처에 이런 데가 있으리라곤."

차에서 내린 이희영 전도사가 집 둘레를 돌아보며 감탄했다.

"나도 여기 와 보고 그런 느낌이 들었는데, 저기 앞에 흐르는 개울이 좀 작고 콘크리트 둑으로 막힌 게 흠인 것 같아."

박 목사는 마을 앞으로 흐르는 개울을 내려다보았다. 한강으로 흐르는 지천 중 하나인 산곡천은 오염으로 물고기를 구경할 수 없는 개울이다.

"한내라는 동네가 여기와 비슷한 모양이죠?"

혜민이 곁에 다가와 선다.

"그래요. 저 뒤 뭐라 부르던가? 옳지, 검단산이라 했던가. 검단산은 덕적산과 비슷한데 수리재는 훨씬 높고 깊었지요."

희영이 설명했다.

"다행이네요, 아버님 어머님이 좋아하시는 표정이에요."

"고맙소. 다 당신 덕분이구려."

"하나님 은혜지요."

사실 이 집은 장인인 이 장로가 마련해 준 것이다. 수남의 가정 사정을 잘 알고 있었다.

희영은 이삿짐을 싣고 온 사람들이 내리는 짐을 받아 주방을 정리하러 안으로 들어갔다.

어머니는 마당에 놓인 의자에 앉아 건너편 도로에 자동차가 질주하는 것을 내려다보고 있었다. 표정은 없었으나 편한 얼굴이었다.

그새 약간 경사진 집 앞의 밭에 내려간 아버지가 여기저기를 돌아보고 있었다. 천생 농부의 팔자를 타고났나 보다.

오후에 시내 학원에 나갔던 수길이 돌아왔다.

"당분간 수길이가 식부 노릇을 해야 할 것 같네. 밑반찬이랑 중요한 것은 내가 준비해 놓을게."

희영이 가져온 살림 도구들을 정리해 싱크대에 넣은 것을 하나씩 가리키며 안내를 했다.

"이래 봬두 군대서 취사반 출신입니다. 걱정일랑 잡아매세요."

수길이 엄지를 들어 보이며 웃었다.

언덕에 위치한 집은 낡았지만 이사를 앞두고 며칠간 수리를 했기 때문에 집 안팎이 깨끗했다. ㄱ자로 꺾인 집은 방이 세 칸이고 가운데가 마루로 되어 있어 여름에는 제법 시원할 것 같다.

봄이 돌아오면 마당에 복숭아나 살구나무 몇 그루를 심어야겠다고 수남은 속으로 생각한다.

희영과 혜민이 소매를 걷어붙이고 음식을 준비해 식구들은 늦은 점심을 먹었다.

"올해 니들은 채소나 감자나 뭐든지 걱정을 하지 말아라."

기분이 좋아진 아버지가 오랜만에 목소리를 높인다.

"기대가 큽니다만, 뻥이 좀 들어갔네요."

수남이 말을 받아 모두 웃었다.

문제는 어머니다. 환경이 바뀌었는데 어머니의 표정에는 별 변화가 없었다. 어젯밤을 또 하얗게 새운 것이 틀림없다.

수남은 가족들과 입주 감사예배를 드렸다. 아버지와 수길은 이미 교회에 출석하고 있다. 수길은 입대 후, 부대의 교회에 열심히 다녀서 믿음의 틀이 제법 잡혔다.

이제 어머니다. 어떻게든 기도의 힘으로 어머니를 고쳐 보리라. 수남은 마음속으로 다짐한다. 왜 진작 이런 생각을 못했는지 후회가 된다.

수남은 어머니 의식 속에 들락거리고 있는 악신의 모습을 어렴풋이 본 것 같다. 너무 오랫동안 어머니의 영혼 속에 들어앉아 온갖 괴로움을 뿌려온 저주받을 귀신을 몰아내리라. 이제 영혼의 전쟁이다.

어느덧 주변 환경이 안정되었으니 그 시기가 다가온 느낌이다.

박수남 목사는 어머니를 평생 동안 지배해 온 악령의 정체가 무엇인지 궁금증이 일었다. 이제 그 자신도 오랜 기도 생활과 수없는 성경 공부, 성령의 거듭된 체험과 정신적으로 문제 있는 성도들의 임상 치료 경험, 이들을 종합한 치유 집회의 관록이 만만치 않음을 스스로 자부해 오던 터였다. 전문 병원의 진료를 받기 이전에 그의 방법으로 어머니를 진단하고 싶었다.

우선 집중적인 관찰을 시작했다.

수길을 통해서 어머니의 삶을 조명해 보았다.

어머니는 이렇게 가끔 정신을 놓을 때가 생기기 전까지도, 어머니를 잘 모르는 사람이 들으면 생소하게 들릴 천상의 이야기나 상상 속의 일들을 말해 왔기 때문에, 수길에게 어머니의 증세는 대단한 일이 못됐다.

"전보다 조금 심해졌을 뿐인데요 뭐."

도대체 어머니의 생각 속에는 무엇이 자리잡고 있는지 알아내는 일이 급선무였다. 그러나 어머니한테만 매달릴 수 없는 형편이었다. 교회의 규모가 늘어나면서 할 일들이 산더미처럼 밀려들고 있었다.

박 목사는 월요일마다 규칙적으로 풍산리 집으로 가 긴 시간 머물렀다. 한 주일 중에 비교적 시간이 나는 날이다. 어머니와 대화를 하는 시간을 많이 가지기 위해서다.

풍산리 집에서는 날씨가 풀리자 아버지가 벌써 밭갈이 준비에 들어갔다. 난생처음 땅을 가져 보는 농사꾼인 것처럼 그렇게 기뻐할 수 없었다.

"땅이 제법 괜찮다."

박 목사가 들를 때면 어김없이 텃밭의 땅 자랑을 했다.

약속한 대로 이희영 전도사가 거의 매일 풍산리 집을 찾았다. 아내 혜민이 함께할 때도 있었지만 그녀의 한결같은 정성을 당해낼 수 없었다. 박 목사에게는 여간 고마운 일이 아닐 수 없었다. 청혼을 했던 기억을 떠올리며 박 목사는 때로 혼자 실소를 하기도 했지만, 이 전도사의 헌신은 교회와 그의 가정을 위해 너무도 감사한 일이었다.

대신 그는 이 전도사의 가정을 위해서도 충분한 배려를 아끼지 않았다. 당회에 건의하여 원로목사로 추대한 이승규 목사의 보수를 늘 자신의 것과 같도록 책정했다. 박 목사의 이 같은 섬김의 태도는 모든 교인들에게 감동적으로 전해지고, 이런 사소한 듯 보이는 작은 일들이 교회를 부흥시키는 데 긍정적인 요소로 작용하고 있었다.

수길은 본격적으로 대학 입시를 준비하기 위해 학원에 나가기 시작했다. 제대를 한 뒤 수길은 한층 의젓해졌다.

다행인 것은 이사 이후 얼마간은 어머니에게 특별한 증상이 없이 지나간 사실이다.

어머니 문제만 아니면 이제 가족은 삶의 터전을 마련하고 안정된 모습이다. 박 목사는 그의 기도 제목 하나가 결실을 맺는 것 같아 기뻤다. 얼마나 감사한 일인가.

그런데 풍산리에 자리를 잡은 지 얼마 후, 어머니는 수길을 시켜 석답골에 가서 그동안 어머니가 사용하던 물건들을 가져오게 했다. 며칠을 조르고 또 조른 끝에 수길이 형에게 전화를 했다.

"어머이가 또 석답골로 간다고 그러네요. 아래 도량에 있는 물건들을 모두 가져와야 한다고요."

"무슨 물건들인데."

"가봐야 알겠어요. 거기 장롱 안에 들어 있는 걸 모두 가져와야 한다고 그러네요. 입을 옷들과 쓰던 물건들인가 봐요. 소원이라네요."

"그게 소원이라면 들어드려야지."

수길에게 그 내용을 전화로 듣고 박 목사는 어머니가 원하는 대로 해주라고 했다.

수길은 석답골로 내려갔다.

어머니가 시킨 대로 어머니가 머물던 아래 도량으로 가 보니, 운당이 떠나고 비어 있는 집은 폐가처럼 을씨년스러웠다. 열쇠를 가지러 가서 만난 사무실 사람들은 그 집이 곧 헐릴 것이라고 했다. 채워진 문을 열고 들어서자 습기 찬 방에서 벽에 붙은 옥황상제 그림이 눈을 부릅뜨고 있어서 수길은 수년 전 저승사자를 만났던 기억이 새삼 떠올랐다. 왜 그랬는지 지금 생각해도 알 수 없는 일이었다. 수길은 그 탱화를 잘 떼어내 접어 가방에 넣었다.

어머니가 쓰던 장롱을 열었다. 속에 차곡차곡 쌓아 둔 어머니 물건들을 꺼내 가방에 담았다. 물건들이 너무 많아 종류별로 몇 개씩만 챙겼는데도 꽤 큰 가방이 넘쳐났다.

수길이 집으로 가져온 큰 가방에는 운당이 그곳에서 갈아입던 옷가지와 필사로 적은 불경 십여 권, 목탁과 염주, 양초 몇 갑, 한지 몇 권, 향 몇 갑, 무복과 부채, 삼베 두 필, 한지에 그린 채색 탱화 몇 점, 독경을 담은 녹음 테이프들이 들어 있었다.

모두 무속에 쓰이는 도구들이다.

가방에서 물건 하나씩을 꺼내 확인하던 어머니는 낯익은 그 물건들을 보자 얼굴에 화색이 돌았다. 하나씩 잘 살펴보고는 옷장 속에 깊이 잘 간직했다.

어머니는 물건들이 도착한 이후 한결 표정이 밝아졌다.

교회의 바쁜 일정(몇 군데의 목회 세미나와 지방 교회의 부흥 성회들)에 참석하느라고 박 목사는 풍산리 집에 한동안 가지 못했다.

일정을 마치고 교회에 돌아오자 이희영 전도사가 어머니 소식을 전했다.

별다른 이상 징후는 발견되지 않았다. 다만 일주일에 두 번 월요일과 목요일 아침 10시에 집에서 드리던 가정예배를 싫어한다는 소식이었다. 이희영 전도사는 꾸준히 어머니와 예배를 드려 왔다.

"수길이 가져다준 어머니 물건들과 관련이 있는 것 같아요."

전에는 예배를 거부하는 일은 없었다. 식구들이 함께 예배를 드리는 날에는, 어머니는 아무런 소리도 내지 않고 눈을 꼭 감은 채 찬송이나 기도 소리를 듣고 있었다. 그런데 요즘에 와서 적극적으로 예배를 싫어하기 시작했다는 것이다.

월요일 아침에 박 목사는 풍산리 집으로 갔다.

이 전도사가 따라왔다.

아버지가 집 앞 밭에 감자를 심고 있었다.

"어젯밤에 또 잠을 안 잤다."

아버지는 어머니의 안부를 이렇게 전했다.

집 안은 조용하고 담 안쪽 마당에 아버지가 만든 작은 닭장에서 암탉이 얼마 전에 깬 병아리들을 데리고 흙을 파헤치고 있었다.

"어머니, 저 왔어요."

박 목사가 문을 열었다.

어머니는 방 안에서 밥상 앞에 눈을 감고 가부좌의 자세로 벽면을 바라보고 앉아 있었다. 그 벽면에는 수길이 석답골에서 가져다 준 그림이 부자연스럽게 붙어 있었다. 그뿐 아니라 손에는 염주가 들려 있고, 목에도 또 다른 염주가 걸쳐 있었다. 모두 수길이 갖다 준 것들인 것 같다.

그들이 방에 들어온 것도 모르고 운당은 무언가를 입속으로 중얼거리고 있었다. 소리는 들리지 않았으나 늘 해오던 습관인 듯 입술이 달싹이는 것으로 미루어 무슨 기도문을 외는 것 같다.

박 목사는 이 전도사에게 눈짓을 한 뒤 조용히 어머니가 하는 모습을 지켜보기로 했다.

지금껏 보지 못하던 모습이다.

눈을 감고 입 속으로 중얼거리던 어머니는 30분이나 그렇게 있다가 문득 일어서더니 화상 앞에 절을 세 번 하고 일어나 주방으로 들어갔다. 덜거덕거리는 소리가 들리고 난 후, 어머니는 차반에 밥 세 공기와 사과 세 개를 들고 들어왔다. 그리고 상 앞으로 가 그것을 가만히 놓았다. 무어라 중얼거리더니 숟가락을 밥공기에 꽂고 칼로 사과를 쪼갠다.

"어서 먹어, 많이 먹어라."

부엌에서 가져온 칼은 커다란 식칼이다. 박 목사는 칼을 휘두르는 어머니의 모습이 위태로워 보였다.

"어머니!"

그는 고함을 지르며 칼을 휘두르는 어머니의 손목을 잡았다.

고함소리에 어머니는 정신이 돌아온 듯했다.

놀란 표정이다.

"수남이냐?"

"도대체 뭘 하는 겁니까?"

그는 어머니의 손에서 식칼을 빼앗았다.

"어디 갔나, 그 여펜네들이?"

"누구 말입니까?"

"여기 앉았던 정순이 에미하구 고모하구 서당집 할머이하구 다 어디 갔어?"

"다 죽은 사람들 아닙니까?"

그랬다. 그들은 한내에서 살던 어머니의 젊었을 때 친구들이다. 정순이 어머니는 사변 때 죽었고, 고모는 신이 들려 이상한 소리를 하고 다니다 용소에 빠져 죽었다. 서당집 할머니도 역병으로 앓다 죽은 지 오랜 사람이다.

"배가 고파서 밥을 얻어먹으러 왔더라."

어머니는 천연스레 말했다.

"귀신들을 불러들였군요."

박 목사는 어머니를 자기 쪽으로 바짝 당겨 앉히고 그 눈을 들여다보았다.

어머니의 눈이 아들의 시선을 피한다.

"내가 누군지 알아 몰라?"

"…"

"날 똑바로 쳐다봐."

어머니의 눈동자를 들여다보던 박 목사는 어머니의 눈동자의 초점이 좌우로 흔들리는 것을 보았다. 이어 홍채가 모로 일어서는 듯하다가 세로로 길어진다. 뱀의 눈 모습으로 변하고 있었다. 짧은 시간에 일어난 변화를 그는 어머니 눈 속에서 발견할 수 있었다. 등골이 오싹해짐을 느꼈다.

"니가 왜 날 이리두 고를 주나?"

아들의 시선을 피하지 못한 어머니가 갑자기 소리를 지르며 일어선다.

"앉아. 어디로 도망갈려고 그래?"

수남은 마치 퇴마사가 된 듯 권위를 가지고 이 발칙한 귀신을 다루고자 했다.

"이 손 놔라, 부서지겠다."

어머니는 잡힌 손에서 벗어나려 몸부림을 친다. 어디서 나오는지 힘이 제법 세고 저항이 생각보다 강했다.

"며칠 동안 예배를 드리기 싫어하더니 그사이에 귀신들을 불러들였구먼. 꼼짝 말고 여기 앉아 있어요. 예배를 드려야 하니까."

박 목사가 성경을 폈다.

"난 예배 안 볼란다."

어머니에게 들어온 귀신이 아직 저항을 하고 있었다.

그러나 승강이를 하는 동안에 어머니의 몸에서 기운이 빠져나가고 있었다.

그들은 찬송을 시작했다.

"내 주는 강한 성이요 방패와 병기 되시니
큰 환난에서 우리를 구하여 내시리로다
옛 원수 마귀는 이때도 힘을 써
모략과 권세로 무기를 삼으니
천하에 누가 당하랴

내 힘만 의지할 때는 패할 수밖에 없도다
힘 있는 장수 나와서 날 대신하여 싸우네
이 장수 누군가 주 예수 그리스도
만군의 주로다 당할 자 누구랴
반드시 이기리로다."

찬송을 부르는 동안 어머니는 귀 먹은 시늉을 하고 앉아 있었다.

5. 영혼의 전쟁

박 목사가 누가복음 7장 21절을 읽었다.

"마침 그 시에 예수께서 질병과 고통과 및 악귀 들린 자를 많이 고치시며 또 많은 소경을 보게 하신지라."

그리고 간단한 말씀을 전하고 기도했다.

"아버지 하나님, 전지전능하시고 무소부재하신 아버지의 능력의 손으로 부족한 종의 육신의 어머니가 사악한 마귀의 손에서 자유함을 얻게 하시옵소서."

그는 어머니의 머리에 손을 얹고 안수했다.

"사악한 마귀는 당장 물러갈지어다! 나사렛 예수의 이름으로 명하노니 더러운 귀신은 물러갈지어다."

어머니 속에 들어 있는 마귀는 완강했다.

"니가 왜 이러나? 니는 니가 믿는 하나님을 믿어라. 나는 30년을 믿은 세존님을 믿을 기다."

어머니는 저항의 몸부림을 쳤으나 이 전도사가 곁에서 도와 간신히 안수를 마쳤다.

어머니는 그러는 사이 완전히 힘이 빠지고 축 늘어졌다.

자리에 눕히자 눈을 감고 조용해졌다.

박 목사는 벽면에 붙은 옥황상제 화상을 뜯어냈다.

그러고 나서 옷장을 열어 봤는데 그곳에 수많은 무속 도구들이 어지럽게 흩어져 있었다.

"별별 것들이 다 들어 있네요."

이 전도사가 흩어진 물건들을 보며 감탄했다.

"수길이 석답골에서 가져온 모양인데 이 녀석이 정신이 나갔어."

어머니의 입성을 가지러 간 줄 알았던 수길이 귀신 보따리를 가지고 온 것을 박 목사도 알지 못했던 것이다.

어머니는 그 도구들을 늘어놓고 귀신들을 불러들인 것이 틀림없어 보였다.

"야들아, 그건 안 된다. 손대지 말아라."

누워 있던 어머니가 벌떡 일어나 앉았다.

"이따위 것들을 방에 들여놓으니 귀신들이 들락거리는 겁니다. 다 태워 버릴 겁니다."

"시상에 니들이 미쳤나? 그기 무신 물건인 줄 알기나 하구 그러나? 세존님이 크게 벌을 내리실 기다."

박 목사가 옷장에서 보퉁이를 통째로 끌어냈다.

그리고는 그것들을 몽땅 밖으로 가지고 나와 마당에서 불살라 버렸다.

"이놈들아, 천벌을 받을 기다."

방에서 어머니의 고함 소리가 들렸다.

잡다한 물건들은 곧 검은 연기와 함께 재로 변했다.

"그것 잘했다. 평생 끼고 살던 긴데 아주 속시원하다."

소란스런 소리에 밭에서 들어오던 아버지가 아들이 불사르는 물건들을 들여다보고 말했다.

마누라를 귀신에게 뺏기고 수십 년을 홀아비처럼 혼자 살아온 불쌍한 아버지.

수남은 코허리가 시큰해 왔다.

"이제 걱정 마세요. 귀신들이 어머이한테서 다 도망갈 기래요."

"예수님이 그렇게 용하나?"

아버지는 아직 반신반의하는 눈치다.

"이 세상을 창조하신 하나님 아들이신데 못하실 일이 뭐 있겠어요!"

방으로 돌아와 보니 어머니는 잠이 들어 있었다.

사흘 동안이나 잠을 자지 못하고 충혈된 눈으로 주문을 중얼거리던 어머니였다. 어머니의 증세는 하나의 패턴을 보이고 있었다.
그것은 수면과 관련이 있었다.
깊이 잠을 잔 후 며칠은 정상에 가까운 정신으로 이야기도 하고 음식도 잘 먹었다.
이제 며칠간은 별 탈 없이 지낼 수 있을 것이다.
그러나 언제 무슨 일이 일어날지 모른다.
박 목사는 어머니의 영혼을 치료해 보기로 작정한다.
그는 당분간 대외적인 행사나 집회, 회의 등 약속들을 모두 취소하고 집중적으로 어머니를 돌보기 위해 풍산리 집으로 거처를 옮기기로 했다. 일주일쯤 어머니와 같이 생활해 볼 계획이다. 아내와 그 일을 상의했다.
"기도가 이루어졌으면 좋겠어요. 저도 같이 갈까요?"
"아니, 아직은 결과를 예측할 수 없어서… 이 전도사와 함께 예배드리기로 했어요. 당신은 그동안 집에 좀 다녀오시구려."
결혼 이후, 아직 친정에 가 쉬어 보지 못한 아내다.
박 목사는 집안의 형편을 아내에게 보여주기가 좀 그랬다. 좋은 환경에서 불편한 것을 모르고 자란 아내다.
의외로 아내가 흔쾌히 찬성해 주었다.
어머니의 증세는 일반적인 치매와는 좀 다른 모습이었다.
평상시에는 청력이 떨어져 말소리를 잘 알아듣지 못하는 것 외엔 보통 사람과 다름없는 생활을 하다가도, 불면이 찾아오면 2~3일을 꼬박 앉아 무슨 소린가를 계속 중얼거리다 혼자 웃기도 하고 울기도 하는 이상 행동을 했다. 처음엔 잘 몰랐는데 차츰 이런 현상이 주기적으로 나타나는 것을 볼 수 있었다.

어머니의 소지품인 무속 도구들을 불태우고 난 그날 이후, 박 목사는 어머니의 행동을 유심히 살펴보았다. 당시 몇 번 소리를 지른 것 외에는 별다른 소동이 없었다. 생각보다 어머니의 충격은 큰 것 같지 않았다. 불가항력이라고 포기한 것인지 무슨 다른 생각이 있는지 아직은 알 수 없었다.

그 와중에 어머니는 다시 깊은 잠에 빠졌다.

이틀간 잠을 푹 자고 난 어머니는 머릿속이 맑아지는지 기분이 좋은 표정으로 돌아왔다.

어머니는 집에 들른 이 전도사에게 부탁해서 세탁기에 빨아온, 식구들이 덮는 이부자리 호청들을 방에 펴놓고 이불을 꿰매는 일을 시작하고 있었다.

박 목사는 새벽기도를 인도하러 갔다 돌아와 그 모습을 보았다. 수길은 벌써 학원으로 가고 아버지는 집 앞 밭에서 만났다. 어머니는 늘 같은 모습으로 가운데 방에 있었다.

"이불을 하시네."

"그래. 아버지 이불이 하도 구중중해서 내가 어제 그 처네(이 전도사)한테 부탁했더니 이렇게 깨끗이 빨아 놨더구나."

"이젠 머리가 안 아프세요?"

"잠을 잘 자믄 머리가 안 아파."

육십 중반을 넘기고 있는 어머니다. 오랜 산중 생활로 건강이 별로 좋은 편은 아니지만 이렇게 정신이 돌아오면 얼굴에 화색이 돌았다. 다만 오랫동안 집 안에만 있어서 운동 부족과 관절염 등 증세로 걸음걸이가 신통치 못해 활동 범위가 방 안으로 한정되어 있다.

"잠이 안 오는 날은 왜 그러는데?"

"천신님이 자꾸 아성아 불러서 그래."

"아성이 뭔데?"

"옥황상제 손녀딸 이름이다."

"거 참 재미있네. 그럼 어머이가 옥황상제 손녀딸이야?"

"그렇다고 하더라. 실을 좀 꿰라. 바늘귀가 잘 보이지 않아."

어머니는 바느질을 하던 손을 멈추고 바늘을 아들에게 건넨다. 수남은 바늘을 받아 실을 꿴다. 옛날 한내 내촌 집이 떠오른다. 어렸을 때 봄이면 어머니는 꼭 이불 빨래를 했다. 어머니는 빳빳이 풀을 먹인 이불 호청을 꼭 지금의 모습으로 꿰매곤 했었다.

"옛날 생각이 나네. 집에서도 해마다 지금처럼 이불을 했잖아?"

"그랬지. 대천까지 나가 솜틀집에서 솜을 틀어 왔지."

"왜 한내를 떠났어요?"

"팔자가 그런데 어떻게 해."

어머니는 한숨을 한 번 쉬었다.

"그동안 뭘 얻었는데?"

박 목사는 어머니의 숨겨진 내면들을 어쩌면 드러낼 수 있으리라는 기대가 생겨났다. 도대체 지금 어머니 영혼에는 무슨 그림이 들어 있는 것일까. 참으로 특이한 인생이다.

"얻긴 뭘 얻어, 도를 닦았으면 됐지."

"30년이나 고생했는데 아무것도 없이 선원에서 쫓겨났잖아?"

"쫓겨나긴. 내가 싫어서 나온 기지."

"청암인가 하는 자와 서정두가 어머니를 쫓아낸 거라구 그러던데?"

"다 지어낸 얘기다. 나는 새 터를 보러 내 발로 나온 기다."

"새 터라니?"

"금강평에 사만 육천 평을 만들어 놨다."

"거기는 동해안에 있는 곳인데? 뭘할 건데?"

"통천보전을 세울 자리다. 머지않아 천불동이 거기로 옮겨오고, 수미산도 천상에서 내려올 기다."

도무지 알아들을 수 없는 소리다.

"도대체 어머이는 무슨 신을 섬기는 기요? 오늘 한번 들어 봅시다. 어머이는 서근섭이를 따라 석답골에 가지 않았소?"

"그렇지 않다. 청암이 나를 따라 그곳에 온 기다. 내가 먼저 자리를 잡았거던."

"사람들은 모두 청암을 따라 그곳에 모여 간 걸로 아는데?"

"겉으루는 그렇지만 사실은 모두 나를 보구 온 기다."

"믿어지지 않는데?"

"도력이 모두 나를 따라올 수 없는 사람들이다. 상천해 본 것두 나뿐이고, 복사마 하는 능력은 아무나 할 수 있는 기 아니다."

"복사마가 뭔데?"

"아귀마, 축생마, 지옥마왕, 천마왕 네 마왕을 다 꿇게 하는 부처를 말한다."

"불교에서 그렇게 말하는 거지요? 석가모니가."

"아니다. 석가모니는 지금 천도 옥에 갇혀 있어 아무 힘도 없다."

어머니는 이쯤에서 아예 바늘을 실패에 꽂고 허리를 세웠다.

본격적으로 설득을 하려는 모습으로 목소리에 힘이 실린다.

갈 데까지 가 보자는 전투태세였다. 바라던 바였다.

"선불도에서는 미륵불이 곧 올 것이라 한다면서요?"

"그렇지 않다. 천상에는 천신님이 계시고 천부님과 옥황상제가 세상을 다스리신다. 석가는 아모니불, 부르직불, 연등불에 이어 3000년을 다스리고 물러났다."

"천상에는 하나님 한 분밖에 없어요. 말씀으로 이 세상을 창조하신 분입니다."

"세상이야 조물세계에서 블라공 신이 만들었지. 감로수로 흙과 공기를 섞어 반죽해 만든 기 인간이다."

가끔 들어 보는 이름들이라 박 목사는 흥미를 느낀다. 문헌에서 읽은 내용 같기도 하나 어머니의 입에서 나오는 신들의 이름은 발음이 정확하지 않아 알아들을 수 없었다.

"어머이는 한내에 있을 때 칠성암에서 신굿을 하고 무당 노릇을 했지 않소?"

박 목사도 칼끝을 내보인다.

"마구니들한테 홀려서 그렇게 된 기다."

"마귀들한테 홀리기는 그때나 지금이나 같아 보이는데?"

"그때는 상천하기 전이고 십년 동안 세상을 두루 돌아다녔다."

"어디를 다녔는데?"

"다 명산이다. 태안에 있는 군신봉소 자리에서 삼강오륜을 깨우치고, 장성 선녀직금 자리에서 공사를 드려 수많은 옷을 받아왔다. 또 순창 회문산 오선위기 자리에 가서는 바둑판을 받았고, 금강굴에서 경을 얻었다."

"상천을 했다면서?"

"그랬지, 의성 오두봉에서 기도 중에 한 주일을 상천했다."

"어땠는데?"

박 목사가 긍정적으로 설명을 들어주는 것으로 생각했는지 어머니는 손짓까지 해가며 설명에 열을 올린다.

"상천해 큰 문으로 들어가니 수많은 부처들과 법사, 국사, 보살, 나한들이 마중 나와 있고 그중에는 범일국사도 있었다. 상제는 네가 내 손녀딸이 되었다고 하며, 그동안 고생이 많았으니 내가 새로운 경을 주어 세상을 제도하게 하리라 하고 두루마리 하나를 내주었다. 그게 문사주경이다."

"어떻게 생긴 건데?"

"네 놈이 저번에 모두 불살랐잖아."

어머니의 목소리가 갑자기 강경해진다.

"그랬어. 귀신들이 보는 문서래서 그랬어."

"니가 천벌을 받을 기다."

"내가 보니 모두 귀신들 장난이야. 다 귀신 붙은 것들이래서 없애 버렸어. 그래야 병이 낫는 거라구요."

"이젠 니하구 얘기 끝이다."

어머니는 갑자기 표정이 싸늘해졌다. 지난번 불태운 물건들이 다시 생각 난 모양이다. 벽을 향해 돌아앉더니 눈을 감고 무언가 입 속으로 중얼거리기 시작했다.

"상천 해탈을 했다면서 왜 귀신은 그렇게 몰고 다녀요?"

"…"

어머니가 대답하기 싫은지 입을 닫고 있어서 박 목사는 자리를 뜬다. 어머니의 불편한 다리에 대한 병원 진료를 생각해 봤지만 정신의 치료가 우선인 것 같다.

박 목사는 문득 엘리야를 생각한다. 엘리야는 주전 9세기경 길르앗 디셉 출신의 이스라엘 선지자이다. 그 시대의 이스라엘은 바알 우상숭배가 극성을 부리던 시대다. 그는 갈멜 산에서 바알 선지자들 450명과 겨루어 이김으로 가뭄이 끝나는 기적을 일으킨다. 하나님의 능력으로 우상을 물리친 것이다.

어머니의 영혼을 좀먹은 사악한 마귀들과 단호한 대결이 불가피해 보인다. 그는 사태의 추이를 보면서 장기전 태세를 갖추기 시작했다.

6. 삶의 방식

아마존 유역을 답사하는 석 달 동안의 여행을 마치고 뉴욕 집으로 돌아온 지훈은 휴식을 취할 겨를도 없이 학교로 갔다. 학위 논문의 마지막을 손질하기 위해서였다.

"김 선생, 몰골이 말씀이 아니군요?"

연구실에서 조지 피셔 교수가 오랜만에 만나는 지훈의 얼굴을 보고 놀란 표정을 지었다. 그도 그럴 것이, 정글에서 석 달을 지내고 돌아온 지훈은 얼굴이 말이 아니었다. 얼굴 곳곳에 독충에 물린 자국과 아직 덜 나은 상처들, 덥수룩이 자란 머리칼과 수염, 그리고 영양실조 직전의 뜬 얼굴…. 집에 돌아왔을 때 수경이 알아보지 못했을 정도였다.

"지옥과 거의 비슷했습니다."

지훈은 집에 들렀을 때 이발과 면도를 하고 얼굴을 다듬은 뒤에 피셔 교수를 만나려고 생각했었다. 수경이 그렇게 다그치기도 했다. 그러나 길어진 머리와 수염을 그대로 보여줘야겠다고 그는 마음을 바꾸었다. 현장 조사를 가장 중요시하는 피셔의 취향을 그는 잘 알고 있었다.

"허허! 이번엔 제대로 공부하고 돌아왔구먼. 기대가 커요."

그가 호탕하게 웃었다. 대학에서 학과장을 맡고 있는 피셔는 그의 지도교수다.

지훈의 모습에서 피셔는 정글 냄새가 난다고 했다. 작전이 적중한 셈이다.

지훈이 부족 연구의 사례로 아마존 정글 속에 있는 스바나와(sbanawa) 족의 삶을 선택한 것은 그로선 모험 가득한 도전이었다. 세상은 그가 생각했던 것보다 훨씬 넓고 다양했다.

미국에 온 지 벌써 6년이 되었다. 지훈은 지난날을 돌아본다. 첫해는 어학 연수 과정과 새로운 삶의 적응으로 그렁저렁 보내고, 본격적인 공부는 다음해에 시작된 거나 다름없는데 그는 죽기 살기로 공부에 매달렸다. 장애가 많았지만 오기와 끈기로 극복해 나갔다.

그러나 함께 온 수경은 뚜렷한 목표 없이 학교 내 여기저기를 기웃거려 보더니 그녀가 대학에서 공부한 내용들과는 동떨어진 의상디자인을 공부하기 시작했다. 그런데 유학 초기의 핸디캡을 극복하지 못하고 학업에 흥미를 잃어갔다. 시간이 지나면서 전에는 보이지 않던 수경의 성품들이 하나씩 드러나기 시작했다. 좋게 표현하면 개성이라고 할 수도 있지만 과보호로 자란 사람들의 특징인 강한 자존심, 부족한 인내력, 자기 과시 등 소위 공주병이라고 부를 만한 증세들이 그것이다.

그녀는 공부 대신 교민사회에 접근해 자유분방한 교제들을 나누고 사교계로 데뷔했다. 바람직한 일이 아니었지만 그녀의 성품을 잘 아는 지훈으로서 지켜보는 수밖에 없었다.

동거의 달콤함은 이삼 년 정도 지속됐다. 퀸즈 지역에 있는 그들의 40평짜리 아파트는 그들의 꿈을 이루어 가는 데 전혀 이상이 없었고,

지훈의 입장에선 분에 넘치는 화려한 살림이었다. 서울에서 장모가 가끔 날아와 필요한 것을 마련해 주고 갔다. 올 때마다 왜 아이가 아직 없느냐고 닦달을 하곤 했지만 수경은 아이를 가질 생각조차 하기 싫어했다. 결혼식에 대해서도 부정적이었다.

"한 번뿐인 인생이야. 나 하나 살아가는 것도 시간이 모자라. 내 인생 누구에게 희생당하기 싫어."

철저한 에고이즘 속내를 내보였다.

지훈은 〈새한일보〉 뉴욕 지사에 소속된 미주 특파원 자격으로 지역의 구분 없이 취재와 송고를 자유롭게 할 수 있었다. 이런 조건들은 다른 유학생들에 비해 삶을 여유롭게 만들었다.

유학 3년차가 되었을 때, 언어와 생활에 어느 정도 익숙해지면서 그는 공부의 재미에 빠져들었다. 끝이 없는 학문의 바다는 그에게 의식의 자유로운 날갯짓을 허용했다. 탐구와 도전, 그 바다에서 그는 소중한 경험들을 건져 올리기 시작했다.

문화인류학은 그에게 신선한 자극을 끊임없이 제공했다. 문화상대주의 입장에서 보면 문화인류학은 비교문화 연구를 통해 인간을 이해하고자 하는 학문이다. 인간이 만든 문화와 인간의 모든 삶, 인간이 존재하는 모든 지역이 연구의 대상이므로 이 학문의 범위는 무제한이다.

지훈은 현지 연구(field study)를 강조하는 교수들의 요구에 따라 적절한 대상을 물색하느라 시간만 있으면 여행을 했다. 지구라는 행성의 구석구석, 기후와 언어와 풍습과 피부색이 다른 수많은 지역의 문화를 들여다보면서 그의 지적 호기심은 갈증을 느꼈다.

초기엔 수경과 동행의 기회가 많았다. 공부를 핑계 삼아 각처를 돌아보기 시작했다. 인류가 역사를 진행해 오면서 이루어 놓은 수많은 기적들 앞에 그는 겸손해지지 않을 수 없었다. 유럽, 특히 서유럽의 문화는 아직 전 세계를 지배하고 있음이 분명해졌다. 로마, 비엔나, 파리 같은 전통의 도시들은 문화만으로도 충분히 빵을 해결하는 것을 보았다.

선진국이라 불리는 나라, 그 전체를 덮고 있는 기독교 문화의 거대한 유산들, 민주주의의 근간인 자유와 평등의 가치가 어디에서 비롯된 것인지를 알게 되었다.

지구촌 곳곳에서 야기되는 갈등과 분쟁들은 한꺼풀 벗겨 보면 종교의 문제가 그 바탕을 이루고 있음을 그는 보았다. 중동의 화약고 이스라엘을 중심으로 빚어지고 있는 갈등이 대표적인 예이다.

사람은 무엇으로 사는가?

아주 원초적인 이 질문에 대한 답을 얻기 위해 지훈은 수많은 지역과 사람들을 만나고 그들의 삶을 들여다보았다. 인간의 동물적 본능인 먹을 것을 얻기 위한 투쟁이 일차적인 과정이라면, 그것이 해결되면 평화가 올 것인가? 그에 대한 답은 '아니다'이다.

인류는 종족 번식을 위한 생존 본능 외에도 이차적인 욕구인 정신적인 것의 가치 보존을 위해서도 충분히 싸우고 그 생명을 버린다. 대표적인 것이 문화의 충돌이고, 종교적 갈등은 문화 충돌의 한 현상이다.

결국 지훈은 인류의 삶에 가장 큰 영향을 미치는 것은 종교라는 사실을 확신하게 된다.

그의 여행은 잔잔한 감동과 기쁨을 선물하기도 했다.

중동의 열대 사막지대나 광야, 이집트의 거석문화들을 살피러 룩소르에 갔을 때 왕들의 골짜기의 그 삭막한 환경에 놀란 나머지 온대기후의 사계절을 가진 대한민국이 얼마나 신의 축복을 받은 나라인가를 알게 되었다.

그의 초기 여행들은 다분히 감상적이고 낭만적인 요소로 치우쳐 있었다. 수경과 함께하는 여행들이 특히 그랬다. 그중에서 비엔나는 지훈을 완전히 사로잡았다. 얼마나 보고 싶었던 도시인가! 그가 들른 비엔나는 모차르트 한 사람만으로도 도시가 차고 넘쳤다. 모차르트의 고향 잘츠부르크는 더했다. 독일, 폴란드, 헝가리 곳곳에서 바흐, 베토벤, 하이든, 바그너, 슈베르트, 슈트라우스, 쇼팽이 살아서 움직이고 있는 모습을 본다. 상상 속에서만 존재하던 문화의 충격이었다.

어느 해 가을 뮌헨에서 그는 슈타이너 학교를 방문할 기회가 있었다. 학회의 세미나가 뮌헨에서 열렸기 때문이다. 주제는 문화와 교육이었다. 주제에 대한 발표와 토론의 본 행사가 끝나고 말미에 세미나를 주최한 독일 학회 관계자는 20세기 독창적인 교육 형태의 하나로 슈타이너 학교를 소개했다.

제도권 교육에 대한 반작용으로 당시는 다소 생소한 이름의 '대안 학교'라는 실험적인 학교들이 독일에서 운영되고 있었다. 그중의 하나가 음악을 교육 방법으로 실천한다는 슈타이너 학교였다. 지훈은 호기심을 가지고 당국자에게 학교 방문을 부탁했다. 떠나 버린 교육계지만 한때 몸담았던 한내학교가 생각나기도 했고, 모든 형식이 파괴되고 음악이 교육의 수단으로 활용된다는 그곳의 학교가 그는 몹시 궁금했다.

안내를 받아 찾아간 그 학교는 도심에서 한참 떨어진 교외의 한적한 숲속에 있었다.

이 학교는 독특한 교육관을 가진 루돌프 슈타이너에 의해 1900년대 초에 시작되어 독일과 유럽 일대 미국, 일본 등에 이미 수백 개가 세워지고 있을 정도로 관심을 증폭시키며 확산되고 있었다. 인간과 자연의 친환경적인 교육철학으로 세워진 이 학교는 여러 면에서 독특하고 파격적이었다. 일명 발도로프 교육이라고 불리는 슈타이너 학교의 교육은 에포크 수업, 오이뤼트미와 같은 특이한 수업 방식을 도입해 제도권 교육의 틀을 완전히 벗어나, 일종의 실험학교로 운영되고 있었다.

이 학교에는 교과서도 시험도 성적표도 없었다. 그들은 자연 친화적인 교육 활동으로 농사를 짓고, 박물관을 방문해 역사를 공부하고, 시 낭송으로 수업을 시작하며, 인형극을 보면서 감상을 발표하기도 했다. 특히 음악을 모든 교육 활동의 기본으로 편성하고 있다는 사실은 놀라운 일이었다.

한 교사가 8년간이나 같은 반 어린이들을 계속해 지도하는 이 학교는 교육이라는 이름의 아동 활동들을 한 편의 자유로우면서도 질서정연한 드라마로 연출하고 있었다.

마침 학기말이어서 학교는 축제로 붐볐다. 초등학교 저학년 어린이들은 라이어라고 불리는 간단한 구조의 현악기로 합주를 했다. 이 학교에 입학하면서 가장 먼저 접하는 교육 자료인데 이 악기로 음악교육을 시작한다고 한다.

어린이들은 아주 자유로운 환경에서 자신의 생각과 느낌을 이 악기로 표현해 내고 있었다. 학년이 올라가면서 악기들의 수준은 높아지고, 전공이 시작되면 자신에게 맞는 악기들로 오케스트라에 참여해 가는 이런 과정들이 각종 발표회에서 잘 드러나고 있었다.

이들의 자연스럽고 생기발랄한 교육 환경은 국내의 학교교육과 비교되었다. 세미나 기간 동안 지훈은 여러 차례 학교를 방문하고 관련 자료들을 수집했다. 우리나라에도 도입돼 자유로운 교육 환경이 만들어질 수 있다면 하는 생각에 이 실험학교 교육을 꼭 소개하고 싶었다. 아니, 여건이 허락된다면 발도로프 교육 운동을 한국에서 재현해 보고 싶었다. 또 다른 문화적 충격이었다.

모차르트와 함께 잊을 수 없는 추억 하나가 있다.

뉴욕에서 사귄 교민들 몇 가정이 함께 떠났던 유럽 여행에서이다.

여행지의 하나인 잘츠부르크 근교의 작은 모텔에 묵었을 때, 지훈이 모텔에서 모차르트를 연주했다. 모차르트의 고향답게 그림같이 아름다운 초원이 창 너머로 펼쳐진 작은 모텔 로비에 하얀색 피아노가 놓여 있었다.

그 모텔은 여행사에서 잡은 숙소 중 가장 아름다웠다. 저녁을 먹은 여행 친구들이 로비로 나왔고, 머리가 흰 주인이 흔쾌히 허락하는 바람에 지훈이 피아노 앞에 앉았다. 아마추어 피아니스트인 지훈에게 모차르트의 고장에서 그의 음악을 연주해 볼 기회가 오리라곤 생각하지 못했던 일이다.

그는 서투르나마 진지하게 모차르트 피아노 소나타(K.No.545) 한 곡을, 그리고 베토벤의 소품들과 슈트라우스의 왈츠 등을 연주했다.

"브라보!"

"앙코르!"

로비에 앉았던 여행 친구들과 현지 주민들이 박수를 쳤다.

한국 가곡 보리밭도 한 곡 얹었다. 여러 날의 여행에 지쳤던 일행들은 모두 열창으로 그동안의 피로를 풀었다. 슈베르트의 보리수 한 곡과 한국 민요 몇 곡을 함께 합창했다. 사람들은 나중에는 서로 얼싸안고 춤추며 노래했다. 나라도 피부색도 서로 달랐지만 문제가 아니었다. 그곳 주민들과 일행은 한데 어울려 맥주로 뒤풀이를 나누는 작은 음악회가 열린 것이다.

"오빠가 그렇게 정말 멋진 남자인 줄 몰랐어."

방으로 돌아왔을 때 수경이 가슴에 안기며 말했다. 그가 받은 유일한 칭찬이었다.

그는 수경의 그 감격이 지속되기를 바랐다. 그래야 그를 누르고 있는 열등감 같은 것을 다소 벗어날 수 있을 것 같았다. 그러나 그것은 오래가지 못했다.

강수경이 속한 환경은 지훈에게 부담스러웠던 것이 사실이다.

유학 생활의 모든 것을 지원받고 있는 그는 사실상 데릴사위의 종속적 지위에 있었고, 시간이 지나면서 수경과의 상대적 위치의 격차가 더 벌어졌다. 그는 자신이 개방적이었기에 웬만한 지위나 환경 따위에서 초연할 수 있으리라 자신했었다. 그러나 마음만으로 두 가족 간의 사회, 경제적 차이를 극복하기엔 자신이 너무 왜소함을 인정하지 않을 수 없다.

"글 좀 쓸 줄 아는 것 외에 뭐 볼 게 있어요?"

세월이 지나면서 그녀는 대놓고 지훈을 깎아내렸다.

특히 약혼 후에도 계속되는 장모의 싸늘한 시선은 그를 늘 좌절하게 했다. 그녀는 지훈의 모든 조건에 대한 불만을 노골적으로 표현하였다.

지훈은 거의 필사적으로 학업에 몰두했다. 이것이 그 간극을 좁힐 수 있는 유일한 방법이라고 믿었기 때문이다.

지훈의 여행 코스는 차츰 문화의 오지로 바뀌기 시작했다. 끝없는 새로운 것에의 갈망은 그에게 길을 떠나도록 강요하고 있었다.

유럽이나 선진국 지역을 돌아볼 때는 좋아하던 수경은 아프리카 지역 여행부터 싫증을 내기 시작했다.

"당신은 공부를 해야 하지만 난 지저분한 것은 질색이야."

카이로 교외의 서민들이 사는 동네, 쇠똥과 초가집이 어우러진 곳에서 맨발의 아이들이 뛰노는 모습을 본 이후로 수경은 동행을 사양했다.

그의 여행은 역사에 대한 관심으로 차츰 체계화되어 갔다. 사막과 피라미드, 룩소르의 거석상들이 상징하는 이집트 고대문명, 에게 해의 쪽빛과 그리스, 아크로폴리스, 콜로세움이 상징하는 로마, 베드로 성당에서 배어나던 중세의 어두운 색채들, 피렌체에서 느껴지던 잔잔한 르네상스의 목소리들, 베르사유나 상 페테르부르크의 궁전들에서 보이던 절대왕조의 하늘을 찌르는 권력의 엄격함, 그리고 드디어 혁명의 피가 튀었던 샹젤리제 광장, 그 권력의 무상함까지…. 그는 세계 곳곳을 돌아보면서 시야를 넓혀 갔다. 누군가 말했듯이 세계는 넓고 할 일은 많은 것을 그는 몸으로 느꼈다.

뿐만 아니라 세계 곳곳에서 그는 조국의 글로벌 기업과 수많은 기업인들을 만날 수 있었다. 유럽의 중심가에서 심심치 않게 조국의 기업광고를 만나는 일은 그에게 기쁨이고 자랑이었다.

중동의 오일머니를 벌어들이기 위해 두바이에서, 테헤란에서, 리야드에서, 암만에서 등 세계 곳곳의 건설 현장에서 땀을 흘리는 산업의 역군들은 군대보다 더 혹심한 산업 전쟁들을 치르고 있었다.

그의 여행지가 남아메리카로 바뀌었을 때 지훈은 중요한 사람을 만난다. 상파울루로 가는 비행기 안에서 그는 동포 한 사람을 만났는데, 인사를 나누고 보니 공교롭게도 서울 새가나안교회에서 파송되어 임지로 가는 선교사였다.

장명준 선교사라고 했다. 서울 사립고등학교에서 국어 교사를 했었는데, 독실한 신자였던 그는 교직을 접고 총회에서 파견하는 선교사에 지원했으며, 많은 훈련을 거쳐 서울의 새가나안교회 파송 선교사로 연결되어 지난해 임지에 부임했고, 업무 관계로 귀국했다 돌아가는 길이었다.

"새가나안교회라면 박수남 목사님 교회가 아닙니까?"

"아니, 어떻게 박 목사님을?"

"서울에 있을 때 가까이 지내던 사이입니다."

"지금 새가나안교회는 서울 강동지역에서 떠오르는 교회로 유명해지고 있습니다. 지난해에 파송예배를 새가나안교회에서 드렸습니다."

"임지는 어딥니까?"

"아마존 강 유역에 있는 작은 마을입니다. 스바나와 족이라 불리는 100여 명의 인디오가 문명세계와 완전히 고립된 채 원시적인 생활을 하고 있습니다."

"위치가 어디쯤입니까?"

"상파울루에서 경비행기로 다섯 시간쯤 걸립니다. 그다음에 작은 배로 꼬박 하루 반 걸리는 수파라는 지역입니다. 상파울루에서 2천 킬로 이상입니다."

"어떻게 그곳을 지원하게 됐습니까?"

"아마존 유역은 늘 관심을 가지고 있었습니다. 지금 미국 선교사들이 아마존 유역 몇 군데 정글학교를 열고 있는데, 아직 고립된 부족들이 120개 이상 있다는 소식을 들었습니다. 기도하는 동안에 스바나와 마을과 접촉이 됐습니다. 주님이 부르셨습니다."

"혼자 가셨습니까?"

"가족은 현지에 있습니다."

"그곳의 형편은 어떻습니까?"

"흔히 보는 원시부족 모습 그대롭니다. 우선 옷을 입힐 작정입니다. 평균 기온이 40도를 오르내리는 곳입니다."

"의식주 문제는?"

"현지 주민과 똑같이 생활합니다. 농사를 지을 만한 토지가 없습니다. 자연에서 먹을 것을 구해야 합니다. 큰 들쥐와 뱀, 거북이, 물고기, 새끼 악어들이 주식인 셈이지요. 아직 글자가 없어서 글자를 만들어 주는 일도 중요한 일 중의 하나입니다."

그의 이야기를 들으면서 지훈은 가슴이 답답해 왔다. 왜 이 사람은 이역 수만리를 건너와 아무런 연고도 없는 작은 원시부족 마을을 찾아가는 것일까.

"저는 학교에서 인류학을 전공하는 사람입니다. 선교사님과 여러 가지 면에서 채널을 만들어 유지하고 싶습니다."

"교회에 나가십니까?"

그가 갑자기 물었다.

"그렇습니다. 오래전에 박 목사님이 시골에 계셨을 때 같이 교회 활동을 한 적이 있습니다. 그동안엔 너무 바쁘게 살아서 좀 소홀했습니다만…, 이제 곧 나가야지요."

지훈은 무슨 잘못된 일을 하다가 들킨 사람처럼 얼굴이 화끈해졌다.

"상파울루에는 무슨 일로?"

"학회가 그곳 국립대학에서 열리고 있습니다."

"그렇군요."

"한국에서 좋은 직장에 계셨는데 왜 이런 궂은일에 나서십니까?"

"120여 년 전 우리나라 제물포에 내렸던 토머스 선교사를 기억하십니까? 그분이 왜 순교자로 한국에 왔을까요?"

지훈은 대답을 할 수 없었다.

그들은 상파울루에서 헤어졌다.

지훈은 그때 꼭 스바나와 마을을 찾아가겠다고 굳게 약속했다. 자세한 연락처와 지역 정보를 얻었음은 물론이다.

우연히 만난 장 선교사가 들려준 헌신적인 선교 계획과 열정적인 신앙은 오랫동안 지훈의 마음에 남아 감동을 주었다.

그와의 만남은 그때까지 미루어지던 그의 학위 논문 주제가 정해지는 시간이기도 했다. 그는 지도교수와 상의하고 현지 조사를 계획했다.

아마존의 첫 방문은 지난해에 이루어졌다. 장 선교사가 그곳에 정착한 지 3년이 되던 시기였다.

"뭐 하러 그 고생을 사서 하고 다녀요? 도서관에서도 충분하잖아요?"

아마존 탐사 여행 계획을 의논하다가 지훈은 다시 수경의 핀잔을 들었다.

권태기에 이른 것일까? 수경은 이즈음 지훈이 하는 일과 의견에 사사건건 반대편에 있을 때가 많아졌다. 고고학이나 인류학, 사회학 분야의 학문에 대한 막연한 질시, 비하 등 수경의 편견도 문제였다.

"이번 현지 조사는 아주 중요한 거야, 논문의 핵심이라고."

"애초에 과목 신청이 잘못됐어요. 경영이나 언론, 아님 예술도 있잖아. 당신이 공부하는 것은 사회적으로 실용성이 전혀 없는 학문이에요."

"그렇지 않아. 이건 인간의 근본적인 문제를 다루는 학문이야."

"이해할 수 없어요. 논문을 쓰기 위해 석 달씩이나 미개인들과 같이 생활을 해야 하는 까닭을요."

"그들과 평생을 같이 살려고 정글에 들어간 사람도 있어."

"당신은 경영을 배워야 해요."

수경의 아버지 강 국장은 회사의 대주주다. 머지않아 CEO가 될 것이다. 그들이 이곳에 건너온 후 강 국장은 두 번의 승진을 거쳤다. 부사장이지만 곧 전권을 장악하게 될 것이다. 사위에게 바라는 것이 있을 것이다. 그것을 수경은 가끔 환기시켜 주고 있다. 알고 있는 얘기다.

"기껏 미개인들의 풍습이나 조사하러 다니는 게 뭐 그리 재미있어?"

다소의 호기심으로 지켜보던 수경은 지훈이 하려는 일들에서 관심을 거두어 들였다.

그렇다고 당초의 목표와 계획을 수정할 수도 없는 일이었다. 지훈은 계획대로 짐을 꾸렸고 아마존행 비행기를 탔다.

천신만고 끝에 도착한 수파 지역.

사람이 살아갈 조건이 거의 갖춰지지 않은 원시 부락에서 장 선교사를 만나게 된 것은 행운이었다.

수많은 오지를 여행해 보았지만 이토록 험한 정글이 있으리라고는 상상하지 못했다. 작은 모터보트를 타고 목적지에 도착했을 때, 그는 사선을 넘는 병사의 기분이었다. 백골부대 예비역 육군 병장의 오기가 아니었으면 아마 도중에 포기했을 수도 있겠다 싶은 그런 곳이었다.

"정말 약속을 지키셨군요."

검게 그을린 얼굴에 수염이 더부룩하게 자란 장 선교사가 모터보트에서 내리는 그의 손을 잡아 주었을 때 지훈은 너무 반가운 나머지 목이 다 메었다.

"과연 살인적인 더윕니다."

지훈은 흐르는 땀을 주체할 수 없었다.

"이 정도를 가지고 뭘 그러십니까? 오늘은 아주 선선한 편입니다."

배에서 짐을 내리는 일을 도우며 장 선교사가 씩 웃었다. 얼굴에 늘 웃음이 담겨 있어 마음을 편하게 해주었다.

원주민 스바나와 족으로 보이는 마을 사람들이 언덕에서 이들이 짐을 내리는 것을 물끄러미 지켜보고 있었다. 남자 두 명과 아이를 안은 여자 둘, 그리고 아이들 셋이 지훈을 신기한 듯 바라보고 있었다. 놀랍게도 이들이 입은 셔츠는 한글 광고가 찍힌 메이드 인 코리아였다.

"와카리, 사디!"

장 선교사가 알아들을 수 없는 말로 손짓을 하자 언덕에 섰던 남자가 내려와 선교사가 들고 있는 짐을 받아 어깨에 메고 올라갔다.

언덕 위에 나무로 지은 작은 집들이 나타났다. 강아지 두 마리가 컹컹 짖으며 내달았다.

"오시느라 수고하셨어요."

선교사의 집에서 부인이 그들을 맞았다. 훤칠한 키에 미인형 얼굴이다.

장 선교사의 집은 습기를 피하기 위해 원두막 스타일로 지은 집으로 방 한쪽에 놓인 상자들이 눈에 띄었다. 그 상자에는 수많은 약품들이 담겨 있었다. 소규모의 약방을 연상케 할 만큼 다양한 약들과 주사기, 솜, 붕대들이 보였다.

"우리 집은 무면허 종합병원입니다, 허허."

장 선교사의 웃음소리는 늘 호탕했다. 표정과 말에서 웃음이 떠나지 않았다. 주의 깊게 관찰해 볼 사항 중 하나이다.

"앗, 따가워."

지훈이 갑자기 바지를 걷었다.

어느새 검개미 여러 마리가 종아리에 달라붙어 있었다. 손으로 비비고 긁었지만 금방 살이 부풀어 오르고 진물이 났다.

"허허, 이놈들이 손님맞이 인사를 제대로 하네."

장 선교사가 상자에서 약병을 꺼내서 누런색의 연고를 듬뿍 발라준다.

문 밖에서 검붉은 색 피부를 가진 아이들이 이 모습을 보며 웃고 있었다. 장 선교사가 주머니에서 캐러멜 몇 개를 꺼내 아이들에게 나누어주었다. 아이들은 그것을 받아들고 기분이 좋아져 소리를 지르며 마당으로 내달았다.

숲속에서 이름 모를 새가 지붕 위로 날아갔다.

"김 선생님이 오신다는 연락을 받고 별채를 하나 마련했습니다. 숲에 적응하시려면 고생 좀 하실 겁니다."

마당에 내려간 장 선교사가 남자들에게 짐을 옮기도록 했다. 선교사의 집 뒤에 작은 원두막이 새로 세워져 있었다.

"아니, 식량들은 여기 그냥 두세요."

상파울루에서 구입한 쌀, 맥분 등이 든 곡류 박스가 제법 컸다.

"당분간 양식 걱정 없겠네."

부인이 가장 기뻐했다.

곧 어두워졌다. 저녁을 먹는 둥 마는 둥 하고 지훈은 피곤에 지쳐 장 선교사가 마련해 준 별채에서 깊은 잠에 빠져들었다.

이렇게 시작된 정글 생활은 지훈에게 엄청난 경험을 안겨 주었다. 혹독한 자연환경에 적응하는 인간의 한계를 실험하듯 날마다의 삶은 무한한 인내를 요구했다.

지훈은 장 선교사의 선교를 도우면서 자신이 세운 프로젝트들을 하나씩 진행해 나갔다.

이곳에 온 지 2년이 다 돼가는 장 선교사는, 의사소통에 필요한 말만 있고 문자가 없는 스바나와 족을 위해 그들의 말과 일치하는 문자를 만들어 주고, 궁극적으로는 성경을 그 문자로 번역해 이들에게 가르치고 읽고 쓰도록 하는 데까지를 선교의 목표로 하고 있었다.

"넉넉히 30년 정도면 가능할 것으로 믿고 시작했습니다."

생각보다 호흡이 길었다.

스바나와 족이 살고 있는 지역은 강가였지만 농사를 지을 만한 땅도 없었고, 기후가 작물이 자라는 데 알맞지 않았다. 숲속 여기저기에 흩어져 원두막 식으로 집을 짓고 사는 이들은 어린아이들까지 모두 합쳐 120명 정도가 된다.

어떻게 그들이 이곳에 정착했는지는 알 수 없다.

경작된 농산물이 없는 이들은 야생의 동물을 사냥해 하루하루를 살아나간다. 야생 너구리나 들쥐, 거북이들은 이들에게 아주 중요한 양식이다. 때로 강에서 뱀, 새끼 악어, 피라니아 등을 잡기도 한다. 목숨을 건 사냥이다.

독충들이 들끓는 숲에서는 수시로 사고가 발생하기 때문에 장 선교사는 늘 비상약을 준비한다. 하루에도 몇 차례씩 장 선교사를 찾는 다급한 주민들의 발소리가 들린다.

발가락을 뱀에 물리거나 말라리아에 걸려 고열로 신음하는 경우도 있고, 지저분한 물을 마시고 배탈을 호소하기도 한다. 이럴 때 장 선교사는 마을에 유일한 의사며 문제를 해결하는 마법사의 역할을 수행한다.

그들의 하루 일과는 숲속에서 사냥으로 시작하고 끝난다. 수확이 없는 날에는 굶기가 일쑤다. 운이 좋아 들쥐(보통 강아지 정도의 크기다)라도 한 마리 잡는 날에는 동네에 잔치가 벌어진다.

하루 일과가 끝나가는 저녁때 장 선교사는 사람들을 모아 글을 가르친다. 그가 만든 글자들은 알파벳을 활용한 것이다. 그는 이들이 하는 말을 주의깊게 듣고 우선 명사와 동사 같은 구체적 언어를 문자화했다. 만들어진 문자들을 이들에게 쓰게 하고 읽게 하는 기초적 교육이 병행된다. 이미 그의 손에 만들어진 언어가 수백 개에 이르고 있다. 추상적인 언어, 말하자면 사랑이라든지 하나님 같은 것들을 표현하는 방법에 대해 그는 고심하고 있었다.

지훈은 그들의 언어에서 어머니가 'Umama', 아버지가 'Ubaba'로 표기된 것을 보고 놀란다. 동서고금을 통해 인류의 언어적 표현 방식의 유사성이 이곳에서도 드러나고 있는 것이다.

장 선교사의 활동을 도우며 지훈은 그들의 생활을 낱낱이 기록해 나갔다.

마을 사람들은 짧은 바지와 셔츠 차림이어서 외양으로 보면 한국의 시골 사람들처럼 자연스럽다. 그러나 장 선교사가 이곳에 들어오기 전, 그러니까 2년 전만 해도 이들은 옷을 거의 입지 않고 살았다고 한다. 옷을 입는 방법을 가르치는 데만 반년이 넘게 걸렸다.

이들은 글자를 전혀 모르고 외부세계와 접촉해 본 일이 없기 때문에 아주 순진했다. 왜 사는가에 대한 질문은 소용이 없다. 그냥 자연의 법칙에 따라 살고 있는 것이다.

마을 사람들은 어른들이 남녀 30명쯤, 노인들의 숫자는 매우 적고, 청년들이 50여 명, 그리고 어린이들로 구성되어 있었다. 노인들의 숫자가 적은 것은 이들의 평균 수명이 40세가 채 안 되기 때문이라고 한다.

이들은 마을 중간에 있는 마을회관과 비슷한 집에서 장 선교사가 틀어 주는 8밀리 영화 보기를 가장 즐거워했다. 일주일에 한 번씩 장 선교사는 주민들을 이 회관에 불러모은다. 마을에 유일한 보물인 장 선교사의 전기 모터가 있는 곳이다.

장 선교사는 주로 예수의 일생이라든지, 모세의 기적이라든지, 다윗과 골리앗 이야기 같은 성경 이야기가 주제인 영화를 보여주고 있다. 영화를 보러 온 사람들에게 사탕을 나누어주기 때문에 그 시간에 마을 사람들이 대부분 이곳에 모인다.

사람들이 모인 기회를 놓치지 않고 그는 임시로 만든 교과서로 그가 만든 글자를 가르친다. 왕초보 같은 이들은 진지한 표정으로 글자를 읽고 써 보고 그림과 글자를 연결하는 공부를 한다. 왜 글씨를 써야 하는지 전혀 모르겠다는 표정이지만, 추장보다 더 권위가 높은 장 선교사의 지도를 거절하지 못한다.

장 선교사의 부인은 동네 여자들에게 빨래를 가르쳐 주고 있다. 개울가로 나온 여인네들이 물에 담근 옷을 꺼내 비누칠하는 것과 문지르는 것, 방망이로 두드리는 것들을 일일이 시범을 보여 가며 가르쳐 준다. 그러면 무엇이 우스운지 깔깔대는 웃음소리가 개울가에 울려 퍼진다. 사소한 일들까지도 이렇거든 하물며 문명사회의 그 엄청난 세계를 이들에게 어떻게 설명할 수 있을 것인가. 캄캄한 절벽 앞에 선 것과 같은 상황이지만 선교사 내외는 믿음을 가지고 아주 작은 일들을 실행해 나가고 있었다.

정글 속은 수시로 상황이 변한다. 날씨가 특히 그랬다. 가늠할 수 없는 날씨로 여러 가지 어려운 일들이 종종 발생한다. 개울과 습지가 폭우로 물이 불어나면 물고기가 잘 잡히기도 하지만 집이 떠내려가는 일도 있어서 항상 대비해야 했다.

지훈이 가장 견디기 힘든 일은 벌레들의 습격이었다. 이곳에 오던 첫날부터 개미를 비롯한 무수한 벌레들이 밤낮없이 온몸을 습격해 왔다. 그중에서도 그들이 까뚜라고 부르는 작은 벌레는 피부를 뚫고 들어가 여기저기를 돌아다닐 정도로 무서운 벌레였다. 그의 다리는 며칠 지나지 않아 옥수수처럼 두들두들 부풀어 오르고 연고를 발랐지만 계속해서 진물이 흘렀다.

지훈은 사람들의 무표정한 얼굴 속에 무언가 조금씩 변화가 나타나는 것을 보았다. 문화는 학습되는 것이다. 한 사회의 문화는 어떤 면에서 그 사회가 획득한 학습의 총량이다. 수파의 스바나와는 단지 그 학습량이 매우 적을 뿐, 그들만의 훌륭한 문화를 갖고 있었다.

그들의 생활에 조금씩 접근하면서 지훈은 그가 머물던 한내의 모습을 자연스럽게 떠올렸다. 지구의 정반대편, 수만 킬로미터 거리에 있는 두 사회가 그의 뇌리에 겹쳐졌다. 그들의 삶은 서로 닮아 있었다. 학습되지 않은 사회의 공통점들이 발견되기 시작한 것이다. 두 사회의 문화 비교는 매우 획기적인 이론을 도출해 낼 수 있으리라 여겨졌다.

스바나와 족은 그들만의 언어로 노래한다. 단순한 동작이었지만 춤도 있다. 거목과 괴암에 대한 예배도 있다. 모두가 전승된 것들이다. 자연에 대한 경외가 그들에게도 예외적 현상은 아니었다. 지훈은 그들의 모든 것을 캠코더에 담았다. 그가 머무는 동안 마을에서는 한 번의 장례식이 있었고, 지훈이 요청해 모의 결혼식을 연출해 보여 주기도 했다. 보름달이 떠오른 날 멧돼지를 잡아 동네 큰 잔치를 벌이는 모습을 카메라에 담는 행운도 잡았다. 그 축제는 스바나와 족의 모든 문화가 농축된 행사였다.

그의 계획들은 대부분 성취되었다.

수파를 떠날 시간이 되었다.

모처럼 지훈은 장 선교사 부부와 주일예배를 드렸다.

하나님을 설명하는 스바나와 글자를 만들어 내는 일이 성공하는 날, 그의 선교는 한 단계 업그레이드 될 것이라고 자신감을 보이는 장 선교사에게 지훈은 깊은 존경과 감사를 표했다.

"귀국할 기회가 오면 새가나안교회 박수남 목사님을 찾아 장 선교사님의 순교적 선교 현장을 자세히 설명해 드리겠습니다."

박 목사뿐 아니라 세상에 널리 알려져야 할 감동적인 사역이 아닐 수 없었다.

"문화적 충격, 그렇소. 바로 미스터 김의 그 문화적 충격이 논문에 잘 드러나기를 바라겠소. 현지 연구의 귀감이오. 충분히 수고하셨소."

피셔 교수는 지훈의 현지 보고 내용을 듣고 극찬했다. 좀처럼 감동을 하지 않는 철저한 원리주의 교수다.

이제 마지막 고비를 넘긴 것 같다.

논문이 순조롭게 풀리면 가을 학기가 되기 전에 모두 해결될 것이다.

지훈은 자신의 성취를 자축하는 기분이 되어 집으로 돌아왔다.

수경은 외출 중이었다.

그는 머리를 다듬고 수염을 깨끗이 깎았다. 오랜 숙제가 해결되면서 자신감을 회복한다. 귀국을 서두르리라.

그러나 그날 저녁 외출에서 돌아온 수경은 그의 기대와는 전혀 다른 차가운 제안을 했다.

"우리 당분간 별거하는 게 어때요?"

"뜬금없이 무슨 소리야?"

"한 번밖에 주어지지 않은 강수경의 인생을 낭비하고 싶지 않아서 그래요."

"왜 그러는데?"

"내가 뭣 땜에 평생을 과부같이 살아야 해요?"

"내 입장을 충분히 설명했잖아? 이번 여행이 그 대단원이라고."

"당신은 내가 원하는 것을 절대로 해줄 수 없는 사람이에요. 약혼 초를 제외하고는 지난 몇 년간 우리는 남남이나 다름없이 살았어요."

"불가피한 일이었잖아?"

"당신은 그 곰팡이 냄새나는 학문에 취해서 평생을 날 버려두고 살아갈 것이 틀림없어요."

"미안하게 됐어. 이번 현지 답사가 좀 시간이 걸린 것은 인정해."

"이번 여행과는 관계없어요. 여러 번 생각하고 내린 결정이니까 서로 냉정한 시간을 갖기로 해요."

"갑자기 왜 그래. 애인이라도 생긴 거야?"

"나라고 애인 갖지 말란 법이 있어요?"

지훈은 가슴속에서 무언가 덜컥 내려앉는 소리를 들었다. 예상했던 일이 다가온 느낌이었다.

더 이상 설득이 무의미함을 알고 있다. 언제부터인가 누구도 모르는 사이에 키워 온 균열이다.

"도서관 근처에 방을 알아보겠어."

지훈은 가방 하나를 들고 퀸즈의 집을 나왔다.

언젠가 조정되어야 할 불균형이 현실로 다가온 것이라고 그는 생각했다. 집을 나온다는 것이 무엇을 의미하는지 그 자신도 잘 알고 있다. 다시 돌아가는 일은 없을 것이다. 풍문에 들리던 이혼남인 S그룹 후계자가 미주 지사에 부임해 온 이후 수경과 각별한 사이로 발전했다는 루머를 현실로 받아들인다 해도 이젠 질투나 분노도 별로 느껴지지 않는다. 이런 일들은 이쪽에서는 다반사로 일어나는 한 현상일 뿐 뉴스거리도 아니다.

그는 자신의 출발이 부자연스러웠던 것을 인정한다. 자신이 한때 과대포장되었음도 인정할 수밖에 없다. 자칭 상류사회에는 그들의 문화가 있음도 인정하기로 하자. 그는 마음을 비운다.

그리고 마지막 논문 정리에 혼신의 힘을 모았다.

다음 해 봄 학기 졸업식에서 지훈은 문화인류학 박사(Ph.D.) 학위를 받았다. 7년의 각고 끝에 이룬 업적이다. 가슴이 뭉클했다. 땀으로 이룬 성취에 대해 그는 긍지를 느꼈다. 비록 '곰팡이 냄새나는 학문'이라 할지라도 말이다.

뒤늦게 그들의 별거 사실을 알고 달려온 장모는 전적으로 수경의 편에 서서 그들의 사이를 갈라 세우는 쪽으로 사건을 수습해 나갔다. 그 와중에 지훈은 강 국장(이제는 부사장)의 국제전화를 받았다.

"이 사람, 내가 믿고 맡긴 딸을 그렇게 버려두다니! 상황이 이 지경이 되도록 도대체 뭘 한 거야? 정말 용서할 수 없어."

팔은 항상 안으로 굽는 것일까. 어느 정도 기대했던 것들이 모두 무너져 내리는 소리였다. 지훈은 아무런 변명도 하지 않았다.

"애초에 맞지 않는 궁합이었어, 내 이렇게 될 줄 알았다."

장모가 결론을 내려 줬다.

"좋은 추억이었습니다. 건투를 빕니다."

지훈은 웃으며 그들에게 작별을 고했다.

그는 지사를 통해 신문사에 사직서를 제출했다.

이번 기회에 질리도록 지구를 한 바퀴 도는 여행이나 해볼 생각이다.

"You shall know truth, and the truth make you free."

"진리를 알지니 진리가 너희를 자유케 하리라"(요한복음 8장 32절).

그는 성경 한 구절을 읊조렸다.

차라리 홀가분했다.

7. 뿌린 대로 거두기

올림픽이 서울에서 열리기로 결정되면서 대한민국은 선진국 문턱을 넘보는 중요한 국가로 도약하고 있었다. 박 대통령 유고와 군사정권의 그늘에서도 민주의 싹은 계속 자라서 문민정부의 출현을 눈앞에 둔 시점에서 국회의원 선거가 다가왔다.

대통령 선거를 앞두고 치르는 총선이어서 여야는 정국 주도권을 놓고 첨예하게 대립하고 있었다. 선거일이 공고되고 거리에는 현수막들이 내걸리기 시작했다.

바야흐로 선거의 계절이다.

강천시 중앙로에 자리 잡은 신흥빌딩 10층의 ○○당 지구당 사무실.

4대 1의 경쟁을 뚫고 여당의 공천을 얻어낸 최태식 후보가 참모들을 앞에 놓고 선거 전략을 짜고 있었다. 사무장의 보고를 듣던 태식이 버럭 화를 낸다.

"윤상규 전 의원이 이렇게 끝까지 물고 늘어질 줄은 몰랐네. 다 된 밥에 코 빠뜨리는 거 아니야?"

전임 지구당 위원장을 누르고 따낸 공천이다.

처음에는 젊은 후보가 현역 위원장을 누르고 공천을 받은 것에 대해 숨은 실력자라는 평들이었지만, 시간이 지나면서 태식이 공천을 위해 당 핵심과 관계요로에 뇌물을 바쳤다는 소문이 돌았고, 여론이 부정적으로 돌아서고 있었다.

애초에 그는 비례대표 쪽을 기웃거렸다. 그러나 당선 가능한 순번에는 요구하는 액수가 너무 컸다. 그래서 그 절반 정도의 예산으로 모종의 커넥션을 형성해 보기로 작전을 바꾸었던 것이다.

다행히 그 작전은 성공했다. 중앙당의 지원을 받고 있는 최태식 후보 측에서는, 공천에서 탈락한 윤 전의원 측의 주장을 차단하고 '증거 있어?' 배짱으로 전략을 밀어붙이기로 했다. 어차피 막판으로 갈수록 혼탁해지는 게 선거의 속성이 아닌가.

"문제는 윤 전의원이 무소속으로 출마하기로 결심을 굳혔다는 데 있습니다. 웬만한 설득으로는 약발이 먹히지 않을 것 같습니다."

"이거야 원, 야당과는 싸워 보기도 전에 집안싸움으로 무너지게 생겼어."

"또 한 가지 문제가 있습니다. 회장님의 학력과 경력을 꼼꼼히 챙기고 다니는 조사원들이 있습니다. 뿐만 아닙니다. 그동안 신흥건설이 수주한 공사 내역들과 심지어 한내에서 있었던 일까지 속속들이 알고 있는 사람이 있다는 정봅니다."

"도대체 어떤 놈이야? 남의 뒷조사를 하고 다니는 놈이."

"확실하지는 않지만 회장님의 옛 부하들 가운데 뛰쳐나간 자들이 아닌가 싶은데요?"

"나를 배반한 놈이 있다는 거야?"

"숨어 있어서 아직 정체를 드러내지 않고 있지만 일단 용의자들을 파악해 두는 게 좋을 것입니다."

"실장님이 퇴직자 명단을 보고 꼼꼼히 챙겨 줘요."

태식이 옆에 앉은 서정두를 돌아보았다.

"알겠어요."

사무실에 내려갔던 서 실장이 잠시 후 서류를 들고 올라왔다.

"아무래도 이 두 사람이 좀 수상하긴 한데."

정두가 서류를 펴 보였다.

"이석우? 이 친구는 석답골 현장을 맡았던 친구 아닙니까?"

"그렇지. 회사와 선불도 선원 공사의 내용을 제법 많이 알고 있는 친구야. 그 밑의 조영식은 그 꼬붕이구."

"그런데?"

"이들이 회사를 떠나면서 기밀문서들을 복사해 가지고 간 것 같아요."

"이것 야단났군. 그자들을 수소문해 보세요. 꼭 잡아들여야 합니다. 시한폭탄 같은 놈들입니다."

"걱정 마십시오. 이미 조직이 가동되고 있습니다. 그물을 촘촘하게 쳐 놨으니까 언젠가는 걸리게 돼 있습니다."

"여기저기 걸리는 데가 많은 놈들이어서…."

태식은 잠시 이석우와 조영식을 잘라 낸 일을 후회했다.

지난해 인사를 단행하면서 실적이 부진한 직원들을 정리한 것이 화근이 된 셈이다. 실적은 핑계고 사실은 고분고분 회장의 지시를 따르지 않은 것이 그들이 쫓겨난 가장 큰 이유다. 더구나 그들은 회사에 오랫동안 있어서 그의 비리에 대한 정보들을 제법 가지고 있다.

태식의 머리에 이러저러한 생각들이 오락가락했다.

지방에까지 붐을 일으킨 아파트 건축은 태식의 회사를 일으키는 호재였다. 시류에 편승하는 발 빠른 전략과 지방의 정재계를 넘나드는 폭넓은 인맥들을 활용하는 경영의 노하우가 쌓이면서 태식의 회사는 비교적 빠른 시간에 브랜드를 키워 갔다.

태식은 폭넓은 인맥을 확보하기 위해 투자를 아끼지 않았다. 그의 관할 내에 있는 지인들의 길흉사에는 어떤 일이 있어도 참석하고, 경로당을 비롯해 향우회, 재향군인회 등 모임이 있는 곳에는 무조건 얼굴을 내밀었다. 새마을협의회 부위원장, 조기축구회 회장, 예절 살리기 국민운동 지부장, 학생선도위원회, 방범위원회 간사 등 그의 명함은 앞뒤로 빽빽이 이런 직책들이 나열되어 있었다.

타고난 마당발이다. 거기에 월남 참전용사에다 의리의 사나이라는 별명이 붙어다녔다.

특히 석답골에 자리 잡은 선불도 선원에서 태식은 톡톡히 한몫 챙겼다.

선불도 신도회장이라는 그의 직함은 매우 유용했다.

그동안 석답골에는 선불도가 자리 잡히면서 신도들의 수가 늘자 중앙에 있는 정치인들이 찾아오기 시작했다. 소속과 종파가 아리송한 선불도는 불교도 아니고 한동안 유행하던 증산도나 동학, 대종교 같은 이름도 아닌 신흥 종교였지만, 도솔천 내원궁에 계신다는 미래불(미륵불)을 기다리며 불법이 쇠퇴하는 말세 말법 시대를 강조하고, 독특한 예배의식으로 사람들을 모으고 있어 정치인들의 관심을 받고 있었다.

태식은 이곳에서 당대에 이름만 대도 알 만한 정치인들을 만났다. 더 정확히는 그들의 부인들을 만났다. 이번 공천의 결정적 계기가 그곳에서 이루어졌다. 그는 정치 입문을 특이한 방법으로 이루어낸 것이다.

태식의 이런 행동들은 충분한 계산하에 이루어지고 있었다. 자신의 야망을 위해서다. 벌어들인 돈들은 이런 인맥을 확보하는 데 아낌없이 사용했다. 그레샴의 법칙처럼 그의 사업은 더욱 번창하고 있었다.

당연한 결과로 이 과정에서 무리한 일들이 많이 있었다. 배임, 횡령, 비자금 조성, 담합, 독과점, 지명 입찰 등 온갖 비리들이 검은 거래에 숨겨져 자행되고 있었다.

당시의 관행이 그렇기도 했다. 석답골 선불도 선원 공사 하나만 해도 모든 것이 그의 손에서 무리하게 추진되었던 것이 사실이다. 건축 허가 과정에서부터 그랬다. 누군가 관심을 갖고 거기를 파헤치면 엄청난 은폐된 비리들이 드러날 수도 있다. 새로 부임해 오는 도백(道伯)이나 권력기관의 장들은 통과의례처럼 그의 융숭한 접대를 받았다. 그의 도덕성에 치명타를 날릴 수도 있는 것들이다.

"저쪽에서 어떻게 나오나 일단 지켜보도록 합시다. 그때그때 상황에 따라 대비하기로 하고, 지금은 홍보자료를 만들고 선전원들의 교육 등 할 일이 많습니다."

서정두가 회의를 마무리했다.

석답골 시절의 인연으로 태식은 고향 동기인 서정두를 참모로 기용했다. 정두는 조직과 대인관계에 노련한 솜씨를 보이고, 청암 곁에서 사실상 선불도를 이끌어 가는 중심에 서 있었다.

선거전이 중반전으로 접어들면서 지방도시 강천도 선거 열기에 휩싸이기 시작했다. 지방도시이긴 하지만 도청소재지라서 중앙에서도 관심이 많았고 적극적인 지원도 이루어지고 있었다.

태식은 여당의 프리미엄으로 이 지원을 적극 활용하고 승기를 잡아 나가고 있는 중이다.

"회장님, 이번에 새로 선거구에 포함된 신곡리 지구에 관심을 좀 더 기울이셔야 하겠습니다. 이것 좀 보세요."

서정두가 신문을 펴 보였다.

'농업 경영의 새 이정표.'

주먹만한 활자가 시선을 끈다.

새마을운동의 성과를 분석하여 최우수 새마을운동의 지도자에게 주는 시상식 기사였다.

올해 최우수 새마을로 선정된 곳은 신곡리 새마을 지부였다.

태식은 사진에서 최상식의 얼굴을 발견한다.

"이것 상식이 사진인데?"

"한내 외촌에 살던 최상식이 맞습니다."

"아니, 어떻게 이럴 수가 있어?"

"아직 신곡리에 안 가 보셨지요?"

"나는 신곡리가 우리 선거구인지조차 몰랐어요."

"행정구역 변경으로 재작년 신곡리가 강천시로 편입됐습니다. 새로 생긴 댐으로 지형이 바뀐 탓입니다."

"그래요?"

"뿐만 아닙니다. 신곡리에 최근 친환경 음료수 회사가 세워진 것 아십니까?"

"이야기를 듣긴 했어요."

"종업원 수가 백 명이고 가족까지 수백 명, 거기다 관련된 생산자 농민 거래처까지 합치면 상당한 표가 있는 곳입니다."

"아니, 그런 정보를 왜 이제 얘기하는 것입니까?"

"여기저기 신경 쓸 데가 많아서 이렇게 됐습니다."

"여기 최상식이 육촌 동생이라고요."

"알고 있습니다. 빨리 한번 다녀오십시오."

"준비하세요, 당장 오후에라도 가 봅시다."

그들은 서둘러 신곡리로 향했다.

태식은 자신이 방황하던 시절 비슷한 시기에 제대한 상식이 새 영농법으로 농촌을 일으키겠다는 포부를 말할 때 그냥 웃어넘긴 것을 생각했다. 그리고 본의는 아니지만 오촌 당숙의 토지를 이용해 보상을 부풀렸던 일과, 그로 인해 갈등을 빚은 일들에 대해 생각했다. 많이 원망을 하고 있을지 모른다. 그러나 인숙이를 데려다 취직도 시키고, 그 회사원이던 이석우를 만나게 해준 것 등 베푼 일도 많지 않은가.

"근데 이석우 소재는 파악된 것입니까?"

차 안에서 태식이 서정두에게 물었다.

"윤 후보 사무실에 드나든다는 정봅니다."

"인숙이가 요즘 어떻게 지내나 모르겠네."

"이석우 부인 말입니까?"

"최상식의 동생인데 좀 찝찝하네."

태식이 혼잣말로 중얼거렸다.

"사업을 하다 보면 이런저런 문제들이야 늘 생기게 마련 아닙니까?"

"…."

태식은 잠시 흔들리던 마음을 다잡는다.

"새마을 지도자의 흥미를 끌 만한 공약사항을 좀 생각해 보시오. 눈에 번쩍 띄는 아이디어가 어디 좀 없겠소?"

"글쎄, 현장의 형편을 보고 나서 생각해 보죠."

신곡리에 도착하자 지방지 신문기자가 먼저 와 그들을 기다리고 있었다. 그들은 하이에나처럼 냄새 하나는 기가 막히게 잘 맡는 코를 가지고 있었다.

"최 후보께선 신곡리 새마을 지도자 최상식 씨와는 친척관계라는데 사실입니까?"

"그렇소."

"이번 새마을 경진대회에서 우승한 일에 대한 소감 한 말씀 부탁합니다."

"이거야 원, 저는 주민들을 격려차 들른 것입니다."

마을 입구에 '경축 신곡리 새마을 경진대회 우승'이라는 플래카드가 걸려 있었다.

마을은 놀랄 만한 변화가 있었던 것 같다. 넓어진 도로에 골짜기마다 엎드린 집들은 그림처럼 아름다웠다. 마을 입구에 세워진 신곡리 새마을 공장은 제법 컸다. 마을 안쪽으로 잘 정리된 밭에는 비닐하우스가 수없이 세워져 있어 마을 전체가 하얀 이불에 덮인 것처럼 보였다.

그들은 마을 중심부에 있는 마을회관으로 가서 차를 세웠다. 나이 든 할머니 서넛이 마당에 놓인 의자에 앉았다가 그들은 보고 일어선다. 미리 연락을 했다고 하는데 아무도 나와 있지 않았다.

정두가 차에서 내려 노파들 앞으로 갔다. 말을 건네자 노파가 손으로 하우스 쪽을 가리킨다.

정두가 하우스 안으로 들어갔고 한참 후에 상식을 데리고 나왔다. 젊은이 셋이 뒤따라 나왔다.

"오랜만이야."

기다리던 태식이 손을 내밀었다. 동갑이라서 어려서부터 같이 어울려 다니던 사이다.

"웬일로 여기까지 왔어? 귀하신 몸이."

얼굴이 검게 그을린 상식이 그의 손을 잡았지만 썩 반가워하는 표정은 아니었다.

7. 뿌린 대로 거두기

"축하하네, 큰 상을 받았더군."

"그거야 뭐 대단한 일이라고…. 그보다 선거는 잘돼 가나?"

"그럭저럭. 막판이라 지금 정신이 없어. 그래서 여길 이렇게 늦게 왔어."

"고마워서 눈물이 다 나올 지경이군. 그래서 인숙이를 이 시골로 보냈나?"

"인숙이를 보내다니?"

"인숙이한테 무슨 관심이 있겠어? 우리 아버지 장례식에도 안 왔으면서."

상식의 말에 가시가 돋쳐 있다.

"그거 참 미안하게 됐어. 인숙이 문제는 석우가 독립을 하고 나가겠다고 해서 생긴 일이야."

"그간의 사정은 내 알 것 없고, 그래 무슨 일로 여기까지 온 거야?"

"그걸 꼭 말해야 하나? 신곡리가 강천시에 편입된 걸 알았으면 진작 왔을 거야. 지난날 서로 섭섭했던 일 있었던 것 알아. 그렇지만 다 지나간 일이니 좀 협조해 줘."

"연락을 받긴 했지만 지금 한창 토마토 수확기라서…. 공장으로 안내해 줄 테니 사람들을 만나 봐."

상식이 이들을 안내해서 마을 입구의 공장으로 갔다.

생각했던 것보다 큰 규모에 태식은 놀라면서 상식이 안내하는 곳으로 들어갔다. 상당히 많은 사람들이 토마토를 가공하여 주스를 만드는 작업을 하고 있었다.

"매출이 제법 되겠는데?"

"요즘 무공해 식품이 인기를 얻으면서 많이 좋아졌지. 초기엔 고생 좀 했어."

"동네가 어느 잘사는 외국의 모습을 보는 것 같네."

"우리 마을 소득이 도시 근로자들보다는 낫지."

태식은 공장 사람들과 일일이 악수하고 정두가 팸플릿을 나누어 줬다.

"경력난의 대학원 졸업은 좀 그러네."

팸플릿을 훑어보던 상식이 어이없는 표정으로 태식을 돌아본다.

"전혀 엉터리는 아니고 지방 대학에서 최고경영자 과정을 수료하긴 했어. 그것보다 내가 만일 당선되면 여기 신곡리를 전국에서 가장 이상적인 농촌의 모델로 성장할 수 있도록 적극 지원하겠네. 사람들을 잠시 모아 줄 수 없겠나?"

"미안하지만 지금 사람을 모으는 것은 좀 그렇고, 내가 대신 자네의 뜻을 전하지."

"알겠어. 인숙이를 좀 만나고 갔으면 하는데?"

"아침에 강천으로 나갔어. 남편한테 무슨 일이 생겼다면서."

태식은 속으로 찔끔했지만 태연한 표정으로 말했다.

"그래? 어떻게 지내는지 궁금했는데."

"모처럼 왔는데 차나 한 잔 하고 가시지."

상식이 그들을 공장 사무실로 안내했다.

"집사람이야."

차를 내온 부인을 상식이 소개했다. 소문만 들었지 만난 일이 없어 태식은 낯설었다.

"아니, 부인은 학교에 나가시는 줄 알았는데?"

"3년 전에 사표를 내고 신곡리로 왔어요."

"우리 공장장이야."

상식이 웃었다.

7. 뿌린 대로 거두기

"사모님도 안녕하시지요?"

찻잔을 태식에게 건네고 나서 상식의 부인이 물었다.

"네, 잘 지내고 있습니다."

태식은 얼떨결에 대답한다. 어느 사모님을 지칭하는지 헷갈렸기 때문이다.

강천에 진출한 뒤로 태식은 두 번 결혼했다. 첫 번 여자는 선배의 소개로 만난 강천 출신의 은행원이었다. 그가 사업을 시작할 때 주거래 은행에 선배가 있었다. 그 선배가 후배 은행원을 소개했다. 미스 진이라 했다. 진미영, 그곳에서 여고를 나와 창구를 담당하고 있었는데 얼굴이 반반했다. 데이트를 하고 서로 호감을 가지는 사이 태식이 혼자 머물고 있던 여관방에 찾아와 젊음이 부딪히면서 동거에 들어가 덜컥 임신을 했다.

태식은 낙태를 종용했으나 여자는 말을 듣지 않았다.

하는 수 없이 임신 6개월의 신부를 맞아 결혼식을 치렀다.

살림을 차렸으나 애초에 사랑이 없었다. 딸을 낳았지만 태식은 아이를 별로 귀여워하지 않았다. 허니문도 없이 아이를 기르며 집안에 들어앉아 살림을 시작한 신부를 태식은 외면했다. 잘못된 인연인지 그들의 사랑은 급속도로 식어갔다.

태식이 바람을 피우기 시작했다. 사업이 한창 잘되던 때여서 눈만 잠깐 돌려도 예쁜 여자들이 줄을 섰다. 자연히 가정은 쑥대밭이 되고 별거에서 이혼까지는 오랜 시간이 걸리지 않았다. 아파트 몇 채를 주고 해결을 보긴 했지만 아이 때문에 지금도 뒤끝이 찝찝한 상태다.

두 번째로 만난 여자는 서정두의 소개로 석답골에서 만났다. 청암의 설법을 들으러 꾸준히 오는, 안동 지역에 사는 보살이 있었는데 지방 토호의 부잣집 마나님이었다. 신심이 깊은 그녀에게는 과년

한 딸이 있었고, 태식이 선원 공사를 하고 있을 때 어머니를 따라 선원에 왔었다. 서정두가 두 사람을 연결해 주어 선불도 선원이 준공되던 해에 준공 기념 결혼식을 올렸다. 정두는 태식을 아주 유망한 사업가로 소개했으며, 특히 선불도에 헌신한 공로를 내세워 매우 도덕적인 인물로 색칠해 그들에게 큰 환영을 받았다. 지방 대학교를 나와 집에만 있던 신부는 상당한 재산을 가지고 시집을 왔기 때문에 태식의 형편이 아주 나아졌다.

워낙 조용한 성품이라 요즘 북새통 선거판에도 아예 얼굴을 내밀지 않고 있다.

"바빠서 이만 실례해야 하겠네."

찻잔을 비운 태식이 자리에서 일어섰다.

"좋은 결과를 기대하겠어."

상식이 손을 내밀었다.

막바지에 이른 선거는 온통 흑색선전으로 얼룩져 난장판이 되어가고 있었다.

태식의 유력한 대항마는 무소속으로 출마한 윤 전의원이다. 비록 공천에서는 탈락했지만 그동안 다져 온 탄탄한 기반이 있었다. 태식을 포함한 다른 후보들과는 지명도에서도 저만큼 앞서 있었다. 별 잘못도 없는데 무리한 후보 교체라는 동정론이 주민들 사이에서 일고 있었다. 태식의 선거 전략에 빨간불이 들어온 것이다.

태식은 네거티브 전략을 구사하기 시작했다. 무소속 윤 후보에게 금품을 받았다는 시민들의 제보가 지방 선관위에 신고되기 시작했다. 윤 후보 측에서는 사실 무근의 모함이라 고소를 제기했으나, 태식의 사주를 받은 공작원들이 조직적으로 움직여 여론을 주도해 나갔다. 반전의 가능성이 점차 높아지고 있었다.

그러나 윤 후보 측에서도 당하고 있지만은 않았다.

지방지에 유력한 후보인 태식에 대한 정보들이 보도되기 시작했다. 먼저 태식의 학력 문제가 거론되었다. 최종학력 ○○대학원 졸업은 허위라는 것, 졸업이 아니고 수료라고 해명했다. 다음은 석답골 선불도 본부 선원 공사 비리가 거론되기 시작했다. 수의 계약에 건축 허가 과정에서 해당 기관에 준 뇌물이 문제였다. 태식은 해당 신문과 기자를 허위 보도와 명예 훼손으로 고발했다. 그러나 최태식의 비리 폭로는 이제 시작일 뿐이라고 상대편에서 공격의 고삐를 죄기 시작했다.

최태식 후보 진영에 괴전화가 걸려왔다.

"모든 정보와 자료, 결정적 증거들을 갖고 있다. 최태식 후보는 부도덕한 비리를 저지른 책임을 지고 후보를 사퇴하라."

"요구가 무언가? 협상 용의가 있다."

상대 후보와는 박빙의 접전이 벌어지고 있는 상태로 절체절명의 순간이 다가온 것이다.

전화를 도청하던 서정두 정보팀이 즉시 가동되었다.

상대는 예측한 대로 이석우와 조영식이 관련돼 있었다. 이쪽에서 풀어놓은 이중 첩자에 의해 그들이 노출됐다. 마타도어가 성공하는 순간, 정보는 아직 상대편에 넘어가지는 않았다. 선거는 사흘 앞으로 다가와 있었다.

약속이 이루어진 장소는 시내 모처의 창고 안이었다.

"이석우, 자네가 어떻게 이럴 수 있어? 그간의 의리를 생각해도 이건 아니지."

서정두가 설득을 시작했다.

"형님, 의리가 밥 먹여 줍니까? 이참에 나도 한몫 챙겨 봅시다."
"알았네. 요구가 뭔가?"
"잘 아시면서."
"얼마면 되겠어?"
"저쪽에서 석 장을 준다고 했소."
"알았어. 섭섭하지 않게 해줄 테니 우선 자료를 넘겨."
"형님, 한두 살 먹은 애들도 아니고…. 여차하면 조영식이 선관위를 방문할 거구만요. 한내 사건 아시죠? 이건 비중이 좀 큰 것이지만요."
"인마, 그건 공소시효가 지났다는 것 몰라? 그리고 증거 있어? 댐이 준공된 게 언젠데 그래? 이젠 다 파묻혀 버린 얘기라고."
"형님, 아직 꿈을 꾸시는군요. 녹음 한 번 들려 줘요? 형님 목소리도 제법 나오던데."
"이 자식이 누굴 겁주는 거야?"
"그러니까 형님이 알아서 하시라 이 말입니다."
"설마 우리를 협박하려고 이러는 건 아니겠지?"
"협박이라뇨? 이건 어디까지나 비즈니습니다."
"너무 늦었어. 자네 참 어리석군."

정두가 눈짓을 하자 문이 열리고 밖에서 덩치가 우람한 청년 대원 셋이 들어와 이석우를 일으켜 세운다.

"이러시면 안 되는데."

석우가 반항을 했지만 검은 자루가 그의 얼굴이 씌워지고 앉았던 의자에서 나뒹굴었다.

"피라미만한 새끼가 어따 대고 협박이야?"

그날 이후 석우의 모습은 강천 시내에서 보이지 않았다.

선거 결과는 최태식의 신승이었다. 차점인 윤 후보와 오차 범위 내의 피를 말리는 접전 끝에 간신히 세 자릿수 차이로 당선된 태식은 온 동네를 돌아다니며 당선 인사를 했다.

그러나 문제는 당선 후에 불거지기 시작했다.

낙선된 윤 후보가 부정선거 이의를 제기하고, 선거 기간 중에 실종된 운동원 이석우의 문제, 운동 기간 중 알려진 최태식 당선자의 각종 의혹에 대해 사직 당국의 엄정한 수사를 의뢰하는 한편, 부당한 금품 제공 등으로 당선 무효 소송을 제기하기에 이르렀다. 골치 아픈 일들이 생겨나고 있었다.

마침 사법 당국은 이번 선거에서 비리를 근본적으로 척결한다는 의지로 신속하고 공정한 판결을 내릴 것이라는 성명을 발표했다. 설상가상이었다.

최태식은 당선무효 가능성 순위 상위에 랭크되어 지면에 오르락내리락했다.

"서 형, 어떻게 해야 할까요?"

당선의 기쁨도 잠시 태식의 비밀 사무실에서는 다시 비상대책 회의가 열리고 있었다.

"우선 이석우를 설득해야 합니다. 그가 모든 문제의 핵심입니다."

"이석우는 어떻게 됐지요?"

"안가에 잘 모셔 놨으니 걱정 마십시오."

"사무실로 데리고 오십시오. 한번 만납시다."

"그렇게 하도록 하겠습니다."

"저쪽에서 문제 삼고 있는 것들 중 해결해야 할 것들이 뭡니까?"

"이석우의 입만 잘 조절하면 별 문제는 없을 것 같습니다. 어차피 선거판에서 벌어진 일로 마타도어와 루머였다고 본인이 진술하면 잠

잠해질 것입니다. 한내 사건은 공소시효가 지난 것 같고…, 문제는 이석우의 입을 막을 실탄이….″

″그건 염려 말고 차질 없이 은밀히 진행해 주길 바랍니다.″

다음날 모처에 감금되었다 풀려난 이석우가 서정두와 행동대원들에 의해 태식의 사무실로 끌려 나왔다. 얼마 동안이었지만 심한 고통을 겪은 듯 몰골이 말이 아니었다.

″그간 고생했소, 매형.″

태식이 손을 내밀었으나 석우는 그 손을 잡지 않았다.

″…″

″자네가 내 형편을 좀 이해해 주길 바랐는데.″

″이해? 뭘 이해하라는 겁니까?″

석우의 눈이 증오로 충혈되고 있었다.

″다 지나간 일, 선거를 치르다 보면 불가피한 일들이 생기게 마련이지.″

″당신은 불법으로 사람을 감금하고 폭행했소. 내가 이대로 가만 있을 줄 알았습니까?″

″아, 충분히 이해하네. 그래서 그동안 고생한 대가로 섭섭지 않게 해줄 테니, 그만 이쯤에서 우리 타협을 하는 게 어떻겠는가? 자네는 이번 선거에서 아주 중요한 역할을 했어. 이제 선거도 끝났고…. 당선을 축하해 주면 서로 좋은 일 아니야?″

″경민 아빠!″

그때 사무실 문이 열리고 뜻밖의 인물이 안으로 들어왔다. 인숙이다. 어디선가 소식을 듣고 찾아온 모양이다.

″누구야, 이 여자를 들여보낸 놈이?″

사무실 안이 순식간에 얼어붙는다.

"나요."

뒤따라 들어선 남자가 있었다.

"당신은?"

"강천경찰서 수사계 민 형삽니다."

"당신이 여기에 웬일로?"

"소문에 듣던 대로군요. 이 사람이 이석우 씨 맞습니까?"

민 형사가 인숙이 손을 잡고 선 석우를 가리킨다.

"민 형사님, 무슨 오해가 있었던 것 같은데 잠깐 저 좀 볼까요?"

서정두가 자리에서 일어나 민 형사 앞으로 다가선다.

"민 형사님, 저 사람 얘기 듣지 마세요. 일주일째 저를 감금 폭행한 사람입니다."

석우가 소리를 질렀다.

"자, 왜들 이러시나. 나 이번에 당선된 최태식 의원이오. 민 형사, 무슨 오해인지 모르나 혐의가 있으면 영장을 제시하시오."

최태식이 분위기를 반전시키려는 듯 미소를 띠고 일어선다. 그러나 그의 얼굴에는 곤혹스러움이 번지고 있었다.

"네, 곧 정식으로 영장을 발부 받아 오겠습니다. 다만 이석우 씨는 이제 그만 풀어 주시죠?"

민 형사가 의미심장한 표정으로 태식을 바라보았다.

"오빠, 오빠도 사람이야? 어떻게 이럴 수 있어?"

잠시 잠잠히 있던 인숙이 터져 나오는 분노를 폭발하듯 태식을 향해 울부짖었다.

다리에 힘이 풀리는지 태식이 의자에 털썩 주저앉는다.

그 모습은 어설픈 연출로 연기를 완성하지 못한 피에로가 무대에서 쫓겨나는 순간처럼 허허롭게 보였다.

최태식은 곧 소환되었고 서정두는 잠적했다.

순식간에 그 사건은 뉴스를 타고 전국으로 번져 나갔다.

조사가 진행되면서 최태식의 부정과 비리들이 속속 드러나기 시작했다.

이석우는 자신이 확보하고 있는 모든 자료를 동원해 태식의 비리를 폭로했다. 불똥이 여기저기 튀며 불꽃을 일으켰다. 그는 태식의 행적과 범법 사실들을 밝히면서 그가 얼마나 돈과 권력에 집착한 비정한 사람인지를 설명했다.

서정두의 행적을 쫓던 수사 당국에 의해 뜻밖의 혐의들이 포착되었다. 우선 운영하고 있는 신흥건설의 건축 비리가 쏟아졌다. 회사의 공금으로 비자금이 조성된 것을 알아냈다. 그 가운데는 석답골의 선불도 본부 선원 건립에 대한 것도 포함되어 있었다.

국유지를 훼손하고 선원을 불법 건립한 선불도가 행정 당국에 준 뇌물도 드러났다. 신도들이 바친 헌금들에 대한 수사도 힘을 받기 시작해 사건을 담당한 검찰에서 혀를 내두를 정도의 성과들이 나타났다. 태식의 주변과 선불도는 복마전의 모습을 하고 있었다. 그러나 선불도에 드나들던 사람들을 내사하는 과정에서 몇몇 인물들을 발견하고 수사관들은 잠시 서류를 닫았다. 권력의 핵심에 접근해 있는 사람들이 있었다. 이것은 정치적인 문제였다.

그 무렵, 석답골의 선불도 선원에 있던 사람들은 청암이 가끔 선원의 매월 삭망에 정기적으로 진행하던 도법회(道法會)를 빠뜨리고 넘어가는 데 대한 불만이 차츰 커져가고 있었다. 도법회는 오랫동안 청암이 혼신의 힘을 기울여서 진행해 온 선불도의 핵심 강좌였다.

청암이 그가 머물던 선원 경내에 있는 정사(精舍)에서 떠나 위치가 불분명한 다른 거처로 옮긴 이후 사람들은 그의 얼굴 대하기가 어려워졌다.

도법회를 바라고 삭망에 선원을 찾아온 신도들은 가끔 자리를 비우는 그의 행적에 의심을 품기 시작하면서 어딘지 모를 불안감에 사로잡혀 있었다.

그가 발표를 미루고 있는 삼인일에 대해서도 회의를 품는 사람들이 늘어갔다. 그의 말에 현혹되어 숱하게 바친 법비와 보시에 대해서도 이러쿵저러쿵 말들이 많았다.

지난 수년 동안 청암은 본부 선원과 정사와 요사채 등의 건립을 이유로 여러 가지 명목으로 법비들을 거두어 들였다. 자발적인 모금의 형식을 취하긴 했지만, 열심이 있는 신도들에게 말법(末法) 시대를 건너고 삼인일에 미륵세존을 만나기 위해서는 법비를 바쳐야 한다고 강조했다.

그는 법비를 내는 데는 일정한 법칙에 따라야 한다고 보시의 원칙을 알려 주었는데, 보름마다 정성을 두 배씩 드리는 매일보전(每日補錢)을 실시하라고 했다. 이것은 기하급수적인 보시 방법으로, 예를 들면 첫날에 1천 원으로 결정된 보시는 둘째 날 2천 원, 셋째 날 4천 원…이런 식으로 정성을 들여 보시함에 넣는다. 경우에 따라서는 매일보전이 보름 동안 쌓은 공덕이 수천만 원을 넘을 때도 많았다. 도중에 한 번이라도 거르는 일이 생기면 매일보전은 다시 시작해야 한다.

청암은 이 같은 보시가 쌓여 공덕을 이룬 후에야 후칠천 년의 도화지에 들어가게 될 것이라 했다.

수년간 이 같은 방법으로 청암이 거둬들인 돈의 규모가 얼마인지 아는 사람은 없다. 매일보전의 약속은 천부님과 세존님과의 약속인 만큼 누구에게도 발설하지 않도록 엄격히 제한했기 때문이다.

그 결과 본부 선원을 비롯한 건물들이 석답골 안에 빠른 시일 안에 지어지고, 그 건물들이 완공됨으로 선불도는 규모를 갖춘 하나의 집단으로 자리 잡게 되었다.

문제는 그 후에 발생했다.

금방이라도 삼인일이 다가와 지구의 종말을 고하게 된다던 청암의 선포는 그 결정적 시기가 차일피일하면서 알려질 듯 말 듯 애매한 모습으로 시간이 흐르고 있었다. 본부 선원 착공을 하면서 청암은 시간이 너무 절박하다고 사람들을 공포로 몰아갔다. 그래서 그 건물의 지하는 벙커로 되어 요새화했다. 핵무기에도 견딜 수 있는 안전한 피난처라고 했다. 그러나 건물이 준공된 지 3년이 넘도록 아무런 징조도 보이지 않자 청암은 말을 바꾸기 시작했다.

어느 날 도법회에서 그는 이렇게 말했다.

"후천 도수가 잘 맞지 않은 탓에 삼인일은 조금 지연되고 있다. 그러나 이것은 필연이기 때문에 머지않아 다가온다. 그 징조들이 이미 수없이 나타나고 있지 않으냐. 고베 대지진은 일본 열도가 수중으로 가라앉는 전주곡이며, 곧 태평양과 인도양에 거대한 쓰나미가 일어나 웬만한 섬들을 다 삼킬 것이다. 우리나라에도 쓰나미는 덮칠 것인데, 예를 들면 태백산 입구에 있는 해발 8백 미터의 석포(石浦)는 그 이름처럼 나루터가 될 것이다.

상상해 보라. 수많은 해안가나 섬사람들의 운명은 어떻게 되겠는가. 이것은 자연적인 현상의 하나일 뿐이다. 다 알다시피 지상에서는 미국과 소련의 핵무기 경쟁이 더욱 치열해질 것이고, 이때가 되면 지상의 지도자들이 수없이 목숨을 잃게 될 것이다. 미국의 케네디가 그랬고, 우리의 박 대통령이 그렇게 될 줄 누가 알았겠느냐. 뿐만 아니라 그때가 되면 지상에 사는 사람들이 믿는 신들이 저마다 나서고 신들의 전쟁이 시작된다. 이스라엘과 아랍 세계의 전쟁이 그 예이다.

소련의 체르노빌이라는 도시를 아는가? 이 도시는 핵물질이 누출되어 수십만 명이 목숨을 잃었다. 이 모두가 종말의 시작이다. 천신님은 이때가 법화경이 끝나는 시기라고 말씀하셨다. 그래서 부처님의 세계가 끝나고 악령이 출몰해 세상은 질병과 재난으로 수라장이 될 것이다. 세상의 끝에 오면 천신님은 그가 관장하던 세상의 모든 신들의 권한을 거두어들일 것이다. 그렇게 되면 산과 들, 바위와 나무의 정기들이 모두 사라지고 점쟁이들은 점을 칠 수 없게 된다. 교회나 절도 기도의 효험이 사라져 신자들의 개인 문제를 해결할 수 없고 죄를 회개해도 용서를 받을 수 없다. 천신님은 미륵세존을 보내어 세상을 심판하실 텐데, 승려와 목사들이 제일 먼저 심판대에 오를 것이다. 이들은 신자들을 바르게 인도하지 못한 죄를 지었다.

성경에도 옛날 소돔과 고모라라는 성에 유황불 비를 내려 멸망시킨 일이 있다. 이미 미국과 소련에 만들어진 핵무기만 해도 지구를 일곱 번 불태울 수 있는 양이다. 다만 그 시기는 천기에 속해 있을 뿐이다. 확실한 것은, 지구의 멸망 시 우리나라는 영혼의 중심 국가이므로, 우주의 핵심이고 우주 생성이 시작되는 곳이어서 대란에서 비켜설 가능성이 많다. 아마겟돈 전쟁이라고 아는가. 말세에 기독교와 이슬람은 아마겟돈에서 마지막 전쟁을 치르게 된다. 이것은 이미 전 세계적으로 알려진 예언이다. 이 마지막 전쟁에 전 세계의 모든 국가들이 참전하게 되며 이 전쟁의 결과로 인류는 절반이 희생된다. 그 전쟁에서 살아남기 위해서 우리는 지금 공덕을 쌓고 있는 것이다.

우리나라는 곧 수많은 세계인이 모이는 기회가 생긴다. 전 세계적인 행사가 벌어지는데 그때가 아주 위험하다. 테러리스트들이 이 시기를 노리고 있다. 삼인일은 범띠 해에 일어나는 사건이다. 그러나 잠깐 도수가 어긋나면 그것은 용으로 변할 수도 있다. 분명한 것은 그 시기가 아주 가까이 와 있다는 것이다. 거듭 말하지만 이곳 석답골의 여러분은 안전하다. 천신님의 계시가 그렇다. 머지않아 삼인일의 비밀과 그 시기를 알려줄 것이다. 목전에 와 있다. 여러분들은 나누어드린 천부경과 문사주경을 열심히 읽고 외워 환난에 대비하기 바란다."

그는 확신에 찬 음성으로 말했기 때문에 아무도 이의를 제기하는 사람이 없었다.

그 일이 있고 나서 신도들은 더욱 열심을 내어 매일보전에 참여하며 열심히 미륵세존 찬탄가를 불렀다.

"미륵세존 추기주 대두목 되어 사바중생 제도하러 오신답니다
명덕관운 대법왕 감로수로서 화태중생 머리 위에 부어 주시니
누구든지 감로수 마시는 자는 생사고액 절로절로 벗어납니다.

진주보살 대광명 비치는 곳에 육도윤회 생사문이 다 무너지네
삼십삼홍 하현신 날 낮추시고 삼계중생 누구나 구해 주시며
청암선사 소리 없이 설법하시고 우리 중생 법을 깨쳐 마음 돌리네."

그러는 사이 시간은 단절 없이 흘러갔다.

선거철이 다가오면서 선원을 찾아오는 많은 후보들과 그 가족들의 발걸음이 이어졌다. 그중에는 액운을 없애 준다는 선원 측의 요구로 상당한 재산을 바친 사람들도 있었다. 청암은 마지막 시대에 나라를 이끌어 갈 선량들을 뽑는 일에 천신님의 도움을 받아야 한다고 여러 종류의 잡신의 접근을 막는 부적들을 써 주고 선불도 특유의 축귀의 식들을 행했다. 그들은 상당한 보시를 했으며 정두는 강천과 석답골

을 오가며 이들을 관리했다.

그런데 이상한 일이 벌어졌다.

선거가 끝나고 나서 청암과 서정두 등 선불교 핵심인물들의 모습이 그곳에서 사라진 것이다. 경찰서 보안과 형사들이 경내에 나타난 뒤부터다.

이유가 밝혀지기 시작했다.

최태식 국회의원 당선자의 비리를 수사하던 당국은 태식의 선거 참모를 지낸 서정두가 잠적함에 따라, 그의 거처를 탐문수사하는 과정에서 서울의 강남 모 고급 아파트에서 은신하던 서정두를 검거하고, 그를 숨겨 준 서근섭을 범인 은닉죄로 기소한 사실이 보도되었다.

신문은 청암선사로 불리는 서근섭이 사이비 종교를 만들고, 석답골 지역에 무허가 선원을 지어 수많은 신도들을 모으고 엄청난 금품을 거둬들였으며, 황당한 내용의 종말설을 퍼뜨려 민심을 혼란케 하였고, 검거 당시 두 사람은 자해 소동을 벌여 큰 소란을 일으켰다는 소식도 곁들였다.

특히 서근섭은 12년이나 나이 차이가 나는 젊은 부인과의 호화스런 생활이 들통나는 바람에 엽기적인 뉴스거리를 제공하고 있었다.

텔레비전 저녁 뉴스는 조사 과정에서 더 많은 비리가 폭로될 것을 예고하기도 했다.

모두가 청천벽력과 같은 소식들이었다.

산간 오지였던 석답골에 신문과 방송국의 기자, 카메라맨들이 줄지어 찾아들었다. 그들은 석답골 경내에 지어진 본부 선원 건물들과 각종 시설이며 신도들의 집단 거주지 규모에 놀라움을 금치 못했다.

석답골 사람들은 청암과 정두의 구속이 믿기지 않는다는 듯 허탈한 표정을 짓고 있었다.

TV 화면에 나온 어떤 선불도 신도는 울먹이며 말했다.

"청암선사께서 그런 일을 저질렀다는 것을 믿을 수 없습니다. 그분은 상천하지에 모르는 것이 없고 축지법으로 하룻밤에도 천 리를 오가는 분입니다. 뭔가 오해가 있었을 것입니다."

또 다른 여성 신도는 "아이고, 이제 어째 사노? 고향에 집이랑 전답을 몽땅 팔아 여기루 이사를 왔는데. 이 무슨 날벼락일꼬?" 하며 안절부절못하고 있었다.

고덕동 이승규 목사의 집에 수사관들이 찾아온 것은 그 무렵이었다. 얼마 전 강천시 경찰서로부터 참고인 출두 요청을 받았으나 건강상의 이유로 출석하지 못하겠다고 통보를 하자 직접 집으로 찾아온 것이다. 이 목사는 거동이 불편할 만큼 건강이 악화되어 있었다.

"무슨 일입니까?"

집에 있던 이희영 전도사가 그들을 맞이했다.

"수년 전 지금은 수몰된 대천면 소재 가나안교회를 운영하신 적이 있습니까?"

"그렇습니다."

"그 교회에 화재 사건이 있었습니까?"

"그렇습니다. 화재 현장에 있던 한 분이 목숨을 잃은 사고였습니다."

"대천경찰서에서 당시의 사건 기록을 조사해 봤습니다. 누전에 의한 화재로 처리됐던데, 혹시 그 화재가 방화일 수 있다는 생각을 해보신 적이 없었습니까?"

"왜 그 문제를 다시 거론하는 것입니까?"

침대에 누워 얘기를 듣던 이 목사가 참견을 했다.

"아, 그것은 이번 선거법 위반 혐의로 기소된 최태식 씨의 사건을 조사하다가 우연히 포착된 부산물입니다."

"10년도 넘은 얘깁니다. 당시에 다 해결된 문제이기도 하구요."

"물론 공소시효가 지났다는 것은 압니다. 사건의 현장도 물속으로 사라지고 묻혀 버린 얘깁니다. 그러나 제보자 측에서 당시의 정황을 워낙 자세하게 설명하는 바람에 조사를 하지 않을 수 없습니다. 이해를 하시고 협조해 주십시오."

"저희들은 당시, 방화를 증명할 아무런 단서도 확보한 것이 없었습니다. 의심이 가는 것은 현장에서 화상을 입고 쓰러져 있던 고만수라는 제 친구의 행태였는데, 당시 의식을 잃고 쓰러져 아무런 설명도 들을 수 없었습니다. 그는 며칠 뒤 사망하고 말았습니다만…. 우리는 그때 고만수가 왜 그 시간에 그곳에 쓰러져 있었는지에 대해 아직 설명할 수 없습니다."

"누군가 외부에서 은밀히 교회로 들어와 불을 지르는 것을 고 씨가 목격한다. 그리고 그것을 막아선다. 범인들은 자신들의 정체가 탄로 날 것이 두려워 고 씨에게 폭력 또는 다른 방법으로 위해를 가한다. 그 과정에서 화재는 크게 번지고 고씨는 의식을 잃고 화재 현장에 쓰러져 화상을 입은 모습으로 발견된다. 뭐 그런 가상의 시나리오가 가능할 것 같은데 어떻습니까?"

"우리는 당시 누전으로 화재가 발생했고, 우연히 이를 발견한 고씨가 불을 끄려다 실족하지 않았나 그렇게 판단했습니다. 고씨는 다른 곳에 있다가 전날 교회로 왔기 때문에 더욱 그렇습니다."

"고씨는 어디에 있었습니까?"

"석답골 선불도 선원을 짓는 공사장에서 일을 했습니다."

곁에서 과일을 깎던 사모가 이 목사를 대신해 대답했다.

"예상대로군요. 사실은 그 공사장의 인부 중 두 사람이 교회에 화재가 발생하기 전날 한내로 갔다는 증언이 있었습니다."

"아, 그렇다면 그곳 사람들이?"

"최태식이 사주를 해서 인부 두 사람을 그곳으로 보냈고, 그들이 방화를 한 것으로 추정됩니다. 그 두 사람은 인적 사항이 밝혀져 수배 중에 있습니다. 공소시효 문제가 어떻게 될지 모르지만 그 화재는 사람의 생명을 앗아간 사건입니다."

"세상에 어떻게 그런 일이 있을 수가?"

이야기를 듣고 있던 희영의 눈에 눈물이 맺힌다. 잊혀지던 기억이 되살아나고 지난 상처에 아픔이 엄습한다.

"문제는 왜 선불도 사람들이 교회를 공격했는가 하는 것입니다. 그것이 궁금합니다. 물론 수배중인 자들이 검거되면 밝혀질 일이긴 합니다만."

"그럴 만한 이유가 있었습니다. 당시 우리 가나안교회는 한내에서 많은 사람들에게 사랑을 받고 있었습니다. 그런데 이미 알려진 대로 선불도라는 신흥 종교가 생겨서 마을 사람들을 현혹하고 교인들을 빼가기 시작했습니다. 저는 교인들에게 그들의 공세를 사탄의 유혹에 비유하고 그들의 침투를 적극 저지했습니다. 마을과 교회를 지키기 위해 당연히 해야 할 조치들이었습니다. 아마 이 같은 조치들이 그들을 자극하지 않았나 하는 생각이 듭니다."

이 목사는 눈을 감는다. 지나온 세월들이 기억 속을 흔들며 지나간다.

"그 일로 아버지는 교회를 사임하시고 저는 수년간을 방황해야 했습니다. 또 다른 육친이셨던 한 분은 목숨을 잃으시고…. 형사님, 지금 그 가정들이 사실이라면 우리 가족에게 이처럼 엄청난 비극을 안겨 준 그들을 어떻게 해야 합니까?"

희영이 눈물을 펑펑 쏟아내며 물었다.

"자, 진정들 하시고. 지금 저는 사건의 일부를 확인하러 온 사람입니다. 앞으로 공판 과정에서 혹시 참고인 진술이 필요하게 될지 모르겠습니다. 그때 잘 협조해 주시길 바랍니다."

형사가 자리에서 일어섰다.

"사필귀정이다."

형사가 돌아간 뒤 이 목사는 불편한 몸을 일으켜 자리에 앉았다.

"어쩌면 이런 있을 수 없는 일들이 생긴 걸까요?"

희영이 감정을 다스리며 이 목사를 쳐다본다.

"하나님은 참으로 공의로우신 분임에 틀림없다. 보아라, 천 길 물속에 잠겨 사라져 버린 사건도 속속들이 찾아내어 억울한 일이 없게 만드시는 그분의 솜씨를. 나는 언젠가 이런 날이 찾아올 줄 알았다. 그런 면에서 고 영감은 실로 순교를 한 것이나 다름없다. 언제 한번 묘소에 다녀오자."

손님을 보내기 위해 이 목사가 희영의 부축을 받으며 일어섰다.

그의 얼굴에 오랜만에 편안한 웃음이 보였다.

묘소는 없고, 위해는 강물에 뿌려졌는데… 희영은 속으로만 말했다.

8. 회귀

지훈이 서울로 돌아온 것은 그 무렵이었다.

그는 귀국을 결정하느라 잠시 진통을 겪었다. 피셔 교수는 그가 연구실에 남아 주기를 바랐다. 조금 더 실적을 쌓은 뒤 강단에 서도록 해주는 조건이었다.

그러나 그는 귀국을 결심했다.

감상적인 마음으로 결정한 것이 아니다. 조국은 세계 어느 곳보다 아름다운 나라이고, 이제 자신이 태어나고 자란 조국에 작은 봉사라도 해야 할 것 같은 생각이 들었다. 또한 그 조국이 자신의 뼈를 묻어야 할 곳임을 알게 된 것은 역설적이지만 세계 여행에서였다. 귀국 후의 활동에 대한 보장도 어느 정도 되어 있다. 그동안 공들여 온 인맥 시스템 채널은 지금도 잘 가동되고 있을 것 같다.

그러나 이 모든 그럴듯한 이유를 앞서는 더 큰 이유는 바로 강수경이란 여자 때문임을 그는 숨길 수 없다. 그는 수경에게 버림을 받은 것임에 틀림없다. 애초에 그들의 만남은 계약의 성격을 띠고 있었기 때문에 이런 결과는 예견된 것이기도 했다. 돌아보면, 그녀가 자립하는 동안 그의 역할이 후견인이나 보디가드에 머물렀던 것도 사실이다. 결혼식을 올리지 않았으니 이혼을 한 것도 아니다.

그녀는 목하 연애 중이라서 약혼자의 귀국에 전혀 관심이 없었다. 이혼 경력이 있는 사람들끼리는 통하는 시그널이 있는 모양이다. 두 재벌가 사이에 벌써 모종의 계획이 진행되고 있는 것 같다.

그들이 살던 뉴욕은 이제 그에게 다시 차갑고 낯선 도시로 돌아서 버렸다.

얼마나 많은 사람들이 사랑이라는 이름으로 만나고 헤어지는가.

도대체 사랑이란 것이 실제로 있기나 한 것일까?

지훈은 그런 의문에 대해 정답을 말할 자신이 없다.

서울로 돌아오는 길에 그는 다시 세계를 한 바퀴 돌았다. 6개월쯤 걸렸다. 그동안 탐방을 벼르던 러시아와 동구권 공산국가들과 중국을 거치며 그는 이데올로기의 허망함과 역사의 자정 능력을 보았고, 자유의 의미를 다시 생각하게 됐다. 아우슈비츠의 어두운 색채가 드러나던 동구권은 프라하, 부다페스트, 바르샤바, 소피아 등 어디서나 페레스트로이카(개방과 개혁)의 몸살을 앓고 있었다.

발트해 흑해 연안은 곳곳에서 소비에트 연방의 철책이 찢겨 나가는 파열음으로 요란했다. 한 세기도 지탱하지 못하는 이데올로기의 허망함을 그는 보았다. 바야흐로 세계는 세기말을 향해 격변을 치르고 있는 중이었다.

돌아보면 그는 자신의 여행이 역사라는 관점에서 시간과 공간을 어느 정도 체계 있게 정리할 수 있도록 안목을 열어 준 것이다.

수많은 신전과 성당을 돌아보며 인간이 어떤 모습으로 살아왔는지를 생각해 보게 되었다. 절대자에 대한 그들의 끊임없는 숭배의 흔적들을 보면서 한없이 나약한, 그러나 끊임없이 저항하고 창조해 낸 인류의 고뇌에 숙연해지곤 했다.

동시에 생명의 고귀함이랄까 치열함이랄까, 그에게 다가온 수많은 문화의 흔적들은 인류가 생명을 유지 보전하기 위해 얼마나 열심히 살았으며, 또 살아가고 있는가를 생생히 보여주고 있었다.

곳곳에서 마주치는 문화 유적들은 그들이 초자연적인 숭배의 대상에 늘 최선을 다해 예배드리고 살아왔음을 보여주었다. 도처에 건립된 신전, 성당, 교회, 사원, 탑과 조각, 경전, 불상, 예배도구, 악기, 작은 장난감 우상에 이르기까지, 그리고 유물과 노래, 춤, 그림, 음악, 축제, 행사, 절기들과 연극, 영화, 민속에 이르기까지 불완전한 인간의 극복할 수 없는 한계를 인류는 신앙의 힘으로 넘어서고자 했음이 눈으로 확인되었다.

일부 정치권력을 위한 것들을 제외하면 나라와 민족, 지역 간 형태는 다르지만, 경배의 대상을 정하고 예배 행위를 함으로 불안에서 해방되고자 했던 것이 인류의 삶의 모습이었음을 알 수 있었다. 결국 인류가 공통적으로 추구했던 최고의 가치는 초월자에 대한 경배라 결론지을 수 있었다. 인류가 이루어 놓은 문화 현상의 최대공약수인 셈이다.

그리고 그것은 오늘날에도 불변의 진리임을 그는 재확인했다.

서울행 비행기를 타고 오면서 지훈은 비로소 잊고 있었던 것처럼 자신을 돌아보기 시작했다.

'나는 성공적인 인생을 살았는가?'

'나는 행복한가?'

그는 수시로 자신에게 질문했다.

'성공은 무슨, 행복하냐고? 누굴 놀리는 거야?'

대답은 늘 그랬다. 그의 인생은 낙제점이었던 것이다.

총체적으로 지금까지 그의 삶은 실패다. 지금까지라고 시한을 정한 것은 앞으로 희망이 있다는 가정에서 할 수 있는 말이다. 불확실하기는 그것도 마찬가지지만 말이다.

그는 그 원인을 종종 분석했다. 알 수 없는 일이다. 왜 아무런 잘못도 없었는데 수경은 나를 버린 것일까? 그렇게 바라던 학문을 성취했음에도 왜 나에겐 아직도 만족스러움이 없는가? 두 번째 의문은 첫 번째 의문에 종속된 변수다.

수경이 떠난 일은 그가 수용할 수 없는 큰 충격임을 차츰 깨닫기 시작했다. 누구나 겪을 수 있는 일이라 애써 변명해 본다. 홀가분해진 것이라고 자위해 보기도 한다. 그러나 그 같은 생각은 곧 공허를 불러온다. 온 우주가 텅 빈 느낌이다. 그는 한 여자의 사랑을 얻는 일에조차 실패한 사람이다. 그런데 인류의 삶의 방식을 연구하는 박사라고?

그는 자신의 이 견딜 수 없는 공허가 어디에서 연유한 것인지 생각하기 시작했다. 그는 자신의 생애를 뒤돌아보았다. 그가 행복했던 시간들은 언제였던가? 꿈이 있었던 때일 것이다. 한내의 모습이 떠올랐다. 가나안교회의 크리스마스가 생각났다. 새벽송을 돌던 기억, 희영과 풋풋했던 사랑도…. 아름다운 그림이다.

그는 그의 생애에서 무언가 아주 중요한 것들을 빠뜨리고 놓친 것 같은 느낌이 들었다. 그것은 믿음이었다.

그는 한내를 떠나면서 믿음을 잃고 살아왔다. 〈새한일보〉로 일터를 옮기고 연애, 약혼, 유학을 하면서 격변의 세월을 살아가는 동안 그는 교회를 떠난 생활을 했다. 그가 한내의 작은 가나안교회당 안에서 세례를 받고 기도하며 찬양을 부르던 아름다운 믿음들은 세월이 흐르는 동안 그의 곁에서 떠나가고, 치열한 정글의 법칙을 따라 자신의 판단과 이성에 지배되는 삶을 살아온 것이다. 주변에서 그와 만나는 사람들이 믿음이 없었던 것도 한 가지 원인일 수 있다. 강수경과 그녀의 가족들 역시 믿음과는 거리가 먼 지극히 현실적인 사람들이었다.

그런 환경의 영향 때문인지, 수경은 가끔 지훈이 신앙을 가져 볼 것을 권유하면 어리석은 자들의 자기 합리화라고 신앙생활 자체를 폄하했다. 하긴 신앙 근처에 한번도 가 보지 않았던 사람들이다. 지훈은 더 이상 그녀에게 믿음에 대한 설득을 할 수 없었다.

이런 환경이 한내에서의 짧은 신앙 경험을 지속시키는 데 장애가 되었다.

또 한 가지, 한내의 가나안교회와 선불도의 분쟁, 화재, 이 목사의 축출, 희영의 잠적 등 일련의 사태들은 그에게 무의식적으로 신앙의 혐오감을 느끼게 했고 믿음 생활에 대한 회의를 가져왔다. 자연히 그의 신앙은 한내를 떠나면서 스러져 버린 것 같다. 결과적으로 자신의 일에 전력투구하느라 정신적인 안정을 뒷받침하는 믿음에 실패한 것이다. 지훈은 귀국 비행기 안에서 이러저러한 생각들에 잠겨 있었다.

서울에 도착했을 때, 공항에는 여동생 경숙이 나와 있었다. 친지들에게 알리지 않은 이유도 있었지만 떠날 때와는 사뭇 다른 삭막한 분위기가 그를 조금 쓸쓸하게 했다.

"오빠, 귀국을 축하해."

"고맙다, 이렇게 나와 줘서. 아버지 건강은 좀 어떠시니?"

"늘 그러시지 뭐. 공항에 나오시겠다는 걸 내가 말렸어."

"잘했다."

아버지는 오래전부터 지병으로 건강이 안 좋은 편이었다.

'귀국을 환영합니다.'

개찰구를 나오려는데 갑자기 지훈 앞으로 자그마한 플래카드가 펼쳐진다.

뜻밖에도 박수남 목사가 마중을 나와 있었다. 또 한 사람 이희영 전도사와 함께였다.

"아니, 어떻게 소식을 듣고?"

의아해하는 지훈에게 "김 선생님, 대한민국 이젠 옛날과 달라요. 세계는 넓지만 지구촌으로 가까워졌습니다"라며 수남이 허허 웃었다.

"정말 궁금하네, 어떻게 알았을까?"

"아마존 스바나와 방송을 들었습니다, 하하."

"그럼 장 선교사가?"

"아니, 장 선교사는 김 선생님이 뉴욕을 떠나셨다는 소식만을 알려왔습니다."

박수남의 얼굴엔 아직 장난기가 걷히지 않았다.

"그래요, 그렇다면?"

"목사님이 며칠 전에 전화하셨어요. 오늘 아침까지 아마 열 번도 더 하셨을 거예요."

동생 경숙이 수수께끼를 금방 풀어 주었다.

"이렇게 고마울 데가."

지훈은 수남의 손을 잡았다.

"잘 오셨습니다."

수남이 순박한 웃음으로 잡은 손을 흔들었다.

"희영 씨, 만나서 반갑습니다."

한쪽으로 비켜섰던 희영이 지훈이 내미는 손을 잡았다.

"금의환향하셨군요. 축하합니다."

"희영 씨에게선 세월이 비켜간 모양이네요? 여전히 아름다우신 걸 보니."

"농담도 여전하시네. 이젠 할머니가 다 됐어요."

희영이 입을 가리고 웃었다. 그녀의 웃음은 아직도 맑고 시원했다. 지훈의 가슴속으로 작은 흔들림이 지나갔다.

"가시죠. 밖에 차를 대기시켜 두었습니다."

박수남이 앞장을 서고 그들은 공항 건물을 빠져나왔다.

주차장에 세워 둔 박 목사의 승용차로 지훈은 서울로 돌아왔다. 능숙한 솜씨로 운전을 하며 박 목사는 새가나안교회가 크게 성장하고 있다고 말했다. 그의 어조에는 자신감과 당당함이 느껴진다.

"이제 돌아오셨으니 또 도와주실 거죠?"

운전석 옆에 앉은 희영이 지훈을 돌아보았다.

그동안 곁에서 함께 살던 사람들처럼 낯익은 목소리다. 지훈은 시간의 간격을 허무는 정감어린 목소리를 들었다. 마음이 편안해졌다. 그와 함께 그의 내부에서 긴장의 덩어리들이 하나씩 녹아내리는 것을 느꼈다. 낯선 세계, 신문사 데스크에서, 뉴욕 공항에서, 주립대 강의실에서, 수경의 변심 앞에서 암처럼 증식된 덩어리들….

준공된 지 얼마 되지 않아 보이는 한강변 도로는 아주 깨끗하고 쾌적했다. 88올림픽대로라고 수남이 귀띔해 주었다. 서울이 엄청난 변화의 소용돌이 속에 놓여 있음이 곳곳에서 감지되었다.

시외버스터미널 근처 한식집에서 그들은 늦은 점심을 먹었다. 제대로 된 된장찌개 맛이 비로소 그가 고국에 도착했음을 실감케 했다.

그곳에서 지훈은 충격적인 소식을 들었다.

두 달 전에 치러진 총선에서 당선된 강천시 최태식 당선자가 부정선거 혐의로 구속된 사실과, 이와 관련해서 석답골 선불도 교주 청암선사와 서정두의 구속 사실이다.

"어떻게 그런 일이?"

박 목사의 설명을 듣고도 지훈은 영 믿기지 않았다. 미국으로 떠나기 전 둘러보았던 석답골과 태식의 빌딩 모두 어제의 일처럼 생생한 기억으로 떠오른다.

"그들은 재기 불능으로 폭삭 망했습니다."

박 목사의 결론이다.

"석답골이라면…. 어머니도 그곳에 관여하지 않았던가요?"

수남의 어머니가 생각나 지훈이 물었다.

"다행히도 그들에게 쫓겨난 탓에 용의선상에서 벗어났지요. 지금 가족들과 함께 있습니다. 정신이 오락가락하는 문제가 있지만."

"사필귀정입니다. 저도 일찍이 이런 결과가 빚어지리라 예측했었습니다."

지훈은 저절로 고개가 끄덕여졌다.

"어부지리로 한내 가나안교회의 방화사건도 해결됐어요."

"어떻게?"

"자세한 것은 나중에 말씀드리기로 하고, 돌아가신 희영 씨 아버지가 이제 제대로 눈을 감으시게 됐어요. 이 목사님의 명예 회복도."

한내에서의 기억들이 새삼스럽게 떠오른다. 참으로 안타까운 일이었다.

지훈은 그 순간 공평하신 하나님의 섭리를 생각했다.

"언제 한번 한내에 가 보고 싶습니다."

"거긴 갈 수 없는 곳이에요."

희영이 두 사람 사이에 끼어든다.

"왜 그렇죠?"

"잊으셨나요? 대천강 댐이 완공된 지가 언젠데 그러세요?"

"아, 그렇군요. 아직 내가 시차에 적응이 안 됐나 보네요."

지훈의 착각에 모두 한바탕 웃었다.

그는 비로소 현실로 돌아온다.

"피곤하실 텐데 그만 일어섭시다."

박 목사가 계산을 하기 위해 자리에서 일어섰다.

"댁으로 가시겠군요."

"강천 집으로 내려가 당분간 좀 쉴까 합니다."

"올라오시면 교회에 한번 들러 주십시오. 새가나안교회의 주춧돌을 놓아 주신 김 선생님을 성도들에게 꼭 소개시켜 드리고 싶습니다."

"그렇게 하겠습니다."

"근데 사모님은?"

헤어지면서 희영이 지훈에게 물었다.

"저만 먼저 들어왔습니다."

"무슨 일이 남아 있나요?"

"그 사람은 미국이 훨씬 좋은가 봅니다."

지훈은 대충 대답했다. 차마 그간의 형편을 말할 수는 없었다.

시외버스터미널에서 지훈은 이들과 헤어졌다. 참으로 따뜻한 사람들이다. 지훈은 이들을 다시 만나기 위해 지구를 몇 바퀴 돌아오지 않았나 하는 생각을 지울 수가 없었다.

강천 학교 앞 문구점은 10년 전이나 같은 모습이었다.

"어디, 우리 박사 아들 얼굴 좀 만져 보자."

어머니는 반가움에 눈물이 글썽해진다.

"그동안 고생 많이 하셨습니다."

"이제야 마음이 놓인다."

지훈이 팔을 벌려 끌어안자 어머니는 그만 목이 멘다. 멀리 떨어져 있던 아들에 대한 걱정이 목소리에 묻어난다.

"고생 많았재? 메늘아는 이번에 같이 안 나오나?"

아버지가 기침 소리를 섞으면서 물었다. 천식으로 고생하신 모습이다.

"예, 그렇게 됐습니다. 그쪽 일이 좀 남아서요."

수경과의 어긋나 버린 인생을 이들이 짐작이나 할 수 있을까.

지훈은 러시아에서 구한 차가버섯 상자를 아버지께, 어머니에게는 이탈리아산 모직코트를, 동생에게는 프랑스 화장품 세트를 각각 나누어주고 그들이 기뻐하는 모습을 바라보았다.

그들의 얼굴에 긍지와 자부심이 넘쳐나는 모습도 함께….

행복이란 게 별것인가. 이렇게 가까이 있는 것을 두고 나는 얼마나 먼 길을 돌아왔는가. 그는 새삼 깨닫는다.

"고단할 텐데 그만 쉬어라. 밀린 얘기는 나중에 하고."

저녁을 먹고 나서 옛날 그가 머물던 방으로 들어간 지훈은 어머니가 곱게 다듬질해 펴놓은 이부자리에 누워 오랜만에 깊고 깊은 잠에 빠져들었다.

강천경찰서 수사팀이 이승규 목사를 방문함으로 한내의 가나안교회 방화 사건의 전모가 드러났다는 소식은 박수남 목사에게도 충격적인 일이었다. 더구나 어머니와 관련된 석답골 근섭의 행태와 범죄사실이 세상에 드러나면서, 그 파문이 어머니에게 어떤 영향을 미칠지에 대해 수남은 신경을 곤두세우고 있었다.

이런 걱정을 아는지 모르는지 어머니는 정신이 들어왔다 나갔다 하는 치매 증세가 호전되지 않고 있었다. 석답골 사건을 수사 중인 당국에서 한 차례 어머니를 만나러 집을 찾아온 일이 있었다.

어머니는 그때 다시 정신을 놓은 상태여서 수사관을 황당케 만들었다.

어머니가 온전치 못한 정신으로 그곳에서 축출된 일과 전후 사정을 수남이 소상하게 설명해 주었다.

"이 노인도 일종의 피해자라는 느낌이 드는군요. 목사님 말씀을 일단 믿어 보기로 합시다."

수사관은 그 후로 더 이상 찾아오지 않았다.

어머니를 면밀하게 관찰해 온 수남은 요즈음 어머니의 내부에 무엇이 작용하는지 그 정체를 알아내는 일에 몰두하고 있었다. 여러 곳의 정신과 병원에서 진단을 받은 결과 어머니의 증세는 일반적인 치매와는 상당히 다른 패턴을 보여주고 있었다. 뇌파 검사나 그 밖의 여러 검사들, 즉 인지능력, 언어, 기억력, 분석력 등에서 어머니는 비슷한 나이의 정상인보다 오히려 우수했다. 문제는 수면이었다. 어머니는 실제로 숙면을 취하는 기간에는 모든 행동이 정상인과 다름이 없고 오히려 말씨나 생각이 총명하기까지 했다. 그러나 간헐적으로 찾아오는 불면의 시기가 되면 어머니는 아주 다른 사람으로 바뀐다. 환상을 보는 것 같기도 하고, 귀신들이 찾아와 그녀의 정신을 지배하는 모습 같기도 했다.

박 목사는 요즘 어머니에게 성경 이야기를 시리즈로 들려 주고 있었다.

매주 월요일마다 정기적으로 어머니 집에 들러 예배를 드리고 이야기를 하면 처음 듣는 신비한 이야기들을 잘 들었다. 아담에서 시작된 이야기는 노아, 아브라함을 거쳐 모세, 다윗, 솔로몬으로 이어지고 있다. 간간이 어머니가 모시는 신들의 이야기를 들어 보기도 한다. 가지고 있던 소지품들을 모두 불사른 뒤 한동안 심하게 반발하던 어머니는, 주변에서 아무도 그의 편이 돼줄 사람이 없음을 알고 요즘엔

풀이 죽어 있다. 이희영 전도사가 늘 곁에서 그런 어머니를 보살펴 주어 생활에는 전혀 불편함이 없었다.

물론 정신이 온전할 때의 일이다.

월요일이어서 수남이 풍산리 집으로 갔다. 가을비가 칙칙하게 내리는 날이었다.

어머니는 방에서 벽을 향해 가부좌의 자세로 앉아 있었다.

"어제부터 또 벵이 도졌다."

아버지가 혀를 끌끌 찼다.

아버지는 어머니가 예의 그 불면증으로 밤을 꼬박 새운 모양이라 한다.

"오늘이 며칠이재?"

인기척을 느꼈는지 어머니가 물었다.

"10월 20일입니다."

"아니, 음력으로."

"글쎄요. 달력을 찾아봐야 하겠네요."

벽에 걸린 달력에 9월 15일이 찍혀 있었다.

"구월 보름이 맞재?"

"그러네요."

"나를 좀 보내 다오."

"어디로?"

"가볼 데가 있다. 금강평이다."

"금강평? 한내 다리 건너 마을을 말하는 거요?"

한내 다리를 건너면 덕적산 아래 구릉지가 펼쳐 있었는데, 지대가 조금 높았지만 들이 넓어 사람들이 금강평으로 불렀다.

"그래, 거기가 도화지다."

"어머니, 거기는 지금 대천댐에 막혀 물속에 가라앉아 버렸어요. 없어진 데라고요."

어머니는 또 환상을 보고 있는 것이다.

"그렇지 않다. 이거 봐라, 야단났다. 지금 천부님하고 상제님이 서루 자기가 옳다고 싸운다. 그래 금강평 때문이다."

벽면을 향해 가부좌로 앉은 어머니의 목소리가 높아진다.

"상제님이 말씀하신다. 아성아, 유리산이 아성이 산이니 금강평에 내려보내 주마. 아성이 도화지를 맡아 살림을 잘해야 한다고 그런다. 금강평 사만 육천 평이 모두 아성의 것이다. 통천보화 불국정토 만평의 전을 짓게 된다. 석가가 천불동을 없애자고 한다. 삼백육십 살 먹은 도선선사는 천불동을 없애면 안 된다고 한다. 관세음, 보현, 문수보살이 다 반대한다. 저것 봐라, 옥황이 성을 낸다. 싸움이 거진 끝났다. 돈은 전륜성황이 가지고 온다. 이제 우리가 도화지를 만들어 중생을 구제해야 한다. 그러면 삼천 년을 산다고 한다."

아성이라는 이름은 옥황상제가 지어 준 것이라고 전에 어머니가 말했던 적이 있다. 천불동은 설악산의 골짜기 이름이라고 했다.

"어머니, 정신 차리세요."

횡설수설하는 어머니를 수남이 안아 이부자리 안으로 눕힌다.

"안 된다. 내가 곧 성불할 기다."

어디서 생기는 힘인지 어머니는 이불을 걷어차고 벌떡 일어선다.

"자 봐라, 세상이 깜깜해졌다. 지금 전화가 왔는데 시내가 야단났다고 한다. 산이 내려왔다는데 니 눈에는 안 보이나?"

"도대체 무슨 산이 내려와요?"

"수미산하고 천불동이 내려왔다."

"누가 그런 엉터리 소리를 해요?"

"적멸스님도 그러고, 칠송처사도 그러고, 정규 어머니도 그러고 모두 그런다."

"어머니, 아무것도 내려오지 않았어요. 주무시지 못해서 그런 것 같은데 자, 이 약을 좀 잡숴 보세요."

수남은 서랍에서 신경안정제 두 알을 꺼내 먹이고 자리에 어머니를 눕힌다. 저절로 한숨이 나온다.

"아니다, 내가 지금 이럴 때가 아니다. 내 장엄이 어디 있나?"

"장엄이 뭔데?"

"내가 축지를 할 때 쓰는 기다."

어머니는 일어나 방구석에 놓인 작은 보퉁이를 풀었다. 요양원에서부터 안고 온 천으로 된 가방이다. 지난번 어머니 소지품들을 불태울 때, 한사코 내놓지 않던 보퉁이다.

수남은 어머니가 하는 모양을 지켜보기로 한다.

어머니는 아주 조심스럽게 보퉁이를 열고 안에서 천으로 된 긴 줄을 꺼낸다. 자세히 보니 그것은 붉은 천을 길게 잘라 겹으로 대고 촘촘히 바늘로 한 땀씩 뜬 허리띠 같은 모습을 하고 있었다. 4~5미터는 되어 보이는 붉은 허리띠를 어머니는 허리에서부터 어깨와 목 부위로 천천히 감아올리기 시작했다. 그리고 자신의 팔도 감아 결박한 상태로 만들었다. 그것은 마치 낙하 훈련을 하는 병사가 낙하산 그물을 몸에 걸친 듯 보였다. 어머니는 다리가 불편해 비틀거렸지만 수남은 어쩌나 보려고 가만히 있었다.

자신의 전신을 묶은 상태를 조심스럽게 점검하던 어머니는 돌연 "사-앙-처-어-언!" 하고 날카로운 소리를 지르며 방문을 박차고 툇마루로 뛰어나갔다. 그리고 마치 높이뛰기 선수가 날아오르듯 허공으로 사뿐히 솟구쳐 올랐다.

순식간에 생긴 일이다.

"어머이요!"

수남이 일어섰을 때, 이미 어머니는 마당에 나뒹굴어졌다. 그것은 아주 순간적으로 일어난 일이어서 두 눈을 뜨고도 어떻게 손을 쓸 겨를이 없었다.

수남이 황급히 마당으로 내려가 어머니를 일으켜 안았다. 비가 내려 질척한 흙탕이 어머니의 얼굴과 옷을 적시고 있었다. 어디서 그런 힘이 솟구쳤는지 알 수가 없었다. 류머티즘이 있어서 거동조차 불편한 어머니다.

"이 여펜네가 증말 미쳤네. 죽을라고 환장한 기네."

마루에 앉아 있다가 이 모습을 본 아버지가 황급히 방으로 따라 들어왔다.

방 안에 안아 눕힌 어머니는 기절을 했는지 아무런 미동이 없었다. 마당에 나뒹굴면서 어디에 부딪쳤는지 이마에 피가 흘렀다. 긴급 상황이었다. 수남은 수건으로 어머니의 얼굴을 닦으며 호흡 상태를 살펴보았다. 다행히 숨소리는 가늘게 들렸다.

마침 이희영 전도사가 집에 왔다.

"세상에, 무슨 일이래요?"

"축지법을 써서 하늘로 날아올랐어요."

다른 말로 설명을 할 길이 없었다. 정말 그 순간 어머니는 하늘로 날아오른 것 같아 보였다.

부엌으로 나간 희영이 물을 데워 오고 손발을 닦아 주는 동안에도 어머니는 의식이 돌아오지 않았다.

"안 되겠어요. 병원으로 옮깁시다."

수남이 마당에 세워 둔 차에 시동을 걸고 어머니를 안아 실었다.

가까운 종합병원 응급실에서 진찰을 한 의사는 사고 경위와 어머니의 머리에 난 상처를 보고 난 뒤 "지켜봐야 하겠습니다만 의식이 돌아오기 어려울 것 같습니다"라고 매우 비관적인 소견을 내놓았다.

수남은 어머니의 머리에 손을 얹고 간절히 기도했다.

"전능하신 아버지 하나님, 여호와 라파 치료의 하나님, 이 불쌍한 영혼을 긍휼히 여기시고 한 번만 은혜를 베풀어 주옵소서. 어둠에 갇혀 우상을 섬기던 어리석은 영혼입니다. 복음을 듣던 중에 이렇게 되었습니다. 남은 복음을 들을 수 있게 한 번만 기적을 베풀어 주옵소서. 종의 육신의 어머니입니다. 영원히 불택자(不擇者)의 영혼이 되지 않게 한 번만 기회를 주시옵소서. 의식을 회복시켜 주옵소서…."

수남의 눈에서 눈물이 흘러내린다. 그것은 거부할 수 없는 핏줄의 본능이었다. 곁에서 눈을 뻔히 뜨고도 어머니의 돌발적인 사고를 막지 못한 자괴감과, 그동안 육친의 어머니를 이 지경이 되도록 방치하고 있었다는 것에 대한 자책과 회한, 연민이 섞인 송진보다 진한 눈물이었다.

어머니는 곧 응급처치실에서 여러 가지 검사를 받고 중환자실로 옮겨졌다. 의식이 돌아오지 않은 것 외에 별다른 징후는 보이지 않았다. 담당 의사는 장기전을 준비하라고 귀띔해 주고 병실을 나갔다.

수남은 침대에 누운 어머니를 바라보았다. 얼굴은 차라리 평온해 보였다. 아마 지금 어머니 영혼은 상천하여 그토록 가고 싶어 하던 천국의 옥경(玉京)에 훨훨 날아가 있는지 모른다.

"내가 보름날 도수를 보고 그때도 먼 일이 안 이루어지문, 천신님, 상제님, 석가님을 모두 버리고 니가 말하는 하눌님을 믿을 기다. 천신님, 상제님은 하두 고를 많이 줘서 이제 겁이 난다. 나한테 고를 많이 주던 석가도 잡혀서 천도옥에 갇혀 있다."

지난주 수남이 집에 들렀을 때 어머니가 하던 말이다.

그는 그때 어머니에게 세례를 주지 못한 것을 후회했다.

'이대로 떠나시면 안 됩니다. 구원받지 못한 영혼을 보낼 수는 없습니다.'

수남의 기도는 간절했다.

병실 창밖으로 늦은 가을비가 칙칙하게 내렸다.

암담한 시간들이 다가오고 있었다.

새 학기가 시작되면서 지훈의 강의 스케줄이 짜여졌다. 이력서를 보낸 여러 대학 가운데 서울 사립 대학 두 곳과 지방 대학 한 곳에서 시간강사 자리를 제공했기 때문인데, 기다리던 전임강사 자리는 아직 결정된 곳이 없다.

결과는 실망스러운 일이다. 국내에 들어와 보니 밖에서 생각했던 것보다 대학에 일자리를 얻는 일이 쉽지 않았다. 특히 인문학 분야는 인기도 적을 뿐 아니라 해외 박사 인플레였다.

이렇게 될 줄 알았으면 귀국을 좀 보류했어야 하는 건데, 후회가 되었지만 이미 엎질러진 물이다.

시작이 중요했다. 첫술에 배부를 수 없는 노릇이다. 마음을 고쳐 먹고 그는 서울로 올라왔다.

출강을 하는 학교 위치 때문에 지훈은 서울 외곽 동부지역 원룸 오피스텔에 작은 거처를 마련했다. 섬 같은 곳에서 새로운 생활이 시작되었다.

굳은 각오로 시작한 일이었지만 생각보다 대학 강사 일은 쉽지 않았다. 학생들을 가르치는 일들이 문제가 아니라 학문의 위상이 문제였다. 인문 계열 대학에서 인류학을 전공하는 학생들은 그리 많지 않았다. 강좌가 개설된 곳이 적은 탓이지만 인류학은 사회학 계열의 교양과목 정도로 명맥이 유지되고 있을 뿐 아직 뿌리를 내리지 못한 비인기 학과였다. 거기다 터무니없이 적은 강사료가 문제였다. 놀랍게도 그의 강의료는 일용직 건설 노동자의 절반에도 미치지 못하는 수준으로, 도저히 생계를 꾸려가기 힘든 형편이었다.

그와 같은 처지에 있는 사람들을 만나면서 지훈은 이 세계가 얼마나 가혹한 경쟁의 세계인가를 눈뜨기 시작했다.

스스로 '보따리장수'라고 자조 섞인 별칭으로 부르는 떠돌이 시간 강사들은 언제가 될지도 모르는 전임 강사의 채용 기회만을 바라고 그 숱한 모멸과 불이익을 감수하고 있었다. 도저히 상상할 수 없던 비극적인 현실이었다. 구조적으로 그렇게 돼 있었다. 대학 당국은 싼 임금의 시간강사들을 활용해 학교 경영비 타산을 맞추고 있었던 것이다.

이 나라가 고급 두뇌들을 이렇게 푸대접하고도 고도성장을 구가하는 것이 기적처럼 여겨지기도 했다.

한 학기를 끝으로 지훈은 출강을 접었다. 한 곳은 수강 신청이 미달되었기 때문이고, 지방 대학은 거리 문제로, 나머지는 스스로 포기했다.

갑자기 그의 주변에 적막이 찾아들었다.

지훈은 얼마 전까지만 해도 엄청난 학문적 자부심과 경제적 풍요를 누리던 자신을 돌아보았다. 부족한 것이 없었던 자신이 아닌가. 어디에서부터 단추가 잘못 끼워진 것인가? 잘나가던 작가요 유능한 기자, 해외 특파원이었으며, 재벌가의 사위에다 천신만고 끝에 힘든 학위를 받았다. 가정에 문제가 있었으나 그것은 상대적이고, 어쩌면 일방적으로 당한 것이며 자신이 잘못한 것은 없다. 양심적으로 자기는 하자가 없다.

그런데 지금의 이 시련은 무엇인가. 왜 자신이 이런 불이익을 당해야 하는지, 장래가 불투명하고 암담했다. 귀국하면서 가졌던 계획과 꿈들이 산산이 흩어져 내리는 좌절을 겪으며 그는 회의에 빠지기 시작했다. 어느 곳에서도 출구가 보이지 않는 캄캄한 터널에 들어선 느낌으로 자괴의 시간이 늘어갔다.

이럴 수는 없는 일이었다.

문제의 원인을 그는 곰곰이 생각했다. 계획이 치밀하지 못했던 것 같은 생각이 먼저 들었다. 자신의 실력을 과대평가한 것일 수도 있었다. 국내 사정에 대한 정보의 부족이 한 원인일 수도 있다.

믿었던 채널이 잘 작동하지 않았던 원인도 있다. 실제로 그의 국내 채널은 모두 그가 신문사에 근무할 당시(미주 특파원을 포함한)에만 작동하던 것이며, 이제 그곳을 나온 이상 무용지물이 된 것을 알기까지는 그다지 많은 시간이 걸리지 않았다. 그는 유학 당시 만났던 선후배와 국내 학회, 대학 당국자 등 여러 사람을 계속 만나러 다녔지만 별 소득이 없었다.

어느 틈엔가 권력 주변에서 낙오된 자신을 발견했다. 그는 그들에게서 신의나 신뢰의 문제를 탓하기 이전에 냉혹하게 변한 현실을 인정하지 않을 수 없었다.

그의 주변을 둘러싼 모든 것에서 버림받은 것처럼 견딜 수 없는 외로움이 찾아들었다. 교만과 위선으로 쌓은 바벨탑이 부서져 내리는 소리를 들었다. 모든 것이 도로(徒勞)처럼 느껴졌다. 냉랭한 도시의 그늘, 아무것도 이루지 못한 박제된 천재로 남아 벽면에 걸린 자화상을 보았다.

그는 지난날들을 돌아보며 느껴지는 상념의 조각들을 노트에 적어 본다.

서시

황야 같은 세상에 선
멀대 같은 나무 한 그루
새들이 깃들일 무성한 가지도
열매조차 없는
빈곤의 줄기
하늘 향해
우는 바람 소리
잎새 사이로 스산해질 때
먼 길 돌아보는 한숨

부릅뜬 눈 베토벤의 두상 앞에서
가끔 저 위대했던 천재의 영혼에
경외로 가슴이 서늘해집니다
그러나 그는 지금 박제된 모습,
청동의 옷을 입고 우리 앞에 있습니다

누구에게나 설혹
보잘것없는 민초에조차 적어도
그 생애 어디쯤엔가
자신이 꿈꾸던 이상으로
천재였거나 거부였거나

왕자 혹은 공주 아니었던 이
몇이나 되겠습니까?

수난의 봄

살면서
어린 시절
사립문 울타리
이지러진 서까래
초가 한 칸
문풍지 울리던 매서운 바람
가난을 밥 먹으며 벗은 맨발
부황 도는 얼굴 위로 얼룩지던 눈물 자국

아스라이 기억 너머
긴 행렬이 보입니다
눈보라 치던 겨울이었고
등엔 피난 보따리가 얹혀 있습니다
낯선 폐가의 헛간에서
마리아처럼 동생을 낳으신 어머니
일곱 살 나무가 본 것은
검정색
송진보다 진한 눈물이었습니다

고뇌의 여름

바람이 붑니다
역사의 지평으로
민주의 싹이 함성으로 움트다
군화로 밟히는 것이 보입니다
그 너머로 민족 중흥의 초록 깃발이 나부낍니다
나무는
키가 자랐지만
방관자로 허허로운 삶의 뿌리를 내립니다
풋내 나는 모습으로 교단에 섭니다
무엇을 가르쳐야 하는지
아무도 가르쳐 주지 않는 어려움
끝없는 홀로서기로 버티며
인생은
두려움으로 조숙해지고
이윽고 사랑을
풋과일보다 더 떫은 사랑으로
진실을 배우고
환희를
아픔을
영원히 순수함을
떨며 다짐합니다
그러나
사랑은 무너져 내리기 위해 쌓는 탑이 되어

이별을 동반하고
너무나 어려운 인생
쇼펜하우어를 읽습니다
프리드리히 니체를
칼 야스퍼스를
쇠렌 오뷔 키에르케고르를
마르틴 하이데거를
알베르 까뮈를
장 폴 사르트르를…
아무도 채워지는 것이 없습니다
영혼은 공허해지고
허무의 골짜기는 더욱 깊어집니다
방황의 새벽
잠 못 이루는 귓가에
문득
작은 종소리가 들리기 시작합니다
그것은 아주 희미했지만
고독한 영혼 깊은 곳으로 또렷해지고
피로였을까
만남이 일어난 교회
인자한 목자가
흐트러진 영혼을 수습해 주었습니다
변화와 감격이
깊은 고뇌를 여과시켜
새로운 길을 떠나게 합니다

그가 만난 하나님은
온유하시고
한 단계 높은 사랑이
미움을 이기고 좌절을 견디며
방황을 멈추게 하는 기적으로 나타나
내부에서 솟구치던 분노의 불꽃을
원고지에 태우게 하시고
내연하던 어리석음을 다독이시며
창작의 길로 인도하셨습니다
그리고 그 결실을 거두던 어느 날
나무는
어느 작은 교회의 마루 위에 엎드러졌습니다
오욕과 수치를 씻어내는 경건의 눈물 한 줄기
절정의 한순간이었습니다

오만의 가을

그러나
갑자기 얻은 작은 명예가
멍에가 되어
조금 남겨졌던 순수를 앗아가고
주체 못 하는 오만의 자리로 밀어올린 것을
나무는
깨닫지 못합니다
그는 작품 속에 우주를 담기 원했습니다

오만은 도취를
도취는 착각을
착각은 편견을
편견은 또 다른 오만을
그리하여
지혜는 떠나가고
빈 껍질로 남은
한순간의 명예를 콧대에 걸고
나무는
떠납니다
고향을
도심의 번쩍이는 불빛
붐비는 낯선 거리
익명의 이웃이 사는
도시로
수정될 수밖에 없는 생의 목표
다시는 돌아오지 않으리
빈곤과 절망의 자리로는
일간지 편집국 데스크
정의, 부조리 같은 낱말 사이를 맴돌며
행동하는 지성,
허울 좋은 외투로 분장된 가면 속
숨겨진 횡포를 즐기며
약간의 권력 그 단맛에 길들여지며
허위를 살아갑니다

드디어

나무는

계층을 뛰어넘는 야망의 승부로

단숨에 주류사회로 진입을 시도합니다

순조로운 출발

약속은 무한하고 내일은 핑크빛

이상은 높아져 세계를 덮고

대양을 건너고 창공을 넘습니다

나무는

목표만을 향해 혼신의 힘을 모아 달립니다

무엇이 일어났을까요?

도착점 근처

사랑이 떠나간 자리

한때

세속적으로

명예를 추구하던

권위를 추구하던

탐욕

욕망은 채울수록 궁핍하고

성취는 썰물이 되어 빠져나가

허수아비 같아진 의식 안으로

하얀 패배의 깃발이 펄럭입니다

회한의 겨울

어느 날
문득 잠에서 깨었을 때
나무는
만신창이로 조각난 의지를 봅니다
보잘것없는 생의 구름다리
아득한 길, 멀어진 과거에
여기저기 나태의 껍질이 허물처럼 걸려 있습니다
시간을
사랑을
얼버무리고
욕망의 수레에 올라
서둘러 쓴 가면과
벗어던지지 못한 에고이즘과
여기저기 드러나는 수치의 살점
변색된 이상과
식물이었던 방관자의 비굴
허위의 삶, 타락한 야누스로
오늘을, 살아 있는 부끄러움을 고백합니다
아아,
모든 것은 도로였습니다
허망이었습니다
냉랭한 도시의 그늘
박제된 천재로 남아

비탄으로 허물어집니다
벌거벗은 영혼 한구석으로
누군가 한 줄기 명증한 바람이 되어
투명하게 속삭여 줄 사랑을 갈망합니다
질곡에서 건져내
이 세상을 망명하지 않도록
코페르니쿠스
혁명
목마름으로…

지훈은 낱말들을 더 이어갈 수 없었다. 가슴속이 거북해지고 의식이 공황 상태로 빠져 들어갔다. 자신감이 점점 떨어지고 조급함이 의식을 갉아댔다.

상당한 시간을 그는 고민했다.

끝 모를 절망의 심연이 그를 향해 입을 벌리고 있는 것 같았다.

무기력함과 불투명한 전망 등 부정적 요소로 가득 찬 생의 계획표를 들고 한동안 그는 자학의 폭음을 했다.

견딜 수 없는 모욕감이 그를 온전한 정신으로 두지 않았다.

그렇게 한동안 방황이 계속되었다.

아래로만 내려가던 좌절의 작동이 멈춘 것은 도심 지하도. 어느 날 만취한 상태로 쓰러진 곳, 문득 귀에 들리는 목소리가 잠을 깨운다. 비몽사몽간에 누군가 그의 어깨를 발끝으로 툭툭 건드리는 느낌이 들었다.

"일어나!"

사이클 수가 적은 굵고 낮은 목소리다.

"어디로 가야 합니까?"

그가 물었다.

"내려가라고!"

눈을 뜨니 도심의 지하도였다.

흐릿한 불빛 속으로 누군가 걸어가고 있었다. 망토 같은 긴 옷에 지팡이를 짚은 뒷모습이다.

"더 아래로!"

메아리 같은 목소리가 귓전을 맴돈다. 한 번도 들어 본 적이 없는 그 목소리는 그러나 거역할 수 없는 힘을 느끼게 한다.

갑자기 가슴이 두근거리기 시작했다. 잘못을 저지르다 탄로난 때처럼 그는 두려움에 사로잡힌다.

주변을 둘러본다. 망토를 입은 사람은 그새 기둥 뒤로 사라졌는지, 건너편 희미한 형광등 아래 뉴욕에서처럼 노숙자들의 모습이 눈에 들어온다. 거지 차림의 두 노숙자가 계단 아래 기둥 곁에서 소리를 지르며 싸우고 있었다.

끝내 그는 그 목소리의 주인공을 찾아내지 못했다. 어쩌면 그것은 그를 향한 하나님의 질책의 음성처럼 생각되었다.

지상에 높아지는 빌딩들의 수에 비례해서 오갈 데 없는 노숙자의 수가 늘어나는 것은 현대의 고도 산업사회의 아이러니다. 어쩌면 거기까지 추락할 수도 있다는 위기감을 자신에게 발견한다.

잠시 후 정신을 차린 그는 소스라치며 그곳을 빠져나온다. 그사이 자존심에 깊은 화상을 입는다.

그는 절망의 나락에서 급브레이크를 밟는다.

잘 풀리지 않을 때 그는 잠시 우회하기로 한다. 모처럼 자신을 돌아볼 충분한 시간이 앞에 놓여 있다. 잠시 쉬면서 추이를 관망해 보기로 한다. 자기 성찰의 좋은 기회가 아닌가?

거처에 칩거하면서 그는 독서와 사색에 들어갔다.

조용한 시간이 다가왔다.

이상한 것은 지하도에서 그를 두렵게 하던 낮은 목소리가 가끔 귀를 울리기 시작한 일이다. 이명(耳鳴)과도 같이 그 소리는 불규칙적으로 들려오곤 했다. 처음에는 그것이 무슨 환청인가 싶었다. 그러나 그 목소리는 지워지지 않는 녹음 테이프처럼 그의 귀를 혹은 가슴을 자극하곤 했다.

그는 자신의 생애를 돌아본다.

하나의 각성이 내부에서 서서히 고개를 든다.

그는 그의 안에 비교적 성취하고 싶은 욕망이 많았음을 인정하지 않을 수 없었다. 그러나 지름길을 택한 것이 치명적인 실수였다. 그는 계단을 한꺼번에 몇 개씩 뛰어넘는 조급성을 보였고, 그 욕망들은 계속 자라서 어느 순간에 자신이 수용할 수 있는 한계 용량을 넘어 버린 것을 알게 되었다.

상류라고 불리는 세속적인 부와 명예와 지위를 의식하며 돌진했던 지난날들이 되살아난다. 그것도 명예라고 작가 행세를 하며 미련 없이 교직을 버리고 경쟁사회로 진입해 가당치 않은 시류에 편승한 것, 매스컴의 위력을 이용해 오만의 품성을 키우고 뉘우침을 잊은 것, 수경을 이용해 신분 상승을 꾀하며 당치도 않은 삶의 설계를 조작하던 지난날들의 그 어리석음….

결국 실패할 수밖에 없었던 사랑, 그리고 학문이랍시고 설익은 유학의 결과를 보상받고 그 허접한 인생을 대우받기를 원하던 귀국 후의 부끄러운 행태들, 모두가 어리석음으로 빚어진 허수아비처럼 여겨지기 시작한다.

지금의 그의 처지는 어쩌면 너무도 당연한 보상이다. 오만과 나태와 착각이 거둔 열매다.

그는 지난날들을 회상했다. 한내의 생활이 떠올랐다. 그리 길지 않은 그의 생애 중 가장 행복했던 시기였던 것 같다. 아주 소박한 꿈이 있었다. 순수한 사랑이 있었다. 믿음이라는 아주 고귀한 가치가 있었다.

한내를 떠나면서 그것들은 사라진 것 같다.

그렇다. 그동안의 삶은 정글의 법칙에 충실했던 삶이다. 그는 출구가 없는 어둠 속에 갇힌 자신을 비하하며 소중했던 삶이 무너져 내리는 소리를 듣는다.

이럴 수는 없다. 다시 회복해야 한다.

낮은 곳, 그곳은 어딘가? 그 낮은 곳으로 가는 길은 어딘가?

알 수 없는 목소리에 이끌리며 그는 자신을 향해 끝없는 질문을 던진다.

문득 그 목소리는 사랑의 회복이라는 명제로 다가왔다. 더 낮은 곳으로 나를 던져 버리라는 주님의 음성이다.

베토벤의 피아노 소나타 13번 비창 도입부의 무거운 그라베(grave) 주제는 알레그로의 악장 중간 중간에 나타난다. 피아노를 연습할 때 지훈은 악상의 전환점에서 나타나는 그 느린 부분이 마치 고속도로의 휴게실처럼 아늑한 곳으로 느껴지곤 했다. 그런데 지금 그는 비창을 닮은 인생의 휴게실에 도착했고 잠시 머물기로 한다. 지금까지 과속이었다. 조금 식히자.

오랜만에 지훈은 원고지를 폈다. 그것은 작용에 대한 일종의 반작용과 같은 것이었다. 무언가 하지 않고는 누군가 그를 향해 던지는 그 준엄한 질책에서 벗어날 수 없을 것 같다. 이명처럼 귀에 습관적으로 들리는 경고의 목소리에서 자유롭게 되기를 그는 소망했다.

　차츰 어둠 속에 작은 출구가 보이기 시작했다. 그는 지난번 쓰다 멈춘 노트를 다시 편다.

고백

이제 암흑의 터널은
출구가 보이기 시작합니다
오욕의 역사를 뭉개며
새로운 지평이 열립니다
독선과 오만은 스스로 결박되어 은둔처로 떠났습니다
나무는
비로소
그를 둘러쌌던
방관의 울타리가 무너진 것을 알게 됩니다
메마른 가지가 꿈틀대고
껍질이 찢기는 아픔으로
회한을 자양 삼아
일생에 한 번뿐인
꽃을 피웁니다
화려한 만개로 눈부신
그것은
자유입니다
새로운 계절이 시작되는 이 시대
낭비해 버린 진실과 양심을

작은 주머니에 넣어
소외와 낙오를 겪은 이들에게
나누고 싶은
황야에 선
멀대 같은 나무 한 그루
이 시대를 살아 있는 부끄러움의
고백입니다

고해성사를 하듯 적은 시편에 마침표를 찍은 지훈의 얼굴에 긴장감이 돌았다.
그는 책상 위에 놓인 노트들을 편다.
그의 책상에는 몇 개의 주제가 메모 상태로 적힌 노트가 쌓여 있다. 수년 전부터 습관적으로 기록한 것들이다.
그는 노트를 정리하기 시작한다.
별로 길지도 않은 세월, 겪은 삶의 굴곡이 만만치 않다.
우선 시급히 손봐야 할 것은 《회색지대》 속편이다. 대천강 댐의 수몰과 석답골, 가나안교회, 흩어진 마을 사람들의 이야기(실향), 논문의 주제였던 '한내와 스바나와'(단오와 밀림제), 그리고 지구촌 기행(등고선), 이혼의 상처(녹색 외상), 자유를 향한 몸짓(슈타이너 학교)….

여기저기 기억의 파편들이 되살아나고, 그는 펌프로 지하수를 끌어올리듯 기억의 저편에서 저장된 상념들을 끄집어낸다. 외로워지면 그랬듯이 그는 글쓰기 작업에 몰입하기 시작했다. 다행히 지난날의 경

힘들은 그의 글쓰기에 충분한 자양을 공급해 주었다. 넉넉해진 시간들이야말로 하나님이 내린 축복이 아닌가? 위기가 만들어 준 기회다.

그는 자신에게 최면을 걸었다.

한동안 쉬었던 탓인가. 작품들은 생각보다 쉽게 써지지 않았다. 그는 자신의 사고방식이 몇 년간 미국식 영어 스타일에 길들여진 것을 뒤늦게 깨달았다. 피동형 문장들이 습관처럼 넘쳐났다. 도치법(倒置法) 투성이 문장들로 쓰인 작품들이 한동안 그를 절망하게 만들었다. 그러나 그는 조금씩 꾸준히 자신의 스타일로 문장을 다듬는 힘든 노력을 해나갔다.

피아노 소나타를 연습하던 기분으로 반복적으로 문장들을 다듬고 또 다듬으며 한 작품씩 혼신의 힘을 모아 써 나갔다. 녹슨 것 같은 그의 의식 내면에 독서와 사색의 윤활유를 주입하고 끊임없이 생각을 메모해 나갔다.

각고의 노력 끝에 조금씩 자신감과 함께 생각들이 넉넉해지고 비로소 문장에도 날이 서기 시작한다.

단편 몇 편이 문예지에 발표되었다. 다행히 그의 이름을 기억해 주는 편집인들과 독자들이 아직 남아 있어 그의 작품들은 심심치 않은 화제를 낳았다.

도심의 원룸에 스스로 갇힌 채 그는 우울한 회색의 언어들을 원고지에 무수히 토해냈다. 죽기 아니면 까무러칠 각오로 원고지와 씨름한 결과, 그해 겨울이 이르기 전에 그는 몇 편의 단편 외에도 한 편의 중편을 탈고하고 장편소설의 플롯을 짰다.

평단에서 그의 문단 복귀를 환영하는 논평들이 실리기 시작했다.

한 문예지에서는 '회색지대 작가의 귀환'으로 특집 좌담회를 열어 그의 근황과 문학을 조명했다.

어쩌면 프리랜서로 살아갈 수도 있겠다는 생각을 하게 될 즈음에서야 지훈은 그를 괴롭히던 트라우마로부터 조금은 벗어난 것을 느낀다.

오랜만에 그는 도심으로 외출을 했다. 언제나 느끼는 것이지만 도심은 밀림과 닮아 있다. 뉴욕의 맨해튼이든 서울의 명동이든 아마존과의 공통점은 정글의 법칙이 준용되는 사회라는 것이다. 가끔 도심으로 나오면 엄청난 에너지를 충전 받는 듯한 느낌이 들 때가 있다. 그날도 그랬다. 그는 아마존을 생각했다. 스바나와의 그 원시적 생명력을 그는 서울의 무섭게 술렁대는 밤거리에 쏟아져 나온 젊은이들에게서 느낀다.

연말이 다가온 거리에 구세군 냄비가 등장하고 캐럴이 울려 퍼지고 있었다.

오랜만에 들어 본 캐럴이 그에게 심한 향수를 불러일으킨다. 그날따라 그는 자신이 도시 속의 나그네처럼 느껴진다. 지독한 외로움이다. 그가 관여했던 모든 일에서 벗어난 서울은 너무도 낯선 거리이다. 곰곰이 생각해 보면 그의 고독은 그의 믿음과 함수관계에 있었음을 알게 된다. 그간의 삶을 지탱해 주는 버팀목이 사라진 것도, 그 시기는 공교롭게도 그가 교회라는 울타리를 벗어나 있던 시기와 일치했다.

문득 그리운 사람들이 떠올랐다.

그는 잊었던 약속이 갑자기 생각난 듯 지갑에서 명함을 찾아 새가나안교회에 전화를 했다.

"여보세요."

박수남의 목소리였다.

"김지훈입니다."

"아니 선생님, 이게 얼마 만입니까? 왜 그동안 한 번도 안 오셨어요?"

"차일피일하다가 그렇게 됐습니다."

"이희영 전도사님이랑 만날 때마다 선생님 얘길 했었는데 정말 너무하신 기래요."

반가움일까, 말이 빨라지면 꼭 사투리 억양이 튀어나오는 수남의 버릇은 예전과 달라진 데가 없다. 공항에 마중 나왔던 수남과 희영의 모습이 떠올랐다. 벌써 두 해가 흘러가 있었다. 그는 자신의 신의 없음을 자괴했다.

"미안합니다."

"어디 있어요? 제가 모시러 갈까요?"

"아니 그럴 필요는 없고, 주일날 찾아가도록 하지요."

"정말 고맙습니다. 자리는 늘 준비해 놨어요."

수남의 말에서는 늘 한내의 흙냄새가 풍겼다. 오랜만에 지훈은 마음이 훈훈해졌다.

9. 재생

　주일에 찾아간 하일마을의 새가나안교회는 생각했던 것보다 훌륭했다. 우선 교회 주변의 변화였다. 개발이 진행 중인 하일마을 일대는 곳곳이 파헤쳐지고 아파트들이 지어지고 있거나 헐리기 시작한 기존 건물들이 혼재해 있어 어수선했다. 전에 언덕이었던 교회 자리에 신축한 교회 건물이 개발 중인 마을을 내려다보고 서 있었다.
　초록색 지붕을 가진 교회는 매우 낯익은 모습이었다. 지훈은 곧 한내의 덕적산 기슭에 자리잡고 있던 가나안교회를 떠올린다. 교회 뒤로 치솟은 산봉우리와 우거져 있던 나무를 빼면 그 가나안교회를 그대로 옮겨오지 않았나 싶도록 모양이 아주 비슷했다. 십자가를 세운 뾰족 지붕이 두 개 올라간 것도 그 모양 그대로였다.
　11시에 드리는 2부 예배가 준비되고 있어 안내를 따라 지훈은 교회 안으로 들어섰다. 밖에서 보기보다 예배실 본당은 제법 웅장한 공간을 가지고 있었다. 많은 사람들이 모여 있어서 지훈은 교회의 규모를 짐작할 수 있었다. 10여 년 사이에 창고 교회에서 일어난 엄청난 변화를 보며 지훈은 열린 입을 다물 수 없었다. 기적이란 이런 것을 두고 하는 말일 것이다.

지훈은 예배 순서지(주보)를 펴 교회의 형편을 훑어봤다. 지난주 통계는 출석교인 수가 천 명에 육박하고 있음을 보여주고 있었다. 지훈은 놀랐다. 주일 예배는 이미 3부로 나누어져 있고, 정면 강단 옆에 배치된 성가대만 얼핏 보아도 50~60여 명에 이르는 것 같다. 이미 3명의 부목사와 8명의 전도사가 움직이고 10명의 장로가 명단에 올라 있었다.

강단에 선 박수남 목사는 겸손한 모습 그대로 예배를 진행했다.

성가대는 시기에 조금 이른 성탄송을 불렀다. 젊은 지휘자가 경쾌하게 캐럴 판타지를 이끌어 예배 분위기를 고조시켜 주었다. 저절로 옛 생각을 일으키는 합창을 들으며 지훈은 한내를 회상했다.

박 목사의 설교는 예전의 모습대로 평이하고 경험적이며 확신에 넘쳤다. 거기다 관록이 얹히고 있었다.

예배가 끝나자 6명의 새신자가 회중에 인사하는 순서였다. 강단 앞에 나온 새신자들의 인적사항을 소개한 뒤 강단의 박 목사가 다시 말했다.

"오늘 우리 교회에 오신 특별한 새신자 한 분을 더 소개하겠습니다. 해외에서 오랜 유학 생활을 마치고 돌아오신 김지훈 선생님입니다. 잠깐 나와 주시면 감사하겠습니다."

가운데 줄 중간쯤에 앉아 있던 지훈이 어쩔 수 없이 일어나 강단 앞으로 나가 섰다. 그가 처음 새가나안교회로 갔을 때 박 전도사를 만났던 생각이 났다.

"김 선생님은 오래전 제가 가난한 시골에 있었을 때 아무런 소망도 없던 제게 갈 길을 인도해 주셨고, 해외에 나가시기 전 살던 집을 정리하여 우리 새가나안교회를 도우신 분입니다. 우리 교회가 여기에 이르도록 주춧돌을 놓아 주신 김 박사님께 큰 박수를 부탁드립니다."

우레와 같은 박수가 장내를 흔들었다.

강단으로 올라 잠깐 인사 말씀을 하라는 박 목사의 권유를 사양하고 지훈은 자리로 돌아왔다. 얼굴이 화끈거리고 가슴이 두근거렸다. 지난날 한내에서 처음, 유학 전 이곳 창고 교회에서 소개되던 자신의 모습이 오버랩되면서 지훈은 다시 부끄러움을 느낀다. 나는 과연 여러 사람 앞에 소개될 만한 사람인가 하는 자책 때문이었다.

예배가 끝났다.

여러 사람이 지훈을 만나러 왔고 악수를 청했다.

"안으로 들어갑시다."

박 목사가 다가와 지훈의 손을 이끌어 당회장실로 들어갔다.

별로 크지 않은 방에 나무로 된 책상과 책들이 가득 채워진 서가가 보였다. 무척 소박하게 꾸며진 방이어서 주인의 품성을 엿볼 수 있었다.

"아니 여기까지 오시는 데 2년이 걸려요?"

문이 열리고 이희영 전도사가 들어왔다. 성가대용 가운을 입은 차림이다.

"그렇게 됐어요?"

짐짓 놀라는 지훈에게

"김 선생님을 공항에서 만난 날이 오늘로 꼭 2년이 지났습니다. 김 선생님을 속히 교회로 보내 주십사 하나님께 기도한 기간이에요"

라고 했다.

"이런, 정말 큰 잘못을 저지른 것 같네요."

"잠깐 기다리세요. 식당에 점심을 부탁해 놓고 올게요."

그녀는 또 바쁘게 나갔다.

"이 전도사님이 김 선생님을 아끼시는 마음은 예나 지금이나 변함이 없어요."

박 목사가 지훈을 보고 웃었다.

잠시 후에 이희영 전도사는 큰 쟁반에 비빔밥 세 그릇을 담아 들어왔다.

그들은 방에 놓인 원탁에서 식구들처럼 둘러앉았다.

"김 선생님, 얼굴이 영 안됐어요. 무슨 걱정이 있어요?"

밥을 먹으며 희영이 물어왔다. 따뜻한 배려가 담긴 말이어서 지훈의 마음에 와닿았다. 좀 더 일찍 찾아올걸. 너무 늦게 이곳을 찾아온 것을 그는 잠시 후회한다.

"무슨 말씀을! 아무 걱정도 없어요."

차마 자신의 지금 처지를 설명할 수 없었다.

"대학에 나가신다면서요?"

"네, 지난 학기에."

"다시 우리 성가대 지휘봉을 잡아 주실 거죠?"

희영이 지훈을 쳐다보았다.

"한내 학교 생각이 나네요."

십수 년 전 한내 학교의 교실에서 쳐다보던 그 눈빛과 말씨 그대로였다.

"그래요, 한내에서 부탁드리던 말 그대로예요. 우린 지금 한내에 돌아와 있어요. 옛날 그 모습으로 말이에요."

"김 선생님, 곧 3부 성가대를 구성할 계획입니다. 이 전도사님이 도와주실 것입니다. 두 분이 잘 의논하셔서 명품 성가대로 만들어 주세요."

박 목사가 간절한 표정으로 부탁을 했다.

"아! 정말 저는 자격이 없어요. 지휘봉을 잡을 만한 위치도 아니고 실력도, 그리고 무엇보다 그동안 믿음 생활이…."

지훈은 마음이 혼란스러워진다.

"주님이 도와주실 거예요."

이희영 전도사가 가만히 그의 눈을 들여다보며 말했다.

"생각해 보겠습니다."

지훈의 마지못한 대답에 "어쩌면, 15년 전에 하시던 말씀 그대로 달라진 게 하나도 없어요" 하며 희영이 우스워 죽겠다는 표정이 된다.

"언제 한내로 한번 안 가시겠어요?"

지훈은 자기가 말하고 나서도 왜 갑자기 그런 제의를 했는지 다소 엉뚱하다는 생각이 들었다. 부지불식간에 생각과 다른 말이 입에서 나온 것이다. 앞에 앉은 희영의 눈에서 그는 한내의 여울 소리와 수리재의 파란 하늘 너머로 쉬어 넘던 뭉게구름 한 조각을 보고 있었는지도 모른다.

"데이트를 신청하신 거예요?"

"말하자면 그렇습니다."

"불감청이언정 고소원이란 말 들어 보셨어요?"

"잘 알지요."

"언제인가요, 날짜는?"

"언젠가 우리 형편이 허락할 때."

"그런 막연한 약속이 어디 있어요?"

"대천강 댐에 가서 한내 마을을 건져 올리려고 합니다. 잊었던 시간들도…. 그래서 조금 시간이 필요합니다."

"작가님이시라 너무 어려워 알아듣지 못하겠네요."

"일단 약속하신 것입니다."

"그래요, 뭔지 모르지만…."

"두 분은 여전하시네요."

곁에서 이 모습을 바라보던 박 목사가 웃으며 지훈의 손을 잡았다.

고마운 사람들이라는 생각이 든다. 황량한 세상에서 따뜻함을 나눌 수 있는 사람들이 아닌가.

단절됐던 교회와 연결이 되면서 지훈에게 마음의 평화가 찾아왔다. 참으로 알 수 없는 일이다. 지훈은 욥을 생각했다.

구약 시대의 욥은 의인이었으나 하나님의 시험을 받는다. 그가 겪은 고난을 욥의 그것과 비길 수는 없겠지만, 하나님은 그가 택한 자를 시험의 골짜기로 몰아넣는 공통점을 보여주신 것을 알게 되었다. 그것은 그가 다시 시작한 새벽기도 덕분이었다.

새가나안교회의 새벽기도회는 아주 독특한 전통으로 진행되고 있었다. 그것은 한내에서 이승규 목사가 늘 해오던 방법으로, 박수남 목사가 꾸준한 주제를 개발해 진행했기 때문에 새가나안교회의 전통으로 자리하게 되었다.

그 무렵 일반 교회에서는 주일예배에 신경을 쓰느라 새벽기도는 형식적으로 진행되고 있는 추세였다. 그런데 박수남 목사는 새벽기도가 체질화된 사람이었다. 그는 새벽기도회를 주일 예배보다 중시했다. 봄가을에 두 번씩 특별 새벽집회를 열고 주제를 정해 집중적인 훈련을 펼쳤다. 처음에는 다소 서먹하던 반응이 시간이 지남에 따라 큰 반향을 불러일으켰다. 통상적으로 재적의 10퍼센트 정도가 새벽기도 출석 인원인 데 비해 새가나안교회는 50퍼센트를 넘고 있었다. 그 같은 반향이 곧 교회 성장으로 연결되고 있었다.

지훈은 다시 시작한 새벽기도회에 꾸준히 참석하면서 맡겨진 성가대를 잘 다듬어 나갔다. 아름다운 음악을 만들어 예배를 돕는 그 일이 얼마나 귀중한지 깨달아지는 것 같았다.

지훈이 맡은 3부 성가대는 젊은이들을 주축으로 조직된 것이어서 활력이 넘치는 활동으로 교회의 예배를 돕고 그 열정들이 교회 전체에 활기를 불어넣었다.

기묘한 인연이었다. 제3성가대는 이희영 전도사가 반주를 맡아 그의 활동을 도우면서 모든 환경이 한내 가나안교회 모습을 닮아갔다. 아니, 규모가 조금 커졌을 뿐 한내 가나안교회의 성가대가 재현된 것이나 다름없었다.

그때와 마찬가지로 지훈은 교회에서 희영을 자주 만났다. 똑같은 생활이 반복된 것이다. 희영은 늘 행복한 표정으로 피아노에 앉아 지훈의 지휘를 잘 소화해냈다. 주일예배의 찬양곡들은 통상적으로 예배 전후 한 시간씩 연습하기 때문에 주일엔 늘 두 사람이 함께 있었다. 연습 시간에 곡을 다듬으면서 지휘자와 반주자로 호흡이 잘 맞아, 표정과 눈빛 하나에도 반응하는 자연스런 교감이 일어났다. 희영의 표정은 늘 평화스럽고 행복해 보였다.

어떻게 이런 일이 있을 수 있는가.

지훈은 자신의 감정이 한내에서와 전혀 달라진 것이 없음에 놀라곤 했다.

여러 날이 지나갔다.

박수남 목사의 목회는 점점 탄력을 받기 시작해 창립 12주년이 되자 재적 삼천 명을 넘어서며 대형 교회로 발돋움을 시작했다. 더 많은 교역자들을 영입하고 교회는 탄탄한 조직을 형성해 나갔다. 구역이 수십 개씩 만들어지더니 교구로 통합되면서 지경이 더욱 넓어졌다. 교회의 규모는 작은 동산을 모두 포함해 주변 일대로 확산되고 여러 동의 부속 건물이 들어서 타운으로 형성되고 있었다. 놀라운 발전이었다.

그러는 사이 교회 주변의 아파트 지구는 완공 단계에 접어들면서 수많은 사람들이 입주했다. 새가나안교회는 마치 소나기가 쏟아지듯 사람들이 모여와 넘쳐났다. 어디에서 모여드는지 알 수 없는 사람들이 주일마다 수십 명씩 등록해 교회 성장사의 기록들을 모두 경신하기 시작했다. 마치 어느 전능자의 손길이 사람들을 모아 두었다가 주일이 되면 한 그룹씩 교회로 보내 주는 느낌이었다.

박 목사는 교회로 모여드는 성도들의 모습에 감격하며 자주 강단에서 목이 메고 눈물을 닦았다. 그리고 그에 걸맞게 깊은 기도와 쉼 없는 말씀 준비와 섬김의 삶으로 이웃과 교회에 봉사했다.

박수남 목사의 사역 범위는 점점 넓어지기 시작하더니 해외로도 확대되어 갔다. 우선 교포사회 교회들의 초청이 잇달았다. 교포교회뿐 아니라 현지 교회의 집회도 자연히 뒤따랐다.

지훈은 박 목사의 요청으로 해외 집회에 통역사의 자격으로 가끔 동행하는 일이 가끔 생겼다. 해가 바뀐 연초에 미주 지역에 두 주간 집회가 열렸다. 해외에서 박수남 목사의 인기는 생각했던 것 이상이었다. 국내에서 급성장하는 새가나안교회의 위상 때문인 것 같았다. 그를 지켜보면서 지훈은 하나님이 하시는 일의 불가해한 모습을 종종 발견하곤 한다. 아무도 예측할 수 없었던 일들이 기적처럼 일어나고 있는 것이다.

뉴욕과 LA 지역에서 각각 한 주간씩 박 목사는 10여 개 한인교회와 두 곳의 현지 교회에서 설교했다. 현지인들을 상대로 한 현지 교회의 방문은 물론 교포들의 소개가 있었기 때문이지만 지훈은 최선을 다해 박 목사의 설교를 통역했다.

현지인들은 한국에서 온 박 목사를 따뜻이 환영하고, 박 목사의 꾸밈없는 설교 내용을 기립박수로 경청하는 열의를 보여주었다. 그들은 서구와 미국 사회에서 쇠락의 길을 걷고 있는 기독교에 대한 걱정과, 한국에서 기적처럼 급성장하고 있는 새가나안교회에 대한 부러움이 교차하는 반응을 보였다.

그들이 교회 성장의 비결을 물었다. 지훈은 그가 알고 있는 한도 내에서 새가나안교회의 성장 비결을 '섬김과 나눔'으로 소개하곤 했다.

박 목사는 본래부터 재물에는 관심이 없는 사람처럼 보였다. 그는 교회를 시작하면서 약속한 삭개오의 원칙을 고수하고 있었다. 무조건 수익의 절반을 나누는 일이다. 한 번 정해진 그 원칙은 교회의 모든 운영 전반에 걸쳐 적용되었다. 당회에서는 지나친 구제비 지출로 교회의 운영이 위축될 것이라는 우려를 표명했다.

"모든 것을 하나님께 맡겨 봅시다."

그럴 때마다 박 목사는 조금도 흔들림 없이 원칙을 고수해 나갔다.

참으로 신기한 일들은 그가 몸을 낮출수록 교회는 더욱 성장하고 부흥해 나간다는 사실이었다.

교회의 재정 규모가 점점 커지면서 새가나안교회의 사업들도 범위를 넓혀갔다.

가까이는 교회 내 불우학생들을 위한 장학사업부터 시작해 지방의 주요도시에 장학관을 세워 나갔다. 무슨 일이 있어도 가정형편 때문에 공부를 할 수 없는 학생들이 생겨서는 안 된다는 그의 신념이 그 일을 계속 추진하게 했다. 미자립 농어촌 교회 지원사업이 300교회를 넘어서고, 해외 선교사 파견과 국내 불우시설을 지원하는 구제사업의 규모도 점점 커져 갔다. 교회에 사람들이 모여들면서 수많은 인재들이 박 목사의 주변에 포진되기 시작했다.

이상적인 교회의 표상으로 새가나안교회는 자리매김되고 있었다.

지훈은 박 목사의 사역을 도우면서 봉사와 헌신의 의미를 조금씩 깨달아가고 있었다. 겸손과 섬김의 가치도 그가 새가나안교회와 박 목사에게서 얻은 귀중한 자산 중 하나다. 그 옛날 가난하던, 한내 학교에서 허드렛일을 거들며 교회에 나가던 한 젊은이의 꿈이 이런 엄청난 기적으로 나타나는 모습은 실로 경이로운 것이었다.

자칫 절망의 나락으로 떨어져 내릴 수밖에 없는 위기를 벗어나게 해준 하나님의 사랑을 그는 진심으로 감사했다.

바쁜 연말연시를 보내고 봄빛이 찾아드는 어느 주일, 예배를 마친 후 점심을 먹으러 구내식당에 마주 앉았을 때, 박 목사가 지훈의 석연치 않은 귀국 후의 삶과 행보에 대해 조심스럽게 물어 왔다. 해외에 동행할 때라든지 교회에서 만나는 시간이 많았지만 일체 신상 문제에 관심을 나타내지 않던 그였다.

"자존심 상하실까 봐 지켜보고만 있었는데, 김 선생님 신변에 어려운 일이 생긴 것이 아닌지 늘 궁금했습니다. 〈새한일보〉는 그만두셨습니까?"

"그렇습니다."

"사모님은 왜 아직 귀국하시지 않습니까?"

"헤어졌습니다."

지훈은 담담하게 대답했다.

그에게 자신의 일을 비밀로 감춰 두어야 할 이유가 없었다.

"아, 난 그런 줄도 모르고."

충격이 컸는지 한참 만에 수남이 걱정스런 표정이 된다.

"워낙 사는 방식이 다른 사람이었습니다. 가정을 지키지 못한 면에서 나는 결국 총체적으로 실패한 사람이 되었습니다."

"제가 도와드릴 일이라도?"

"보다시피 아직 정착을 못 하고 있습니다. 돌아와 보니 사뭇 달라진 환경이 이렇게 차질을 빚었습니다."

"대학 강단에 서시도록 제가 기도하겠습니다."

박 목사가 지훈의 손을 잡았다.

"고맙습니다."

그 손이 아주 따뜻해 지훈은 코허리가 시큰해졌다.

"모든 일에는 때가 있는 법입니다. 이스라엘 민족에게 이른 비와 늦은 비를 주셨듯이 기회를 기다립시다."

박 목사는 이희영 전도사를 생각했다. 하나님이 예정하신 일처럼 여겨졌다. 교회 성가대에 마주한 두 사람의 모습을 볼 때마다 절묘한 앙상블을 느꼈다. 이희영 전도사의 행복해하는 얼굴에서 지훈을 향한 사랑을 읽을 수 있었다. 이로 인해 한동안 그를 사로잡고 있던 이 전도사에 대한 미안함이 다 해소될 수 있을 것 같기도 했다. 그는 두 사람의 사랑이 다시 익어 가기를 간절히 기도했다. 그리고 지훈을 위해서 그가 할 수 있는 모든 역량을 동원해 보기로 결심한다. 이것은 오늘의 그가 있기까지 참으로 중요한 역할을 해준 지훈에 대한 의무 같은 것이라고 생각했다.

마침 이희영 전도사가 식당으로 들어와서 그들의 좌석에 끼어들었다.

"두 분이 무슨 밀담을 나누시느라 이리 심각하세요?"

들고 온 식판을 식탁에 놓으며 희영이 두 사람을 훑어보았다.

"아니 이 전도사님, 시도 때도 없이 사람을 의심하는 거 심각한 수준인 거 몰라요?"

박 목사가 농담으로 받았지만 왠지 지훈은 가슴이 두근거렸다.

지훈을 훑어보는 희영의 시선이 워낙 날카로워서 조금 전까지 성가대 연습실에서 피아노 반주를 하던 모습과 다른 사람 같았다.

"나 빼놓고 두 분이 비밀 얘기한 거 맞죠? 김 선생님."

"허 그 참, 족집게네 어떻게 아셨을까."

"선생님 눈에 그렇게 쓰여 있어요."

"농담은 그만하고, 언제 한 번 신곡리에 다녀와야겠는데, 두 분 같이 바람 쐬러 안 가시겠어요?"

박 목사가 생각난 듯 그들을 건너다보았다.

"무슨 일이 있습니까?"

지훈이 물었다.

"최인숙이라고 아시지요?"

"잘 알지요."

"얼마 전에 편지를 보내왔어요. 가족이 모두 신곡리에 모여 살고 있는 모양입니다."

"아, 그랬군요. 오래전에 신곡리에 한 번 갔던 적이 있습니다. 상식 씨가 그곳에 자리 잡고 있었는데."

"그게, 그러니까 예전에 한내에 살던 사람들이 모두 돌아오기 시작해 마을이 커지고 있는데, 아직 교회가 세워지지 않고 있다는 내용이었습니다."

"인숙이 보고 싶네요. 어떻게 하실 생각이세요?"

"지교회를 구상해 봤습니다. 현지에 내려가 형편을 살펴봐야 하겠지만, 어떻습니까? 모처럼 고향 사람들 한번 만나 보러 가실까요? 댐도 구경할 겸."

"좋아요. 그런데 언제?"

"다음주 화요일쯤 어떻겠습니까?"

"좋습니다."

"나도 끼워 주는 거예요?"

두 사람 얘기를 듣고 있던 희영이 불쑥 말을 던진다. 일부러 볼멘

소리로.

"물론이죠. 주인공이 빠져서야 되겠습니까? 모처럼 두 분 데이트 기회를 드리는 겁니다."

박 목사가 장난기 섞인 말투로 두 사람을 번갈아 건너다봤다.

"지난번 부탁했던 약속 생각나요? 자연스럽게 됐네요."

언젠가 세 사람이 있었을 때 희영에게 약속했던 일을 지훈은 기억했다.

"무슨 데이트 신청이 이래요?"

좀 토라진 말투였으나 희영의 얼굴에는 웃음이 핀다.

"모로 가도 서울만 가면 되는 것 아닙니까?"

지훈이 웃음으로 받는다.

"사모님도 같이 갔으면 좋겠는데."

희영이 분위기를 바꾸느라 박 목사를 쳐다본다.

"글쎄, 아직 외출은 좀…."

박 목사는 지난 크리스마스 무렵에 아들을 낳았다.

"애기는 건강해요?"

"모세처럼 건강해요."

이름을 모세로 지었다.

"그러고 보니 백일이 얼마 남지 않았네."

희영이 계속 딴전을 피우자 "그럼 약속이 된 걸로 알겠습니다" 하며 박 목사가 결정을 내렸다.

그 주의 화요일, 그들은 신곡리로 떠났다. 기분 좋은 날씨였다. 모처럼 교외로 나오니 가슴이 후련해졌다. 하늘은 맑게 개고 차창으로 지나가는 도로변의 산자락에서 봄기운이 느껴졌다.

대천강 댐으로 가는 길은 몰라보게 확장되어서 시원하게 뚫려 있었다.

"두 분이 나란히 앉아 계시는 것을 보니 은근히 질투가 나는데, 이 앞쪽의 기사한테도 관심 좀 가져 봐요."

핸들을 잡은 박 목사가 농담을 건넨다.

"목사님, 미안하지만 우리는 아무 짓도 안 했거든요. 필요하시다면 오징어 구운 것 한 조각쯤 드릴 수 있어요. 말씀만 부드럽게 하시면."

희영의 대답도 만만치 않았다.

지난 겨울이 제법 추웠음을 기억하며 지훈은 이제 다가오는 시간들에 대한 기대가 커진다.

그는 곁에 앉은 희영의 얼굴을 돌아본다.

이렇게 가까이 있었던 적이 언제인가.

마음에 담아 둔 말들을 어떻게 전할 수 있을까.

늘 어긋나기만 했던 두 사람의 행로.

실패로 돌아온 나를 그녀는 어떻게 생각하고 있는지, 한내의 기억을 더듬어 지난날들을 복원시켜 보고 싶은 마음이 간절하다.

가보고 싶던 대천강 댐, 지금 그곳을 향하면서 지훈의 마음이 조금 설레기 시작한다.

"신곡리는 이설도로로 가야 하기 때문에 우선 댐부터 보기로 하죠."

갈림길에서 수남이 핸들을 돌렸다.

세 시간 남짓 달린 자동차가 이윽고 대천강 댐 입구로 들어선다.

주차장에 차를 세우고 내린 일행은 눈앞에 펼쳐진 거대한 절벽을 바라본다.

까맣게 쳐다보이는 댐.

산 하나를 옮겨 큰 골짜기를 막아 놓은 듯한 엄청난 규모의 구조물을 보며, 지훈은 이곳에 취재 왔던 기억을 떠올린다.

그들은 다른 관광객들과 함께 댐 입구에 세워 둔 관광용 셔틀버스에 올라 댐 위로 가는 비탈길을 올랐다.

허위단심 헉헉대며 버스가 댐 위로 올라섰다.

그곳에 작은 바다가 계곡의 그림자를 드리우고 그림처럼 펼쳐져 있었다.

"지난해 여름 장마철에 이 댐은 첫 만수위를 기록했습니다. 첫 방수가 이루어졌을 때 거대한 물보라가 장관이었지요. 동양 최대의 댐이라서 대통령도 오시고 수많은 외국 기자들이 다녀갔습니다."

댐 위 광장에서 운전기사가 댐을 소개하기 시작했다.

지훈은 푸르다 못해 검은 빛이 도는 호수의 물을 내려다보았다. 사람과 기계들이 혼연일체가 되어 일사불란하게 움직이던 초기의 공사장 광경이 눈에 선했다.

"여기선 안 보이겠지요, 한내는?"

지훈이 끝없이 뻗어간 물길을 바라보았다. 도무지 가늠이 되질 않는다.

"대천면 한내리를 말하시는 건가요?"

안내 버스기사가 물었다.

"그렇습니다."

"아, 거기는 나루터에서 배를 타고 대천읍 쪽으로 한 시간 이상 가야 나옵니다."

댐 위 광장을 한 바퀴 돌고 전시관에서 각종 홍보용 사진과 도표들, 기념물들을 살펴보다가 지훈은 이 공사를 하다 숨진 산업전사들의 위령탑을 보았다. 모두 23명의 넋이 잠들어 있었다. 위대한 역사는 늘 피를 요구하는 것인가. 잠시 그는 숙연함을 느낀다.

전망대에서 그들은 커피를 마셨다.

"신곡리에 들렀다가 두 분이 배를 타고 내려오세요. 덕적산 수리재 봉우리라도 보려면 그 방법이 있습니다."

박 목사가 지훈에게 알려 주었다.

"좋습니다."

"자, 이만 내려갑시다."

그들은 시동이 걸린 버스로 향했다.

댐 아래로 내려와 승용차로 옮겨 탄 일행은 신곡리로 가는 이설도로로 들어섰다. 댐 위로 난 이설도로는 그동안 보수가 잘 이루어져 자동차가 쾌적하게 달렸다.

한 시간이 채 안 되어 강천시 시계(市界)가 나타난 곳에 신곡리 표지가 보였다.

진입로를 따라 계곡으로 들어서자 들이 열리고 '자연이 살아 숨 쉬는 신곡리에 잘 오셨습니다'라는 마을 입구에 설치된 큰 아치가 그들을 맞았다. 아치 양편에 남녀로 구분해 선 장승이 아주 우람스런 모습으로 그들을 내려다보고 있었다.

"저 장승은 좀 그러네."

희영이 과장된 모습의 장승을 쳐다보며 얼굴을 찌푸린다.

"관습이란 것 무시할 수 없지요. 지구상 어느 곳에나 수호신이 없는 곳이 거의 없어요. 상징적인 것으로 변하긴 해도 인류가 존재하는 동안에는 아마 없어지지 않을 문화인 것 같습니다."

지훈이 의견을 말했다.

"내촌 입구에 세워졌던 장승 모습을 닮았네요. 한내 사람들이 세운 모양인 기래요."

박 목사는 아무렇지도 않게 그곳을 지나쳤다.

마을은 예전의 조그만 시골 모습이 아니었다. 도로는 넓게 확장되고 골짜기 안으로 더 많은 집들이 세워졌다.

"어서 오십시오. 반갑습니다."

미리 연락이 되어 있었는지 마을회관 앞에서 상식과 인숙이 부부가 일행을 맞았다.

"선생님, 목사님, 언니!"

반가움에 얼굴이 활짝 핀 인숙이 세 사람 손을 번갈아 잡으며 경중경중 뛰었다.

마침 점심시간이라 회관 안에는 마을 사람들이 모여 있었다.

상식이 그들에게 일행을 소개했다.

한내에서 낯이 익은 사람들과 또 타지에서 온 낯선 사람들이 섞여 있었다.

음식 준비를 하던 상식의 부인이 지훈을 알아보고 "어머나! 세상에, 김 선생님" 하며 반가워했다. 한내 학교에 같이 근무하던 한영미 선생이다. 푸수수한 머리의 그녀는 시골 아줌마가 다 되어 있었다.

그들은 얼큰한 매운탕을 곁들인 점심을 먹었다.

상식이 그간의 신곡리 형편을 설명해 주었다. 대천 일대가 수몰되면서 조성되기 시작한 신곡리는 새로 태어난 마을에 걸맞게 이상적인 농촌상을 만들어 가고 있었다. 초기에 이주해 온 사람들은 수도 적었고 마을에 정착하느라 고생을 했다.

그들은 지역 특성에 맞는 사업을 개발하기 위해 노력했다. 상식을 중심으로 영농회가 혼신의 힘을 다해 지역 특산물을 개발하고, 이를 확대 보급하면서 자립의 기틀이 세워졌다. 그리고 국가에서 시범 농촌으로 지정하여 지원을 해주었기 때문에 자립형 농공단지로 성장 발전할 수 있었다는 것이다. 그 공로로 이장 일을 맡은 상식은 대통령 표창을 받기도 했다.

"지난번 최태식 사건으로 석답골이 벼락을 맞은 후 선불도 사람들이 이곳으로 돌아오고 있어요. 특히 한내 사람들이 많이 왔어요. 요즘엔 한내를 이곳에 옮겨 놓은 것처럼 착각이 들 정도예요."

상식은 태식의 사건과 석답골의 선불도 사건을 소상히 설명해 주었다.

"태식 씨는 어떻게 지내시나요?"

지훈이 궁금해서 물었다.

"아직 2년 더 남았어요. 워낙 얽힌 게 많아 죗값을 단단히 치르고 있지요. 욕심이 그렇게 만들었더군요. 지난번 면회를 갔더니 정치적인 탄압이라고 지금도 죄를 뉘우치는 기색이 없어요. 강천에 있던 빌딩도 다 넘어가고 거지가 됐는데도 정치가 뭔지…. 병이 깊은 걸 느꼈어요."

"뿌린 대로 거두는 셈이군요."

지훈은 태식의 일그러진 인생에 대해 동정심 같은 맘이 생겼다.

"참 딱하게 됐어요. 쟤가 그 아들인데 맡길 곳이 없어 지금 우리가 돌보고 있어요."

상식이 인숙과 함께 밥을 먹고 있는 남자아이를 가리켰다. 열 살쯤 되었을까. 밥을 먹으며 히죽히죽 웃는 얼굴 모습이 정상이 아니었다. 얼굴 모습으로 보아 다운증후군을 앓고 있음이 분명했다.

"아이가 온전치 못한 것을 알고 새언니가 집을 나가 버렸어요."

인숙이 아이가 흘린 밥알을 주워 그릇에 담으며 혼잣말처럼 중얼거렸다. 그들의 표정에 개운치 않은 뒷맛이 번져 씁쓸해졌다.
"시설에 보내는 게 낫지 않겠어요?"
지훈이 의견을 말했다.
"가까운 곳에 아이를 맡길 만한 시설이 없어요. 아주 중증은 아니라서 그냥 집에서 돌보고 있어요. 이상하게 우리 동네에는 문제가 좀 생긴 아이들이 몇 명 있어요. 석답골에서 돌아온 사람들 가정에서 특히 그래요."
피난처라고 불리던 석답골로 찾아갔던 한내 사람들, 그 가운데 젊은 사람들이 그곳에서 몇 년을 살면서 아이들을 낳아 길렀는데, 이상하게 비슷한 증상의 온전치 못한 아이들이 나왔다는 것이다. 그곳의 물이 나빠서 그렇다고 하는 사람들도 있고, 산신령의 노여움이라는 말도 있고, 아무튼 특이한 현상이 그들에게 생겼던 것이다. 영민이라고 불리는 태식의 아들도 그곳에서 태어났다. 한창 선원 공사가 계속되던 때여서 태식은 그곳에 상주하고 있었는데, 그의 두 번째 부인에게서 태어난 아이가 영민이였던 것이다.
상식의 설명을 들으면서 지훈은 석답골의 수질에 대해 잠깐 기억을 떠올렸다. 그가 그곳에 갔을 때 개울물이 우윳빛으로 흐렸던 생각이 났다. 계곡 안쪽에 폐광 자리가 있고, 그 지대는 석회암 지대였던 것이다. 그러나 그것은 하나의 추측이고 원인이라고는 말할 수 없을 것 같아 지훈은 그저 이야기를 듣고만 있었다. 아무튼 불행한 일이 아닐 수 없었다.
"신곡리에 교회를 세우면 우리 영민이 문제도 해결될 수 있을 것 같은데요. 안 그래요, 박 목사님?"
인숙이 박수남 목사를 빤히 쳐다봤다.
"신곡리 마을에 가장 불편한 점이 아직 학교가 없다는 사실입니다. 기회가 있을 때마다 건의하곤 했는데 아직 불투명해요. 마을 가구 수가 기준에 미달인가 봐요."

상식이 말을 거들었다. 마을 아이들은 인근 면사무소 소재지인 신동리 학교로 보내고 있었다.

태식에게 숱한 고난을 당했던 인숙이 그의 아이를 맡아 기르고 있다는 사실은 지훈에게 큰 감동이었다.

"어떻게 해요. 그래도 우리가 제일 가까운 친척인 걸요. 하나님이 보내신 기라 생각하구 맡아 길러요. 불쌍하잖아요?"

지훈이 나중에 물었을 때 인숙이 한 대답이었다.

지훈은 문득 신곡리에 아이들을 위한 학교가 필요할 것이라는 생각이 들었다. 갑자기 떠오른 그 생각으로 지훈은 잠시 머릿속이 복잡해졌다. 섬광처럼 스치는 기억이 있었다. 그리고 무슨 소린가 들렸다.

"아래로 내려가 봐!"

지하도 계단에서 들었던 소리다.

지훈은 그 소리가 지시하는 곳이 바로 여기에 있음을 깨달았다. 그가 할 수 있는 가장 자신 있는 일, 가장 행복한 일, 그것은 아이들을 가르치는 일이 아니었던가.

"상식 형은 교회를 세우는 일에 대해 어떻게 생각하시우?"

박 목사가 상식을 건너다보았다.

"나야 뭐 교회가 들어오거나 말거나 별 상관은 없어. 단지 마을 사람들을 편 가르지만 않는다면 말이야."

그는 이제 어엿한 기업 오너의 분위기를 풍겼다. 말씨가 당당하고 자신감에 차 있었다.

"그 걱정은 하지 마셔요. 다 지나간 얘기 아닙니까? 선불도 사람들이 무슨 일을 했는지 천하에 다 알려졌고 세상은 많이 달라졌어요.

교회는 마을 사람들을 단단히 뭉치게 할 기래요. 괜찮은 땅이 있다는 얘기를 들었는데?"

고향 사람들을 만나면서 수남의 말씨는 다시 사투리 억양으로 변했다.

"과수원 뒤편에 나온 땅이 있긴 한데."

"보러 갑시다."

일행은 식사를 마치고 마을 안으로 들어갔다.

"한내가 생각납니다."

지훈이 곁에 걷고 있는 희영을 돌아보았다.

"정말, 저도 지금 그 생각을 하고 있었어요."

"두 분이 이렇게 같이 걸어가시니 너무 잘 어울려요. 선생님, 언니랑 결혼하시고 신곡리로 내려오세요."

뒤에서 인숙이 목소리가 들렸다.

"선생님을 놀리면 어떻게 되는지 몰라서 그러는 거야?"

지훈이 뒤돌아보며 엄한 표정을 짓는 바람에 모두 한바탕 웃었다.

들을 건너는데 마을회관 쪽에서 농악 소리가 들리기 시작했다.

"올해 단오놀이를 준비하느라고 그래요."

상식이 설명을 했다. 한내의 모습이 곳곳에 배어나오는 것을 지훈은 보고 있다. 아무것도 달라진 것이 없는 한내의 재현이다. 세월은 지나가도 사람들은 습관을 좇아 살고 있음을 본다. 문화라는 카테고리 속에 이 정서들을 대입시키면 바로 한민족의 모습이 만들어져 나오는 것이다. 징소리, 꽹과리 소리, 장구 소리는 그것 자체가 하나의 삶이며 언어다. 마음이 편안해진다.

과수원 뒤 언덕에 꽤 넓은 풀밭이 나타났다.

"여기야. 밭으로 개간했던 곳인데 주인이 강천으로 사업을 하러 가서 지금은 묵어 있지. 나한테 위임을 했어, 팔아 달라고."

"한내 가나안교회가 생각나네요. 거기도 과수원이 있었어요. 좋습니다. 결정을 하도록 합시다."

박 목사는 땅이 마음에 드는 모양이었다.

"교회 이름은 그대로 가나안교회로 해요, 목사님."

인숙이 기쁜 표정으로 박 목사를 쳐다본다.

"가나안신곡교회, 어때요?"

박 목사는 둘러선 사람들에게 동의를 구했다.

"좋은 이름이에요."

이희영 전도사가 고개를 끄덕였다.

"갑자기 생각났는데, 교회가 세워지면 그 부설기관으로 마을 아이들을 위한 학교를 하나 세우는 것이 어떨까요?"

지훈이 조금 전 영감처럼 떠오르던 생각의 일단을 말했다.

"교회학교 말입니까?"

박 목사가 지훈을 쳐다본다.

"주일학교 개념이 아니고 정식으로 수업을 하는 교육기관 말입니다."

"그야 당국에서 할 일이 아닌가요?"

"보시다시피 이 마을엔 아직 학교가 세워지지 않았습니다. 아까 상식 씨가 말했듯이, 이 마을에 우선 필요한 것이 교육시설인 것 같습니다."

"김 선생님 말씀이 맞습니다. 학교에 다니지 못하는 아이들이 이 마을에 여러 명 있어요. 어떤 면에서는 마을에 교회보다 학교가 더 필요한지도 모르겠어요."

상식이 정색을 하고 의견을 말했다.

"학교를 세운다…. 그러면 누가 운영을 합니까?"

박 목사가 사람들을 둘러보았다.

"제가 맡아 보고 싶습니다."

지훈이 기다렸다는 듯이 말했다.

"아니 김 박사님, 여기는 신곡리입니다."

"알고 있어요. 이곳에 오면서 저는 알 수 없는 음성을 계속 듣고 있습니다. 누군가가 제게 그 일을 맡아 해야 한다고 그렇게 이야기하고 있는 것 같아요."

"김 박사님은 서울에서 할 일이 얼마든지 기다리고 있어요."

"오래전부터 구상해 온 것이 있어요. 자세한 내용은 차츰 말씀드리기로 합시다."

"좋습니다. 그럼 구체적인 사항은 뒤로 미루고 우선 이 토지를 계약하고 학교 문제도 검토해 보기로 합시다. 이 전도사님은 왜 한 말씀도 없으십니까?"

"두 분이 말씀하시는데 제가 끼어들 틈이나 있나요?"

"이런! 미안하게 됐군요. 앞으로 신곡리 교회의 모든 책임을 맡아야 하는 이 전도사님이시니까, 지금 들으신 것처럼 학교 문제를 어떻게 해야 할지 의견을 듣고 싶네요."

"저로선 대찬성이에요. 교회와 학교가 함께 세워진다면 아주 이상적인 모습이 될 것 같아요."

"두 분이 사전에 모의하신 것은 아니신지?"

박 목사가 잠시 장난기 섞인 표정으로 두 사람을 번갈아 돌아보았다.

"전혀! 전 김 선생님 말씀을 오늘 처음 들었습니다."

희영이 손사래를 쳤다.

"오해는 하지 마십시오. 이 전도사님이 이 신곡리 교회를 맡으신다는 얘기도 사실 전 오늘에서야 알았습니다."

지훈도 정색을 했다.

"아, 농담입니다. 감사해서 제가 한마디했습니다."

박 목사가 웃었다.

내려다보이는 호수 저 멀리서 뱃고동 소리가 들렸다. 조그만 배가 산모퉁이를 돌아 나오고 있었다. 이색적인 느낌이 들었다.

"상식 씨, 한내가 있던 곳을 한번 가 보고 싶은데요."

지훈이 배를 바라보며 상식에게 말했다.

"어렵지 않아요. 지금 나루에서 배를 타고 나가면 30분 쯤 지나는 곳에 멀리 덕적산과 수리재가 허리까지 물에 잠긴 게 보일 겁니다. 안개가 걷혀야 할 긴데…. 마침 배가 들어오는군요."

골짜기 안으로 내려와 덮인 안개 사이로 조그만 배가 경적 소리를 내며 다가오고 있었다.

"마침 잘 됐네요. 김 선생님과 이 전도사님은 나루터로 가 보세요. 저는 상식 형과 좀 더 할 얘기가 남았어요. 댐 입구에서 만납시다."

박 목사가 말했다.

"같이 가 주실 거죠?"

지훈이 희영에게 동의를 구한다.

"물론이죠."

"자, 그럼."

"두 분 데이트 잘 해보서요."

인숙이가 손을 흔들어 줬다.

지훈과 희영은 이들과 헤어져 뱃나루로 내려갔다.

유람선 모양의 배 한 척이 선착장으로 들어오고 있었다.

마을 사람을 몇 내려놓고 잠시 머물던 배는 그들을 싣고 오던 길을 돌아서 나갔다.

"손님들이 아니었으면 빈 배로 나갈 뻔했네요."

기관사가 창문을 열고 사람 좋게 웃었다.

30명은 앉을 수 있는 객실 좌석에 그들만 덩그마니 앉아 있어 민망했다.

"아저씨, 이 배 옛날 한내가 있던 곳을 지나갑니까?"

"한내라면?"

"대천면 한내리 말입니다"

"오라, 거기 수리재 있던 곳인가요?"

"네, 맞습니다."

"한 30분 실히 걸릴 낀데."

"그곳을 지날 때 알려 주세요."

"알겠어요."

배가 속도를 내기 시작하자 그들은 문을 열고 선미로 나왔다.

산그늘을 수면에 드리운 호수는 잔잔하고 주위는 적막했다.

두 사람은 그들 사이에 드리운 무언가 알 수 없는 장막들이 하나씩 걷히는 것을 느낀다.

"정말 제가 신곡리로 내려올 계획인 것을 몰랐어요?"

희영의 목소리가 편안하게 들린다.

"박 목사와는 그런 이야기 나눈 적이 없어요."

"정말 학교를 운영해 보실 작정이세요?"

"장난 삼아 한 말이 아니란 것을 희영 씨도 알아주시길."

"공교롭게 된 것 같지 않아요?"

"박 목사 입장에서 보면 그럴 법도 하네요. 정말 우연의 일치입니다."

"그렇긴 하지만…."

희영은 말을 멈추고 배 뒤편 스크루 쪽에서 소용돌이치며 흩어지는 물방울들을 바라보고 있었다.

잠시 그들 사이에 침묵이 흘렀다.

"규모는 좀 작지만 중국 장사 지방에 보봉호라는 아름다운 호수가 있는데, 노래를 불러 주는 사람들이 호숫가 골짜기에 서 있다가 유람선이 지나가면 민요를 불러 주더군요."

귀국길에 보았던 호수가 생각나 지훈이 말했다.

희영은 선미로 갈라져 흩어지는 물길에서 시선을 거두어들이며 고개를 돌렸다.

"모두 물속에 잠긴 모습을 보니 우리들의 과거도 모두 사라져 버린 것 같은 느낌이 드네요. 김 선생님은 한내를 다 잊었죠?"

"그럴 리가? 여기로 와 보자고 한 사람이 누군데…."

"십 년이면 강산이 바뀐다는 말 있잖아요, 강산이 많이 변했죠?"

"그렇군요."

"김 선생님이야 세계를 다니시느라 세월이 흐른 것을 알기나 하겠어요? 어쩐지 자꾸 버터 냄새가 나는 것 같기도 하고…."

희영의 목소리에 약간의 빈정거림이 묻어난다.

"그렇지 않아요. 한내에서 희영 씨를 만난 일만큼 내게 감격적인 사건은 그 후 어디에서도 일어나지 않았어요."

"입에 침이라도 좀 바르고 말씀하세요. 듣기가 좀 그러네요."

"진심입니다. 산다는 게 참 덧없는 일이란 걸 이즈음에야 깨닫게 되는 것 같아요. 희영 씨 말대로 세계를 몇 바퀴 돌아 수많은 사람들을 만나 봤지만, 사람들이 살아가는 방식이란 게 별 차이가 없다는 것을 겨우 깨달았을 뿐입니다."

"그래도 김 선생님은 모든 것을 성취하셨잖아요? 학문과 예술과 그리고…."

"곰팡이 냄새 나는 학문을?"

"무슨 말씀이세요?"

"어떤 여자가 늘 그렇게 말했죠."

"그런 모독이 어디 있어요?"

"그 여자에겐 그렇게 느껴졌던 모양이죠."

지훈이 픽 웃었다. 퀸즈의 집과 수경의 얼굴이 잠깐 그의 뇌리를 스친다.

"참, 사모님은 왜 귀국을 하지 않으세요, 아직까지?"

희영이 갑자기 생각난 듯 묻는다.

"귀국하지 않을 겁니다."

"잘 알아들을 수 없는 말이네요."

"우린 헤어졌어요."

"네? 무슨 농담을…."

"농담이 아닙니다."

"그럼 사실이란 말이에요?"

희영의 눈이 동그래진다. 믿기지 않는 표정이다.

"부끄러운 이야기지만 그렇게 됐어요. 처음부터 우리 사이엔 잘 어울릴 수 없는 이질적인 요소들을 너무 많았어요. 성장 환경과 생활 양식, 가치관, 취미와 습관, 사고방식 어느 하나 비슷한 것이 없어 늘 갈등 속에 살았지요. 결국 이렇게 됐습니다."

"안타깝게 되었네요."

시선을 호수 쪽을 향한 채 희영이 남의 이야기를 하듯 했다. 그러면서도 그녀의 마음 한구석에 무언가 덜컥 내려앉는 소리가 들렸다. 어쩌다 이 남자가 이런 모습으로 돌아왔는지 알 수 없는 일이다.

"우습죠? 산다는 게 뭔지 아직 모르겠어요."
"하나님이 김 선생님 앞날을 도와주실 거예요."
"나처럼 우유부단하고 게으른 사람이 무슨 염치로."
"생각해 보세요. 김 선생님 지난날을. 어느 것 하나라도 하나님 은혜 아닌 것 있음 말씀해 보세요."

희영이 마치 주일학교 학생들에게 하듯 지훈에게 말했다. 지훈은 약간의 핀잔이 섞인 듯한 그 목소리가 왠지 따뜻하게 느껴졌다.

희영의 말소리가 하나씩 지훈의 가슴속으로 들어와 박혔다. 정말 그에게 일어났던 모든 불행한 일들은 이상하게도 하나님을 떠났을 때 일어난 것 같은 생각이 든다.

모든 것이 결국 제자리로 돌아온 것도, 어쩌면 기억 속의 한내로 돌아오기 위해 그 먼 길과 오랜 시간을 허비한 것 같은 생각도 든다.

골짜기의 산들이 높아질수록 안개가 짙어지기 시작했다. 멀리서 보이지 않던 안개가 갑자기 계곡으로 내려와 차폐막처럼 그들의 주위를 감싸기 시작한다.

"손님, 한내를 지나고 있어요. 저쪽 왼편이 수리잰데 안개 때문에 아무것도 볼 수 없네요."

기관실 쪽에서 목소리가 들렸다.

그들은 생각난 것처럼 주위를 살펴보았다.

회색의 안개가 주위를 감싸고 있어서 어렴풋한 산자락의 윤곽만 건너다 보였다.

안개는 점점 짙어져 사위를 회색으로 감싸고 돌았다.

안개의 터널.

늘 안개로 부옇게 흐렸던 마을이 생각났다. 회색으로 보이게 하던, 그래서 붙였던 회색지대, 회색계절에 그들은 다시 그 회색지대를 통과하고 있다.

"이 호수 깊은 곳 어디에 한내가 묻혀 있을 것 같군요."

지훈이 물안개가 일어나고 있는 수면을 내려다보았다.

모두가 전설이 되어 버린 한내.

물속에 잠든 마을.

저 깊이를 알 수 없는 물밑 어느 곳인가에 한내가 잠들어 있을 것이다.

"하나 물어 봐도 돼요?"

희영이 수면에 시선을 둔 채 물었다. 기사가 속력을 줄였기 때문에 기관의 소음들도 좀 줄어들었다.

"말해 봐요."

"왜 이곳에 오자고 하셨어요?"

"지금 막 그 말씀을 드리려던 참이었습니다. 지금껏 살아오면서 전 한내에서 지냈던 3년의 시간보다 더 소중했던 경험을 해보지 못했습니다. 제 생애에서 가장 아름다웠던 시간이었습니다. 서울에 온 뒤 한동안 방황을 하면서 저는 한내로 돌아가는 꿈을 여러 번 꾸었습니다. 누구에게나 생애의 한 번쯤은 소중한 시간이 있게 마련입니다. 저는 그 소중한 시간을 낭비해 버렸습니다. 욕망이라는 아주 달콤한 유혹에 빠져 어리석은 삶을 살아가는 동안에 저는 한없이 추해진 자신을 발견했습니다. 저는 안개의 차폐막에 가려진 채 길을 잃은 삶을 살아온 것을 알게 됐습니다. 제가 얼마나 잘못된 길을 걸어갔는지 깨달았을 때 왜 갑자기 한내가 생각났는지 모릅니다. '한내로 돌아가자.' 저는 그렇게 생각했습니다. 그 길만이 일그러진 내 인생을 회복하는 길이라 여겨졌습니다. 그때 저는 도심의 한복판에 있었습니다. 캐럴이 들리던 거리에서 저는 문득 한 목소리를 들은 것 같습니다. '왜 아버지의 집으로 돌아가지 않는가?' 부드러웠으나 엄숙한 목소리가 제 귀에 들린 것입니다. 그 목소리를 듣고 나서 저는 마치 잠에서 깨어난 것처럼 마음이 가벼워진 것을 알게 됐습니다. 그동안 까맣게 잊었던 것처럼 생각되던 한내의 여러 기억들이 순간 되살아났습니다. 가나안교회에 세워진 크리스마스 트리와 성탄절 칸타타와 장작불로 데워진 난로, 새벽 눈길…모두 생생히 기억 속으로 살아났습니다. 제가 다시 가나안교회로 나가게 된 것은, 지금 생각해 보면 분명히 누군가 나를 인도하신 것을 알게 됩니다. 지난번 교회에서 희영 씨를 만나던 날, 나는 문득 희영 씨와 이곳에 같이 와 보고 싶었습니다. 희영 씨와 함께 이곳에 올 수 있다면, 잃었던 내 꿈 한 조각이라도 다시 찾아낼 수 있을 것 같은 생각이 들었습니다. 저는 지금 저 깊은 물속에 가라앉아 있을 한내 학교와 가나안교회와 오솔길과 푸른 잔디와 아카시아 향기와 희영 씨의 맑은 웃음소리들이 느껴집니다."

이야기를 하고 있는 사이에 희영은 짙은 안개 속을 응시하고 있었다. 바람이 불어와 희영이 외투 깃을 세웠다. 목에 두른 분홍색 스카프가 목 뒤로 하늘거렸다.

그녀는 한내의 학교와 텅 빈 운동장과 황홀한 색채로 수리재 하늘을 물들이던 노을을 생각했다. 가만히 눈을 감는다. 감은 눈 속으로 자전거가 달린다. 그녀는 짐받이에 앉아 김 선생님 허리를 팔로 안고 있다. 잔디에 누워 바라보던, 시리도록 파란 하늘에 흘러가던 흰 구름이 보인다.

"참 소중하고 아름다운 시간들이었어요."

눈을 감은 채 희영이 말했다.

"그런데 우리는 이렇게 아무것도 이루지 못한 관계로 서로 먼 길을 돌아온 것 같네요."

"그렇게 됐군요."

"왜 그랬어요?"

수면을 응시한 채 지훈이 물었다.

"뭘요?"

뜬금없는 지훈의 질문에 희영이 돌아보았다.

"왜 말없이 떠났어요? 한내를."

"지난번에 말씀드리지 않았던가요?"

"정확한 대답이 아니었어요."

"김 선생님을 자유롭게 해드리려고…."

"동의할 수 없어요. 희영 씨가 한내를 떠나고 난 뒤, 소식을 알 수 없게 되었을 때 제가 느낀 배반감, 절망감을 상상해 보신 적이 있습니까?"

"사실 저는 그 당시 죽음밖에 생각하지 않았어요. 돌연히 다가온 정체성의 혼란으로…. 생각해 보세요. 제게 겨자씨만 한 믿음이지만 그 믿음이 없었으면 전 지금 이런 모습으로 살아 있을 수 없었을 거예요."

"당시의 절박한 심정을 이해할 수 있어요. 그렇지만 왜 저에게 의논해 주시지 않았어요? 한내를 떠나기 전에 단 한 번만이라도 그 문제를 저와 의논해 주셨으면 무슨 방법이 생겼을지도 모르고, 이렇게 우리 사이가 엉망으로 꼬여 버리지 않았을 것 같은데…."

"그 점은 미안하게 생각해요. 그러나 그때는 이것저것 생각할 겨를이 없었어요. 제 주변으로 한꺼번에 밀어닥친 재난들을 수습하기에 저는 너무도 힘이 없었어요. 우선 절박한 순간을 벗어나 아무도 모르는 곳으로 숨어 버리고만 싶었어요. 김 선생님을 떠난 것도…. 그 누추함에서 벗어나려고 했던 당시 저의 심정을 이해해 주실 줄 믿어요."

희영의 목소리에 물기가 묻어났다.

"희영 씨가 떠남으로 제 인생이 엉뚱한 방향으로 전환된 것 아시죠?"

"잘되었잖아요?"

"잘된 것 별로 없어요."

"원하던 모든 것을 다 얻으셨는데?"

"제가 원한 것은 이런 게 아니었던 것 같아요."

지훈은 안개로 어두워진 계곡을 건너다보았다.

음습한 바람이 목덜미를 스쳐 지난다.

"저도 하나 물어 봐도 돼요?"

추웠는지 희영이 지훈의 곁으로 다가와 팔을 꼈다.

"말해 봐요."

"미국으로 떠나기 전 하일 마을에서 절 만났을 때 왜 말씀하시지 않았어요?"

"무엇을?"

"약속을 한 여자가 있다는 사실을요."

"그랬던가요?"

"제가 질투할까 봐 그러셨나요?"

"그냥… 말하기 싫었어요."

"그래도 제게 너무하셨다는 생각 안 드세요?"

"오해였어요, 그건."

지훈은 말해 놓고도 어딘가 유치한 발상인 것 같아 한 말에 신경이 쓰였다.

얼마나 많은 오해가 또 다른 오해를 낳았던가! 사람들은 아주 단순한 오해로도 전혀 예기치 않은 인생을 살아간 경우가 허다하다. 그들에게도 오해들이 쌓여 지금과 같은 모양의 그림이 그려진 것처럼 생각된다.

"오해?"

"그랬어요. 그때 우리는 결혼을 한 것도 아니었고 그럴 계획도 아니었지요."

"무슨 의미인가요?"

"우리는 뭐랄까, 일종의 계약적인 사랑을 시험하고 있었던 것입니다. 결국 실패로 끝났지만."

희영은 무언가 오해들이 하나씩 정리되어 가는 것을 느낀다.

"그러면 미국 생활은?"

"재벌가에 고용된 일종의 보디가드 역할이었지요."

"믿을 수 없어요."

"믿어야 해요. 그래야 지금의 내가 설명이 되거든요."

갑자기 기관실의 모터 소리가 작아지면서 배가 속력을 줄였다. 배가 선착장으로 들어서고 있었다.

"수고하셨습니다."

그들은 기관사에게 인사를 하고 선착장으로 나왔다.

"한내로 돌아가고 싶었는데 아무것도 건진 것이 없네요."

댐 위로 난 제방길을 오르며 지훈이 뒤를 돌아보았다.

"그렇겠지요. 한내는 이미 저 아래 수십 미터 물속으로 가라앉은 마을이잖아요? 그렇지만 대안은 있을 것 같아요."

"무슨?"

"신곡리."

"신곡리라."

"아까 보셨잖아요? 신곡리야말로 한내를 몽땅 옮겨 놓은 곳이에요. 박 목사님과는 이미 어느 정도 약속이 돼 있어요. 신곡리로 돌아가겠어요. 난 그곳에서 한내에서 돌아온 사람들을 만나고, 그들에게서 내 꿈을 실현해 보고 싶어요. 모든 마을 사람들을 주님 앞으로 인도하겠어요. 다시는 석답골 같은 데로 가지 않도록."

꿈꾸는 표정으로 희영이 말했다.

이러한 그녀의 모습이 지훈에게는 아주 고혹적인 매력으로 느껴졌다. 지훈은 순간 운명 같은 것을 느낀다.

"염치없는 부탁이지만, 아까 박 목사에게도 말했듯이 저도 그 계획에 동참하고 싶은데 안 될까요?"

지훈의 입에서 생각이 말이 되어 나왔다. 이야기를 해놓고 보니 그것은 자신이 열망하고 있었던 것처럼 느껴진다.

"정말이세요? 지금 그 말씀."

희영의 얼굴이 활짝 펴진다.

"농담이 아닙니다. 희영 씨 곁에 있을 수 있다는 것만으로도 저는 만족합니다. 희영 씨와 길동무가 되도록 허락해 주세요. 동행을 하고 싶어요."

"무슨 뜻이에요?"

"지금 저는 자격이 없지만…부끄러움을 무릅쓰고…부탁을 드리고 있는 것입니다. 희영 씨의 마음이 열리기를."

지훈은 그의 주머니에 들어온 희영의 손을 어루만졌다. 꼼지락거리던 희영의 손이 펴지고 지훈의 손에 깍지로 마중나왔다.

"우리는 서로에게 무엇이었나요?"

희영이 물었다.

"별이었으면 하는 소망을 가졌지요."

"별이 되기엔…희영인 너무 할머니가 됐어요."

언젠가 한번 들었던 것 같은 말투다.

"아니, 별이 되기엔 너무 젊어요. 하나 물어 봐도 될까요?"

댐 위로 올라와 기념탑이 보이는 광장의 가장자리 벤치에 앉았을 때 지훈이 말했다.

"뭔데요?"

희영의 눈이 순간 빛을 발했다.

"우리의 사랑은 유효기간을 넘겼는지 그것이 궁금합니다."

"유효기간? 사랑에 그런 것도 있나요?"

희영이 흰 이를 드러내며 웃었다.

"확실한 것은 희영 씨 곁에 있으면 지금도 가슴이 뛴다는 것입니다. 유효기간이 내게서는 끝나지 않은 것 같아서요. 이곳에 오자고 한 것은 우리의 지난날들이 복원되었으면 하는 바람 때문이었습니다."

"또 잊으셨나 봐. 다시 가르쳐 드려야겠네. 사랑은 오래 참고 온유하며 투기하지 아니하고 자랑도 교만도 아니하며 무례히 행치 아니하고 자기의 유익을 구치 아니하며 성내지 아니하며 악한 것을 생각하지 아니하고 불의를 기뻐하지 아니하고 진리와 함께 기뻐하고 모든 것을 참으며 믿으며 바라며 견디는 것이에요."

"고린도전서 13장 4-7절 말씀!"

지훈이 주일학교 아이들 목소리로 흉내를 내자 희영이 자지러지게 웃으며 지훈에게 쓰러졌다.

지훈이 그녀의 어깨를 안아 가슴 앞으로 끌어들였다. 바람에 흐트러진 머리카락 사이로 그녀의 붉고 달콤한 입술이 다가와 있었다. 지훈이 가볍게 입술을 포갰다.

"아이, 누가 보면 어쩌려고?"

희영은 가볍게 그의 가슴을 밀었지만 이내 그에게 자신의 몸을 맡겼다.

지훈이 그녀를 으스러지게 안아 깊은 입맞춤을 했다. 그녀의 입술이 열리고 달콤한 사랑이 마중을 나온다. 그녀의 눈에 이슬이 맺힌다. 그것은 긴 기다림 끝에 오는 사랑과 감사와 기쁨이 모두 어우러진 눈물이었다.

댐 아래로 펼쳐진 들판이 햇빛 아래 반짝이고 있었다.

그 순간 그들은 호수 위에서 집요하게 그들을 감싸며 따라오던 안개가 사라진 것을 보았다.

댐은 마술처럼 언제(堰堤)를 분기점으로, 댐 위의 계곡과 아래의 들을 회색과 녹색의 공간으로 확연히 갈라놓았다. 계곡 아래는 싱그러운 햇살에 반짝이는 초록 잎들이 아름다운 물결을 이루고 있고, 그들의 뒤편으로 안개 터널과 같은 회색빛 과거들이 몽환적 풍경을 그리며 사라져갔다.

10. 기적을 이룬 사람들

　새가나안교회에서는 신곡리 교회의 건립 공사를 본격적으로 추진하기 시작했다. 공사를 맡을 업체가 선정되고 건축 설계와 허가 등 절차가 진행되었다. 교회는 이희영 전도사가 운영하도록 잠정적으로 결정되었다. 건강이 안 좋지만 이승규 목사가 전반적인 교회 건립의 자문 역을 맡고 그의 이름으로 교회 건립이 추진되도록 했다. 박 목사의 깊은 배려였다.
　이 목사가 기뻐한 것은 두말할 필요도 없다. 교회를 잃고 방황한 지 10여 년이 넘었다. 힘든 삶을 기도로 극복해 온 이 목사의 감회는 남다른 것이었다.
　"박 목사 고맙소. 내 언젠가는 이렇게 될 줄 알았소. 이제 눈을 감아도 여한이 없소."
　병상으로 찾아온 박수남 목사와 지훈, 이희영 전도사로부터 신곡리 교회 건립의 소식을 듣고 이 목사는 눈물을 보였다.
　"다 주님의 뜻입니다. 목사님이 아니었으면 오늘의 저희들이 있었겠습니까? 얼른 일어나셔서 공사 현장에도 가 보시고 헌당식도 주례하셔야죠."

"고맙군 고마워, 모두."

이 목사의 얼굴에 오랜만에 기쁜 웃음이 피어난다.

오랜 병구완으로 푸석해진 사모님의 얼굴에도 모처럼 생기가 돌았다.

"헌당식을 보시게 될지 장담할 수는 없지만 마음이라도 기쁘게 해 드려야죠."

병원을 나서면서 희영이 말한다.

교회 건축 공사가 진행되면서 지훈은 이희영 전도사와 신곡리를 몇 차례 더 방문했다. 현장에서는 그들과 함께 인숙, 그녀의 남편인 석우, 상식이 공사를 돌아보게 될 것이다.

신곡리의 방문은 지훈에게 많은 생각을 갖게 했다. 산다는 것에 대한 근본적인 질문이다.

무엇을 위해 어떻게 살 것인가.

삶이란 그에게 있어 더 나은 것에 대한 욕구 충족의 수단이었다. 그동안 그는 세상이 부러워하는 성공적인 삶을 위해 전력을 다해 질주해 왔다. 그러나 지금까지 그가 취해 온 방법은 매우 치졸한 것이었다. 상류사회로 진입해 보려던 그의 꿈들은 헛된 공허만 남기고 사라졌다.

그사이 그는 자신도 모르게 순수했던 인간성이 훼손되고 이기적인 욕망들에 함몰되어 버렸다. 그럼에도 최근까지 그가 꾸던 꿈은 무엇인가? 그 알량한 체면을 세워 줄 사회적 대우를 기대하고 있지 않았던가? 화려한 무대를 꿈꾸며 그 기대에 미치지 못하는 사회와 조직에 대해 울분을 토하고 탄식하고 원망하며 그렇게 세월을 보내고 있지 않았던가? 몇 편의 글들을 쓰면서 그런 사회의 부조리를 고발하거나 자신을 변명하느라 애쓰고 있지는 않는가?

무엇이 삶을 풍요롭게 만드는가?

내 삶은 저 들꽃 하나보다 더 나은가?

건조한 지식들의 나열로 그럴듯하게 채색된 학문이란 것이 한 치라도 이 사회를 바꾸어 놓을 수 있는가? 내 생애에서 가장 아름다웠던 시간들은 언제인가?

끊임없이 일어나는 수많은 질문에 대한 해답을 그는 그 지하철 음습했던 새벽에 들리던 목소리에서 찾고자 했다.

문득 문득 떠오르는 그 낮은 음성의 기억.

"더 아래로 내려가 봐."

그것은 언젠가부터 거역할 수 없는 명령처럼 그가 방황할 때마다 기억 속에 종종 되살아나곤 했다.

'가 보자, 아래로.'

그는 드디어 결심한다. 대천강 댐에서 희영에게 했던 약속을 지키기로 한다.

한내로의 회귀다. 그의 생애 가운데 가장 아름다웠던 시간들을 복원하기로 결심한다. 그것은 한내를 옮겨 놓은 신곡리로 돌아가는 일이다.

그러자 고민이 생겼다. 그곳에서 자신이 할 수 있는 역할에 대한 것이었다. 그는 그 방법을 골똘히 찾기 시작했다.

상식과 어울려 농사를 지으며 건강하고 부유한 마을을 만드는 일에 일조할 것인가, 이희영 전도사의 교회 일을 도우며 마을 사람들과 삶의 방식 및 가치들에 대해 상담하고 인류의 다양한 삶을 소개해 줄 것인가? 마땅한 대안이 없었다.

신곡리는 새로운 마을이었음에도 한내를 그대로 옮겨 놓은 것 같아서 전혀 낯설지 않았다. 그곳으로 돌아온 사람들은 주어진 환경에

순응하고 한내에서처럼 착한 본성을 잘 유지하며 살아가고 있다.

마을은 개발이 시작되던 때에 비해 규모가 늘었으나 도시의 확산과는 비교가 되지 않을 정도로 그 변화가 미미하다. 처음 50여 호로 출발한 신곡리는 그사이 100여 호로 늘어났다. 석답골 사건으로 선불도 선원이 폐쇄되자 청암을 따라 그곳에 갔던 내촌 사람들이 근래에 이주해 온 덕분이다.

마을에서 낯익은 얼굴을 만날 수 있었다. 옛 모습 그대로 그들은 순박했고 친절했다. 일부를 제외하고는 여전히 가난했다. 적당히 어리석어 보였다.

문득 지훈은 아마존에서 보았던 스바나와 인디오를 생각했다.

그곳에서 주민들을 상대로 문명을 가르치던 장 선교사.

언제 완성될지 알 수 없는 문자를 만들며 평생을 바칠 각오를 보이던 그 엄숙함.

하나님의 사랑이 아니고는 설명이 되지 않는 그 모습은 그의 뇌리에 오랫동안 생생히 남아 있다. 낮은 곳으로 가보라는 음성은 바로 이런 것을 요구하는 하나님의 음성이 아닌가.

아직 마을에는 학교가 세워지지 않았다. 당국에서는 예산 핑계로 차일피일 미루고 있는 중이다.

"학교가 제일 시급하지요."

상식이 한 말이다. 올해 여덟 살인 그의 아들은 마을에서 이십 리 이상 떨어진 이웃 면소재지 학교로 통학하고 있었다. 아들을 포함한 마을에 세 명인 초등학교 학생들을 날마다 상식 씨와 부인이 번갈아 트럭으로 등하교시키고 있었다. 그 불편이 이만저만이 아니었다. 그중에는 인숙이 기르고 있는 태식의 아들 영민도 있었다.

"불쌍하지 않아요?"

아이 손목을 잡고 있던 인숙의 표정이 뇌리를 스친다. 그와는 악연이었던 태식, 늘 대척점에 서 있던 그의 얼굴이 떠오른다.

"누구든지 하나님을 사랑하노라 하고 그 형제를 미워하면 이는 거짓말하는 자니 보는 바 그 형제를 사랑치 아니하는 자가 보지 못하는 바 하나님을 사랑할 수가 없느니라"(요한일서 4:20).

누군가 그의 생각 속에 말씀을 떠올리게 한다.

'나는 그리스도인인가?'

지훈은 자문해 본다.

마을에는 학령을 넘긴 아이들도 여럿 있었다. 부모를 따라 석답골로 피난을 갔던 아이들은 그곳에서 몇 년을 지내는 동안 학교에 갈 기회를 놓쳐 버렸다. 답답한 일들이 많다.

그는 한때 자신이 한내 학교의 교사였던 시절을 떠올린다.

한내 학교에 부임했을 때 마을을 건강하게 발전시키는 노력의 한 축으로 교육의 역할을 확실히 믿었던 그 신념들을 회상한다. 야간학교를 만들어 청년들을 지도하던 기억이 새로워진다. 그때 그는 얼마나 보람을 느꼈던가.

그렇다. 마을에 교회와 함께 학교를 세우자.

비제도권의 자유학교.

열린 교육.

그의 뇌리에 섬광처럼 한 줄기 생각이 떠오른다. 동시에 그가 세계를 돌아보는 동안 겪었던 수많은 경험들이 잘 정리된 노트처럼 그의 생각 속으로 질서 있게 도열한다.

'나는 사람들에게 무엇이었던가?'

다시 지훈의 내부에서 근원적인 질문이 일어났다. 지금까지 지내온 지난날들이 생각난다. 자신의 의지와는 상관없이 위만 바라보고 달려온 나날들, 욕망의 사슬에 묶인 자신의 모습이 보인다. 그것들은 그의 자유를 빼앗아가고 그에게 실패의 쓴잔을 안겼다. 오만했던 자아가 거둔 필연의 열매들이다.

이제 회복이다.

'작은 일에 헌신하라. 더 낮은 곳에서 시작해 보아라.'

누군가 자꾸 그의 등을 떠밀고 있는 것 같다.

그는 결심한다. 그렇다. 신곡리다.

비로소 그의 마음이 편안해진다.

지훈은 자신의 계획을 구체화했다. 그리고 확신이 서자 박 목사와 이희영 전도사와 함께한 자리에서 자신의 구상과 결심을 의논했다.

"신곡리로 내려가겠습니다. 이 전도사님의 교회도 돕고 전에 말씀 드렸던 계획들을 추진해 볼까 합니다."

"아니 김 박사님, 진정으로 하시는 말씀입니까? 저는 그저 지나가는 얘기로 들었는데…. 김 박사님은 아직 서울에서 더 할 일이 많아요. 조금 기다리시면 몇 군데 부탁해 놓은 것도 있고."

박 목사가 다시 지훈의 말을 가로막는다.

"결심을 했어요. 혹시 부탁한 것들이 있으면 취소해 주십시오."

강단을 마련해 주기 위해 신경 쓰고 있는 박 목사의 입장을 지훈은 잘 알고 있었다.

"저를 위해서라면 사양하겠어요. 김 선생님은 이 시대와 나라를 위해서 할 일이 많아요. 신곡리는 아직 한내보다도 작은 시골 마을에 지나지 않아요."

동석했던 이희영 전도사가 단호하게 말했다. 그녀는 자신이 지훈의 앞길에 지장을 주어서는 안 된다고 생각하였다.

"이 전도사님도 위기를 만나면 땅끝 마을로 내려갔지 않았습니까?"

"그거야…. 경우가 다른 것이고."

"다를 바 없습니다. 아마존 스바나와 지역의 장명준 선교사를 아시지요?"

"알지요. 장 선교사는 선교사 사명 때문이잖아요?"

"맞아요. 그 사명 때문입니다. 원시부족 마을 인디오 백여 명을 위해 일생을 투자하며 헌신적으로 지내는 장 선교사에게 배운 것이 너무 많아요. 스바나와에 비하면 신곡리는 큰 도시나 다름없어요. 나는 그곳에서 나의 인류학적인 이론을 실현해 보고 싶어요. 오래전부터 구상해 온 것이 있습니다. 대안학교라고 불리는 새로운 교육 시스템의 운영입니다. 제도권 교육의 모순과 폐해에서 벗어나 보려는 운동이지요.

60년대 후반부터 미국에서는 얼터네이티브 스쿨(alternative school)이라고, 일반 학교와는 다른 전인교육과 체험학습 등에 중점을 둔 교육 프로그램을 운영하는 학교들이 생겨나기 시작해 요즘엔 상당히 확산되고 있어요. 자유학교(free school) 또는 개방학교(open school)라고도 불리는 이런 교육 시스템은 초기엔 학교교육에 부적응한 학생들을 위해 만들어진 것이지만, 요즘은 차별화된 교육 방법을 통해 교육적인 성과를 거두고 있지요.

독일의 슈타이너 학교도 그 한 예인데, 음악을 교육의 주요 수단으로 한 인성교육으로 대단한 성과를 거둔 보고가 있습니다. 이제 우리나라에서도 자유로운 교육운동이 일어나야 한다고 봅니다. 신곡리 교회의 부설 초록학교 설립을 제안합니다. 초기에는 순수한 신곡리 마을 아이들만으로 시작할 것입니다. 자리가 잡히면 점차 도시에서 버려진 학생들을 수용할 수 있을 것입니다.

전국적으로 매년 1만 2천 명 이상의 청소년 학생들이 이런저런 이유로 학교를 중퇴하거나 쫓겨나고 있다는 자료를 갖고 있습니다. 그들은 정말 갈 곳이 없는 낙오자로 사회 어두운 곳에 방치되어 이런저런 사회문제를 일으키고 있습니다. 급격한 우리 사회의 산업화, 도시화가 만들어낸 결과입니다. 그들은 일종의 교육적인 고아들이나 마찬가지입니다. 가족을 잃어버린 고아들처럼 교육시설에서 버림받은 아이들의 문제는 매우 심각합니다.

지금 우리 사회는 이런 정서적 영양실조에 걸린 청소년들에게 관심을 가져야 할 때가 되었습니다. 그들을 돌보는 일이야말로 교회가 감당해야 할 사명이 아닐까 생각합니다. 저는 이런 아이들을 위해 일종의 교육 고아원을 운영해 보고 싶습니다. 학교가 성공하면 아름다운 자연을 가진 신곡리는 도시민들이 잃어버린 자연을 되찾아 줄 새 고향으로 이미지가 바뀔 수 있을 것입니다."

지훈은 계획의 일단을 꺼내 보였다.

"낯선 이름이긴 해도 뭔가 획기적인 느낌이 드네요."

박 목사가 깊은 관심을 표명했다.

"박 목사님의 힘을 좀 빌릴 수 있다면…."

"김 박사님, 제가 돕겠습니다. 당연한 의무이기도 하구요. 학교를 세우자면 교회 부지를 더 확보해야 하겠군요. 계획을 구체화해 봅시다."

박 목사의 대답은 흔쾌했다.

마음속에 기쁨이 찾아들었다.

새로운 방향의 출발을 계획하면서 지훈은 조금 들뜨기 시작했다.

그가 계획하고 시행하려는 것은 우리나라에서는 아직 생소한 교육제도임에 틀림없다. 일종의 실험 학교인 셈인데 이런 제도의 시행은 가끔 착오를 일으킬 수 있어서 치밀한 준비와 계획이 필요했다. 그는 미국의 몇몇 프리스쿨, 오픈스쿨과 연락을 취하고 커리큘럼과 학습 자료들을 확보했다. 그리고 이런 자료들을 들고 관계 당국을 찾아 새로운 교육 시스템의 필요성을 역설하고 실험 학교의 허가를 요청했다.

교육부 당국자들은 그의 경력과 취지를 살펴보고는 시간이 좀 지난 뒤에 엉거주춤한 상태에서 조건부 허가를 내주었다. 일정한 실험 기간의 교육 성과를 보아 정식 교육기관으로 허가하겠다는 것이다.

지훈은 학교 설립을 위해 바쁘게 뛰면서도 힘든 줄 몰랐다. 그로선 새로운 도전이어서 흥분마저 느꼈다.

지금껏 살아오면서 겪지 못했던, 자신의 힘으로 자신의 일을 추진해 보는 기쁨은 생각보다 훨씬 더 컸다.

그의 삶은 늘 타의에 지배되는 삶이었다. 누군가의 명령과 간섭에 의해 피동적으로 움직였던 삶은 늘 피곤함을 주었다. 언제 한번 자신의 힘으로 자신의 일을 해본 적이 있었던가? 학교와 신문사에서의 직장 생활은 상사의 의지대로 움직여야 하는 시스템이었고, 약혼과 유학 생활은 강 국장과 사모님의 입김으로 살던 삶이었다.

대천강 댐을 벗어나면서 안개가 걷히듯, 그의 인생에서도 음습한 혼돈의 색채였던 회색의 터널 속에, 이제 실낱같은 출구의 빛이 보이기 시작하는 것 같았다.

살아간다는 것이 별건가.

하고 싶은 일 하고, 사랑하는 사람 사랑하며, 주어진 현실에 만족하며 오순도순 살아갈 수 있다면 그것이 행복이 아니겠는가.

박 목사를 만났을 때 지훈은 자신이 겪은 일들과 믿음에 대한 견해를 피력한 적이 있다. 차도를 보이지 않는 수남 어머니 운당이 입원 중인 병원을 방문한 자리에서다.

세계를 한 바퀴 돌아 수많은 사람들을 만나고, 서로 다른 언어와 풍습과 문화를 가진 사람들의 삶을 들여다보는 공부를 하면서 내린 결론은, 지구라는 울타리 속에 사는 인류라는 영장류의 삶은 자연의 지극히 작은 일부라는 것이었다. 생존을 위한 과정은 동서양을 막론하고 근본적으로 동일한 것이다.

생로병사의 생명 과정에서 희로애락의 표현 방법은 근본적으로 모두 비슷하고, 피부 색깔이나 의복, 음식, 언어, 주거, 결혼, 장제 등 문화의 근간들은 공동체가 가진 습관과 과학기술의 수준 차이에 지나지 않아 보인다. 곳곳에서 인간이 만들어낸 수많은 종류의 신앙들을 접할 수 있었다. 인간이 불완전한 존재라는 것은 지구촌 구석마다 널려 있는 수많은 신들의 존재에서 확인된다.

유일신을 섬기는 기독교와 이슬람 등 몇몇 신앙 형태를 제외한 수많은 민족과 부족들의 다신문화는 인간이 얼마나 연약한 존재인가를 설명하는 자료들이다. 우리나라의 전통적인 전래문화인 민속(무속)에 대해 좀 더 깊이 있는 연구가 필요함을 절감하고 있다.

우리나라의 정신문화의 줄기는 유불선(儒佛仙)이라는 종래의 개념에서 무유불(巫儒彿)로 바뀌어야 한다고 생각한다. 선 사상은 실제로 우리 민족에게 큰 영향을 미치지 못했다고 보인다. 그 자리에 들어간 무속은 지금도 지칠 줄 모르고 민간신앙의 주류를 이루고 있지 않은가. 논문의 주제로 삼았던 한내의 단오제만 해도 농경사회의 무속신앙이 그 근간을 이루고 있음을 알 수 있다.

아폴로호가 달에 인간의 발자국을 남긴 역사적 사건이 일어난 지도 벌써 수십 년이 흘렀다. 눈부신 과학기술의 발달은 비합리적인 것들에 대한 무시와 쇠락을 필연적으로 동반한다. 결과적으로 인류의 삶은 보다 합리적이고 발전적인 것을 지향한다. 그럼에도 미래의 불확실성에 대한 논의는 또 무엇인가.

서울에 돌아와서 최근에 몇 가지 통계를 보고 걱정을 했다. 전국적으로 각종 예언자, 철학관, 점집 등 무속 형태에 종사하는 사람들의 수가 매년 10~15퍼센트씩 늘어나고 있다는 사실이다. 정치, 경제적으로 불안정한 시대를 살아오면서 우리 사회는 우연이나 신비한 능력에 의존하는 정신적 취약성을 보이고 있다.

도심의 빌딩들이 늘어나는 것과 비례해서 도시 빈민촌에 늘어나는 각종 점집들, 운명과 사주를 점치는 철학관, 보살, 선녀들은 어떤 함수관계에 있는가? 그것들은 이제 공공연히 매스컴을 동원해 직업으로 광고되고 있다.

지금까지 우리에게 남아 있는 민족 고유의 전근대적인 신앙의 모습을 벗어나기 위해서는 이들을 좀 더 체계적으로 연구하는 기구를 설치하는 일이 시급하다. 이런 일들은 교회가 앞장서야 할 것이다. 사람들의 의식 가운데서 그런 미신적 요소들을 걷어내야 한다. 그것은 여러 가지 방법으로 접근해야 하는데, 교회의 예배와 믿음 생활이 그 한 방법일 수도 있고, 교육을 통한 합리적 환경의 개선, 삶의 질 향상과 자아실현도 한 방법일 수 있다.

지난날을 돌아보면, 박 목사나 한내 사람들 모두가 이런 어리석은 생각의 피해자들이다. 한국적인 것, 소위 전통이란 것들도 세련된 문화로서의 세계화가 필요하다. 아주 작은 일부터 시작하고 싶다. 신곡리가 그 해답이 될 수 있기를 기대한다. 이곳에서 '교육을 통한 한국적 전통과 문화의 개선'을 실험해 볼 작정이다.

그는 대략 이런 내용으로 자신이 신곡리 교회와 학교에 임하는 입장과 배경을 박 목사에게 설명했다.

"우리는 아직도 전근대적인 우상숭배와 미신이 횡행하는 시대를 살아가고 있어요. 특히 한내 사람들이 그 어리석은 믿음의 피해자들이라 할 수 있습니다. 이런 현상은 아직 도처에 널려 있어 세월이 한참은 더 지나야 합리적인 사람들이 합리적인 사고를 하며 살아가는 세상이 될 것입니다. 김 박사님의 계획이 큰 열매를 맺을 수 있도록 기도하겠습니다."

박 목사는 지훈의 견해에 공감해 주었다.

가나안신곡교회가 본격적인 건축 공사에 들어가면서 이희영 전도사는 바빠졌다. 그녀는 챙 넓은 모자를 눌러쓰고 현장에서 인부들과 함께 생활했다.

그녀의 얼굴엔 생기가 돌고 입가에 늘 웃음이 머물러 있었다.

"전도사님, 좋은 일이 많으신가 봐요."

인부들이 가끔 농담을 걸어올라치면 "많지요" 하고 머뭇거림 없이 대답한다.

이제 그녀는 혼자가 아니다.

그녀의 곁에는 김지훈 선생이 늘 함께하고 있다.

피터팬처럼 그는 그녀의 삶 속으로 들어와 그녀에게 사랑과 이상의 날개를 달아 주었다. 그녀의 오랜 기도를 주님이 들어주신 것을 깨닫는다. 먼 길을 돌아왔지만 주님은 그녀를 소망의 항구로 인도해 주셨다. 하늘을 나는 기적을 선물해 주신 것이다. 교회가 완공되면 그들은 결혼식을 올릴 것이다.

마을 사람들과 함께 주일과 삼일예배는 인숙의 가정에서 드린다. 한내에서 가나안교회에 나오던 사람들이 주축이 되어 드리는 예배의 열정은 예전 못지않았다. 그녀는 따뜻하게 복음을 전하고 사랑을 나눈다. 교회 건물이 완성되면 더 많은 사람들이 모여올 것이다. 이희영 전도사는 그것을 확신했다.

교회 부지 안에는 교역자가 살아가기에 불편함이 없도록 예쁜 사택이 함께 지어지고 있었다. 그녀는 아버지 이승규 목사를 신곡리로 모셔올 작정이다. 거동이 불편한 이 목사는 서울 생활을 답답해했다. 옛 성도들을 만나면 또 한 번의 어떤 기적이 일어날지 아무도 모르는 일이다.

지훈이 구상하고 있는 대안학교는 교회 부지 안에 부속 건물로 지어질 예정이다. 초록학교라고 부르기로 했다. 자리가 잡힐 때까지 주일학교와 겸용으로 쓰되 넉넉한 공간을 두어 불편을 최소화하도록 설계가 되었다.

그동안 지훈은 초록학교의 운영체제와 커리큘럼을 짜기에 여념이 없었다.

신곡리에서 그는 상식과 자주 만나 여러 가지 의견을 나누었다. 지훈의 계획을 들은 상식은 처음에 "아니 김 선생님, 미국까지 가서 그 어려운 박사 따가지고 이 시골에 무슨 일이래요?" 하며 믿기지 않는 얼굴 표정이었으나 지훈의 진심을 듣고는 적극 협조하기로 다짐했다.

지훈은 그의 부인 한영미 선생의 협조를 부탁했다. 외부에서 교사를 채용할 수도 있었지만, 마을학교의 성격으로 출발하기 위해서는 마을 사정을 잘 아는 사람이 필요했다.

"교단에서 내려온 지 오래돼서 잘할 수 있을지 모르겠네요. 집안일도 그렇고…"

기쁜 표정을 지으면서도 그녀가 남편의 눈치를 보며 망설이자 "집안일은 뭐 할 기 있다고…기계가 다

하는데" 하며 상식이 흔쾌히 허락해 주었다.

"한 선생님, 도와주십시오. 예전 한내에서 야간학교를 도와주시던 것처럼만 해주시면…."

"알았어요."

지훈은 기뻤다. 마을에서 큰 기둥 하나를 얻은 기분이었다.

마을에서 새 학교가 열리면 가르칠 수 있는 아이들은 상식의 아들과 태식의 아들을 포함해서 기존 학교에 다니는 아이들 셋, 석답골에서 돌아온 뒤 학교에 입학하지 못해 학령을 넘긴 아이들이 아홉, 그리고 읍내 중학교에 다니다 학교 생활에 적응하지 못해 그만둔 남자 아이 하나와 중학교에 진학하지 못한 여자아이 셋, 그렇게 모두 16명이나 되었다.

아이들의 가정을 방문하고 학교의 취지를 설명하자 모두 반갑게 아이들을 보내겠다고 약속했다. 더욱 고마운 일은 인숙이 초록학교의 일을 거들겠다고 자원한 일이다. 오빠의 공장에서 남편이 성실하게 일하고 있어 생활이 안정된 탓도 있지만, 그녀는 어릴 적 존경의 대상이었던 김 선생님의 일을 돕고 싶다고 했다.

가을로 접어들면서 공사가 순조롭게 진행된 신곡리 교회는 아담하면서도 품위가 있는 모습을 드러내기 시작했다. 두 개의 뾰족 지붕을 가진 건물의 외형은 옛 한내 교회를 연상케 했는데, 훨씬 크고 세련되어 보였다. 함께 지어지는 교육관도 다양한 부속실을 갖춘 학교의 모습을 드러냈다. 교역자들이 머무를 아담한 사택과 함께 작은 타운으로 형성된 교회는 외양만으로도 벌써 마을에 화제가 됐다. 외부공사를 마쳤으니 겨울 동안 내부공사를 마치면 새봄에 헌당식을 할 수 있을 것이다.

교회와 초록학교 개교를 위해 지훈은 심혈을 기울여 준비했다. 박

수남 목사가 전폭적으로 지원을 하는 사업이어서 초기의 개교 자금은 넉넉한 편이었다. 그는 아이들이 쓸 학습자료와 교구들의 목록을 만들고 세심하게 체크하면서 차분히 준비해 나갔다. 교무실 비품이나 칠판, 책걸상에서부터 청소도구, 연간 학습지도 계획과 행사 자료, 교재, 학습자료 등 모든 것들이 그의 손을 거쳐 마련되었다.

이제 학교가 문을 열면 우리나라에서는 그 유례를 찾아보기 힘든 새로운 학교가 탄생할 것이다.

아이들을 책상 앞으로만 내모는 시험부터 없앨 것이다. 모든 교육활동을 자율화하고 체험과 노작을 통한 정신적, 육체적, 직접 경험을 중요한 교육적 수단으로 활용할 것이다. 교과서는 최소화하여 국어, 수학 정도로 줄이고, 아이들이 하고 싶어하는 공부를 하게 할 것이다. 자연의 아름다움과 풍요로움, 예술과 창작의 즐거움을 마음껏 누리게 할 것이다.

학원에 가지 않아도 원하는 악기, 그림, 심지어 외국어까지도 자유롭게 구사할 수 있도록 다듬어 줄 것이다. 스스로 자기의 환경을 바꾸고 고치며 자연과의 교감을 통해 스스로 살아가는 방법을 터득하도록 가르칠 것이다. 아이들은 자유학교의 자유분방함과 열린학교의 자신감에 발도로프 교육의 유연함이 가미된 이상적인 교육을 받게 될 것이다.

지훈은 한 선생과 인숙의 도움을 얻어 모든 계획들을 차질 없이 진행해 나갔다. 이 일을 위해서 수없이 서울과 신곡리를 바쁘게 오갔다.

이희영 전도사와는 교회 건축이며 바쁜 일 때문에 새살림의 설계를 할 겨를도 없었다. 그렇게 시간이 흐르고 있었다.

날씨가 제법 쌀쌀해진 어느 날, 이 전도사가 지훈에게 묻는다.

"김 선생님 부모님을 한번 찾아뵈어야 하지 않겠어요?"

지훈은 갑자기 무엇엔가 머리를 부딪친 듯 머리가 멍해 왔다. 그 생각을 까맣게 잊고 있었던 것이다.

강천시의 부모님께는 아직 수경과의 파혼도, 대학 강사 자리를 그만둔 것도, 새 생활의 설계도 알린 것이 없었다.

"알았어요. 우선 내가 집에 한번 다녀온 뒤에."

지훈은 자신의 약점이 탄로 난 듯 부끄러웠다.

오랜만에 지훈이 시간을 내어 강천시 집에 들렀다.

"도대체 어떻게 된 일이냐? 직장에는 잘 나가고?"

눈물이 글썽해진 어머니는 얼굴에 주름이 훨씬 늘어 있었다. 입술 주위가 할머니처럼 쪼글거렸다.

"여러 가지 사정으로 이렇게 됐습니다."

"미국에서 며늘아는 들어왔나? 왜 집엔 한번 안 들르나?"

아버지가 기침을 컹컹하며 물었다. 그것이 가장 궁금하셨던 모양이다.

"그 여자와는 헤어졌습니다."

"뭣이라고? 그게 사실이냐?"

"그렇게 됐습니다. 정식 결혼을 한 것도 아니고 서로 성격이 잘 맞지 않아서…."

"이걸 어째? 난 그렇게 된 줄도 모르고 너만 원망했구나."

어머니는 눈물을 보였다.

"걱정 마세요. 새 며느릿감을 곧 보여드리겠습니다."

지훈이 어머니를 달랬다.

뒤늦게 달려온 경숙이 물었다.

"오빠, 그 언니 누구야? 오빠 첫사랑 맞지?"

여자들의 직감은 무섭도록 정확했다.

가족들은 지훈의 계획을 듣고 안도하면서도 한편으로는 우려를 나타냈다.

"그 조그만 마을에 가난한 아이들을 데리고 입에 풀칠이나 하겠나?"

아버지의 걱정 어린 말을 그냥 넘길 수 없었다.

"서울의 큰 교회가 지원을 하고 있고, 앞으로 유명해지면 전국에서 많은 학생들이 모여들 것입니다."

"그건 그때 가 봐야 하는 기고…. 미국 박사라면서 그렇게도 할 일이 없나? 정 힘들면 여기로 올라와 문방구 계속하면 안 되겠나? 입에 풀칠이야 하겠지."

어머니도 걱정이 되는 눈치다.

"걱정 마세요. 다 생각이 있습니다. 내년 봄 교회가 완공되면 거기서 결혼식을 올릴 겁니다."

지훈은 그들을 설득할 수 없어서 일방적으로 계획을 알려 주기만 했다.

지루하던 겨울이 지나갔다.

교회가 완공되던 날 신곡리 마을에는 큰 잔치가 벌어졌다.

서울에서 박 목사의 새가나안교회 장로, 권사, 집사님들을 태운 대형버스가 세 대나 도착했고, 교회는 사람들로 가득 찼다. 상식이 동원한 동네 주민들도 빠짐없이 교회의 잔치에 참여했다.

회당 안에서는 박 목사의 집례로 헌당 감사예배가 엄숙하게 진행됐다.

그리고 불편한 몸을 휠체어에 실은 이승규 목사가 강단에서 말씀을 전했다.

그는 한내에서의 가나안교회를 회상하며 목소리가 떨렸다. 기구했던 생애, 교회의 수난, 사람들을 미혹하던 선불도 집단에 대한 회상도 곁들였다. 그러나 주님의 한결같은 사랑은 영원하여 이렇게 신곡리에 가나안교회로 재현된 것을 감사했다.

강단 아래 가장 앞자리에서 사모가 눈물을 글썽이고 있었다. 지난날의 온갖 기억들이 그녀의 머릿속으로 필름처럼 지나갔을 것이다.

이날 행사의 하이라이트는 김지훈 선생과 이희영 전도사의 결혼식이었다.

교회 헌당식에 이어 진행된 결혼식은 박수남 목사가 주례를 맡았다. 그는 주례사를 통해 '자신의 오늘이 있게 해준 두 사람의 은혜'를 감사했다. 그는 '자신이 어려웠던 젊은 날, 무지와 가난으로 아무런 희망이 없을 때, 운명을 개척할 수 있도록 도움을 주고 오늘날 서울의 새가나안교회가 자리 잡도록 뒷받침해 준 두 사람의 눈에 보이지 않는 수고와 봉사를 잊지 않고 있으며, 많은 고비를 넘기고 수많은 세월과 수십만 킬로미터의 거리를 넘나든 두 사람의 사랑의 여로와, 그로 인해 완숙된 사랑의 열매는 모두를 감동시키는 드라마'라고 말하고 하나님의 섭리를 감사했다.

특별히 초록학교의 설립과 개교에 대해 '낮은 곳에서 봉사를 결심한 김 박사님의 깊은 배려를 통해 앞으로 신곡리는 세계적 선진교육센터가 될 것을 확신한다'고 말했다.

모인 사람들은 모두 숙연한 마음으로 박 목사의 주례사를 들었다.

강천에서 올라와 결혼식에 참석한 지훈의 가족들은 그간 지훈에게 일어났던, 알려지지 않은 여러 사실들을 들으며 눈물을 글썽거렸다. 어쩌면 한 번도 들어 보지 못했던 일들이어서 섭섭한 마음도 들었으나, 아들이 모든 사람들에게 칭송을 받는 것에 대해 가족들은 가슴이 뿌듯해졌다.

신곡리는 도시에서는 멀리 떨어진 산촌이지만 행정구역상으로는 강천시에 속한 곳이어서, 교회의 초청을 받아 참석한 시청과 교육청 관계자들은 예식이 끝나자 새로운 체제로 출발하는 초록학교에 대해 관심을 표명했다.

그리고 손을 내밀어 지역사회에 공헌하게 될 두 사람의 결혼을 축하해 주었다.

식후에 모든 하객들은 교육관에서 축하잔치를 벌였다.

그들은 교회 내에 새로이 선보이는, 개방 교실의 분위기로 꾸며진 교육관의 시설들을 보고 벌린 입을 다물지 못했다. 곧 개교할 초록학교의 교육 내용을 한눈에 알아볼 수 있도록 꾸며진 각 교실 마다 각종 첨단교육 기자재들로 채워져 있었기 때문이다. 지난 몇 달간 지훈과 교사들이 혼신의 힘을 모아 마련한 교재와 시설들이었다.

"이런 시설들은 국내 어디에 내놓아도 손색이 없을 것 같습니다."

"신곡리에 아직 학교를 세워드리지 못한 점을 심히 부끄럽게 생각합니다."

놀라움을 금치 못하겠다는 표정으로 교육청 관계자가 지훈의 손을 잡았다.

서울에서 내려온 새가나안교회 성도들도 깊은 관심을 가지고 지훈의 교육 내용과 방침을 물어 보았다. 지훈은 식사 시간에 새로운 교육체제인 대안학교의 운영 방법에 대해 자세히 설명을 해주었다. 그러자 그들은 곧바로 초록학교 입학과 지원하는 방법에 대해 물었다.

"여러분, 초록학교는 막 문을 열려는, 아직 성과가 검증되지 않은 실험 학교에 불과합니다. 저는 세계적인 조류인 이 대안학교를 이 지역 아이들 16명을 데리고 시작해 보려고 합니다. 그 결과는 앞으로 일 년쯤 지난 뒤에 여러분에게 보고드릴 것을 약속합니다. 그때 가서 그 교육의 성과를 보고 의논해 보기로 합시다."

그는 침착하게 이들을 설득했다.

시작은 아주 성공적인 셈이다. 그는 작은 희망의 씨앗을 사람들의 표정에서 발견할 수 있었다.

결혼식을 마친 지훈과 희영 부부는 첫 밤을 보내러 새가나안교회의 기도원으로 올라갔다.

신곡리에서 그리 멀지 않은 송악산 계곡에 있는 가나안기도원은, 박수남 목사가 교인들의 신앙 훈련을 위해 최근에 마련한 수양관이다. 새로 지은 건물은 아름다운 풍광을 가진 계곡에 자리 잡고 있어서 아늑하고 조용했다. 예배실과 몇 동의 숙소가 숲속에 그림처럼 놓이고, 그 옆으로는 맑은 물이 흘러내리는 계곡이 있다.

그들이 그곳 직원의 안내를 받아 간 곳은 중앙에 있는 하얀색의 예쁜 건물이었다. 굵고 잘생긴 금강송 몇 그루가 집을 에워싸고 있었다.

방 안에는 깨끗이 손질된 침대 시트와 화사하게 창가에 드리운 커튼, 화병에 꽂힌 장미 몇 송이까지 누군가 정성을 다해 꾸며 놓은 흔적이 역력하다.

"보세요. 정말 여기로 오길 잘했죠?"

가방을 내려놓고 외투를 벗은 희영이 지훈의 목에 양팔을 감았다.

"정말, 아름다운 곳이야."

"그리스보다?"

"에게 해보다."

결혼식을 앞두고 지훈은 해외로 신혼여행을 떠나자고 제의했었다.

"에게 해가 있는 그리스, 터키 쪽이 좋을 것 같은데…. 어때요?"

해외여행 경험이 많지 않은 희영을 위해 지훈은 그가 거쳐온 곳 중 가장 아름다운 곳, 아크로폴리스가 있는 신화의 고향으로 가서 쪽빛 바다를 바라보며 사랑의 전설들을 들려주고 싶었다.

"우리는 아직 아무것도 이룬 것이 없어요. 교회를 일으켜 세워야 하고, 초록학교 개교 준비 등 할 일들이 산같이 쌓였어요. 에게 해는 나중에 우리의 목표가 이루어진 다음에 데려다주세요."

희영의 반응은 의외였다.

"그렇긴 해도 뜻깊은 추억을 하나 만들고 싶어."

"믿음이란 게 뭔가요? 뜻깊은 날 하나님께 감사하는 것보다 더 중요한 것은 없을 것 같은데…. 그래서 저는 기도원으로 가고 싶어요. 거기서 조용히 우리의 앞날과 막중한 사명들에 대해 생각하고 기도하고 싶어요. 그러면 아주 뜻 깊은 신혼여행이 될 것 같아요. 제 생각이 잘못됐나요?"

"아니 뭐 잘못됐다기보다…다 맞는 말이네."

지훈은 더 할 말을 잃었다. 그는 겨우 이 정도밖에 되지 않는 자신의 믿음과 철없는 생각, 속이 훤히 들여다보이는 어리석은 말과 행동들을 곧 후회했다.

여자는 확실히 남자들보다 생각의 수준이 한 단계 높다는 것을 실감하며 지훈은 흔쾌히 동의했었다.

"사랑해."

지훈이 말했다.

"나도."

희영이 받았다.

그들은 강력한 자기력에 이끌린 자석처럼 서로를 안았다.

어느덧 두 사람 사이에서 시간의 흐름이 정지된다.

오늘이 있기까지 얼마나 많은 눈물이 있었던가.

그 많은 시간을 그렇게도 멀리 돌아서 와야 했던가.

이 순간의 감격을 위해 그토록 많은 세월이 필요했던가.

"다시는 헤어지지 않기야."

입술을 떼고 지훈이 속삭였다.

"감사해요."

기쁨이 한 방울 눈물이 되어 희영의 뺨으로 흘러내린다.

'따르릉.'

갑자기 테이블에서 전화벨이 울었다.

"여보세요?"

희영이 받았다.

"어머, 내 정신 좀 봐."

수화기를 내려놓고 희영이 시계를 보았다.

"저녁 시간이 지났대요. 늦으면 굶어야 한다고 그러네요."

두 사람은 식당으로 내려갔다.

그들이 문을 열고 들어서자 식당 안이 캄캄했다.

잠시 망설이는데 갑자기 요란한 폭죽과 함께 불이 켜지고 사람들의 박수 소리가 들렸다.

"축하해요!"

밝은 불빛 아래 커다란 케이크가 놓인 식탁 둘레에 서 있던 기도원 직원들이 합창하듯 소리쳤다.

"감사해요."

희영이 손을 흔들었다.
"어마 이 전도사님, 너무 웃지 마세요. 딸 낳는대요."
누군가 소리를 높여서 웃음바다가 되었다.
"감사의 예배를 드립시다."
기도원 원장을 겸한 박 목사가 자리에서 일어나 성경을 폈다.
사람들은 찬송과 기도로 감사예배를 드렸다.
"내일부터 시작되는 산상 성회에 참석하시는 거죠, 전도사님?"
저녁을 먹으며 박 목사가 물었다.
"물론이죠."
"기도원 문 열고 나서 지금까지 이곳으로 신혼여행 오신 분은 첨인 것 같네요. 하나님이 얼마나 기뻐하시겠어요? 안 그래요, 김 박사님?"
"감사할 따름이지요."
지훈은 마음이 편안해지는 것을 느낀다.
참으로 오랜만에 맛보는 '여호와 샬롬'인 것 같다.
저녁 식사 후, 기도원 사람들과 이야기를 나누며 그들을 놀리는 소리에 재미있어 하면서 그들의 이야기를 들어 주며 웃다가, 그들은 그들을 위해 준비된 침실로 돌아왔다.
아름다운 밤이 그들을 기다리고 있었다.
그들은 나이도 잊고, 시간도 잊고, 두근거리며 기뻐하며 깊은 사랑을 나누었다. 오랜 기다림 끝에 찾아온 사랑을 마음껏 누렸다.
'아아, 시간이 이곳에서 영원히 멈춰 주었으면….'
오랫동안 소망하던 두 사람의 사랑은 이렇게 완성되었다.

산상 성회는 다음날 저녁 시간부터 진행됐다.
오후가 되자 모이기 시작한 신곡리 지교회와 서울 본 교회, 이웃

교회 사람들로 기도원 안은 차고 넘쳤다. 이 전도사는 모여든 사람들을 위해 음식을 준비하는 주방에서 바쁘게 일을 돕느라고 신부가 아닌 평소의 이 전도사로 돌아가 있었다.

기도원 원장이기도 한 새가나안교회 당회장 박수남 목사는 열정적인 설교를 통해 많은 사람들에게 감동을 주었다. 그는 신곡리 지교회 설립과 초록학교의 개설을 기념하여 한 주간의 특별 집회를 기도원에서 열었다. 집회 기간 동안, 지훈은 십수 년 전 한내 학교의 용인이었던 시골 청년 박수남의 진화된 모습에서 하나님이 이루신 기적의 참모습을 보았다.

그는 가슴에 와 닿는 생생한 체험을 바탕으로 바울의 삶을 조명했다. 다메섹 이전과 이후의 바울의 삶을 통해 거듭남의 의미를 선명하게 부각시켜 주었다.

설교를 들으며 지훈은 지난날들을 생각했다. 교회를 벗어나 제멋대로 살아온 날들이 다시 떠올랐다. 오만과 독선, 게으름 같은 어리석음으로 실패하면서도 잘못을 깨닫지 못했던 삶이 계속된 것을 깨닫는다. 참으로 이곳에 오기를 잘했다는 생각이 들었다. 단 위의 목사님이 하는 모든 말들이 그 자신을 빗대어 하는 말처럼 들렸다. 그에게 하는 이야기였다. 모처럼 찾아온 자기 성찰의 기회였다.

집회 기간 동안 그는 자신이 하려는 일들에 대해 비로소 확신을 가지게 되었다. 감사한 일이었다.

한 주일을 기도원에서 보낸 뒤 신곡리로 돌아온 지훈 부부는 교회 사택에서 신혼살림을 차렸다. 헌당예배 때 내려온 이승규 목사 부부를 모시는 살림이다. 이를 예상하고 교회 사택은 충분히 넓은 공간을 가진 복식 주택으로 지어졌기 때문에 두 가족의 살림살이에 전혀 지장이 없었다. 답답했던 서울을 벗어나 신곡리로 온 노부부는 활력을 되찾고 얼굴에 웃음이 떠나지 않았다.

"고마운 일이지요. 내 언젠가는 우리의 소망이 이렇게 이루어질 줄 알았다니까요."

이승규 목사는 무릎이 나빠져서 휠체어에 앉은 채 주일 강단에서 설교를 하였다. 불편한 모습으로 강단에 서지만 이 목사의 설교는 아직도 힘을 잃지 않았다.

지난날 한내에서 가나안교회에 나오던 신자들은 이런 이 목사의 설교에 늘 감동을 받는다.

이 목사는 지훈 부부에게 교회와 학교의 조직과 운영을 자문하며 사실상 운영의 중심에 서 있었다. 이 전도사는 저녁 예배와 새벽 제단을 담당하면서 교회의 전반적인 관리를 맡았다.

인숙이 부부와 한영미 선생, 그리고 지훈과 이 전도사의 집단적이고도 집요한 권유로 상식이 교회로 나오기 시작한 것은 마을에 큰 뉴스였다. 마을 이장이자 새마을 지도자이며 영농회 회장과 농가공식품회사의 사장이기도 한 상식이 교회로 나오자 영농회원 공장 직원들이 따라 나왔고, 그들이 교회에 등록함으로 교회는 급속히 자리를 잡기 시작했다.

지훈 부부는 본격적으로 교회와 초록학교의 운영을 시작했다. 바쁜 일정들이 계획표를 가득 메우고 있었다.

'건강한 믿음과 선한 용기와 지혜, 그리고 감사.'

그들은 마을을 위해 헌신함으로 위로부터 주시는 은혜를 실천하고자 했다. 그동안 겪어 온 삶의 풍부한 경험들을 바탕으로 이 과제들을 잘 수행할 수 있으리라 그들은 믿었다.

16명으로 시작한 초록학교는 아이들 대부분 초등학교 1~5학년의 나이 수준이었다. 거기다 중학교 과정에 있는 큰 아이들과 입학 전인 두 명으로 구성된 집단은 학력 수준으로 세 그룹 정도로 분류할 수 있었다. 남자아이들이 일곱, 여자아이들이 아홉 명이다.

지훈은 때 묻지 않은 이 아이들의 심성에 그림을 그리고자 했다. 그만의 독특한 교육 방법이 실험되는 교육의 장이 된 것이다. 그는 기존의 교육 방법을 모두 무시하고 자연 그대로의 모습으로 아이들과 생활했다.

하루 중 문자 언어 학습과 수 개념 학습을 제외하고 그는 종일 아이들과 놀았다. 놀이를 통해 아이들의 자발적인 학습 참여를 유도했다. 수많은 학습자료들이 신곡리 계곡에 널려 있었다. 사철이 선명하게 바뀌는 신곡리의 자연의 모습은 그대로 살아 있는 교과서였다.

그는 아이들과 들로 산으로 개울로 호수로 다니며 자연의 모든 것을 배운다. 울창한 숲속의 식물들이 어떻게 생존경쟁을 하고, 검개미는 어떻게 조화로운 단체생활을 하며, 개울물은 어떻게 지형을 변화시키는지, 제비나비의 날개의 무늬가 얼마나 아름답게 새겨져 있는지, 참새 소리와 박새 소리는 어떻게 다른지, 모래무지와 기름종개의 차이는 무엇인지, 굼벵이가 어떻게 우화되어 매미로 변하는지…모든 것이 교재였다.

그는 아이들의 마음을 열고 풍부한 감성을 표현하도록 놀이와 게임, 노래 부르기와 악기 연주를 생활화했다. 단소, 리코더, 오카리나, 하모니카 같은 단순한 악기부터 피아노, 바이올린, 플루트, 기타, 드럼에 이르기까지 다양한 악기들을 소개하고 연습하면서 예쁜 소리, 고운 소리를 내게 하는 감성 훈련을 시켰다.

동식물을 채집하고 물레방아를 만들어 돌려 보기도 하고, 공작실에서는 톱과 망치로 가구를 만드는 공부도 했다. 교회 앞 텃밭에 원두막을 짓고 수박과 참외를 길러 먹었다. 감자와 옥수수, 고구마, 고추, 토마토, 오이, 콩 등 수많은 곡식을 심고 가꾸고 거두어 그것들로 조리 시간에 식단을 짜고 음식을 만들어 먹었다.

사육장에서는 닭, 강아지 기르기, 병아리 부화시키기 등을 통해 생명의 신비함을 배우게 했다. 모든 것이 직접 경험이다.

하루 동안 놀이와 함께 학습한 내용들은 그들의 언어로 그들의 공책에 기록된다. 그것들은 문장으로, 그림으로, 또는 노래와 이야기로 표현되어 쌓여 갔다. 그것이 곧 교과서며, 학습자료며, 평가 기록이 되었다.

교실에서 하는 교과 수업은 한영미 선생이 수준별 학습을 시켰다. 원칙적으로 무학년제를 채택하고 나이에 관계없이 아이들 학력 수준에 맞는 지도를 함으로 아이들 학력은 눈에 띄게 향상되었다. 거기에 매일 한 시간 이상 영어로만 말하는 회화 시간을 운영했기 때문에 아이들은 빠르게 영어를 습득해 갔다.

여덟 살이 된 태식의 아들 영민이는 지훈이 가장 관심을 가지고 지도하는 아이 중 하나였다. 지능이 좀 낮은 데다 어머니가 집을 나갔기 때문에 자폐 증세를 보이고 있어 부적응 행동을 하고, 늘 혼자 있고 싶어했다. 하지만 지훈은 또래 아이들과 항상 똑같은 수준의 학습량을 부여하고 두 배의 노력을 기울여 가르쳤다. 아이는 차츰 어린 아이의 모습을 되찾기 시작했다. 이희영 전도사는 영민으로부터 어린 시절의 자신의 모습을 발견할 때가 있다고 말하곤 했다.

아이들을 위해 눈코 뜰 새 없이 바쁜 시간을 보내는 동안 봄이 가고 여름이 갔다. 그동안 교실 앞 연못에서는 부근의 논에서 채집해 온 개구리 알이 올챙이가 되더니 개구리가 되어 뛰어다니고, 닭장의 병아리들이 어미 닭만큼이나 자랐다.

지훈은 모든 활동을 접고 16명 아이들의 바람직한 성장을 돕는 일에 혼신의 힘을 쏟았다. 가정과 교실과 교회와 마을과 자연 모두가 아이들을 위한 학습장으로 여겨질 만큼 그는 종일 아이들의 일에 몰두해 있었다. 그는 모든 사물을 아이들 교육과 연관지어 사고하였다. 어디서 그런 힘이 생겨나는지 자신도 의아할 정도였다.

"여보, 좀 쉬어 가면서 하세요."

보다 못한 희영이 충고를 할 정도였다.

"나도 내가 왜 이러는지 잘 모르겠어. 분명한 건 아이들을 가르치는 일이야말로 하나님의 천지창조에 못지않은 엄청난 창작활동이란 것을 차츰 알게 됐다는 사실이야."

"이러다 나 과부 되는 거 아냐?"

희영이 약간의 질투가 섞인 농담을 했다.

어디서 듣던 소리 같다. 문득 지훈의 기억 속으로 수경의 얼굴이 지나간다.

여자들의 질투는 거의 본능적인 것 같다.

그는 자신을 돌아본다. 일에 빠지면 물불을 가리지 않는 것이 그의 결점일 수도 있다.

잠깐 안단테로 움직여야 할 것 같다. 그러나 더 큰 목표를 위해서 그는 속도를 늦출 수 없었다.

순수한 생각을 가진 아이들은 시간이 지나면서 개성이라는 서로 다른 색깔의 옷들을 갈아입기 시작했다.

아홉 살 기성이는 드럼 치기를 아주 좋아해 시간만 있으면 드럼 세트에 가서 놀았다. 그림을 좋아하는 순미는 그동안 그려온 스케치북이 스무 권도 넘을 것이다. 동물들을 사랑하는 준서는 토끼장과 닭장 관리를 제법 잘하고 사육일지를 꼬박꼬박 쓴다. 책 읽기를 좋아하는 영은이는 그동안 쓴 독후감 일기가 다섯 권이나 된다. 봄에 피아노 치기를 시작한 상우와 지영이는 체르니 30번 연습곡을 누가 먼저 마칠 수 있을지 경쟁에 들어갔다.

무슨 악기든지 의무적으로 한 가지 이상 연주할 수 있도록 아이들에게 강조했기 때문에 쉬는 시간에도 아이들 손에서는 악기들이 늘 쥐어져 있었다. 그것이 하모니카든 리코더든 상관이 없었다. 아이들은 늘 음악과 함께 살았다. 교실이나 어디나 늘 음악이 흘러넘쳤다.

지훈은 아이들이 스스로 하려는 노력이 보일 때마다 의도적으로 칭찬과 격려를 해주었다. 특별히 남을 도왔을 때의 격려는 두 배로 높였다.

그는 자신이 효과적이라고 생각하는 학습 지도, 인성, 사회성 지도, 노작 교육, 창의성 활동 등 갖가지 분야의 지도 방법들을 체계적으로 단계화해 나갔다. 그리고 방법의 적절성, 효과성들을 분석해서 시행착오를 줄일 방안들을 메모했다. 그가 배웠던 모든 교육 이론들은 그저 참고자료에 지나지 않았다. 아이들을 가르치는 것은 이론이 아니라 실제이고 상황이며 행동이다. 그 활동들은 그의 교육일지에 빠짐없이 기록되었다.

처음에 만났을 때 수줍어하고 자기의 생각조차 분명히 말하지 못하던 아이들, 어눌하고 위축되고 겁이 많던 그 아이들은 몰라보게 달라져 갔다. 조금씩 자기가 하는 일에 자신감이 생기고 적극적인 성품으로 변해 갔다.

다가올 겨울방학 전에 한 해 동안 공부한 내용을 발표하는 발표회가 준비되고 있었다. 아이들은 저마다 여러 종목의 다채로운 프로그램을 짜고 분야별로 연습에 들어갔다. 공부를 시작한 지 겨우 십 개월이 지났지만 아이들의 모습은 아주 달라져 있었다.

이희영 전도사가 맡아 지도하는 합창과 피아노, 기악합주 등 음악 활동, 한영미 선생이 주관하는 연극 무대도 만들어지고, 공부한 내용을 종합하는 그림, 만들기, 채집 전시회, 영어 이야기 발표회 등 각자가 가장 자신 있는 분야를 선택해 발표할 내용들을 준비해 나갔다.

들일과 살림살이에 바쁘던 학부모들이 점차 학교 일에 관심을 가지기 시작하였다.

"이렇게 고마울 데가!"

그들은 미국에서 공부한 박사님이 시골 교회에서 코흘리개들을 가르치며 살고 있다는 사실 하나로 기적을 경험하고 있었다.

그동안 아이들은 지훈의 인솔로 박물관과 음악회에 두 번씩 다녀왔다.

질 좋은 TV와 시청각 자료, 비디오 자료들로 아이들은 연주회며 생생한 학습 경험을 할 수 있었다. 이런 자료들은 아이들의 안목을 높여 주는 데 기여할 것이다.

초록학교의 첫해 운영 자금은 박수남 목사가 전폭적으로 지원해 주었기 때문에 지훈은 넉넉한 마음으로 아이들을 지도할 수 있었다. 대신 그는 2년 차부터는 자립을 할 수 있도록 학교 운영을 전환하겠다고 약속했다. 따라서 첫해의 교육적 성과는 매우 중요한 의미가 있어 소홀히 할 수 없었다.

한 해가 저물기 시작했다.

초록학교의 발표회는 일 년 교육의 총결산이라 생각하여 지훈은 모든 분야를 세밀하게 챙겼다. 학부모들의 직접 참여를 유도하느라 프로그램에 학부모 코너도 넣었다. 그렇게 하다 보니 발표회는 마을 전체가 참여하는 잔치 한마당이 되었다.

발표회를 앞두고 지훈은 지난 봄 개교식에 참석했던 사람들에게 정중한 초대장을 보냈다.

발표회 날은 이들뿐 아니라 박수남 목사가 인솔해 온 새가나안교회 교인들을 비롯해 서울에서도 손님들이 많이 내려와서 참석했다. 새로운 교육현장이 지방 신문에 소개되면서 취재진들도 모여들었다.

초록학교 16명의 아이들은 그동안 배운 것들을 무대에서 마음껏 발표했다. 아이들의 솜씨로 꾸며진 무대는 소박했으나 아기자기했다. 생활관 곳곳에 전시된 일 년간의 교육적 성과물들을 보면서 사람들은 벌린 입을 다물지 못했다. 그곳에는 그림과 만들기, 꾸미기, 실용성 있는 발명품이며, 관찰, 사육 일기, 수공예품에 이르기까지 아이들의 손으로 만들어진 많은 작품들이 전시되어, 한 해 동안 그들이 무슨 공부를 어떻게 했는지를 한눈에 볼 수 있었다.

무대에 올려진 아이들의 합창은 풋풋하고 아름다웠다. 기악합주는 다양한 악기들을 선보여 보는 이들을 놀라게 했다. 영어로 하는 연극은 아주 신선한 감동을 주었다. 무용과 이야기와 시 낭송과 피아노 중주와 탈춤에 곁들인 사물놀이까지 신곡리 사람들은 그들의 아이들이 무대에 오를 때마다 넋을 놓았다.

마지막 가족 합창은 그야말로 마을 전체가 참여하는 축제의 한마당이 되었다. 배움의 기회를 잃고 집에서 농사일을 거들며 자라던 아이들이 한 해 사이에 말끔히 때를 벗고 놀랄 만한 변화를 보인 모습은 사람들에게 거의 경이로움으로 비쳐졌다.

큰 박수가 쏟아졌다.

발표회 행사가 끝나고 간담회 자리에서 지훈은 새로운 교육, 새로운 학교의 개념에 대한 자신의 소신을 밝혔다.

그는 오늘날 우리나라의 교육적 현실을 보는 입장을 설명했다. 도시의 청소년 교육의 문제점을 지적했다. 전국적으로 문제를 일으키고

자의 반 타의 반으로 학교를 떠나는 청소년들의 수가 해마다 급증하고 있으며, 우리 사회에 그들을 수용해 줄 만한 시설과 관심이 턱없이 부족한 현실을 지적했다.

지훈은 새로운 학교의 개념에 대한 소신을 밝혔다. 그는 오로지 대학교 입시 교육기관으로 전락해 있는 우리나라의 초중고등학교의 교육 실태를 분석하고, 정규교육기관에서 미처 준비하지 못한 소외된 청소년을 위한 교육시설의 필요성을 강조했다.

그가 구상하는 대안학교는 일종의 틈새 학교로, 교육적 치료가 필요한 청소년들을 모아 자연과 함께하는 근로, 노작, 정서 교육으로 심신의 장애를 극복하고 심리적, 정신적 건강을 회복하는 '교육적인 병원'의 역할을 하는 학교의 개념이라고 설명했다.

그리고 신곡리가 비록 시골이긴 하지만, 이곳에 교육시설을 만들어 이런 소외된 청소년들을 도울 수 있다면, 산업화로 치닫는 도시생활의 삭막함에서 오는 정서적 장애를 가진 청소년들에게 바람직한 인간성을 회복할 수 있는 기회를 주는 훌륭한 대안 교육이 될 것을 확신한다고 말했다. 그는 특히 자연의 놀라운 치유력에 대해 강조하였다.

참석자들은 지훈의 설명을 매우 관심 있게 듣고 긍정적인 반응을 보였다.

새가나안교회의 박 목사는 초록학교의 시설 확충을 위해서 더 많은 지원 계획을 밝혔다. 중고등학교 학생들을 수용할 수 있는 학교 시설과 기숙사 건립 의사도 밝혔다. 내친김에 사립학교 재단을 구성하는 일에도 관심을 보였다. 이 문제는 관할 교육장이 적극 지원하기로 했다.

시 관계자는 신곡리가 경우에 따라서는 전국에서 보기 드문, 독특한 시스템을 가진 21세기형 새로운 교육타운이 될 것이라는 지훈의 설명에 기쁜 표정으로 모든 행정적 지원을 약속했다. 모든 일들이 계획보다 큰 반향을 일으켜 순조롭게 진행되어 가고 있었다.

지훈은 큰 비전을 그곳에서 보았다.

누구도 시도해 보지 않았던 새로운 구상이었다.

계획대로 박 목사는 교회 옆에 새로운 학교 부지를 마련했다. 기숙사를 지을 수 있는 공간도 확보되었다. 배움에 대한 목마름을 경험한 박 목사의 대안학교에 대한 애정은 남다른 데가 있었다.

서울의 새가나안교회가 재단을 구성하고 제출한 사립학교 설립 신청은 시 교육청의 적극적인 지원으로 별 어려움 없이 허가되었다.

"당신이 지은 초록학교는 초록학원으로 바꾸어 학교 전체를 상징하는 이름으로 하고 초등부는 '새싹학교', 중고등부는 '느티학교'로 부르는 게 좋을 것 같아요. 어디선가 '젊은 느티'라는 작품을 읽은 기억이 있는데 참 신선함을 느꼈었어요. 수백 년을 버티어 거목이 되는 느티나무, 어때요?"

희영은 언제나 좋은 아이디어로 지훈을 기쁘게 했다. 도시의 낙오된 청소년을 수용하는 학교 이름은 이렇게 지어졌다.

해가 바뀌면서 초록학원은 새싹(초등)학교, 느티(중등)학교로 규모를 키우면서 자리를 잡아갔다. 직원들을 뽑고 시설을 갖추며 지훈은 이듬해 남녀 각 20명씩 2학급 규모의 중학 과정 학교를 개교했다. 해마다 학년이 올라가면서 학급 수는 늘어날 것이다. 일간지에 실린 신입생 모집 광고를 보고 수많은 지원자들이 몰려들었다. 예상은 했지만 학교에서 문제를 일으키고 방황하는 아이들이 이렇게 많을 줄 지훈은 미처 몰랐다.

지훈은 아이들의 형편을 살펴서 가정환경이 열악한 순서로 아이들을 선발했다. 그들은 대부분 장학생이 되었다.

학기가 시작되자, 마을에 온 아이들을 신곡리 마을 사람들의 집에 한 주일 정도 홈스테이로 보내 농촌 생활을 체험하게 했다. 마을 사람들과 충분히 상의한 뒤에 내린 결정이었다. 도시에서 자란 아이들은 갑자기 달라진 환경에 다소 어리둥절했다. 그러나 자유로운 학교 생활과 경쟁 없는 공부에 곧 적응하기 시작했고, 마을 사람들의 친절과 순박한 인심에 동화되어 갔다.

대부분 불우한 가정에서 자란 아이들은 민감한 사춘기를 잘 넘기지 못하고 부적응 행동을 한 경우가 많았다. 그들에게는 누군가 보호자가 되어 줄 사람이 필요했다. 지훈은 학교와 교회에서 그들을 가르치는 교사들이 그 대역을 해줄 수 있으리라 믿었다. 그는 엄격한 심사로 뽑은 직원들에게 그의 교육적 관심을 충분히 설명하고, 이해와 헌신의 다짐을 한 사람들로 직원을 구성했다. 신념을 체질화하자면 오랜 시간 아이들과 전쟁을 치러야 할 것이다.

다행히도 아이들끼리는 서로 비슷한 처지의 동질성을 느꼈는지 시간이 지나면서 돌출적인 행동들이 많이 줄어들었다. 주말에 학부모들을 만날 수 있는 시간을 제외하고, 아이들로 하여금 규칙적인 생활과 자립적인 생활의 습관, 과제의 이행 등 자율적인 생활 약속을 스스로 지켜나가도록 했다.

각자 취향에 맞는 자유로운 학습 방법은 초록학원의 독특한 교육방침이 되었다. 모든 일을 자발성의 원칙으로 운영하기 때문에, 스스로 하고 싶은 의욕이 생겨날 때까지 온종일 아무것도 하지 않아도 책임을 묻지 않았다. 느티학교에 새로 들어온 아이들 가운데는 정말 말썽을 부리고 빈둥대는 아이들도 있었다. 그러나 그들도 곧 자신이 무엇을 해야 하는지 알게 되면서, 스스로 세운 계획에 의해 차츰 자신을 통제해 나갔다.

아이들은 지도교사들의 열정과 안정된 주변 환경의 영향으로 순수한 모습으로 돌아오기 시작했다. 스스로 자신이 해야 할 과제들을 찾아내고 계획을 짜면 일단 아이들의 지도는 궤도에 진입한다.

교사들은 끊임없이 칭찬하고 격려함으로 그들의 과제를 성공적으로 수행하도록 돕는다. 음악의 연주와 감상, 1인 1악기 연습, 생활에 필요한 물건의 제작, 그리기, 사진, 기록영화 만들기 등을 통한 정서 교육과 사육, 재배 관찰일지 기록이라든가, 하루 한 시간의 외국어 사용 등 기본적인 과정은 반드시 이수하게 하였고, 그들의 생활 자체가 모든 학습에 직결되어 있었다. 전일제 수업이라 할 만큼 교사와 학생들은 일어나서 잠잘 때까지 함께 생활하며 수많은 과제들을 해결해 나갔다.

음악은 이들 생활의 일부가 되었다. 지훈은 아이들에게 음악을 사랑하는 마음을 심어 주고자 했다. 악기 연주와 노래 부르기 외에도 좋은 음악 듣기는 아이들이 매일 의무적으로 공부해야 할 필수과제로 지정했다.

"음악을 사랑하는 악인을 볼 수 없다"는 서양 격언은 그에게 하나의 신념이 되었다. 학교 휴게실이나 숙소에는 늘 모차르트 음악들이 흐르게 했다. 대부분 아이들이 문제를 안고 있는 초록학원의 특수성을 고려해 아이들의 심성을 음악으로 교정해 보고자 하는 그의 배려였다.

음악치료(music therapy)라는 말이 사용되기 시작하던 시기다. 그는 음악이 사람들의 정신기능을 높여 보다 나은 행동의 변화를 가져오게 한다는 것을 믿고 있다. 실제로 유학 시절, 그는 심상유도음악(guided imagery music)을 이용해 심리치료를 하는 대학 연구소를 방문하고, 우울증 감소 효과, 면역세포 증가 효과 등 과학적 치료 효과를 실증하는 프로그램을 공부한 적이 있었다.

특히 단정한 스타일, 맑은 하모니, 간결한 기법을 가진 모차르트 음악은 효과가 대단한 것으로 평가되는 것을 보았다. 음악이야말로 인간의 정서와 관련된 모든 분야에 아무런 부작용 없는 치료제임이 입증되고 있음을 알게 된 것이다.

그는 휴게실을 음악감상실로 꾸미고 문제가 있는 아이들과 상담실로 활용하기 시작했다. 많은 아이들과 상담이 이루어졌다. 아이들이 여러 가지 요인을 가진 스트레스에 노출되어 있는 것을 알게 되었다. 가정 문제, 성격적인 문제, 나쁜 교우관계, 자폐, 학습장애, 우울증, 정신지체 등 아이들은 초록학원에 입소하면서 지금껏 살아온 환경과 전혀 다른 곳에서 차츰 그들의 정신적 외상(外傷, 트라우마)들이 치유되어 갔다.

변화의 시간은 빠르게 다가왔다. 자신이 세운 목표이기 때문에 그 목표에 도달하려는 자발적인 노력들이 폭발적인 에너지를 갖게 되는 것이 증명되었다. 비록 학력 인정을 받을 수 있는 정규 학교는 아니지만, 다행히 검정고시라는 좋은 제도가 있어서 아이들은 자기의 실력과 수준을 스스로 평가하고 학습 목표를 스스로 조정할 수 있었다.

조용하던 신곡리 마을은 초록학원이 들어서면서 활기를 찾기 시작하였다.

특이한 학교의 운영은 전국적인 관심을 불러일으키고 신곡리를 방문하는 사람들이 늘어갔다.

그런 모습을 가장 보고 싶어하는 사람들은 서울 새가나안교회 성도들이었다.

새가나안교회 성도들은 송악산 기도원에서 집회를 마치면 신곡리를 방문하는 것이 하나의 과정처럼 되었다. 그곳에 올 때마다 사람들은 놀라운 교육 현장을 보며 감탄했다. 입소문을 타고 서울에서 신곡리로 내려오려는 아이들의 부모로부터 문의 전화가 늘어나기 시작했다. 그중에는 아무런 문제가 없는데도 학교를 자퇴하고 내려오겠다는 학생들도 있었다. 지훈은 학부모를 만나 학교의 특성을 설명하고 완곡하게 거절하느라 진땀을 빼야 했다.

주말에는 자유롭게 집으로 가서 부모님들을 만날 수 있게 했지만, 차츰 학교 생활에 재미를 느낀 아이들이 그냥 학교에 머물게 되는 경우가 많았다.

이런 아이들은 자연스럽게 교회로 나와 예배에 참석했다.

이 목사와 이희영 전도사의 강단은 또 다른 사랑의 산실이었다.

학생들은 공동생활을 원칙으로 했기 때문에 농사일에서부터 원두막 짓기라든지 밭 일구기, 풀 뽑기 같은 공동 작업이 많았다. 사육장 관리, 청소, 동물에게 먹이 주기 같은 것도 역할과 책임을 공동으로 하는 것이다. 이런 활동은 공동체에 대한 이해를 높이고 협동심을 길러 준다.

학교 식당은 인숙이네가 맡아 운영했다. 학교 식당을 운영하기 위해 인숙은 강천시에 나가 요리학원을 이수하는 열성을 보였다.

아이들은 규칙적인 생활을 통해 자기 관리는 물론 사회성도 배울 수 있었다. 누구나 의무적으로 일주일에 두 번 참여하는 합주 시간도 마찬가지다. 영어로 말하는 회화 시간에도 예의와 인간관계를 중시한다.

많은 사람들의 신곡리 방문은 마을 사람들에게도 도움을 주었다. 국민소득이 점차 높아지자 웰빙 붐이 일고 공해식품 소식이 도시민들을 자극하고 있을 때여서, 상식이 주도하는 자연산 식품과 음료가 사람들에게 소개되기 시작했다. 그 입소문을 타고 공장 생산품 매출이 쑥쑥 올라가기 시작한 것이다.
상식을 비롯한 영농회원들이 기뻐한 것은 물론이다.

세월이 흘렀다.
세월은 모든 것을 변화시킨다.
세기말을 지나면서 나라는 눈부신 발전과 변화를 이루었다.
올림픽 개최라는 역사적 행사를 거친 후 가속이 붙으면서 세계사에 유례가 없는 약진을 계속했다. 전통적인 산업사회는 정보화사회로 빠르게 이동하고, 우리 사회는 특히 인터넷 문화의 개발과 보급으로 선진국의 꿈을 이루어 가고 있었다. 교역 규모는 더욱 확대되고 국토는 균형 있게 개발되어 갔다.
신곡리도 옛 모습을 벗고 규모가 커졌다. 서울을 잇는 동서고속도로가 개통되고 근처에 인터체인지가 들어서는 바람에 마을은 더욱 활기에 넘쳤다.
지훈이 세운 초록학교가 신곡리의 발전에 기여한 공로는 참으로 컸다.
실험 학교 3년의 운영 결과를 보고받은 시 교육청 관계자는 초록학교를 사립 학교로 인가하고, 21세기형 비정규 교육 시범 학교로 지정하기에 이르렀다. 학교는 더 많은 아이들을 수용할 수 있도록 꾸준히 시설을 늘려 개교 5년이 되었을 때 학생 수 삼백 명, 교직원 삼십 명을 넘어서는 규모로 확대되고 국가의 재정 지원을 받게 되었다.
느티학교(중고등학교 과정)의 첫 졸업식이 있던 날 학교장인 지훈은 49명 졸업생 중 대학 진학 38명, 기업체 취업 9명, 해외유학 2명의 학사 보고를 해 참석한 수많은 사람들의 박수를 받았다.

특이한 점은 졸업생 전원이 국가가 시행하는 각종 기술자격시험에 합격하고 자격증을 한 개 이상씩 받았다는 사실이다. 기계에서부터 요리에 이르기까지 자신의 취미와 적성에 맞는 자격증들은 앞으로 그들의 삶을 풍요롭게 해줄 것이다. 참으로 오랜 땀과 눈물의 결실이었다.

그동안 학교의 특수한 교육 내용과 방법을 참관하러 수많은 교사와 학부모들이 신곡리를 찾았다. 특히 부적응 학생들을 둔 학부모들의 관심이 높았다. 이들은 느티학교의 교육적 성과에 놀라움을 금치 못했다.

대부분의 부적응 학생들은 이 학교에서 교사들의 정성어린 보살핌과 자유로운 학습 분위기의 전일제 수업과 노작을 통한 체험 교육, 스스로 세운 목표에 도달하려는 자율적인 노력, 풍부한 정서 활동들을 통해 새로운 모습으로 태어나는 놀라운 변화를 보였다.

신곡리 마을은 이 학교로 인해 늘 낯선 사람들이 북적대는 곳이 되었다. 드물긴 했지만 아이들을 위해 아예 보호자의 거처를 신곡리로 옮긴 사람들도 생겼다.

학교에는 입학을 문의하는 시외전화들이 줄을 이었다. 정규 학교의 퇴학 처분을 받고 재취학이 안 된 학생들을 입학 자격으로 선발하는 까다로운 규정 때문에 많은 학부모들의 항의를 받기도 했다.

새 학기가 되면 신입생과 편입생 자격 심사에 합격하기 위해 다니던 학교에 자퇴서를 내고 위장 퇴학한 학생들이 원서를 제출하는 사례가 늘었다. 안타까운 일이었다.

새싹학교에 들어오기 위해 신곡리에 위장전입을 하거나 아예 주택을 구입해 이사를 온 사례도 점차 늘어갔다. 고민스러운 일이었지만 한편으로는 초록학원의 교육적 성과에 대한 반응들이어서 은근한 자부심을 느끼기도 했다.

　모든 계획들이 성공한 것은 아니다. 그중에는 시행착오도 있었고, 학교와 지도교사들의 노력만으로 고쳐지지 않는 비뚤어진 문제 아이들도 여럿 있었다. 자해 소동을 벌여 응급실에 실려간 아이, 폭력을 행사하고 남의 물건을 훔치거나 거짓말을 밥 먹듯 하는 아이 등 모든 교육 활동은 전쟁을 방불케 했다.

　그럼에도 불구하고 예상보다 훨씬 빠르게 목표들이 성취되는 것을 보며 지훈 부부는 하나님의 무한하신 은혜에 감사했다.

　그사이 지훈 부부는 아들 민재와 딸 지은이를 낳았다. 민재는 올봄에 새싹학교에 들어가게 될 것이다.

　그동안 미루어지던 기숙사 두 동이 아파트형 신축 건물로 완공되면서 학교는 이제 명실공히 자립의 기반을 구축했다. 그동안 박수남 목사와 새가나안교회의 지원이 아니었으면 오늘날의 학교로 자리 잡히기는 어려웠을 것이다.

　모처럼 한가한 시간을 갖게 된 지훈이 어느 날 희영에게 묻는다.

　"여보, 에게 해 한번 가 보고 싶지 않아요?"

　결혼을 앞두고 신혼여행 계획을 짜면서 했던 말이다.

　"왜 그래요 갑자기. 해외에 갔다 온 지 얼마나 된다고."

　희영은 전형적인 중년 여인네의 목소리를 냈다. 두 아이를 낳고 난 뒤 놀랍도록 굵어진 허리 때문에 요즘 고민이 늘어가고 있는 중이다.

　"지난번 성지순례 때는 그리스에 못 가봤잖아."

　지역 노회의 교역자들 모임에서 성지순례를 갔다 온 지 3년이 지나고 있다. 자주 해외에 가보지 못한 희영은 지은이를 뱃속에 넣은 채 여행을 다녀왔고, 돌아와서는 아주 힘들어했었다.

　"지은이가 혼자 떨어져 있을 수 있게 되면…. 멀미도 그렇고."

여행 때 멀미를 심하게 했던 기억이 떠오르는 모양이다. 나이 들어 출산을 한 후유증이 만만치 않아 고생하고 있는 아내다.

'내년 봄이 결혼 10주년이 된다는 것을 알고는 있겠지.'

지훈은 속으로만 말했다.

"할 수 없군. 모처럼 시간이 나기에 부탁해 본 건데, 원고나 써야겠네."

방으로 돌아온 지훈은 밀렸던 원고를 만지작거렸다.

학회에 보낼 논문들이다.

플롯을 짜다 만 소설 원고들도 그의 손길을 기다리고 있다.

그는 책상 앞에 앉았다.

지난 10년간은 그의 생애를 통틀어 참으로 많은 일들이 있었다.

그의 삶을 통해 만남이 이루어졌던 사람들, 모두는 아닐지라도 특이한 인연으로 그의 생애에 영향을 주었던 사람들 중엔 기적을 이룬 사람들이 꽤 있다.

먼저 떠오르는 사람이 청암이란 인물이다. 한 시대를 잘못된 가치관과 헛된 야망으로 많은 사람들을 곤경에 몰아넣었던 사람이다. 신흥 종교의 전형적인 모습으로 혹세무민하던 그의 종적을 알 길 없다.

논문을 준비하다 필요해서 최근에 석답골을 방문한 적이 있다. 사건 후 당국에 의해 폐쇄가 된 석답골은 잡초들이 우거진 폐허로 변해 있었다. 강제 철거가 된 건축물의 잔해가 여기저기 눈에 띄었다. 청암이나 정두의 소식을 아는 사람은 만날 수 없었다. 그들은 형기를 마치고 석방되었을 것이다. 그들이 가진 자산이라곤 종말론의 허상뿐으로, 아마 어디선가 생계를 위해 운명철학관이라도 열고 있을지 모른다.

또 한 사람은 최태식이다. 몇 해 전에 아들을 찾아 신곡리로 왔었다. 그도 형기를 마치고 나온 것인데, 부끄럽다는 말 한마디만 남기고 도망치듯 아들의 손목을 이끌고 마을을 떠났다. 그를 알아보는 동네 사람들의 시선을 감당하기 어려웠을 것이다. 실패한 사람의 뒷모습은 초라했다. 그 경황에 교회로 이승규 목사를 찾아 머리를 조아리고 사죄했던 일은 그나마 그가 잘못을 뉘우친 것으로 여겨졌다.

강수경, 그에게 좌절을 안겨 주었던 여자다. 아무도 그녀의 소식을 알려 주는 사람이 없다. 참을성이 전혀 없는 그녀의 삶이 어떻게 변해 있을지 가늠이 가지 않는다. 잘되어 가길 바랄 뿐 더 관심을 가질 형편이 아니다. 그녀의 아버지 〈새한일보〉 강 국장은 최근 TV와 인터넷매체 문화에 밀려 사양화되어 가는 종이 신문의 한계를 극복하지 못하고 언론계를 떠났다는 확인되지 않은 풍문을 들었다. 모두 그의 대척점에 있던 사람들인데 공교롭게 되었다.

운당, 수남의 어머니는 식물인간 상태에서 수년간을 버티다 결국 숨졌다. 숨질 때까지 아들의 극진한 보살핌을 받았다. 끝까지 가족들을 괴롭히다 떠난 것이다. 박 목사는 어머니의 임종에 대해 '혈육의 정에 대한 인내의 한계를 경험하게 한 사건'이었다고 환자 수발의 어려움을 토로했었다. 어머니의 영혼이 불택자(不擇者)로 버려지지 않기를 기도하던 아들의 간구가 이루어졌는지 알 수 없다.

신곡리 교회를 섬기던 이승규 목사의 임종도 겪었다.

둘째 외손녀 지은이를 낳자 기뻐하던 이 목사는 그 손녀의 첫돌을 보지 못하고 어느 주일이 지난 다음날 세상을 떴다. 당뇨 합병증이 재발된 그는 전날까지 교회 강단에 서고 싶어 했었다.

예배를 드리고 집으로 돌아온 딸과 사위에게 이 목사는 교회의 형편을 물었다.

예배 인원이 늘 관심사였다.

"저녁에도 이백 명을 넘겼습니다."

지훈의 보고에 그는 만족한 표정을 지었다.

"한내 가나안교회와 꼭 같아졌네."

"다 목사님이 거둔 결실이죠."

"아니야, 너희들이 수고했어."

"하나님의 은혜고요."

"정말, 그건 맞는 말이네."

그는 월요일 아침 자리에서 일어나 부인에게 얼굴을 씻겨 달라고 부탁했다.

다리가 불편해 늘 그런 도움을 받긴 했지만 그날은 좀 특별했다.

아침을 조금 뜬 뒤 그는 아내에게 새 옷을 입혀 달라고 했다. 어디 먼 길을 떠나려는 사람 같았다.

"갑자기 왜 그러세요?"

사모님이 불안한 표정이 됐다.

지훈이 방에 들어갔을 때 이 목사는 새 한복을 갈아입고 휠체어에 앉아 있었다.

"아버지, 어디 불편하세요?"

뒤따라온 희영이 아버지 앞에 앉았다.

"다 모였구나. 나 좀 다녀올 곳이 있어서…."

"왜 이러세요?"

딸도 어머니와 똑같은 표정이 된다.

"나를 좀 일으켜라. 갈 때가 되었어."

지훈이 이 목사를 안아서 침대에 눕혔다. 호흡 소리가 정상이 아니었다.

"여보, 병원에 전화를 해봐요. 숨소리가 심상치 않아."

지훈이 아내에게 소리쳤다.

"괜찮아, 나 괜찮다고…."

그는 갑자기 숨을 몰아쉬었다. 그리고 아주 쉽게 호흡을 멈췄다.

"아버지!"

전화기를 들던 손을 멈추고 희영이 아버지 침대에 무릎을 꿇었다.

그녀의 감은 눈 속으로 밝은 빛이 보였다. 하얀 한복을 입은 아버지가 밝은 햇빛 속으로 두둥실 떠오르는 모습이 보였다. 평소 즐겨 입으시던 흰색 두루마기가 청명한 하늘에 펄럭였다. 선명한 모습으로 아버지는 손을 흔들었다.

"아버지는 천국으로 가셨어."

잠시 후, 눈을 뜬 희영이 식구들을 돌아보았다.

그녀는 잠시 전에 본 환상을 식구들에게 말했다. 그녀의 어조에는 확신이 넘치고 있었다. 너무도 선명한 그 모습을 희영은 아직도 어제 일처럼 기억하고 있다.

지훈은 아내에게서 그 환상의 얘기를 들을 때마다 천국의 실재에 대한 믿음이 굳어짐을 느끼곤 한다.

아주 중요한 기적의 인물이 또 있다.

박수남 목사다.

그를 합리적으로 설명하기는 좀 어렵다.

사람이란 어떤 생각을 하느냐에 따라 기적을 만들어 내기도 하는 존재라는 것을 박 목사는 입증해 보였다.

기적이란 말을 지훈은 별로 좋아하지 않는다.

그러나 박수남 목사에겐 이 기적이란 말을 빼면 그를 설명할 수 없다. 박 목사가 세운 새가나안교회는 그 후로도 성장을 계속해서 출석 교인 수가 드디어 만 명을 돌파하는 기적을 보이며, 한국 교회

성장사에 우뚝 선 기록을 남기고 있다.

그는 규모가 엄청 커진 교회의 모든 운영에 초심을 잃지 않은 삭개오의 반분 정책을 계속한 결과, 국내에서는 좀처럼 보기 드문 사업들을 줄기차게 진행했다. 수많은 국내의 장학관(대도시마다 세워진 불우학생 돕기 장학사업) 사업이라든지 부실한 운영의 지방 병원과 사립학교의 정상화 사업, 불우한 국내 저소득층과 농어촌 교회의 지원, 섬 지방의 의료 선교, 해외선 교지의 확장, 에티오피아, 방글라데시 등 해외 후진사회를 위한 기독 병원의 건립, 아프리카 우물 선교, 해외 선교사의 지원 확대 등 국내외로 선교와 사업의 범위를 확대하고 아낌없이 재정을 지원했다.

이제 그는 해외에서 더 잘 알려진 국제적인 인물이 되어 수많은 국가, 민족의 지도자들을 만나는 위치에까지 이르게 되었다. 그 대신 본 교회는 아주 검소한 시설과 운영으로 나눔의 모범을 보이고 있다.

특별히 신곡리는 박 목사의 집중적인 지원을 받아 교회와 학교, 마을이 크게 달라졌다. 신곡리는 전국적으로 가장 모범적인 새마을 운동의 성공 사례로 뽑혀 수많은 사람들의 발길이 끊이지 않고 있다. 이상향에 근접하는 마을이 된 것이다. 이제 신곡리는 계속 확장되어 인구가 늘고 초중고 학교, 상가와 금융, 행정기관이 들어선 마을로 변해 읍으로 승격될 날이 멀지 않았다.

상식의 주도로 그동안 준비해 온 가나안 목장도 본격적인 운영을 시작할 예정이다. 정부에서 지원을 해 시범적으로 운영해 오던 한우 단지는 영농회원들의 희생적인 운영으로 큰 성공을 거두고, 마을 뒤편 야산에 50헥타르 이상의 대단위 목장으로 변모되었다.

초지로 조성된 고운 능선에 방목하는 한우와 홀스타인 수천 두가 풀을 뜯는 모습은 장관이다. 마을에는 새로이 육우와 유제품을 생산 가공하는 공장들이 세워지고 있다. 이젠 자립이 되었지만, 이 농장 역시 새가나안교회의 지원이 없었으면 실패했을 사업이었다. 몇 번의 위기를 박 목사의 지원으로 넘길 수 있었던 것이다.

지훈은 지난 겨울에 또 한 사람, 새가나안교회가 최초로 파견했던 아마존 지역의 장 선교사를 만났다. 신병 치료를 위해 일시 귀국한 그를 병원에서 만난 것은 그에게 또 다른 감동을 주었다. 수염이 허옇게 자라고 얼굴에 주름이 늘어난 장 선교사(그는 풍토병에 시달리다 잠시 귀국해 치료를 받고 요양 중에 있다)는 지훈의 방문을 받고 기뻐했다. 그의 스바냐와 인디오들을 위한 문자 만들어 주기 사업이 거의 마무리 단계로 접어들었다는 반가운 소식을 전했다.

"정말 위대한 일을 하셨습니다."

지훈의 축하에 "박 목사님께 김 선생님이 거둔 초록학원의 놀라운 교육적 성과를 들었습니다" 하며 그는 오히려 지훈을 칭찬했다. 그의 몸은 여위었으나 두 눈은 맑고 빛났다.

"아닙니다. 장 선교사님의 그 헌신적인 노력에 비하면 국내에서 거둔 작은 성과입니다. 지금의 일을 하게 만든 계기를 장 선교사님이 제공해 주신 데 대해 늘 감사하고 있습니다. 건강하세요."

그는 치료가 끝나는 대로 곧 현지로 갈 것이라고 한다.

사람들이 살아가는 방법은 천차만별이다. 한 번밖에 없는 생애, 무엇을 위해 어떻게 살아야 할 것인가.

이승규 목사가 생전에 주장했던 설교의 한 토막이 그의 생각 속으로 떠오른다.

"사람은 살아가는 방법에 따라 그 가치를 달리합니다. 대체로 사람들을 세 부류로 나눌 수 있습니다. 그 첫째는 이 세상에 꼭 있어야 할 사람, 둘째는 있으나 마나 한 사람, 셋째는 있어서는 안 될 사람이

지요."

'나는 어떤 부류의 인물인가?'

그는 자문해 본다.

며칠 전 상식 씨가 학교를 방문했다.

"주민들의 뜻인데 말입니다. 초록학원의 교정에나 마을회관 앞이나 어디 기념될 만한 곳에 김 박사님의 공덕비 하나 건립했으면 하고…. 동상으로 얘기가 됐지만 그건 좀 뭣하고."

"네? 아니 그 무슨 당치 않으신 말씀을!"

"그렇게라도 하지 않으면 김 박사님에게 너무 미안하다는 주민들의 뜻입니다."

참으로 민망한 소식이 아닐 수 없었다.

"아닙니다. 이건 정말 잘못 생각하신 겁니다. 말이 안 되는 얘깁니다."

마을 사람들이 왜 그런 발상을 했는지 지훈은 이해가 되지 않았다. 문득 호손의 소설 《큰바위 얼굴》에 등장하는 어네스트가 연상되었다. 그는 마을 출신이었고 마을을 끝까지 지킨 사람이다. 어림도 없다.

"동상을 세우신다면 당연히 최 회장님 동상이 되어야지요. 신곡리 마을의 어네스트이신…. 아니면 박수남 목사로 하든가."

"아무튼 마을 사람들의 뜻을 대신 전해 드리는 것뿐입니다."

"그냥 지나가는 농담으로 듣겠습니다."

참으로 순박한 사람들이다.

'따르릉!'

핸드폰이 울린다.

"여보세요."

"김 박사님, 어떻게 생각 좀 해보셨습니까?"

박 목사의 목소리다.

"뭘 말입니까?"

"벌써 잊으셨습니까? 한세대학 이 총장님이 꼭 만나자고 하시는 것 말입니다."

"아, 그 얘깁니까?"

"한번 만나 보시죠. 다음 학기에는 꼭 결정을 해주십사 하는 부탁입니다."

생각난다. 한세대학에서 교수 영입 의사를 전해 왔고, 거듭된 부탁이 벌써 세 번째다.

더 버틸 명분이 차츰 없어진다.

"집사람과 더 의논해 보고 전화 드리겠습니다."

지훈은 잠시 시간이 필요했다.

그는 집을 나서서 교회의 뒤편 언덕으로 오른다. 바람이 시원하고 마을이 훤히 내려다보여 자주 올라오는 곳이다.

언덕에서 내려다본 마을은 지난 수년간 큰 변화를 맞았다.

마을은 대천강 댐 넓은 호수가 발아래를 감돌아 수면의 푸른색과 마을 뒤편 목장의 초록 능선이 절묘하게 조화를 이룬 아름다운 풍경을 연출해 내고 있었다. 해외로 다닐 때 스위스 마을들을 둘러본 적이 있었다. 레만 호수에 둘러싸인 주네브 외곽 구릉지에 있는 농촌 지역의 모습이 이랬다.

학교 건너편에 상식의 공장이 보인다.

마을 입구로 자동차들이 들락거리고 있다. 마을의 웰빙푸드 사업은 계속 번창하고 있다. 전망도 밝다.

신곡리는 외형적으로 아름다운 마을로 바뀌었을 뿐 아니라 주민들의 소득도 많이 올라갔고 생활수준도 높아졌다. 한내에 그가 처음 부임했을 때 꿈꾸었던 마을의 모습이 이런 것이던가? 비슷해진 것 같다. 모두 노력했고 아픔도 겪었다. 그 자신도 마찬가지다. 인생에 있어서 한 치 앞도 알 수 없도록 만드신 하나님의 지혜는 얼마나 위대한가.

멀리 마을회관 쪽에서 농악 소리가 들려온다. 또 시즌이 다가온 모양이다.

'그렇지, 단오가 얼마 남지 않았어.'

얼마 전 상식을 만났을 때 올 단오를 좀 '본때 있게 치러 보자'고 했던 기억이 떠오른다. 단오는 버려지지 않는 민속이며 전통이다. 상식은 교회에 나오면서도 마을의 전통적 행사에 앞장서는 데는 주저하지 않았다. 마을 앞에 세워 둔 장승이 우상이라고 아내와 인숙이 없애자고 졸라도 아직 꿈쩍도 않는다. 이런 행사들을 통해 마을 사람들을 단합시키고 우의를 돈독히 할 수 있다고 믿고 있다. 다만 과거의 한내에서처럼 어리석은 서낭굿 행사는 현대화된 내용으로 수정될 것이라 한다.

단오로 인해 야기되었던 한내의 그 엄청난 소용돌이도 이들의 생활화, 체질화된 관습들을 떨쳐버리기엔 역부족인 것 같다.

믿음이란 것은 각자의 마음속에 있는 바라는 것의 실상이라고 성경은 말하지만, 풍습 하나를 바꾸는 데 얼마의 시간이 필요할지는 아무도 모른다.

인류학을 공부한 학자로서 지훈은 이런 문화적 전통에 대한 정답을 내릴 수 없음이 안타깝다. 공존의 지혜가 필요한 때가 아닐까.

이런 문제들은 영원한 논의의 대상이며, 그는 하나의 관찰자일 뿐이다. 문화는 세월과 함께 변하는 것이고, 각자의 삶은 그 문화 속의 한 요소로 속해 있을 뿐이다. 따라서 문화 현상으로서의 전통은 매우 주관적인 형태로 각자에게 수용된다. 체질화된 것이다.

지훈은 언덕에서 심호흡을 했다.

며칠 동안 비가 내리더니 흐리고 안개 자욱했던 마을이 맑게 갠 푸른 하늘 아래 반짝이며 빛나고 있다.

어제까지 감쌌던 회색은 걷히고 맑은 녹색으로 드러난 마을.

멀리 대천강 댐의 드넓은 호수를 배경으로 신곡리가 그림처럼 펼쳐져 있다. 그는 알프스 산록의 샤모니 마을을 연상한다. 신곡리는 세계에서 가장 아름답다고 하는 그 샤모니 마을에 비해 조금도 손색이 없다.

어둠과 빛이 혼재하면 그 색채는 회색이다. 회색은 새벽의 빛깔이며, 동시에 우리가 사는 이 세상의 빛깔이다. 다양함이 배어 나오는 회색은 모든 것을 품는 포용의 빛깔이기도 하다.

안개가 걷힌 신곡리의 한낮처럼 초록이 충만한 곳도 그늘이 있고 어둠이 숨어 있다. 이제 그 회색의 울타리를 허물고 초록의 밝은 빛으로 칠해져 가는 세상을 만들어 가야 하지 않을까 지훈은 생각해 본다.

신곡리는 이제 안개로 덮였던 옛 한내가 아니다. 그 회색지대는 수심 백 미터의 댐 속으로 가라앉고 온갖 음습했던 우상과 미신들, 탐욕과 갈등과 증오들을 수장시켰다. 새로 태어난 신곡리는 화해와 관용의 진취적인 녹색 옷을 갈아입을 것이다.

'녹색정원.'

언덕에서 신곡리 마을을 내려다보던 지훈의의 머릿속으로 단어 하나가 떠올랐다.

오래전 마을을 떠나며 수리재에서 돌아본 그 안개로 덮였던 골짜기, 그래서 무곡(霧谷)으로 각인됐던 한내의 모습과 극명하게 대비되는 이곳을 그는 녹원(綠園)으로 부르고 싶어진다. 천국의 빛깔이 있다면 그것은 초록이 아닐까 그는 생각한다.

자리가 잡힌 초록학원은 이제 누가 운영해도 차질 없이 잘 굴러갈 바탕이 마련되었다. 몇 년째 아이들을 가르쳐 온 선임 교사들과 재임 10년이 넘어가는 교감과 중견교사들이 학교를 잘 운영할 수 있을 것이다. 초록학교의 영향은 전국에 미쳐 비슷한 대안학교들이 지역마다 다양한 모습으로 설립되고 있다. 이만하면 초록학원 소기의 목표는 달성된 셈이다.

가나안신곡교회도 이 목사의 후임으로 서울 본 교회에서 내려온 정바울 목사가 활기를 불어넣으며 교회를 안정시켜 놓았다. 그는 이름처럼 사도의 사명감을 가지고 마을 전체를 기독교 공동체로 만들겠다는 포부를 갖고 있다.

희영은 출산 후 예전처럼 교회를 돌보는 데는 무리가 많다. 그리고 이젠 조금 쉬어야 할 때다. 그들이 넘어온 고개는 수리재보다 높고 험했다.

요즘 그는 거울 앞에서 눈에 띄게 늘어난 흰 머리칼을 본다. 어제 같이 생각되던 일들도 어느 틈에 수년, 수십 년 전 과거가 되었다.

늙어 보인다고 희영이 염색을 권했지만 어림도 없는 소리.

흘러간 세월을 감출 이유가 없다.

현란했던 20세기가 저물었다. 매스컴은 개막되는 미지의 세기 새 밀레니엄에 대한 예측과 조명으로 떠들썩하다. 달력의 숫자가 바뀌는 것에 불과한 시점을 지나면서 사람들은 왜 특별한 의미를 부여하려는 것일까?

미래학자들의 대담도 매스컴의 지면과 화면을 메운다. 그들의 예측은 얼마나 맞아떨어질 것인가.

비슷하기나 할까?

거듭 말하지만 내일 무슨 일이 일어날지 알지 못하도록 인간을 만드신 하나님은 얼마나 지혜로운 창조주이신가!

지훈은 문득 지난주 국영 TV방송에서 찾아왔던 제작진들과 한 인터뷰가 생각난다.

그들은 새해에 각계의 미래를 진단하는 특집방송을 계획하고, 교육 분야에서 가장 의미 있는 미래 학교로 신곡리 초록학원을 선정, 다큐멘터리로 제작 소개하겠다고 하였다.

학원의 교육 내용과 방법들은 부분적으로 여러 곳에 소개되기는 했으나 종합적인 기획물은 이번이 처음이다.

뜻밖의 그 소식은 지훈을 기쁘게 했다.

교육의 성과를 자찬하는 광고를 하려는 뜻이 아니라, 그가 추진해 온 교육 방법이 사회적으로 공론화되는 것이 매우 중요하기 때문이었다.

지훈은 학원을 방문한 방송국 관계자들과 제작될 방송 내용을 협의했다. 그들은 지난 봄 학기부터 지금까지 학원에 상주하면서 학교의 교육 내용을 기록으로 녹화해 왔기 때문에 생생한 기록들을 이미 확보하고 있었다.

"'초록학원의 사계'로 제목을 뽑겠습니다. 진작 소개됐어야 하는 훌륭한 자료들입니다. 새해 초에 방영될 것입니다. 이제 김 박사님이 이룩한 교육적 성과를 토대로 새 밀레니엄을 맞는 소감을 말씀해 주실 차롑니다."

학원장실의 낡은 책상 앞에 앉은 그는 밝은 조명이 눈부셔서 약간 미간을 찡그린다.

"오늘이 있기까지 여러 선생님들의 수고가 이런 큰 결실을 거둔 것 같습니다. 마지막으로 학원장님께서 지난날을 회고해 주시고 우리 사회를 향한 당부의 말씀을 부탁드립니다."

사회자가 지훈을 쳐다본다.

그는 자세를 고쳐 앉는다.

TV 모니터에 반백 머리의 남자 얼굴이 클로즈업된다.

"오래전 저는 시골의 한 작은 학교에서 교사 생활을 시작했습니다. 지금은 수몰로 사라진 그 마을은 순수했지만 가난했고 교육 환경이 그리 좋은 편은 아니었습니다. 그곳에서 저는 아이들과 생활하면서 열정이 있으면 삶을 개선할 수 있다는 확신을 얻었습니다. 교육의 중요성을 절실히 깨달은 것입니다.

마을 사람들을 만나면서 저는 사람이 살아가는 데는 수많은 요인들이 작용하고 있음을 보았습니다. 관습이나 신앙도 사람들을 변화시키며, 공동체의 노력 또한 중요한 것임을 알게 되었습니다. 저는 그곳에서 운명론적인 신앙에 의해 민심이 피폐해지는 현실을 목격했습니다. 사람들의 무지가 원인이 되어 어리석은 우상을 섬긴 결과였습니다. 그리고 교육이 무지를 깨뜨릴 때 우리 사회는 선진화를 이룰 수 있다고 확신하였습니다.

그러나 우연한 기회로 교육계를 떠났고, 순수성을 잃고 경쟁사회에 뛰어들어 세속적 욕망을 채우는 일에 몰두했습니다. 많은 시간을 방황한 끝에 공부를 하고 돌아왔지만, 그러는 사이에 저 자신은 신앙도, 사랑도, 자신감도, 긍지도 잃어버린 실패한 삶을 살아온 것을 알게 되었습니다. 허영과 오만이 가져온 결과였습니다.

저는 실의와 좌절로 쓰러졌던 지하도의 낯선 계단에서 누군가로부터 '더 내려가라'는 명령을 들었습니다. 기적처럼 삶을 부흥시킨 한 지인의 도움으로 신곡리에 16명의 버려진 아이들로 초록학원을 연 것은 거역할 수 없는 하나님의 명령임을 고백합니다.

그분은 어린아이들을 통해 나를 버리게 하셨습니다. 최대한 몸을 낮추도록 봉사와 겸손을 가르치셨습니다. 고통받는 청소년들을 조금이라도 돕게 된 지금, 그분의 음성이 나를 이곳까지 이끌어 온 것을 깨닫게 됩니다. 아무것도 자랑할 만한 것은 없습니다. 누군가 해야할 일을 조금 거들어 온 것에 지나지 않습니다.

오늘 유례없는 교육열로 우리는 무지에서 해방되었습니다. 기적적인 고도성장과 풍요를 누리게도 되었습니다. 이런 우리에게 선대들을 괴롭히던 우상들은 사라졌을까요? 그렇지 않은 것 같습니다. 이제는 부와 권력 혹은 명예가 우상이 되어 우리를 지배하고 있는 것은 아닌지 돌아봐야 할 때인 것 같습니다. 지금 우리 사회는 이 우상을 섬기기 위해 이기심과 독선으로 무장하고 만인의 만인에 대한 투쟁을 전개하고 있는 것입니다.

당연한 결과로 지금 우리 청소년들은 과잉된 사회, 문화, 교육에 노출되어 있습니다. 과잉된 사회는 과잉된 경쟁을 유발합니다. 경쟁은 필연적으로 낙오자를 양산합니다. 소외된 청소년들, 교육적 고아들은 보호와 치료가 필요하지만 우리는 그들에게 무관심했습니다. 이것이 더불어 사는 사회의 나눔과 섬김이 필요한 이유입니다.

초록학원은 우리 청소년들이 다만 원하는 대학에 들어가기 위해 하는 경쟁의 공부, 과열된 과외 학습, 암기로 얻는 지식의 틀을 벗어나 자연의 섭리를 조금 가르쳐 보고자 노력했습니다. 자연의 놀라운 치유력은 사랑에서 오는 것입니다.

새 밀레니엄에 우리는 덜 유능하더라도 더불어 사는 데 꼭 필요한 사람, 이웃과 나라, 사람을 사랑하는 아이들로 길러야 합니다. 이런 노력이 계속된다면 우리는 우상의 솟대 끝에 사랑을 세울 수 있을 것입니다. 사랑이 신앙이 될 때 우리가 사는 마을은 비로소 빛으로 밝아질 것을 믿습니다.

아듀를 보냅시다. 어리석은 우상이 과잉된 사회, 불확실과 혼돈의 회색시대였던 20세기는 역사의 뒤편으로 사라졌습니다. 다가오는 21세기, 밝은 녹색시대를 위해…"

지훈은 언덕을 내려온다.

또 다른 세계가 그를 향해서 신호를 보내고 결단을 요구하고 있다. 계획대로라면 이제 그를 필요로 하는 곳으로 떠날 준비를 할 시간이다.

어차피 인생은 시간이 나르는 여행이므로.

그러나 아직은….

그는 고개를 끄덕인다. 아직은 아니라고.

《회색지대》의 탄생과 성장

　장편소설 《회색지대》는 1965년 〈강원일보〉가 창간 20주년 기념 사업의 일환으로 기획한 10만 원 고료 장편소설 공모에 당선된 최초의 작품이다.
　《회색지대》와 작가 김항래에 대한 당시 〈강원일보〉의 보도 내용은 다음과 같다(1~10).

1. 사고(社告)
　1964년 9월: 창간 20주년 기념 장편소설 공모

2. 당선작 발표
　1965년 1월 1일: '김항래 작 〈회색지대〉 당선' 보도

3. 심사경위
　총 28편 응모: 1차 통과 12편. 본선에 넘어간 작품 3편

4. 심사평
　소설가 박영준·김광주·유주현: '어떤 외국 작품의 상황을 연상하였으나 우리 향토에 설정된 주제로서 높이 평가할 뿐만 아니라 작가의 의식은 대단했다.'(요약)

5. 당선 소감
　작가 김항래: '안개를 하나씩 벗기는 일이 나의 의무'(요약)

6. 시상식

1965년 2월 20일: 부지사를 비롯한 심사위원, 지역 국회의원, 교육계, 각계각층의 인사들이 참여 - '영광된 자리 함께해' '꽃이 피는 강원 문단' 제하의 기사 보도

7. 연재 시작과 종료

1965년 1월 1일~10월: 222회로 종료 (삽화 고득철)

8. 새 연재소설 예고

1967년 12월 26일: 새해 장편소설 《실향》(김항래 작) - '지방의 저력 있는 젊은 작가의 새 소설'로 소개. 작가는 작품에 담을 주제를 피력

9. 장편 《실향》 연재 시작과 종료

1968년 1월 1일~11월: 256회로 종료 (삽화 이대섭)

10. 연재 종료 소감

작가: 글을 싣는 동안 격려를 해준 독자들에 대한 감사의 인사

11. 출간

2018년 2월: 1-2부로 확장, 단행본으로 출간(쿰란출판사)

자료 : 〈강원일보〉 스크랩

작품해설 / '회색지대'에서의 탈출

안개 골짜기에서 초록빛 동산으로

호영송 (작가)

　한국문학의 가장 결여된 부분이 바로 나이 든 삶에 대한 깊은 성찰이다. '노년에 의한, 노년을 위한, 노년의 삶'은 우리 문학에서 찾아보기 어렵다. 독일의 괴테(1749~1832)가 80대에 명작《파우스트》를 완성 출간했다는 것을 상기하자. 96세의 노 철학자 김형석 교수가 근년 '100세 시대'의 삶의 비전을 제시해 보이는 것은 그나마 위안이다. "인생의 황금기는 60~75세, 사람은 성장하는 동안 늙지 않는다"는 것이 그의 경험에서 우러난 메시지이다.
　인간 김항래는 교육자로, 교회 찬양대 지휘자로 살아왔는데, 이번에 장편소설《회색지대》를 출판했다. 이것은 돌출행동으로 보일 수 있으나 알고 보면 오히려 필연적이다. 그는 1965년〈강원일보〉장편소설에 당선되었다. 그때 심사한 문단 원로들은 기대의 감회를 말했다.
　허나 김항래는 "보다 치열한 삶의 현장으로 가는 것이 작품 쓰는 것 이상의 행위 아닌가?" 하여 소설 쓰기가 아닌 다른 선택을 했다. 이 땅에서 문학을 한다는 것은 의미의 차원에서도 그렇고, 실질의 차원에서도 회의의 연속일 수도 있다. 그런데 교회에서 독실한 신앙생활을 해온 그가 지금 이 시점에서 새삼스럽게 문학 책을 낸다는 것은 무슨 뜻일까?

나는 노년에 이르러 외형적으로는 성공적 삶을 살았으나, 허무의 늪에 빠져 허덕이는 사람들을 이웃에서 종종 본다. 신앙의 삶에 깊이 드는 경우도 있다. 그런데 신앙의 삶은 교회나 성직자에게만 의존해서 정답이 나오는 것은 아니다. 키에르케고르가 아니라 해도 세속화된 당대 교회에서 하나님의 말씀에 충실하기 위해서는 뼈저린 노력이 요청된다.

이제 장편《회색지대》의 됨됨이를 살펴보자. 우선 이 제목은 백색과 흑색의 어느 중간을 헤아려 보게 한다. 지은이가 설정한 안개가 낀 듯한 회색지대의 본질은 무엇일까? 우리는 은연중 안개가 걷힌 녹색 지대를 동경하게 된다. 바로 지은이가 그 같은 구도를 보여준다. 제1부 무곡(霧谷) 파트, 제2부 녹원(綠園) 파트.

나(해설자)는 20대부터 줄곧 문학을 통한 추구의 삶을 살아왔기에 그런 한 사람으로서 이 작가에게 그 실체적 진실에 위로와 경의를 표하고 싶다. 문학은 어떤 삶보다 더 우월한 것은 아니다. 그러나 삶의 문제들을 구체적으로 짚어 내며 문제를 탐구하는 가장 효과적인 방법의 하나이다. 그래서 1965년 작가 김항래는 문학의 가장 문학다운 치열한 방법인 장편소설의 세계에 들어섰다. 그는 이 장편소설 외에도 또 하나의 장편소설 《실향》과 창작집 《두드리는 소리》 등을 발표하였다.

내가 참으로 감동하는 것은, 50년 세월이 더 지난 지금에도 김항래는 그 문제 제기와 해법을 잊지 않고 있다는 점이다. 게다가 이번에 수정 가필까지 하여 그의 '진테제'(synthesis)를 정립하고 기록으로 남기려 한 것이다. 이는 다음과 같은 의미를 갖는다.
　이는 삶의 중요한 가치를 그가 세상에 공개적으로 묻는다는 것이며, 나름으로 그 정답을 제출한다는 뜻이다. 이것은 삶에 대한 엄중하고 경건한 태도로 보인다. 따라서 여기에선 실수도 허용되지 않고, 일수불퇴의 긴장감이 흐른다. 나는 대중의 흥미 요구에 호응하는 대중소설을 쓰고 아랫배를 내미는 작가들도 보아왔기에 대조적인 이 작가의 진지성과 경건한 포즈를 지지한다. 인간 김항래가 갖는 특성이 삶에 대한 진지한 경의라면 우리는 그를 받아들여서 후회할 일이 없을 것이다. 이 작품엔 여러 가지 갈등과 대립이 있지만, 기독교와 무속신앙의 갈등 양상이 선연하게 다가온다.

　"밥은 먹었나?"
　어머니가 말했다. 아주 오래전에 들어본 듯 다정한 목소리에 수남은 목이 메어 온다.
　"금식했어요."
　"아직도 교회에 나가나?"
　(중략)
　나를 낳아 준 어머니다. 이 엄청난 인륜 앞에 신이나 믿음이나 우상이나 다 아무것도 아닌 것 같은 본능적인 끌림으로 수남은 어머니를 쳐다본다.
　오랜만에 맛보는 어머니 손맛이었다.

무속신앙과 기독교가 만나는 예각적인, 그러나 따뜻한 온기가 우리를 안도하게 한다. 작가가 그 회색지대를 그냥 감수하는 것은 아니다. 그는 그것을 극복하려 노력했고 마침내 극복한다. 물론 이 소설은 나라에서 동양 최대의 댐을 건설한다면서 강원도의 큰 댐 건설이 되어 가는 과정도 보여준다. 아마도 춘천 소양강댐 건설을 소설의 소재로 차용했을 것이다. 결국 이 소설은 우리 시대의 큰 발전과 무관하지 않은 흐름을 반영하기도 한다. 수많은 수몰지구가 생겨나고 변화의 흐름 속에 한국인의 크고 작은 의식의 복잡화와 그 성숙 과정을 보여주기도 한다.

나는 비평가가 아닌 한 창작가로서, 또한 김항래 작가의 신앙의 친구로서 이 소설을 말하고 싶다. 아무리 도스토옙스키의 걸작 《카라마조프네 형제들》이 앞에 있어도 우선 독자로서 마음을 겸허히 열지 않으면 그것은 무의미한 책이 된다. 김항래의 이 장편소설은 마음을 여는 사람들에게, 우리 시대를 동고동락하며 살아온 사람들에게 많은 감동을 줄 것이다. 거기에서 우리는 우리와 같은 가치관을 갖고, 믿음을 지키려 해온 사람의 평생에 걸친 고뇌를, 그리고 마침내 승리하려는 사람의 투지를 볼 것이다.

고향이 그려진 캔버스

홍성암 (소설가, 문학박사, 전 동덕여대 총장 서리)

죽마고우 김항래가 오랜 침묵 끝에 1-2권으로 묶인 장편소설《회색지대》를 출간한다고 한다.

그의 소설에는 고향의 맛과 냄새가 진하게 배어 있다. 오랜 세월 떠나 있어도 변하지 않는 그 정서가 우리 우정의 고리였고, 우리는 만날 때마다 고향 냄새를 즐기며 살아왔다.

이야기 속에 등장하는 마을과 인물들의 모습, 행동들에선 그 고향이 보인다.

이 소설은 그래서 고향이 그려진 캔버스와 같다.

수채화 같던 마을에는 짙은 안개 뒤에 비바람이 인다. 누구도 피해갈 수 없는 혼돈—새 시대의 도래는 전통적 가치와 충돌하며, 산업화 과정에 고향이 수몰당하는 격변을 일으키고…대립으로 분리된 인물들의 사랑과 기쁨, 갈등과 좌절, 열정과 도전은 우리의 지나간 모습이기도 하다.

어떻게 되었을까.

한밤의 어둠을 새벽의 잿빛으로 바꾸며 초록의 아침으로 탄생시키는 과정—작가는 이 혼돈에 치유의 기적을 연출한다. 그 치료제가 사랑임을 우리는 곧 알게 된다.

저물어 가는 우리 세대의 지나간 시간을 돌아보게 하는 이야기— 읽는 사람들이 잃었던 고향을 이곳에서 만나기 바란다.

통찰로 거둔 것

전상국 (작가, 강원대 명예교수)

문우 김항래의 장편소설 《회색지대-그 새벽빛 언덕》의 출간을 축하합니다.

강원도가 고향인 작가는 오래전에 동명의 소설로 향토의 일간지 〈강원일보〉 공모에 당선, 연재된 바 있습니다.

이 작품은 혼돈의 시대를 살아가는 우리에게 삶의 진정한 가치에 대한 질문을 던집니다.

향토의 작은 마을에서 시작된 이야기는 전통적인 관습과 현대화 과정의 충돌을 증폭시키며 삶의 방식과 가치관의 변화를 담담히, 때로는 치열하게 탐색합니다.

작가는 보통 사람들의 사랑과 믿음, 증오와 갈등…특이한 생각을 가진 사람들의 야망과 좌절 등 오늘을 사는 우리가 겪고, 겪을 수밖에 없는 일들에 대한 깊은 통찰로 안개의 회색지대를 벗어나 치유의 녹원에 이르는 길을 안내합니다.

늘 문학과 함께한 작가의 식지 않는 열정, 통찰로 거둔 열매를 함께 기뻐합니다.

회색지대-그 새벽빛 언덕의 무게

최지영 (목회학박사, Faith 신학대(미) 객원교수)

우리의 근·현대사는 세계사에서 그 유례가 드문 소용돌이의 역사다.

기독교가 이 땅에 전파된 이래 고난을 겪으며 성장한 시기와 겹치는 지난 한 세기, 우리는 누구도 흉내 내지 못한 고유의 민족성을 온 세계에 알리며 절망에서 기적을 창조해 냈다.

오늘의 이 눈부신 성장은 선진들의 수많은 아픔과 눈물을 자양으로 이루어진 것을 우리는 잊어선 안 된다. 그 한 축에 우리를 일어서게 한 동력으로 믿음의 문제가 있음을 지금껏 간과해 오고 있었다.

특히 기독교가 이 땅에 정착하기 까지 어떤 수난을 당했는지, 일제 수탈과 6·25 동족상잔의 폭풍 속에 독립과 반공, 자유를 향한 항쟁의 선두에 누가 섰는지. 무지와 편견 우상으로 헤매던 이 민족을 누가 일깨웠는지. 목숨을 버리며 그리스도의 사랑을 전하던 이들이 누군지….

《회색지대-그 새벽빛 언덕》의 작가는 우리가 풍요에 취해 간과해 버린 믿음의 문제에 착안하고, 이 땅에 살아가는 우리와 이웃의 믿음이 바르게 되어 있는가를 질문한다. 올바른 믿음과 잘못된 믿음이 빚어내는 영향을 분석한다.

작가의 시선은 산업화 과정에서 지나친 물질주의로 소외되어 가던 정신과 영혼의 세계를 조명하고, 혼돈에 빠진 가치관을 정립하는 데 혼신의 힘을 모은다. 전통적 가치와 잘못된 가치, 새로운 가치의 충돌을 구체화한다. 그리고 영원한 가치를 추구한다.
　어떤 삶이 가장 아름다운 삶인가.
　우리는 이곳에 등장하는 인물과 사건을 통하여 그 해답을 얻을 수 있을 것이다.

　이 작품이 우리에게 주는 선물이며 무게이다.

논평과 해설

새벽은 어떻게 오는가

박종구 (시인, 선교학 박사, 〈월간목회〉 발행인)

소설은 인간의 이야기이다. 우리의 이야기이고 나의 이야기이다. 인간이 처한 상황이 다중적이고 다변적이듯 이야기의 빛깔 또한 다양하다. 잘 빚은 소설은 공감과 울림이 행간마다 나직한 모습으로 흐른다.

김항래(金恒來)의 장편 《회색지대》는 1965년 〈강원일보〉 현상 공모 당선작이다. 당시 심사위원은 류주현, 박영준, 김광주 등으로, 심사평에서 '어떤 외국작품의 상황을 연상했으나, 우리 향토에 설정된 주제를 높이 평가한다'고 했다.

이 작품이 〈강원일보〉에 220여 회 연재되는 동안 세간에 뜨거운 반향을 불러왔다. 그는 잇달아 장편 《실향》을 동지에 연재(1968년, 256회)하고 나서 갑자기 창작의 뜻을 놓았다. '치열한 삶의 현장보다 더 위대한 작품은 없다.' 이것이 그의 절필변이었다.

작가는 오랜 침묵을 깨고 다시 이야기꾼으로 우리와 만난다. 《회색지대》를 개작하여 1부 무곡(霧谷)으로, 그리고 스토리를 증폭시켜서 2부 녹원(綠園)으로 완성하여 《회색지대―그 새벽빛 언덕》으로 상재하였다.

1부는 우리의 전형적인 농촌을 배경으로 전후의 고단한 군상들의 삶의 이야기가 펼쳐진다. 마치 안개와 같은 불투명한 상황 속에서, 전승 가치와 무속, 기독교 신앙과 같은 제도 교육, 사랑과 미움, 도전과 좌절, 상처와 치유, 갈등과 해방 등이 직조되어 적나라한 인간의 내면을 조명하고 있다.

2부는 전혀 다른 무대가 등장한다. 1부에서 상처만 안고 흩어졌던 캐릭터들이 산업화의 물결을 타고 귀향한다. 그들은 다시 고향에서 새로운 이야기를 시작한다. 피폐해진 고향의 정신세계에 새벽을 열기 위한 부산한 행동이 시작된다.

회색은 새벽의 은유다. 새벽이 눈부신 것은 어둠의 끝자락에서 비롯되기 때문이다. 회색지대는 밝은 녹색지대를 잉태한 무한한 가능성의 능동지대다. 미래가 동터 오는 두던이다.

이 소설의 캐릭터들은 우리를 회색지대로 초대한다. 아픔도 기쁨도 더불어 나누며 새벽을 꿈꾸는 공동체가 되어 장엄한 하모니를 이룬다. 이것이 이 작품의 높은 예술성이다.

완성도 높은 진솔한 문체, 인간 심리의 내밀한 묘사, 신과 인간의 본질적 문제, 스토리의 드라마틱한 전개, 전편에 흐르는 작가의 진한 휴머니티는 독자를 마지막 쪽까지 끌고 가는 흡인력이 있다.

작가 김항래는 이 작품을 통해 독자들에게 묻는다. 인간이란 무엇인가. 극한 상황 속 인간의 모습은 어떤 것인가. 순수한 사랑이란 어떤 것인가. 삶을 지탱하는 힘은 어디서 오는가. 절망과 애증의 늪에서 구원받을 길은 있는가. 그 새벽은 인간 편에서 만들어지는가, 아니면 절대자 편에서 오는 은혜의 손길인가.

작가는 아직 끝나지 않은 이야기, 3부를 독자를 위해 여백으로 두었다.